火の後に

Katayama Hiroko

片山廣子翻訳集成

幻戯書房

目次

Ⅰ　小説1

Ⅱ　小説2

Ⅳ　詩篇

Ⅴ 資料

編集　未谷おと、善度爾宗衛、杉山淳、幻戯書房

装幀　間村俊一
装画　フュースリ
カバー表「夜明けの孤独」1794-96
カバー裏「アリアドネの糸を受け取るテセウス」1788
（ともにチューリヒ美術館蔵）

火の後に

片山廣子翻訳集成

凡例

一、表記について、漢字はすべて新字体に改めた。
一、仮名は新仮名遣いに改めた。ただしⅣ章（詩篇）とⅤ章「自然の美」については、そのままとした。
一、明らかな誤植と思われるものなどで訂正した箇所がある。
一、今日では漢字で表記されることの稀な語句を適宜仮名に改めた。また送り仮名やルビを補った。
一、本文中、編集部による註釈を〔　〕内に示した。
一、本書の中には今日からみると不適切と思われる表現があるが、執筆時の時代背景、作品の芸術性を鑑み、そのままとした。

I　小説1

うすあかりの中の老人

イエーツ

　ロッセスの地、死人の岬に近く、今は使用されていない水先案内の家が、眼のような二つの丸い窓から海を見晴らす処に、むかし一軒の小屋が立っていた。その家は見張所でもあった。ミカエル・ブリウエンという老人がその家に住んでいた。彼は壮年時代には密売商人であった。そして今でも密売商人の父であり祖父でもあった。日がくれて高い帆の船がラフレイの方からそうっと入江に這入って来れば、家の南の窓に角《つの》の灯を掛けるのが彼の仕事であった。こうしてその報知《しらせ》はドウレンの島に伝わり、そこから、また別の角の灯によって、ロッセスの村にも伝えられるのであった。この微光《あかり》の音信《おとずれ》よりほかには彼が人間との交渉は稀であった。彼は余程の老年で、彼の考えることといっては、烟突からぶらさがっている木彫のスペイン風の十字架像の下に跪《ひざまず》くか或いはフランスから来た絹やレースの荷の中に交って彼の手に入った石玉の珠数《じゅず》の上に二重に折れ屈まって、彼の霊魂の後生を祈ることであった。或る晩彼は何時間となく見張していた、そよそよと順風が吹いていた、そして船はもう疾《と》うに着く筈であった。彼はやがて積み重ねた藁の上に寝ようとした、しののめが東の方に白みかけて来たので、帆前船も夜が明けてはラフレイの岬を廻って来て錨《いかり》を下す勇気はあるまいと思ったからであった。その時彼は蒼《あお》鷺《さぎ》が長い列をなしてドウレンの島から、第二のロッセスと呼ばれている辺の、大半は芦に埋められている池の方に、ゆっくりと飛んで行くのを見た。蒼鷺は陸を離れ得ない鳥であるから、彼は今まで蒼鷺が海の上を飛ぶのを見たことがなかった。それで、一つにはこの事で彼の眠けが覚めたのと、もう一つは帆前船の来るのが遅れたので彼の戸棚に何も食べ物がないために、彼は錆びた散弾銃の銃身は紐で結びつけられたのを取り下ろし、池の方に蒼鷺のあとを追って行った。

彼は一番海に近い池の芦のそよぎが耳に聞えるほどに近く来た。朝は灰色に世界を覆うていた。たけ高い芦と、静かな水と、浮いてる雲と、砂山の間にたなびいた薄い霧とが大いなる真珠から彫り出されたもののように見えた。じきに鷺を見つけた。非常に多数で、脚をかかげて浅い水に立っていた。彼は芦の岸の陰に這いながら銃の準備をした、そして暫時珠数の上に首を下げて祈った、守り神のパトリック様、蒼鷺を撃たせて下さい。パイに料理すれば大抵四日位はわしに食べられます。わしも今ではもう若い時のように沢山は食べません。撃ち損じないようにして下されば、そのパイのある間は毎晩あなたにおいのりを上げます。それから彼は腹這いになり銃を大きな石の上に載せ、池に流れ入る小さい流れの側の滑べっこい草の岸に立っている一疋《いっぴき》の蒼鷺の方に向いた。水の中に立ってる奴を撃つには水に入らなければならなかったが、彼は水に踏み込んでリウマチスになることを恐れたのであった。しかし彼が銃の狙いを定めた時、蒼鷺はいなくなった。そして不思議や、老衰した老人が蒼鷺の代りに立っていた。銃を下ろすと、蒼鷺は、世界の始めから眠っていたかのように、うな垂れた頸《くび》と動かない羽をもって、そこに立っていた。彼は銃を上げた、そして再び狙いをつけようとすると、まやかしは再び老人を彼の前に見せた、銃を下ろすとまた再び消えるのであった。彼は銃を下に置いて三度十字を切った。主の祈りとアヴェ・マリヤを唱えた。そして半分は声に出してつぶやいた、神とわしの守り神との敵があの滑らかな地に立って聖《きよ》い水に釣をしているのだろう。こういって彼は非常に注意深くゆっくりと狙った。彼は撃った。煙が消えた時、老人が草の上にうずくまって蒼鷺の長い列が騒々しい音をして海の方に飛んで行くのを彼は見た。彼は池のうねりを廻って、小さい流れの側に来て、古代風の黒と緑の色も褪めた服のところどころ血にしみたのを着た人の姿を見下ろした。彼はその大悪事を見つけて首を振った。すると不意に着物が動いた。そして一本の腕が彼の頸から垂れている珠数の方にのばされた、長い瘠《や》せ細った指が十字架に触れるばかりになった。彼は飛びすさって叫んだ、魔法使い、わしはこの大事な珠数を悪い者には触らせぬ。そういって彼は危く免れた大いなる危難を思ってぶるぶると震えた。

　もしわしの話を聞いてくれれば、と溜息のようなかすかな声が答えた、わしが魔法使いではないということがお前にも分かる、そしてお前もわしが死ぬ前にその十字架に接吻さしてくれるだろう。

　聞いては上げるが、彼は答えた、わしの大事な珠数には触らせないぞ。死のうとしている人から少し離れた草の上に腰を下して、彼は再び銃に弾丸をこめて彼の膝の上に置き、その物語を聞こうとした。

　何代前の事だかわしは知らぬ。今蒼鷺であるわし共は、リアガイル王の学者であった。わし共は狩もしず、戦争にも行かず、聖僧《どるいど》〔古代ケルトの祭司〕等の道を説くのも聞かず、恋も、もしわし共の心に恋が来ることがあっても、それは燃えてすぐ消える火であった。聖僧《どるいど》等も詩人等もしばしばわし共に新しい聖僧《どるいど》パトリックの事を聞かせてくれた。彼等の多くはその人に烈しく反対していた。或る少数の者はその人の教えは神々の教えを新しい象徴によって教えるのだといって、歓迎しようとした。しかしわし共はその話の最中にあくびをしていた。ついに或る日のこと、その人が王の家に来るといって彼等は騒いだ、そして議論を始めたが、わし共はどちらにも味方しなかった、わし共は大小の音律についての議論で忙しかったのだ。彼等がその人の来るのを防ぐ為に、魔杖を手にして森に行こうとしてわし共の住居の前を過ぎた時も、夜になって破れた衣と落胆の声とをもって帰って来た時も、わし共は気にもとめなかった。わし共の思想をオガアム〔古代ケルト文字〕に書きつける小刀《ナイフ》のカチカチという音はわし共に平和を与えた、そして互いの議論もわし共を悦ばせていた。朝になって新しい僧《どるいど》がその神の掟を説くのを聞こうとして群衆が通り過ぎてもわし共は平気でいた。群衆が通り過ぎた、わし共の中の一人が小刀を措いてあくびとのびをしようとした時に、遠くに声が聞えた、僧パトリックが王の家の内で説教しているると知った。しかしわし共の心の耳は聞えなかった。わし共は彫ったり、論じたり、読んだり、また力のない笑い声で互いに軽く笑ったりしていた。しばらくして多くの足音が家の方に来るのが聞えた。そして間もなく二人のたけ高い姿が戸口に立った、一人は白衣、一人は深紅の衣を着て、大きな百合と重たいひなげしの如く見えた。聖僧《どるいど》パトリックとわし共の主人リアガイル王であった。わし共はほそい小刀を捨てて王の前に礼をした。黒と緑の衣のすれ合う音が静まった時、口をきいたのはリアガイル王の大きなふとい声ではなく、知らない声であった。その声にはどるいどの焔の楯のうしろから物をいっているような歓喜があった。その声はいった、わしはこの世界の造りぬしの教えを王の家の中に説いた。地の中心から天の窓に至るまで大いなる静寂があった。鷲は翼を動かさず白い空に浮び、魚はひれを動かさず暗い水に浮き、紅雀も鷦鷯《みそさざい》も雀等も重い梢に彼等の休みなき舌を静めた、雲は白い大理石の如く、河はその雲を映す動かない鏡となった、遠い海ぞいの池の小海老も堪えがたきを堪え忍んで永遠の時を待っていた。その人がこういう物の名を数えあげた時には、国王が自分の国民を数えるような態度であった。しかしお前方のほそい小刀《ナイフ》は樫の板の上にカチカチと響いた。万物が静かなる時に、その音は天の使い等を激怒させた。ああ、冬枯の小さい根よ、夏が無数の足でお前方の上を踏んでもお前方は覚めない。ああ、愛を知らず、歌を知らず、智慧を知らず、古い記憶の陰に住む人々よ、そこにはお前方の頭の上を過ぐる天の使いたちもお前方に触れることは出来ない、お前方の足の下を通る魔物の髪の毛もお前方に触れることは出来ない。わしはお前方を呪《のろ》う。お前方を永遠より永遠に一つの例とする、お前方は灰色の蒼鷺となって灰色の池に物思うが如く立ち、星の光を忘れ太陽の光を見出さない時刻に、ため息に充ちたるその時刻に、世界に飛ぶがよい。ほかの蒼鷺もお前方の如くなり、永遠の例となるようにお前方が教えるがよい。お前方の死は偶然に不意に来り、安心の火がお前方の心にやどることはあるまい。

老いたる学者の声は止んだ。しかし信者は銃の上に屈んで地を見つめながら、この話の幾分でも了解したいと努めるのであった。彼はよっぽど長いことそうやって屈んでいたのであったろう、珠数を引っぱられて夢から覚めた。老いたる学者は草の上を這いずって自分の唇に届くように十字架を引き下ろそうとしていた。

大事な珠数に触ってはならない、信者は叫んで銃身で長いやせ枯れた指を打った。怖れるには及ばなかった。老人は草の上に倒れて溜息をついて動かなくなった。彼は屈んで黒と緑の衣服を熟視した。学者が欲しがって哀願した何物かを自分が持っているのだということが解って来たので、彼の恐怖は消えかかった。大切な珠数も無事であったので彼はほとんど全く安心した。もしあの大きな外套とその下の小さいしっくり出来てる服とが温かで孔もなければ、パトリック様はきっとその魔力を払って下すって人間の役に立つようにして下さるに違いないと彼は考えた。しかしその黒と緑の服は彼の指の触れる毎にそこからぼろぼろとくずれた。そしてそれを怪しんでいる間に、かすかな風が池を吹き越えて来て老いたる学者とその人の古い服とをくずして塵の小さい塊りとした。やがて風はその塊りを次第に小さく吹きくずして、ついにそこには滑らかな青い草ばかりが残った。

野にいる牝豚

オフラハティ

キルミリックの漁師のネディという爺さんがある日キルムラーグで一匹の牝豚を買った。

彼はその豚を袋に入れ驢馬の籃《かご》に投げ込んで家に持って帰った。生れてまだ六週間しか経たない小さな黒い豚で、胸がながく、大きな耳が目の上まで垂れ、小さい尻尾はちぢれてひとかたまりに巻いていた。

ネディが豚を買ったことが近所に聞えると、近所の人たちは驚いた。ネディはもう年寄で、二間の小屋にたった一人で暮らしていて、持ってる地所といえば彼の小屋の入口の小さなあき地だけだった。その地面に彼の一年間食うだけの馬鈴薯が出来るのだった。それに、酒が好きで、すこしでも金を持っていれば、それを使いきるまでキルムラーグで飲んでいた。だから近所の人たちはネディがどういう気で豚を買ったのかと不思議がった。とうとうマーチン・コンローイがネディの小屋に来て云い出した。

「あの豚じゃお前はごまかされたんだ。もしお前が黒はぜの十ぴきもおまけにつければ、おれが一ポンド出して買ってやる」

ネディはベルトをひき上げ、小さな灰色の眼でコンローイを見て、さっさと帰ってくれと云った。コンローイの後から拳を振って彼は云った。

「あの豚を持ってるあいだ、おれは金があるんだ。だからあの豚を買ったのよ。大きにお世話だ」

ネディは仔豚のために台所の隅に藁の寝どこを拵《こしら》えてやり、魚の塩漬に使う樽の下の方を切りあけて槽〔かいばおけ〕のようにしてやった。しばらくのあいだはこまごまと仔豚の世話をしてやり馬鈴薯や乾し魚をたくさん食わせ、酸《す》くなった牛乳も近所から貰っては飲ませた。豚はどんどん肥《ふと》って大きくなり六ヶ月経った時分にはもう売っていいぐらいになった。

仲買が見に来てどのくらいの値かと訊いた。ネディは仲買を追い払った。

「この豚を持ってるあいだ、おれは金があるんだ、だから何時までも持ってるよ」

それは四月だった、ネディの馬鈴薯の蓄えもすっかり豚に食い尽くされ、乾し魚もあらかた馬鈴薯と一しょに食われちまった。そこでネディは豚をそとに追い出して路ばたの草を食わせることにした。

「これから自分で食うんだぞ、食えなきゃ、悪魔に食われちまえ」

ネディはそう云って籃と釣り糸を持ち魚を捕りに出て行った。

豚はひる前じゅう路を迷いあるき、何でもかでもにおいを嗅いで見た、馬が通ったり牧牛をつれた百姓が通ったりするたびに激しく鼻を鳴らしてちょこちょこと駈け歩くので、肥った胴の下の脚の関節がかたいビスケットを割るような音をさせた。それから草の中を首でつつき廻したので顔じゅうが目のまわりまで土だらけになった。ひるの食いものを貰う時間になるとよちよち小屋に帰って行ったが戸は鎖《とざ》してあった。そこで豚はぶうぶう鳴いて戸口で待っていた。どんな音でも聞こうとして耳を立て、ぴくぴく動く毛だらけの鼻で空気を嗅ぎ、困り切ったように時どき頭を振っていたが、誰も戸をあける者がないのでひもじさに鳴きはじめた。

豚はそうやって鳴きながらネディが日ぐれに戻って来るまでそこに動かずに立っていた。ネディは豚を家に入れてやったが、夕食には魚のわたと馬鈴薯の皮だけしかやらなかった。
「これから自分で食うんだぞ、食えなきゃ、悪魔に食われちまえ」そう云った。

　ネディがそうやって毎日魚とりに出て行って二週間も経つうちに豚はだんだん瘠せて、ひもじさのため野性になり、路の草を食ったり岩の上を迷い歩いて蕁麻《いらくさ》を食ったり、何でも手あたり次第に食うようになった。牛や馬が側を通ってももう今では鼻をならさなくなり、肌の毛は荒く剛《こわ》くなり、耳は柔かな透明を失くし、目のまわりにこびりついた泥のため目のありかさえ分らないようになった。そして朝になると小屋を駈けだし日の暮までは決して帰って来なかった。

　はじめはキルミリックの村を歩きまわり、草や蕁麻を食い、土を掘りちらして根を探し、塵塚の中に見つけるものを何でもしゃぶって見た。古い魚の骨や、ぼろ、長靴、馬鈴薯の皮と。

　夏がさかりになるに連れ、暑さと日ながさは豚を誘ってもっと遠くの浜辺に下りさせたり、小路づたいにキルムラーグに出る道の方までも行かせた。時々は二日も三日も戻らないことがあった。そのとき豚は磯にちかい砂山の中に夜をすごした。砂山の草は非常にうまく、それに、海草のなかには何時でも波のうち上げた小鮫や鯖のきれはしがあった。いま皮膚の毛は濃くなり針みたいにこわくなって、毛の下のくろい皮は日に照らされてひび割れ、犬に咬みつかれたり、子供たちに狭い路に追いつめられて石をぶつけられたり波のうち上げた棒きれで打たれたりして、傷だらけになっていた。ありたけの肉がみんな筋のように硬くなり、体は犬みたいにほそっこく、背はうまれて一年経った驢馬ぐらい高かった。

　夏のおわる頃また仲買がネディのとこに来て豚を売らないかと訊いた。仲買が云うには
「もう今では値にもならないが、一ポンド出そう。もう少しおとなしくして子供を取ろうかと思う」
　するとネディが云った。

「帰って貰おう、うるさい奴だ。あの豚を持ってるあいだ、おれは金があるんだ、あの豚は何時までも持ってる」

だがその年は不漁だったので冬のあいだの粉を買うためには驢馬まで売ることになった、しかし豚は売らなかった。

「銀行に金を入れとくのと同じだからな、豚はいつでも金になる。おれのおやじが何時もそう云った」

ネディはそんなことを云っていた。

冬が来て大洋の風が烈しく岩々を吹き、海のしぶきが浜の小屋の上に雪のように降りかかるころ、豚はもう外に出なくなった。豚はネディの台所の藁の寝どこに自分の臀《しり》の上に坐ってひもじさに鼻を鳴らしたり鳴いたりしていた。

或る風のはげしい日ネディは干鱈《ほしだら》を売りにキルムラーグに出かけた。彼は豚を家から追い出して戸を閉め、それから出て行った。豚は寒さに震え空腹に弱り、しばらく歩き廻った。胃袋は背中にひっつき伸びをしている猫のような形だった。村のどこにも食うものは見つからないでまた小屋に帰って来た。

豚は戸ぐちに膝をついて戸の下の方を噛み始めた、そこに鼻のはいる孔が出来た。それから気が狂ったように歯で戸を噛みやぶり頭を打ちつけて番《つが》い目から戸を突き離した、で、その戸の下から中にとび込んだ。戸はたった一つの蝶番《ちょうつがい》でぶら下がり、戸ぶちに出ていた一本の釘が豚の右の耳をまん中からひき裂いた。

豚は台所のまん中に立ち、土に鼻をくっつけ、鼻をならした。耳から血がしたたりいっぽんの流れとなって流れた。豚は首を振り上げネディの寝部屋の戸に向って突進し、戸べりに近いところに鼻をつき当てて押した、すると戸を結びつけた紐が切れ、豚は寝部屋にとび込んでしまった。

部屋の向うの隅に石でくるりと囲いをしてネディの馬鈴薯が置いてあった。粉の袋は馬鈴薯のそばの壁に立てかけてあり、乾した黒はぜを紙きれに束ねつけたのが木の寝台の下に入れてあった。豚は食いはじめた。鼻をならし首を振り、粉から馬鈴薯に、それから黒はぜにと飛び歩き、馬が沼の中から蹄《ひづめ》をふみ出す時のような音をさせ嚙まずに大口に吞みこんだ、胃がふくれて体の両わきに一つずつの瘤《こぶ》を出した。

すると一つの大きな馬鈴薯が豚の喉につかえた。

ネディが夕がた帰って来て見ると、豚は横に寝て石のように死んでいた。

「長靴の猫」の悲しき後日譚

コラム

この不思議な猫は、私を待っていた、私が戸をあけると、彼はいっしょに部屋にはいって来た。私は蠟燭をともした。そのあいだに彼はテーブルの側の腰掛に座をしめた。よく見ると、彼は胴の長い猫で、かなり背中幅もひろかった、高貴な生れの動物ではないにしろ、すぐれた性格の平民であるらしかった。

彼は皺のよった額と非常にめだつ眼を持っていた。その眼はまるで硬玉に生命を入れたようであった、そして悲しそうな眼であった。避けがたい不幸を彼は負うていた、彼はその話を私にきかしてくれた。

私は自分の夕食を彼に分けるよりほか、別に仕方がないと思ったので、乳とパンを二つの皿に分けて、一つをテーブルの客に近い方の側に載せた。彼は私に礼をいうような眼つきをした。食い始めると、長らく食わずにいたものらしく見えた。

食事の終るころになって彼はゆっくりと食っていた、ちょうど談話を始める前にパンを砕いているような調子で。それから言い出した。

「私があなたをお訪ねしたのは、あなたが善良な心を持っていらっしゃるという為ばかしではなく、あなたが文学者だからです。あなたは私の不幸な歴史を世間に伝えて下さるでしょう。ヴォルテール氏をお訪ねしようと思ったのですが、あの方はまだプロシヤ王のところに滞在しておられるそうです、私の用件はのばしたくない事なのです、私もむかしのように丈夫ではありませんし、自分のいい残しておくことは一日も早くやった方がいいと思いますから。

もう余計な前置きなしに私の身の上を申上げます。私は、ほかでもない、あのカラバス侯爵の猫です」

「カラバス侯爵の猫！」私は叫んだ。「それではあなたは侯爵夫人を知っておいででしょう！」

その私の言葉をきくと猫は腰掛から飛びあがった、そして私の部屋のなかじゅう歩き廻った。「侯爵夫人！」彼は最も不愉快な調子で言った「ええ、もちろん、侯爵夫人を知っています」

「私は先夜オペラで侯爵夫人におめにかかりました」私はそう叫んで——白状するが——それが私の一生の中の歓喜の一つであるような表情を見せた。「なんて美しい人でしょう！　そしてあの沢山な宝石が、おどろくほど、あの方の美しさをひき立てますね！　侯爵夫人の宝石はみんなの話の種でした。ペルシヤ公使は侯爵夫人の額を飾っている石が無類だと言って——自分の国の皇帝もあれほどの石は持っておられないと言っていました。なにしろ、侯爵はたいそう広い領地を持っておられるそうですね」

「あなたも、恐らく、カラバス侯爵の歴史はお聞きになりましたろう？」猫は再び腰掛の上に坐って、そう言った。

「聞きましたとも」私は答えた。

彼はいらだたしげに言った「あなたはまるで、この頃の人間は、ペローなんぞを読んだことがないようなロのきき方をなさる」

私は言った「カラバス侯爵は、たしか、弟むすこでしたね？　一文の財産もなく、ただ猫を持っていた……」そこで私は前よりも注意して自分の客を眺めた。「おどろきましたねえ、あなたがあのカラバス侯爵の猫なのでしょうか――あの有名な長靴の猫なのですか？」

「私があの不幸な身の上のものです」と彼は叫んで「それに、私の名前も事業もすぐにあなたのお頭《つむり》に思い出されなかったとすれば、なおさら不幸です。しかし、実際、人間は、私どもの時代に最も強く社会を衝動させたような事件でさえ、そうも忘れ切ってしまうものでしょうか？　のみならず、その時代の大家の一人の筆に書かれた事件ですのに」

「あなたはペロー氏のことを言っておられるのですか」私はすこし――今になって、正直のことをいうと――すこし赤面の気味で、言った。「ペロー氏のことを言われたようですが、あれは或る確かな筋のいうところによれば、ペロー氏が自分の名で出しているあの物語も、ほんとうは、自分で書いたものではないのだそうで、ほんとうは、六つになる息子さんが、創作したものだということです」

「それが何ですか？」猫は前よりも苛立たしく叫んだ。「そんな問題が何ですか？　あなた方は一冊の本についてその楽屋うらの話はみんな御承知だ、しかし、現代の人たちはある一冊の本の内容について何を知っていますか！　あなたには、もっと多くを期待していました」

「すっかり思い出しました」と私は大急ぎで言った。「どうぞ私の頭の悪いのをゆるして下さい。あなたは無一物の青年を助けたのでしたね。あなたは鷓鴣《しやこ》〔ヤマウズラ〕をつかまえて袋に入れて、それを王様のところへ持って行った、「カラバスの侯爵から献上いたします」とあなたが言った、鷓鴣の大好きな王様はたいそう機嫌がよかった。ある日あなたは王様や姫君といっしょに馬車に乗って行った、そして河のところまで来ると「私の主人のカラバス侯爵が溺れかけています」とあなたが騒いだ。その河で水を浴びているように前もってあなたが教えて置いた青年は王様の従者の手で水から助け出されたが、着物を盗まれたということにあなたが嘘をついた。王様は同行の誰かに服を貸すように命令した、立派な服を着たところで青年は王様に紹介された。風采はうつくしいし、今借りて着ている着物は立派だしするので、青年は王様の姫君の心を動かした、姫君は青年を恋してしまった。

馬車が田舎道を進んで行くと、立派な城や特別うつくしい領地が見える毎に、王様は、これは誰の物かと、きいた。そうするとあなたは、いつでも、私の主人カラバス侯爵の物でございます、と云った。

事実、その立派な城や見事な土地はみんなある食人鬼の持物だった。馬車が今まで見た中でのいちばん立派な城に近く来た時、あなたは突然とび出して大急ぎで城の方に馳《か》け出した。あなたの察しどおり、食人鬼はちょうど在宅していた。あなたは食人鬼と談話をはじめた。食人鬼も、やっぱり私ども同様に、自分自身のことや自分の能力の話をするのは嫌いじゃなかった。あなたは食人鬼に、ひどく大きな物に化けることが出来るという話ですが、ほんとですかと訊いた。食人鬼はたちまち象に化けて見せた、たぶん、そうでしたね？　それからあなたが、何かひどく小さな物に化けることが出来ますかと訊いた――まあ、鼠にでも、とあなたが智慧をつけた。食人鬼は鼠に化けてしまった、あなたは飛びついて食人鬼の化身の鼠を一口に食ってしまった。馬車がやって来た時、あなたは落ちつき払って王様と姫君をカラバス侯爵の城に招じ入れることが出来た。領地はもうすでに王様が感心しておられたことだし、すぐたちまちのうちに若いカラバス侯爵と姫君の婚約が出来てしまった。二人ともその後幸福な月日を送っておられる。そして侯爵夫人は、たしかに、欧州に於ける最も美しい最も愛すべき婦人ですね」

客は首をうなだれたままでいた、彼がやけになって考えているということは私にも分った。彼は言い出した「むろん、侯爵は、世間普通の青年のとおり、気がつかないところはありましたが、決して心から悪い人だったとは信じたくありません――すくなくとも、夫人が無理じいに押しつけた今の生活によって侯爵の天性が堕落しなかった前には――。侯爵夫人のためには、そういう保証は出来ません。あの人は、なにしろ、宮中で育っていますからね、それがどういうことか、あなたにもお分りでしょう。侯爵夫人は、私が彼女《あのひと》に対して失礼だというんです。つまりそれは、室内に彼女《あのひと》がはいって来る時、私がすぐその室を出て行かないのが失礼なのだそうです。それから、私が階段の中途で彼女《あのひと》と平気ですれ違ったりするのが、ずうずうしいというのです。しかし、僕《しもべ》どもの前で叱りとばされた後なんぞ、多少自分の品位を見せつけるという事は、恕《ゆる》すべきことではないでしょうか？　実際、侯爵夫人は私を嫌っていました。侯爵が私を自分の恩人だと言ってあの人に紹介したその時から私に対して悪感を抱いてしまったのです。どういう訳なのか私には分りません。しかし彼女《あのひと》が、それでは、この方が式部長官なのでしょうね、と言った時の微笑の中には憎しみの色が見えました。

私は、城中に於ける自分の待遇法について、侯爵にこれといってしっかりした約束を極《き》めたことはありませんでした。しかし私が相当の期待を持っていることは侯爵にもよく分っていました。私は、元来、朝飯に雉《きじ》を食うということは今までやったことはなかったのでしたが、今までやり慣れない事なので、なおさらのこと、私は雉が食べたかったのです。なにしろ、カラバス侯爵の領内には雉がめちゃに沢山います。

三週間目になって、家令《かれい》が私に、これからは一週間に二度だけしか雉は上げられませんと言って来ました。私がそれについて不満を言うと、私が雉を食べてる恰好が一家の者に悪い感化を与えるそうだからと言って聞かされました。それから以後、奥づとめの僕たちは私の給仕をしてくれなくなりました。その話を侯爵に持って行くと、侯爵は一同を叱りましたが、ひどくは言いませんでした。侯爵がきびしくないものだから、僕どもは、失敬千万にも、自分たちは猫の御用をするために奉公しているのじゃないというんです。

その後は勝手の方の僕が私の用をしてくれました。その時分から私は日向ぼっこをしに庭に出るのも止めなければなりませんでした。侯爵夫人が庭に鳩の小舎《こや》を持っていました、私が庭に出ると鳩をおどろかすと、言い出したんです。

あなたは夫人の宝石の話をなすったが、私は、ほんとうの事をいえば、夫人が宝石を愛することにも恨みがあります。馬鹿げた話ですが、ある時うそつきの男が私の眼のことを、あれは肉ではなく、まったく固形体で、世にもめずらしい宝石だと侯爵夫人に言ってきかせたのを、夫人はほんとうだと信じてしまったのです。それからというもの、夫人はどうかして私の眼を一つ欲しいという罪の深いのぞみを持ちはじめました」

私はあきれて客の眼を見つめた、その眼は不思議な緑色ですこしも色を変えなかった。

「侯爵はとうとう自分で私の許へやって来て、自分の妻に眼をやってくれと頼みました。私はあの家の中で養われているものなのだから、自分で労働して生活する人たちのように、そんなにたくさんの器官は入《い》らないだろう、養われているのだからと、侯爵は言うのです。そしておまけに、私の眼の力が非常に強いから、どんな動物だって私の持ってるような眼ならば一つで充分だと、私に信じさせようとしました。私はひどく腹を立てました。すると侯爵は私に頼むんです、今まで易《かわ》らなかった長いあいだの友情にかけて、どうか自分の妻にお前の眼をくれと。私はその頼みを断りました。すると、おしまいには、尊い王族である妻の名によって眼を要求するといい出しました。

私はめちゃに怒って侯爵に飛びかかりました。私の爪はたいした傷も与えやしなかったのですが、それでも、その晩は、私には夕飯が出ませんでした。

自然私は侯爵と談判してすっかりの解決をつけようと決心しました。それで翌日は侯爵が猟から帰って来るのを待っていました。侯爵の一行が門へはいって来ると、猟人の一人が私を見つけて侯爵に教えました。私は何も侯爵に手出しをしようとも何とも思っていたんではないのでしたが、そういう目的があるものと極められてしまいました。どうでしょう？　私の方へ猟犬を放しかけました、私はあわてて樹に馳《か》け上がったので生命だけは助かりました。

その晩は城の戸という戸はすっかり番小屋の戸まで閉めてしまって私を入れないことにして置いて、気のあらい犬をつながずに出して置きました。これは平常から私を嫌っていた僕どものした事かも知れません。私は城へは何の抗議も持って行かず、塀をのり越えてパリをさして出かけました。もちろん、ヴォルテール氏にお目にかかってお話をする機会を得るのはよろこばしい事ですが、しかし、あなたも、たぶん、ヴォルテール氏と同じように、私に対して正しい同情を持って下さるだろうと信じています」

客はその晩は泊って朝飯のあとで出て行った。私は自分がきかされた話を世間に発表するつもりでいたのだったが、そのつぎの夜、オペラでカラバス侯爵夫人を見かけた、それで、私はあれほどの美しい人に悪い影をおとすような話を発表する勇気がなくなってしまった。何という美しさ、何という愛敬、何というまぶしい魅力であろう！

だから私はこの話を自分の遺稿として発表すべき書類といっしょに残しておくことにした。

人馬のにい妻

ダンセイニ卿

　彼の二百五十歳の朝、人馬《にんめ》シェッペラークは人馬の族の宝物の在る黄金の櫃《ひつ》に行って、その櫃に納められた護身符《まもり》を取り出した。その護身符は彼の父ジシャックが盛りの年に山から採った黄金を打って作りその上に矮神《こびとかみ》と交換して得たオパルをちりばめたものであった。シェッペラークはそれを腕に着け、一言も物いわず、母の住む洞窟を歩み出た。その時彼は人馬の族の喇叭《らっぱ》をも持ち出した、かの有名なる銀の角笛で、むかし或る時代にはその角笛が人間の住む十七の都市に降参をうながしたこともあった、また神々の都ソルデンブラナの包囲の時、星をめぐらしたその城壁に二十年間も吼えたものであった。その間人馬族はかの不思議の戦争を続けて如何なる敵の兵力にも破れなかったが、神たちが必死の必要にその最後の武器庫から持ち出して来た最終の奇蹟の為に、つちけむりの雲の中に徐《しず》かに退却したのであった。シェッペラークはその角笛を取り上げて歩み出た。彼の母はただ溜息をして彼の行くのを止めなかった。

　母は知っていた、山々の奥の国なるヴァルパ・ニガーの廓から流れ下る流れの水も今日の彼はもう飲まない、今日の彼は例の如く夕日に見惚れて時を過ぐしやがて洞に帰って来てまだ人間というものを知らぬ河水に引かれながら立っている藺《いぐさ》の上に寝に就くのではないということも知っていた。彼女の子の父にむかし起った事、またジシャックの父グームに起った事、むかし古いむかし神々に起った如き事が彼女の子に起ったということを彼女は知っていた。それ故彼女はただ溜息して子の行くのを止めなかった。

シェッペラークは、自分の家であった洞窟を出て、始めてその小さい流れを越え、巌石の角《はな》を曲がった時、彼は自分の下に輝いている現世の平野を見下ろした。その時、世界を金色《きんいろ》に光らしている秋の風はその山の斜面を吹きまくり、彼の素膚《すはだ》の脇ばらに冷たくあたった。彼は首を上げて鼻をならした。「俺はもうおとこ馬だ！」彼は声高に叫んで、巌から巌に飛び移り、谷も深瀬も、急流の底も雪崩の崖も躍り越えて、ついに彼は平野のはてもなき長路の中に踏み入った、彼はアスラミナオリの連山を永久に彼の背後に見捨て去った。

彼の目的地はソンベレネの住む都ズレタズラであった。人馬《にんめ》の種族の伝説の揺籃であるアスラミナオリの山にソンベレネのこの世のものでない美しさや彼女の不思議な身の上についてどういう伝説が世界の平野を越して届いたか、それは私は知らぬ。ただし人間の血の中には潮時がある、昔ながらの潮流といった方がよいかも知れぬ、まだ人間に発見されない島々から流れ出した浮木が海の中で見つけ出されたように、人間に美しいものの噂をどんな遠方からでも持ってきてくれるたそがれ時にもその潮流は似ている。人間の血に音づれ来るこの春の潮の流れは人間の祖先伝来の神秘の境から、つまり伝説から、古いものから伝わり来たったものである。その潮時は人間を林に誘い出す、森に誘い出す、彼は太古の歌を聞くのである。遠い世界の端《はし》のあの寂しい山の中でただ明るいたそがれのみが知っていて蝙蝠《こうもり》にささやき聞かせてやったいろいろな風聞にシェッペラークの神話的な血が動き出したのかも知れない、シェッペラークは人間よりももっと神話的なのだから。なにしろ彼が最初から目あてとしたのはソンベレネがその神殿に住まっているズレタズラの市《まち》であった、この世界の平野と、その河と山とがシェッペラークの家と彼の求めるその都との間に横たわってはいたが。

砂深い和《やわ》らかい地の草に始めて人馬《にんめ》の足が触れた時、歓喜のあまり彼は銀の角笛を吹いた、彼は躍り跳ね飛び廻り何里となく跳ね飛んだ。歩行《あがき》は灯を持った少女の如く新しく美しき珍しさをもって彼に来た。風は彼の側をよぎる時笑って行った。彼は草の花の匂いに首を低く下げた。またその首を高く上げて見えない星により近く近づこうとした。かくして彼は多くの王国を躍り過ぎた、多くの河を跨ぎ越えた。都市《まち》に住むあなたたちに私はどうして語ろう、シェッペラークが躍り跳ねながらどんな気持がしたかということをどうしてあなたたちに話して聞かせよう？　彼はベルナレーナの塔の如く自分の力を感じた。身の軽さはジッスの磯のほとりに天と海との中間に魔の蜘蛛が造り建てた陽炎《かげろう》の宮殿《みや》のようであった。身の迅《はや》さは朝の日の上らぬ前にどこかの市《まち》の塔の上に唄うべくあかつきの中から飛びのぼる鳥のようであった。彼と風とは中よしの伴侶《つれ》であった。歓喜のあまり彼は歌の如く感じた。彼の伝説の先祖たちなる神々の稲妻が彼の血の中に交り始めた、彼のひづめは雷の如く鳴った。彼は人間の市々《まちまち》に来た、すべての人々は震い怖れた、彼等も太古の神の代の戦争を記憶していて、今また新しい戦争を怖れ、人間の種族のために懸念したのだ。クリオ〔歴史の女神／ギリシャ神話〕によってもそういう戦争は書き残されていない、歴史はその争いを知らない、しかしそれがどうしたというのだ？　我々のすべてが悉《ことごと》く歴史家の足下に座っていたのではない、しかしすべての人はその母の膝の上に座っておとぎ噺と神話を学んだ。故にシェッペラークが大路を逸れ曲り飛び駆けるのを見た時、彼等人間は一人としてその不思議な戦争を怖れない者はなかった。こうして彼は市から市へと過ぎた。

夜になると彼はどこかの沼の芦の中か或いは森に息を休めて横たわるのであった。あかつきより前に彼は勇み起きて、やみの中のどこかの河で十分に水を飲み、その河からしぶきを飛ばして飛び出し、日の出を見るためにどこか高いところに駆け上り、彼の勇ましい角笛の歓びに満ちた挨拶を遠く東方に向って響かせる。見よ！　その反響の中からのぼる朝日、日に新しく照らし出された平野と、高いところから投げ捨てた水のように続く長路と、あの愉快な伴侶《つれ》の大声で笑っている風と、それから人間と、人間の恐怖と人間の小さい都市と、そのあとは大きな河流と荒れた空地と大きな新しい山と、それからまたその先の新しい土地とまた別の人間の都市と、それに常に離れぬ古い友人のあの元気な風と。王国も王国も滑り去り、なおシェッペラークの息は平らであった。「若いさかりに好い芝地を駆け廻るのは愉快なことだ」若いおとこ馬の人馬《にんめ》がいった。「はっ、はっ、は」と山の風が笑って、野の風が答えた。

奇妙な形の塔の上に鐘が鳴った、博士たちは古い巻物を調べて見た、天文学者たちは星から前兆を探求した、老人連は賢い預言をした。「はしっこいなあ」、と若ものたちはいった。「うれしそうだねえ」と子供たちはいった。

どの夜もどの夜も彼に睡眠を持って来てくれた、どの日もどの日も彼のかけあしを照らしてくれた、遂に彼は世界の平野の端《はし》に住むアサロニヤ人の国に来た、それから彼は再び神話の国に来た、彼が世界の向うの端に於てはぐくみ育てられながら聞いた神話の国、それは現世の端を縁《へり》どってたそがれとぼかし交える国であった。そこまで来て、疲れを知らぬ彼の心に大なる思いが湧いた、彼はソンベレネの住む市ズレタズラにもう近くなったということを知った。

その市に近づいた時は日も夕方であった、夕ばえの色に染められた雲が彼の眼の前の平野に低く巻き下がっていた。その黄金の霧の中に彼は馳《か》け入った、靄《もや》がすべての物を彼の眼から隠し去った時、彼の心に夢がしのび入った、彼はゆめともなくあやしき物語の同類ソンベレネからしばしば彼に聞えて来たすべての風聞を心にくり返して見た。（夕ぐれが蝙蝠にそっと話したことには）ソンベレネはさびしい湖水の岸の小さい神殿に住んでいた。のぼり坂になっているズレタズラの市《まち》から見えないように糸杉の木の林が彼女を隠していた。彼女の神殿《みや》の前に彼女の墓が立っている、それは戸がひらきばなしの悲しい湖の墓であった。彼女のおどろくべき美と幾世紀間も衰えぬ彼女の若さのために、美しいソンベレネは不老不死であるという邪教《あやまり》が人間の中に伝えられないためにその墓があるのであった。ソンベレネはただその美とその血統のみを神から受けたのであった。

ソンベレネの父は人馬《にんめ》と神との交り児であった。彼女の母はピラミッドの番をしているあのスヒンクスとあら野の獅子との中の子であった――彼女は女よりもなお一層不可思議なるものであった。彼女のうつくしさは夢の如く、歌の如きものであった。まやかしの露の上に夢みられたる一生涯の只一つのゆめ、パラダイスの暴風《あらし》のために故郷の岸から遠く吹き払われた不死の鳥がどこかの都に来て歌った只一つの歌であった。空想《ロマンス》の山の上のあけぼののもどのあけぼののも、たそがれもどのたそがれも彼女の美に比べることは出来なかった、その美の秘密はありとあらゆる螢も夜のあらゆる星も知らなかった、詩人もいまだそれを歌わなかった、夕ぐれもいまだその意味を悟らなかった、朝はその美を妬んだ、恋人たちにその美はかくされてあった。

ソンベレネは夫もなく恋人もなかった。

獅子はソンベレネの力を恐れて彼女に恋をし得なかった。神たちは彼女がやがて死ぬべき者であるを知っていたから彼女を愛するだけの勇気がなかった。

これは夕ぐれが蝙蝠にささやいて聞かせたはなしであった、シェッペラークが靄の中を物も見ずに疾駆した時にその心に来たのもこの夢であった。すると、不意に彼のひづめの前に野のやみの中に神話の国の罅隙《われめ》が見えた、ズレタズラの市がその罅隙の中に隠れて夕ぐれの中にひなたぼっこしていた。

すばやく巧みにシェッペラークは罅隙の上の端から駈け下り、星の前に真直ぐに立っている外の門からズレタズラに踏み入って、そのせまい市街に不意に駈け下りた。足音高く彼が駈け過ぎた時、バルコニーに駈け出した大勢の人々、また輝く窓から首を出した大勢の人々はみんな古い歌に歌われてあった人々であった。シェッペラークはそれに挨拶したり城の櫓《やぐら》からの誰何《すいか》に返事する猶予もなく、彼の祖先の稲妻の如く地に面した門から走り過ぎた、そして鷲に飛び掛ったレビアサン〔海の怪物／旧約聖書〕の如く彼は神殿と墓との間の水に飛び込んだ。

彼は眼を半分ふさいで神殿の階段を駈け昇り、睫毛《まつげ》の隙からぼんやりと見るが早く、まだソンベレネの美に惑わされない間に、彼女の髪をつかんで彼女を拉《ひ》き去った。その湖水の水が人知れず世界の中の孔に落ち去る底なしの割目の上を彼女と二人飛び越えて、彼は我々の知らないどこかへ彼女を連れ去った、そこに長い長い幾世紀が人馬の種族に与えられた生命のある間、彼女の奴隷となって生きるのであった。

シェッペラークが立ち去る時、人馬族伝来の宝であるかの銀の角笛を彼は三吹きふいた。

それが彼の婚礼の鐘であった。

〔訳者註〕原文の Centaur をはじめに馬人と訳してみましたが、どうもそれでは顔が馬で身体が人間らしく聞こえますから、止むを得ず人馬《にんめ》といたしました。無理な訳かも知れません。

ブーブ・アヒーラの祈り

ダンセイニ卿

月の上がる時刻だった。港の、定期船と棕櫚《しゅろ》の樹のあいだを、アリ・カリーブ・アハッシとブーブ・アヒーラの二人がめいめいの独木舟《カヌー》に乗って、短剣の届くぐらいの近くをすれ違って行った。船ではちょうど船客が夕食をすまして出て来る時分だった。

アリ・カリーブ・アハッシはひどく一心に考え込んでいたので、敵が自分の側を漕ぎ抜けた時に、その方へ寄ろうともしなかった、そして、その場で長いあいだの勘定を片づけようともしなかった。が、しかしブーブ・アヒーラがこちらへ何の手出しもしないのがアリには不思議でたまらなかった。不思議だ不思議だと思っているうちに、定期船の電気の光がはるか遠いうしろの方に一つの光のかたまりになってしまって、独木舟の着くべき場所は近くなった。彼はいくら考えても理由が分らなかった。東洋人のかれの利口な頭でどんなに考えて見ても、どうしてもブーブ・アヒーラが何もしないで彼の側を通り抜ける筈はないのであった。

アリは、ブーブ・アヒーラが自分と同じような願いをダイヤモンド像の前に願い出す勇気があろうとは思いもかけなかった。しかし、大きな船でやって来る人たちの誰もまだ見たことのない棕櫚の樹の間の黄金の堂に彼が近づいて行った時、ブーブがこの暑い夜に行った先はやっぱりここだったなと彼ははっきり悟った。かれが独木舟《カヌー》を岸につけた時、心の恐怖は消えて、その代りに、彼が常に運命というものに対して持っていたあきらめが心に来た。そこの白い海の砂の上には別に一つの独木舟のあとがついていた、まだ新しく力づよく刻みつけられて。ブーブ・アヒーラが彼より前にここに来たのであった。アリは後れて来た自分を責めようとはしなかった、この一つの事だって、御自分たちの用は何もかも承知の神々によって、もう天地の始まりから極《き》めておかれた事なのだから。ただ彼が悪いことの来るようにと祈りに来た当の敵ブーブ・アヒーラを憎む心はなおさら強くなった。憎む心が強くなるにつけて彼はいよいよはっきりと彼を思い浮べた。しまいには、黒い瘠せた姿と、小さい細っこい脚と、白っぽけた髭と、小綺麗な腰帯ばかりが彼の心の眼に映って見えた。

ダイヤモンド像があんな奴の祈りを聞き入れたろうとは彼はまだ考えて見なかった、彼はただあの男がお堂に近づくずうずうしさを憎んだ、正しい言い分を持っている自分をさし措いて先きにお堂に近寄ったことも憎んだ、たくさんの古い恨みのためにも憎んだ。しかし最も憎らしく思ったのは、あの独木舟に乗って月光の中に二重橈《かい》をうごかしながら通り過ぎた時の顔の表情やその男ぜんたいの姿であった。

アリは水蒸気にけむる草木の中を分けて進んだ、その辺は蘭の香がしていた。大勢が往来するのであったが、お堂への道はなかった。道があれば、白人がやがて見つけ出してしまう、そうなれば定期船が来るたんびに、遊山客が像を見物しに舟を漕ぎつける、週刊新聞に写真が出る、その下にはロンドンより外へ踏み出したことのない男たちが記事を書く、そしてすっかりの不思議は消えてしまい、自然この話に何の不思議もなくなってしまうのである。

アリは棕櫚の樹の下の仙人掌《さぼてん》や蔓草《つるくさ》を分けてようやく百ヤードも行くと、森林の深みよりほかに何の護衛も持っていない黄金のお堂に行きついた、そしてそこにダイヤモンド像を見たのだった。ダイヤモンド像は五寸ぐらいの高さで、下はたっぷり一寸ぐらいの四角であった。そしてそのひかり具合といったら、去年モーゼ氏がその夫人に、伯爵を買おうか、それともダイヤモンドを買おうかと相談した時、ヤエル夫人は「ダイヤモンドを買って頂戴、そしてただの平民のフォルテスクでいらっしゃいよ」と言ったので、夫人に買ってやったというその石よりも、もっともっと良い光があった。

　像の光はそれよりもずっと滑らかな光沢を持っていた、そして切り方も欧羅巴《ヨーロッパ》では知らない切り方であった。土人たちは貧乏人で、恐れることを知らない人種であるが——それでも彼等はその像を売ろうとはしない。私は序《ついで》に言っておくが、もし読者のうち誰かが偶然このうねり曲った港に船をつけて、葡萄牙《ポルトガル》人のむかしの要塞《とりで》が時しらぬみどりに崩れ果てて、棕櫚の樹の下のあちらこちらにパンヤ草が幽霊のように立っているのを見て上陸したとしても、それは誰も行くべきところではないので、埠頭からたった一哩《マイル》かそこらの距離ではあるが、まだ誰も行った者はないようであるが、さて誰かそこへ行って海岸から遠くも離れていない黄金のお堂を見つけ出し、お堂の中に神の姿に彫られた五寸のダイヤモンドを見つけ出したとしても、それはそおっとして手をつけずに船に帰って来る方がよい、そのダイヤモンド像はどんな好い値に売ることが出来たにしても。

　アリ・カリーブ・アハッシは黄金のお堂に行って、この神に対する掟のとおり七たび礼をして首を上げた。すると、どうだろう！　像は非常な光に輝いた、それは、ほんの今しがた一つの祈りをきき入れた後でなければ、こういう光りかたはしないのであった。その土地の土人どもは誰も像の光りかたの調子を見ちがえるものはない、彼等は像のうつり変るいろいろの光の影をよく知っていた、ちょうど猟犬が血を知っているとおりに。月はあけはなしの戸から射し込んでいた、アリははっきり像のその光を見た。

この夜、ブーブ・アヒーラのほかにここに来たものはなかったのだ。

アリの怒りは燃え立って胸いっぱいに込みあげて来た、彼は自分の手が傷つくほどに短剣をかたく握りしめた。しかし彼は、ブーブ・アヒーラの肝を欲しいと言って祈ろうとしたその祈りは言い出さなかった、ブーブ・アヒーラの祈りが神に聞入れられて神の守護が敵の上にあることをアリは認めたからであった。

ブーブ・アヒーラが何といって祈ったかアリは知らなかった。しかし、彼は仙人掌や棕櫚の樹のとっぺんまで這いまわってる蔓草の中を分けて急げるだけ急いで岸に帰って来た。そして独木舟《カヌー》が行けるだけ急いで彼はうねり曲った港にこぎ出した。定期船の側を通る時船はいちめんに輝いていて、音楽隊の音楽が高く低く響くのを聞いた。彼は岸に上ってその晩すぐにブーブ・アヒーラの小屋に行った。彼はそのままそこで敵ブーブ・アヒーラの奴隷となることを申出たのであった。今日に至るまで彼はブーブ・アヒーラの奴隷であって、彼の主人は神の守護をうけている。

アリは定期船が来る毎にそこへ独木舟を漕ぎつけて、ガラス玉のルビーだの、熱い国々で着る地うすの着物だの、象牙のナプキンどめだの、マンチェスター製のキモノだの、小さい美しい貝だのを、船に行って売りつける。船客たちはかれが高い値をいうので悪くいう。しかし、かわいそうに、アリ・カリーブ・アハッシがずるい事でもうける金はその主人ブーブ・アヒーラの手にすっかり入るのである。

火の後に　外四篇

ダンセイニ卿

火の後に

長い前から起りそうで起らずにいた事が終に起って、世界が暗黒の無名の星と衝突した。その時或るほかの世界からすさまじい怪物共がやって来て、何かめずらしい物でもあるかと思って灰燼の中を見物して歩いた。その連中はこの世界に在ったと知られていた大いなるもののことを語り合って、巨象《マンモス》の名を挙げたりした。やがて彼等は人間の造った殿堂《おみや》が寂《しず》かに窓硝子もなく立って空虚《から》の髑髏《しやれこうべ》が眼を見張っているように立っているのを見つけ出した。

何かしら大きなものが、こんな大きな場所にはいたんだろう、と或る者がいうと、巨象だったかも知れないと、或る者がいった。それよりももっと大きなものだったろう、とまた或る者がいった。

こうして彼等は、この世界で一番大きかったものは人間の夢であったということを見つけ出した。

兎と亀の実録

兎と亀とどちらが早く馳《か》けられるだろうかということについて、長い間獣類の中にやかましい議論があった。兎はあんなに長い耳を持っているから、兎の方が早いにちがいないという者があった、なに亀の方があんなしっかりした甲《こうら》を持っているから、馳けるのだってしっかり馳けるにちがいないという者もあった。それで、阻隔や紛紜《ごたごた》の結果が断然たる勝負を何時までも延ばしていた。

しかしそのため獣類の間にほとんど戦争が始まろうとする時になって、遂に相談が調って、兎と亀とに五百ヤードの競走をさせてどちらのいい分が正しいかを極《き》めようということに一決した。

「人を馬鹿にしている！」と兎がいった、それでも彼の後援者等がやっとのことで彼に馳けることを承知させた。

「この競争は私に取っては甚《はなは》だ満足なことであります、私は決して避けようとは思いません」と亀がいった。

ああ、如何に亀の後援者等は声を上げてよろこんだか。

競争の日になって一同はのぼせ切ってしまった。家鴨《あひる》は狐に突っかかって、もう少しで狐を嘴《くちばし》で突き倒すところであった。兎方も亀方も近づきつつある勝利のことをその競走のすぐ前まで大声で話し合っていた。

「私は成功を全く確信します」と亀がいった。兎はなんにもいわなかった、彼はうるさそうな顔をして不機嫌であった。兎の後援者の或る者はその時兎を捨てて敵がたに行った、そっちでは亀の勇気ある言葉を声高らかにはやし立てていた。しかしなお多くの者が兎方に残っていた。「我々は失望することはあるまい、あんな長い耳を持っている動物だもの、勝つに極まってる」と彼等はいっていた。

「しっかり馳けろ」と亀の後援者がいった。

この「しっかり馳けろ」が一同のくり返す合言葉となってしまった。しっかりした甲としっかりした生活。これが国家の要するところである。しっかり馳《か》けろ、と彼等はいった。こういう言葉を聞くたび毎に群集は心から喝采した。

やがて彼等は馳け出した、そうすると不意に寂《しず》かになってしまった。

兎は百ヤードばかり一ト息に飛んで行ったが、ひょいと振り返って自分の敵がどこいらにいるかと見た。

「亀と競走するというのは、よほど馬鹿げている」と兎がいった。彼はそこに座って身体をぼりぼり掻いた。「しっかり馳けろ！　しっかり馳けろ！」と或る者は怒鳴った。

「休ませてやれ」と或る者は怒鳴った。それで、「休ませてやれ」がまた合言葉となった。

しばらくして兎の競争者が近くやって来た。

「あの亀のちきしょうがやって来た」兎はこういって立ち上がり、亀に負けちゃたまらないと思って、一生懸命に馳けて行った。

「あの耳が勝つにちがいない。あの耳が勝って、我々のいったことの真理を動かすべからざるものとするに相違ない」と兎の友人がいった。彼等の或る者は亀の後援者に向って、お前さん達の方の動物はどうした？　と聞いた。「しっかり馳けろ」彼等は答えた。「しっかり馳けろ」

兎はほとんど三百ヤードばかり馳けた、ほとんど決勝点の側まで行った、が、その時突然思いついた、どこを見てもまだ見えもしない亀と馳けっくらをする自分は何という馬鹿げた態《ざま》だろうと、そこで彼は再び座り込んでぼりぼり掻いた。

「しっかり馳けろ、しっかり馳けろ」と群衆がいった。「休ませてやれ」ともいった。

「こんなことをやって、何の利益《ため》になる？」兎はいって、今度はそれっ切り止めてしまった。そこで兎が眠ったとも或る人はいう。

その後の一二時間、非常な騒ぎが続いて、やがて亀が勝った。

「しっかり馳けろ、しっかり馳けろ」と亀の後援者等は怒鳴った。しっかりした甲としっかりした生活、亀の勝ったのはそのお蔭であると彼等はいった。それから彼等は亀にこの成功は何の意味を示すかと聞いた。亀は海亀の許へ行って相談した。海亀は「速力の名誉ある勝利である」と答えた。それを亀は友人等にくり返して聞かせた。その時から数年間というもの、動物全体がただこの事ばかり話していた。今日に至るまで「速力の名誉ある勝利」というのは蝸牛《かたつむり》の家の合言葉となっている。

この勝負の話があまねく知られていない理由は、その時から後間もなく起った大いなる山火事のためにその勝負の実見者があらかた死んでしまった為である。大風の夜、火が森に迫った。兎と亀とほかに極く少数の動物等が森林のはずれにある高い禿げ山の上から遠くその火を見た、彼等は大急ぎで会議を開いて森の動物たちに知らせるため誰を使いにやろうかと相談した。

彼等は亀を使いにやった。

渡し守

ケエロンは前に屈んで漕いだ。何物も倦み切った彼には同じことであった。

彼には何年何世紀の問題ではない、ただ広漠たる時の流れであった。昔からの重たい気分と腕の痛みとは彼に取っては神々が造り極めた計画の一部であり、また永遠の一片であると思われた。

もし神々が彼にせめて逆風でも与えてくれたら、彼の記憶の中にすべての時を二つの同じような平たい部分《きれ》に分けることが出来たかも知れない。

彼のいるところには万物がすべて灰色であった、もう少しの光でもほんの暫時死者の上に残り止まったとしても、例えば、クレオパトラの如き女王の顔の上にその光が残ったとしても、ケエロンの眼はそれを見つけることも出来なかったろう。

不思議にも、この頃になって死者が多数にやって来る。むかしは五十人ぐらいずつ来たものが、今は数千人も一度に来る。ケエロンの灰色の心の底になんでこういう事があるのかと考えることもしなかった、それは彼の義務でもなかった。ケエロンは前屈みに屈んで漕いだ。

すると、しばらくの間誰も来なかった。こんなに長いこと神々が世界から一人の人もよこさないということは珍しいことであった。

やがて一人の人間がたった一人でやって来た。その小さい影は寂しい岸に顫《ふる》えて座っていた。大きな舟は岸を離れた。

たった一人の乗客。それでも神々のすることに間違いはない。大いなる疲れ切ったるケエロンはこの小さい無言の顫えている霊の側でただ漕ぎに漕いだ。

その河の音は世の始めに悲しみがその姉妹《はらから》の中に歎いた大いなる溜息に似ていた、そのためいきは人間の悲しみの反響が地上の山に消える如く消え去ることが出来ないで、時と共に古く、ケエロンの腕の痛みと共に古いものであった。

舟はやがて緩い灰色の河をディッスの岸に着いた、小さい無言の影はその時もまだ顫えながら岸に上ぼった。ケエロンは倦み疲れつつ再び舟を世界に返そうとした。その時かつて人間であったその小さい影が口をきいた。

「私が最後のものだ」と彼がいった。

この時までまだ一人の者もケエロンを微笑させたことはなかった、この時まで誰もまだケエロンを泣かせたものはなかったのだ。

鶲の歌

詩人が茨の側を通ると鶲《ひょ》が歌をうたっていた。

「君はどうしてその歌を作った？」と詩人が聞いた、この人は鳥の言葉を知っていた。

鶲が答えた、「それはこうなんです。実際どうも不思議な事でした。私はこの春この歌を作りました、突然に思いついたんです。それは世界中にまたとないような非常に美しい雌鶲《めひょ》がいました。その女の眼は夜《よる》の湖よりも暗い色で、羽はその夜よりも黒いんです、その嘴《くちばし》といったら、あれほど黄ろいものは見たことがありません、飛ぶことは稲びかりより早いんです。彼女《それ》は普通ありきたりの雌鶲ではないのです、あの女の如きものは世に二つとはなかったのです。私はあの女があんまりすぐれていますので側へ行く勇気がありませんでした。この春或る日のこと急に暖かくなりました——それまでは寒くって、私共は木の実を食べていました、そして万事すっかりが違っていましたが、春が来て暖かくなりました——その日、私は彼女が如何に驚嘆すべきものであるかを考えたり、自分が彼女を、即ち世界にまたとない真に驚嘆すべき雌鶲である彼女を、見ることが出来たのは実に不可思議な事であると思ったりしていました、そして私は嘴を開けて叫びました、その時この歌が出来たんです、私は前にこれほどのものを作ったことはありませんでした、幸いにもあとまで覚えていました、今うたったあの歌です。しかしその驚くべき日の、最も不思議なる、最も驚くべき事というのは、私がその歌をうたうが早く、その鳥が、その世界中で最も驚嘆すべき雌鶫が、ひょいと私のところへ飛んで来て同じ樹の上に私のすぐ側にとまりました。私はその時のような驚くべきことに会ったことはありません。

そうです、歌が一と息で出来ました、そして今もいったとおり――」

老年の放浪者が杖をついてやって来た、鶫が飛んで行ってしまった、それから詩人は老人に鶫の不思議な話を話して聞かせた。

「あれが新しい歌だって?」放浪者はいった。「何があたらしいものか。あれは神がむかしのむかし作った歌だ。わしが若い時分にはどの鶫もみんな歌ったものさ。その時分には新しかった」

鶏

農家の庭の軒先にずらっと列をなして燕が座っていた。落付かない様子で互いにひそひそ話し合い、種々雑多の事をいっていた、しかし心ではただ夏のこと、南国のことを考えていた、もう秋が来て、北風も待っていた。

すると不意に或る日のこと、彼等がすっかりいなくなってしまった。そうすると誰も彼も燕のこと南国のことを話し合った。

「私も来年は自分で南国に行って見たいと思います」と一羽の鶏がいった。

季節がいつか移り過ぎて燕が再びやって来た。そして季節はまた移り過ぎて燕がまた軒先に座っていた、家禽等一同は鶏の出発についてかれこれ論じていた。

或る朝まだき、風が北から吹いて来たので、すべての燕共は不意に舞い立って翼にその風を感じた。力が彼等に来た、不思議な古い智識と、人間の信仰以上の信仰が彼等に来た、燕等は高く舞い上がって我等の都市の煤烟と見覚えある小さい檐《のき》とに別れた、やがて家もなき広大なる海を見た、そして灰色の潮流に導かれつつ風と共に南に行った。南に行く時、彼等は崖のように光る霧に沿うて進み、その霧の上に頭をあげている古い島々を見た、彷徨せる船の悠々たる捜索、真珠を求める潜水者、戦争中の国をも見た、遂に彼等の求むる山が現われ、彼等の知っている高嶺が見えた。彼等は南国の谷に下りて、そこに夏が或る時は眠り或る時は歌をうたっているのを見た。

「風が丁度よさそうだ」と鶏がいった。鶏は翼を拡げて鳥小屋の外に馳け出した。それから羽ばたきしつつ道路に出て、その道路を少し馳けて行くと或る庭園に来た。

夕方、鶏は息を切らして帰って来た。

小家の家禽等に鶏は話して聞かせた、自分は南に向って表道路まで行った、大世界の車馬の往来するのを見た、馬鈴薯《いも》の出来る地にも行った、人間の食べて生きている穀類の切り株をも見た、そしてその道路の端《はて》に庭園があった、その庭園に薔薇の花があった——美しい薔薇の花が！　園丁自身も植木道具を持ってその庭にいた、と話して聞かせた。

なんという興味ある話だろう、なんという美しい描写であろう！　と聞く者がいった。

冬もだんだん過ぎた、つらい月日が過ぎ去ると、その年の春が現われて、燕が再びやって来た。

「私共は南方へ行っていました、海の向うの谷へ行っていました」と燕がいった。

しかし家禽一同は南に海があるということには同意が出来なかった。「あなた方も私共の方の鶏の話を聞けばよかったのに」と家禽等がいった。

ロドリゲスの記録

ダンセイニ卿

自分の最期もいよいよ近くなり、この世に充分生きられるだけは生きたと悟ったので（それも、スペインの黄金時代に、生きられるだけ長く生きたと悟ったので）アルゲントオ・ハレスの谷の領主は自分の長子を呼んだ。スペインの綺羅を飾り世にも珍らしい紅の帳《とばり》でうす暗くなっている部屋にその長子がはいって来ると、父は語り出した、おおわたしの兄息子よ、お前の弟は頭がにぶくて同時に賢い男だ、かれは婦人に愛せられる性質をば神から与えられては居らぬ、さてわたしの兄息子よ覚えておくがよろしい、この地上にあっては、来世も多分そうであろうわたしは推察しおるが、この地上にあっては、まぎれもなく、婦人たちこそすべての事の裁決者である、なぜそうであるかは只神のみが知ろしめすことである、婦人はすべて自尊心《うぬぼれ》つよく移り気のものであるが、それでも、かれらが万事の裁決者であることは確かである。さて、お前の弟は婦人たちの悦ぶところのものは与えられておらぬ、婦人がどういう風に何を好むかの理由は神が御存じだ、わたしの自分の心にもおぼえがある、浮気っぽい道をかれらは悦ぶのである、わたしはその道によってこそ、むかしエンジェリコがうしろの高嶺から一度ヴァラドリッドを望み見たと伝えられるアルゲントオ・ハレスの谷も手に入れたのである、のみならずその上にもまた……いや、それはどうでもよいことだ、さて……何をわたしは話していたろうか？　そこで話の続きを心づけられて老いたる領主は言い続けた、言うには、お前の弟は自分の手ではとても何も取り得ないだろう、それ故わたしは自分のこの領地を彼に残して行こうと思う、なぜというに、たぶん何かのわたし自身の罪のために彼の霊がにぶくされているのであろうから。それは聖書《みふみ》も示したもう如く、親たちの罪が子供らにむくいられるものなのである、それゆえ、こうしてわたしは彼につぐないをする。しかしお前には、わたしは自分の長い細身の古いカスチリヤの剣を残す、もし古い唄が嘘をいわなければ、外国人もこの剣をば恐れたということである。この剣はいつも愉快に、しなやかである、そして長くわかれていた二人の友人が相会した時に歌うように、この剣もほかの剣と相会う時に、剣のまことの心が歌うのである。この剣は狡猾で、すばしこく、元気である、もし戦いの時この剣の力によってもお前が取り得られないものがあるとすれば、それはお前のマンドリンによって手に入れるがよい、お前はスペインの古風な調べに合せて上手に弾きこなすことが出来るから、それに、わが子よ、わたしもよく知ってるあの弓がたのバルコニーの陰でお前が唄をうたう時には、月の夜を選ぶがよろしい、月には多くの便宜がある。まず第一に、おとめたちは月の光に、春はことさらに、お前が信じ得られないほどの多くのロマンスを見いだすのである、おとめたちの眼には、夜がただのやみ夜であるよりは、月のひかりがあって暗黒《やみ》に神秘が添えられるのである。もしまたなにかの像がかたえの草の上に光っているか、それともマグノリヤの花が咲いているか、または夜のうぐいすが鳴いているか、その夜の中に何かしら美しいものがあるとすれば、何によらず、それは便宜である。おとめというものは、自分の恋人の物でもなくてただ神のおん手から注ぎ出されたものをまで、すべて恋人のものとして見てしまうのである。月にはまたこの便宜がある、それはもし邪魔する奴が来れば、月光はただ真暗な夜よりは刃の働きに都合よいものである、実際、月光のなかのわたしの剣の楽しい遊戯は幾度となく見る眼に歓びを与えたものだ、わたしの剣はひかり、おどり、輝いた。また、月の夜には無駄の手合せをすることがなくて、かのセヴァスチアニが教えた、むかしのむかしからスペインの驚異であった立派な衝《つき》をあたえる余裕もあるのである。

老いたる領主は語りやめて、しばらく息をついた、わが子に最後の言葉をあたえる為に力を集中しようとしているようであった。かれはゆっくりと息をついて、さてまた語りつづけた、彼が言うには、わが子よ、わたしは安心して死んでゆく、お前は一人前の男として最も必要な二つの技能を持っているから、剣の冴えとマンドリンの巧とがあるから。異国人のなかにはまたべつの芸術もあるであろう、世界はひろく種々さまざまの習慣もあることであるから、しかしこの二つの芸術だけが世に必要なものなのである。さてこう言って、もう力はなくなりかけていたが、その頃スペインに流行していた上品なしなをもって彼はそのカスチリヤの剣を長子に与えた。それから彼は天蓋に覆われた、うき彫のある大きな寝台に仰向きに寝た。その眼はふさがれて、くれないの絹の帳がゆらいだが、彼の息の音は聞えなかった。しかし老いたる領主の霊は、それがどこへ旅行しようとしていたにしろ、まだ古い住家に止まっていた、かれの声がまたきこえ出したが、今度は弱々しく、うわ言めいていた、彼はしばらくは庭園のことを言っていた、それはスペインの最も得意だった時代に日のあたたかい沃野に貴族たちが所有していたような庭園のことだった、かれはほかのものは知らなかったのだ、かれの記憶がそういう香ぐわしい地上の奇観の中に眼も朦朧として立ち迷っているうち、たぶんかれの霊はその記憶のなかに立ち止まって、この最後の数分間というもの、春の月夜のおもいでのあるスペインの庭園と、かれの旅の向うの端であるパラダイスの林の中の路とをとり違えたらしかった。とにかく、彼の霊がしばらく立ち止まっていた。さまよい歩くその記憶がそこで終ると、再び静寂が来て、息の音も聞えなくなった。やがて最後にかれの力を集めて彼は子の方を見て言った、剣はたたかいに、マンドリンはバルコニーに。それっきりで彼はぐたりとなって死んだ。

　さてその頃スペインの国じゅうどこにも戦争はなかった、しかし老領主の長子は父の最後に言った言葉を一つの命令と見なしたので、そのうす暗い部屋にまだいるうちからも、埋葬の礼がおわり次第、戦争がどこの土地にあるにしろ、父のかたみの剣を身につけて、そのたたかいを探しに行こうと、すぐに決心したのであった。その葬礼についてはここに述べずとも、それはスペインの「黒本」の中に悉《くわ》しく書いてある。またこの老貴族の青年時代のことは「黄金本」に述べてある。「おとめの書《ふみ》」にも彼の名が現われている、それから、「スペイン庭園図解」にも名が出ている。今ごろは幸福にパラダイスにいることと信じて彼に別れよう、かれは人間たるに必要な技能即ち剣の冴えとマンドリンの巧とを持っていたのだから。もしまた、救いに到る路は、私たちが好き勝手な路にうろついて行くよりも、もっと面倒なもっとよい路があるわけならば、私たちはすべてわざわいなる哉である。こうして彼は葬られた、そして彼の長子は彼のかたみをその長い真直ぐな美しい鞘に、エメラルドを散りばめた浅黄びろうどの鞘に、納めて帯にぶらさげ、スペインの路に添うて歩き出した。路は左に右に曲って、ある時は、こういう路があまり持っていない珍らしい親切心から、野の小さい草花を生え出させるだけのために、ほとんど全く路が絶えていることもあり、また西に東にある時は南に走っていることもあったが、しかしその路はまず主に北に向いて走っていた、走るというよりは、さまよっていたという方がより適《ふさ》わしい言葉かも知れない、一ふりの剣よりほかに少しの土地も持っていないアルゲントオ・ハレスの谷の領主はただその路について歩いた、戦争を探しながら。背にはマンドリンを負っていた。季節は一年の春であった、わたくしたちの国のような春ではなく、まだ三月の始めとはいいながら、アフリカかそれとも名も知れない南国から出て来る春がはじめてスペインに踏み入る季節であって、春の踏む足の下には数かぎりないアネモネが咲き出すのであった。

そこから春はわたくしたちの島国にも来る、わたくしたちの森にも、南部スペインの谷に来る春にすこしも劣らず珍らしく来る、あたらしい唄のように新しく、神代詩のように怪しく、来るのであるが、ただ旅のつかれに少し蒼ざめて来る、そのため私たちの国の花は無数の花が一度に咲き出すスペインの花のとおりには咲かないのである。

ゆくみちすがら青年は、あたかも空で虹が砕けてその破片がスペインの上に墜ちたかのように、自分の歩く両側に輝いているこの南国の花のほのおを眺めた。その時から後いつまでも、彼はスペインの古調をうたう時、春のあらゆる美しさに現われたその日のスペインを想い出した、その追憶はかれの声にうつくしさを与え、眼になやましさを添えた、それが彼のうたう唄によく調和してある時は冷たくも見える気高い心まで和《やわ》らげるのであった。ながめながめて彼は山の上に立っていると見える町に来た、その時かれはスペインのその花の路の二十哩《マイル》にちかく歩いて来たのだったが、まだそれほど疲れてはいなかった、しかし日は夕ぐれに近く、日のひかりも消えかかっているので、彼は一軒の宿にゆき、夕あかりにかの剣を抜き、剣の柄で入口の樫の扉を叩いた。その宿の名は「龍と騎士の宿」というのであった。灯が上の窓の一つにともされて、暗黒《やみ》はその時深くなったと思われたが、おもたく階段を下りて来る足音がきこえた、さて、やさしい心の読者、私がここに宿の名を書いたからには、この青年、即ち、アルゲントオ・ハレスの土地なしの領主である青年の名も今いわなければなるまい、足音がゆっくりと家のなかを下りて来て、かれがその父の領地を離れてはじめて隠れがを求めたその最初の家に夕やみが深まった時、かれがロマンスの戸の入口に立った時に。かれはロドリゲス・トリニダッド・フェルナンデス・コンセプシオン・ヘンリーク・マラヤと呼ばれていた、しかし私たちはこの物語の中では単に彼をロドリゲスと呼んでおこう、あなた方と私とは、読者よ、それが誰であるかが分かるから、だから、彼のすっかりの名を挙げる必要はない、ただ時々読者が忘れないために、ところどころにこの名を言い出すだけのことにする。

足音が家のなかの階段をどんどんと下りて来た、窓から窓へと蠟燭の光がうごいて、そして家じゅうのほかの窓はどれも真暗であった、たしかにその光はかの反響する階段を下りて来る足音と共に動いているのだった。足音が板の上に響かなくなったと思うと、今度は石の床の上に徐《しず》かにうごいて来た。ロドリゲスは人の息をきいた、一歩ごとにひと息するのを。やがて閂《かんぬき》と鎖のはずれる音がして、息づかいがすぐ近く来た。戸はすばやく開かれて、眼つきの卑しい、専念に悪の僕《しもべ》であるらしい表情の男がそこに立って暫時かれを見つめていた、やがてまた戸がぱたんとしめられて閂が元の位置に返される音が聞え、足音と息づかいはまたも石の床の上を動いてゆくらしく、内の階段がまた反響しはじめるのであった。

ロドリゲスはわが心と剣とに言った、もしここに戦があるのなら、よし、私は星の下に眠ろう。そう言って彼は街に戦の音をきこうとした、しかし、何の音もきこえないので、彼はひとり言を続けた、もしまだ私が戦にめぐりあわないのならば、私は屋根の下にねむろう。

（一の巻の一部抄訳）

アドルフ

ロレンス

私たちがまだ小さい時分、父は折々夜勤をすることがあった。ある春のことが思い出される、私たちが起き出して寝衣のままで階下《した》に下りて来る時分、父はまっ黒けの顔をして疲れ切って家にたどり着くのであった。そんな時、夜と朝とがばったり顔を合した、そういう出会いはいつだって嬉しいものではない。たぶん父には私たちが愉快に飛び込もうとする一日のなかによごれ疲れた自分自身を引きずり入れるという事が痛ましくも思われたのであったろう、春の朝日のひかりの中に床にはいることは父もいやであったに違いない。

しかし、時々は父も夜明けの露ふかい野の遠い路を歩いて来ることが幸福らしかった。夜ぶかい坑の中とは違った明るい朝と露のかがやきと野びろさとが父をよろこばした。父は鳥を眺め、震える草の葉の一つ一つのそよぎを眺め、鳥の鳴く声に返事したりした。もし父に出来ることであったら、おそらく彼は人間の言葉でない自然の言葉で、獣にも鳥にも虫にも返事したであったろう。かれは人間以外のものを余計に愛していた。

日のうつくしいある朝私たちは食事しようとしていると父の重たいゆるい足音が門からはいって来るのを聞いた。私たちは少し不安になった。父の出現はいつも私たちの邪魔になるようであった。父は暗い顔をして窓のそとを通って、スカラリー〔食器洗い場〕に入って持っていたブリキの水筒を投げ出した、それからすぐ台所にはいって来た、何か言いたいことがあるんだなと思ったが、誰も何も言わずに私たちは暫時かれの黒ずんだ顔を見ていた。

「何か飲ましてくれ」と父が言った。

母はあわてて茶を注いだ。父はそれを下皿にうつした、そして茶を飲まずに、いきなりテーブルの上の茶碗のあいだになにかを載せた。小さい茶いろの兎だった！　小さな兎で、ほんとうに小さいかたまりがパンに寄り添って坐って、まるで拵えた物のようにじいっと静かにしていた。

「うさぎ！　小うさぎだ！　とうさん、だれに貰ったの？」

父は、灰がかった茶色の眼を動かして意味ありそうに笑ったが、上着をぬぎに立って行った。私たちは兎に熱中してしまった。

「生きてるのかい？　心臓はうごいてる？」

父は戻って来て重たく肘かけ椅子に腰かけた。かれは下皿を引きよせて茶を吹いた、黒いひげの下の赤い唇を突きだして。

「とうさん、どこで見つけて来たの？」

「拾って来たんだよ」と父はあらわな二の腕を口や髭でこすった。

「どこで拾ったの？」

「野生のですか？」と母はすばやく訊いた。

「そうだよ」

「なぜ野生のものを家に持っていらしったのです？」

「だってみんなが欲しいんだもの」私たちが騒いだ。

「そりゃ、欲しいでしょうとも——」母が何か言おうとしても私たちの質問の声に溺らされてしまった。

父は野のほそ路で死んでいる母うさぎと三疋《びき》の死んでる子うさぎを見つけた——その側にこれだけが生きて、それでも動かずにいたのだった。

「とうさん、その兎はどうして殺されたの？」

「どうしてだか俺も知らないが、何か毒な物でも食ったのだろう」

「なぜ持ってらしったのでしょう！　どういうことになるかぐらいあなたにも分るでしょうのに」

父は何とも答えなかった、が、私たちは大声で反対した。

「とうさんが持って来るのは当然だ。こんな小さいんだもの、ひとりで生きちゃいられやしない。置きっぱなしにすれば死んじまう」そう言って私達は騒いだ。

「そうとも、どうせ死んじまうだろう。そうすれば、またひと泣きするのだろう」

母は愛物の死の悲劇を見まいとしていた。私たちの心はしょげて来た。

「死にはしないでしょう、とうさん、死ぬでしょうか？　なぜ死ぬんでしょう？　死にやしませんね？」

「死にやしないだろう」と父が言った。

「死にますとも。こういう事は前にだってあったことですのに——！」

「そういつも極《き》まって死ぬものでもない」父は不機嫌に言った。

しかし母は、父が前にもほかの小さい野の生き物を幾度か持って来て、それがみんな拗ねてしまって生きることを拒んで、果ては気違いぞろいの私たちの家に苦労や涙のあらしを起したことを父に言い出した。

私たちは心配になって来た。小さい兎はじっと動かずに、大きな暗い眼をして、私たちの膝に載っていた。私たちは温かい乳を持って来て兎の鼻のさきにあてがって見た。兎はそれが遠くの事のように、動きもせずどこかの深い穴の中に隠れて人目に見えないでいるかのようにじいっとしていた。私たちは乳のしずくで兎の口やひげを濡らしてやったが、兎はちっとも動かずぬれた白い乳のしずくを払いおとそうともしなかった。だれかもう忍び泣きを始めたものもあった。

「そら、私が何と言いました」母はえばった。

「持って行って原の方に捨てておいでなさい」

彼女の命令は駄目だった。私たちは学校に行く着換をしろと追い払われた。そこに兎は坐っていた。ちょうど小さなほのかな雲のようであった。見ていると、私たちの心の感情も死んでしまいそうだった。愛してやろうとする甲斐もなく、いとしがる甲斐もなく、兎の小さな感情はすべて埋めかくされていた。それはだまかすのが好《よ》かったのだ。愛や温情はかえって兎を無理に侵すのであった。野に生れた小さい物は、私たちが愛をもって近づけば近づくほど、捕われの身をなおのことじいっとして仮死したようになってしまった。私たちはそれを愛してはいけなかったのだ。それを生きてゆかせる為には、だまかすのがよかったのだった。

それで私は妹や母に命令した。決して兎に口をきかないこと、その方を見てもいけないことにした。それからフラネルの切れに包んでやり、寒い客間のうす暗い隅に持っていって、その鼻のすぐ前に乳の皿をおいてやった。私たちが学校に行ってるあいだは、母も客間に入るべからずということにした。

「お前たちの馬鹿をわたしが真似ると思ってるのかい」母は大きに侮辱されたように叫んだが、しかし客間にはいらなかったかどうだかは疑わしいことだった。

正午ごろ、学校がすんで、おもて側の部屋にそうっと行って見ると、兎はやっぱりフラネルの中でじいっと静かにしていた。不思議なうす茶色の生物、それがまだ生きていた！　私たちには謎だった。

「かあさん、なぜ乳を飲まないんでしょう？」私たちはこそこそ話をしていた。父が眠っていたから。

「すねて、死ぬ方が好きなんだろう、馬鹿な奴さねえ」これは意味ふかい問題だった。すねて死ぬ方が好きとは！　私たちは蒲公英《たんぽぽ》の若葉を兎の鼻さきに置いて見た。スフィンクスだってこれほど感じがなくはない。

しかし、お茶の時刻になると、兎はフラネルの中から二三寸跳び出していた。そしてまたそこでじいっとして、何の隠れ場もなく、茶いろの、沈黙の小さい固い雲のように、ひげも動かさず坐っていた。ただ横腹がかすかに生命の脈を打っていた。

夜になると、父はまた仕事に出て行った。兎はまだ動かなかった。女の子たちは無言の失望に満たされて、寝る時までに大泣きに泣き出すだろうと思われた。母の怒りの雲はだんだん集中して来て、父のしだらなさについて愚痴を言いはじめた。

もう一遍、兎は坑で着ふるしのチョッキに包まれて今度は勝手元に連れてかれて銅の釜の下に入れられた、穴の中にいるような気持になるようにというわけだった。皿が四つ五つ床の上にあっちこち置かれて、もしも小さい奴が万一にもそこらへ跳び出した時には、どこかで食事にありつくようにしてやった。この仕掛のあと、母は勝手から入用の物だけ取ることを許されてもうあとでは戸をあけることを禁ぜられてしまった。

翌朝、あかるくなると、私は階下《した》に下りて行った。勝手の戸を開ける時、かすかな物音を聞いた、見ると床の上のそこいら中に乳がこぼれて皿の上には小さな兎の降下物《おとしもの》が見えた、そして狼藉者は長靴のかげから耳の尖端だけ見せていた。私が覗くと、彼は輝く眼つきでそっぽを向いて、鼻をぴくぴくさせながら、私の方を見るともなく見て坐っていた。

かれは生きていた――たいそう元気に生きていた。

しかしまだ私たちは兎の信用の上に深入りすることを怖く思った。

「とうさん！」父は戸口で呼びとめられた。

「とうさん、兎が生きています」

「おめでとう」父が言った。

「気をつけてはいって下さい」

その日の夕方には、小さいやつがすっかり馴れて、まるで人馴れてしまった。彼はアドルフと命名された。私たちは彼で夢中になった。彼を愛してやることは出来なかった、彼はどうしても最後まで愛を知らず、野性であったから。しかし彼はまぎれもない歓びであった。

彼は小舎《こや》に住ませるにはあまりに小さくてかわいそうだったから――私たちの家の中に住まわせることにした。母は異議を言い立てたが、駄目だった。何しろかわいそうなように小さいのだから。私たちは彼を二階に連れて行ってやった、かれはベッドの上に小さい糞をおとした、それでも私たちは嬉しがっていた。

アドルフはもうすっかり自分の家のように落ちついてしまった。そして家の中じゅう走り廻って、家具のうしろに穴だのトンネルだのを見つけて、たいそう幸福だった。

私たちはアドルフを自分等と一緒に食事させることを悦んでいた。彼はテーブルの上に坐って背中をまるくして乳をなめたり、髭だの柔らかい耳だのを振ってまるで無関心の様子で、自分の皿から跳び去ったりまた跳び返ったりしていた。不意に彼は何かを思いついたらしくちょいちょいと小さい二三歩とんで、砂糖つぼのところで不思議そうに伸び上がった。彼は小さい前足をふらふらさせて、やがて壺のふちに届くとそこに前足をかけて瘠せた頸《くび》を伸して内部をのぞき込んだ。彼は髭を砂糖の中でふるわしていたが、やがて一生懸命に塊をくわえ出した。

「見ちゃいられない！　お砂糖のなかにけだものがいるとは！」母はそう言ってテーブルを平手で叩いた。

　これが電気じかけのようなアドルフをひどく悦ばした、彼はぴょいとうしろ足ではねるとコップをひっくり返した。

「かあさんが悪いんですよ。始めに許しておいたのだから――」

　それから後もかれは私たちといっしょに茶を飲んだ。温かいお茶の方が好きのようだった。それから砂糖が大好きだった。砂糖の一塊をしゃぶり終ると彼はバタに向った、そうすると母にしっしっと叱られる。しかし彼はいつか母の小言も平気になってしまった。母はかれが食物の中に鼻を突っ込むのが嫌いだった、かれはまた、その鼻を突っ込むことが大好きだった。それで或る日のこと、彼と母との中でクリームの器をひっくり返してしまった。アドルフは小さい胸を濡して恐怖にはね返ったが、たちまちその小さい耳を母につかまれて炉辺の絨毯の上に投げ飛ばされた。かれは暫時そこで情けなさそうに身ぶるいしていたが、たちまち不意に恐ろしい迅《はや》さで客間の方へ逃げ出した。

　この客間なるものがアドルフのためには楽しい遊猟地であった。彼はそこで炉の前の敷物の一部分を考え深そうな顔をしてぴしゃぴしゃしゃぶる悪い癖を覚えてしまった。そこを追い払われると今度はソッファの下に逃げこむ。そこで彼は仏者が参禅したようなかたちで眼を光らしていると思うと、たちまち、どういうわけか誰にも分らないが、今度は眼ざまし時計のように動き出して、とっとっとっと騒がしい音をさせて部屋の外に走り出す、両耳を飛ばして廊下を通るかと思うと、彼の雷電がまたも客間に衝き当る音がする、私たちが追いかける間もなく、アドルフのあらっぽい一線が私たちの側を射るように過ぎて行く、まるで電気の風に乗ったように台所を走り廻り、またその風に吹き返されて、狂おしい小さい物は毬のように勢いづいて客間に飛び込むのであった。そんな発作の後かれは落ち着き払って遠々しい様子で隅に坐って、瞑想に余念もなく髭をひくつかせていた。どうしてあんなに騒ぐのかと訊いたところでどうにもならなかった。まるで彼は鉄砲だまのように飛んでいくと思うと、やがて静かにけむりを吹く銃のように静かであった。

さてさて、彼はひどく早く育ってしまった。もう外へ出さずにおくことはとても無理であった。ある日私たちが上がり段のところで遊んでいると、私は彼の茶色の影が路をぶらつき横切って家に面した野の方に行くのを見た。すぐに「アドルフ！」と彼の聞き馴れた叫び声が呼んだ。するとたちまち彼は傾斜の野を風のように飛び去った、草の中をうねりくねり尾をちらつかせて、私たちは追いかけたが、両耳を後ろに投げて力強い小さい腰つきをして、世界を後ろに捨てて走って行く彼の姿は不思議な見物だった。私たちは息を切って走ったが、追いつけなかった。そのうち誰だか彼を遮り止めたものがあったらしい、彼はすぐに平然として茨のかげで鼻をぴくぴくさせて坐っていた。

外にぶらつく為に彼は恐ろしい目にあった。ある日曜日の朝、父は行商人と喧嘩をした、私たちは家のなかでその後の口小言をきいていると、不意に庭の方から聞きなれない叫び声がした、私たちが飛び出して見ると、アドルフが腰掛の下にうずくまって、少し離れたところに大きな黒と白毛の猫が彼の方に向いて激しく怒り立っていた。とても忘れられない光景であった。アドルフは眼をうしろに引っこめて、かれの不思議な鼻口をあけてもう一遍叫ぶと、猫はゆっくり伸びながら彼の方にのし進んで来た。

私たちがどんなにその猫を憎らしく思ったことか！　私たちはお寺の塀を越えて隣家の庭の向うまで猫を追って行った、アドルフはまだ育ち切ってはいないのだから。

「猫め！」母は叫んだ、「憎らしいけだものだね、なぜあんな物をよその人は養っておくのだろう」

しかしアドルフは母の手に余って来た。かれはめちゃにたくさん糞を落して歩いた。そして母が一人で家にいる時突然かれが二階から駈け下りる音は母をあわてさせた。かれを内にとめておく事はとても不可能だったし、外には猫がうろついているし、小さい子供よりもずうっと世話がやけた。

しかし私たちは彼を閉じこめておく気がしなかった、彼はますます強壮になり無情になって来た、蹴ることが得意なので私たちは彼のために顔や腕にひっかき傷を拵えていた。しかし彼はとうとう自分の手で最後の運命を極めることになった。客間のレースのカーテンは――母はたいそうそれが自慢だった――床にたっぷり垂れていたが、アドルフはまるでどこかの藪のしげみを潜り抜けるような気持で、そのレースの中をかき廻しながら通り抜けるのが、かれの歓びの一つであった。今までにもう大分たくさんの孔をこしらえてしまった。

ある日のこと、彼はまるっきりその中に引っかかってしまった。彼は狂わしく濛々たるインフェルノ〔地獄〕の中を蹴ちらかし馳け廻った。彼は叫んだ――そしてカーテンの棒をひっぱり落すと、それが大事の大事の植木の上にばったり落ちた、ちょうどそれと同時に母が客間に馳け込んだのであった。母はアドルフをカーテンのこんがらかりから引き出してやったが、決して罪をゆるさなかった、アドルフの方でも母を恕《ゆる》さなかった。彼は非情の物らしく荒々しくなってしまった。

彼を家から出してしまわなければならないことは私たちの眼にもはっきり分った。とうとうそれが決定されて、長々しい評議のあとで、父が彼を荒野に連れかえることになった。それでもう一度アドルフは父の坑内着のジャケツの大きなポケットに入れられることになった。

「鍋の中にでも入れてしまえばいいのに」父は私たちを怒らせるのが面白くて言った。

やがて、その翌日父の話をきくと、アドルフは叢林《やぶ》の端のところで下ろされると、嬉しそうでもなく、また悲しそうでもなく、極めて無頓着な様子でとび去ったという事であった。私たちはそう聞かされてそれを信じた。しかし心では種々さまざまに研究して見た。ほかの兎たちがどんな風にアドルフをうけいれてくれるだろう？　彼の人馴れて、人間化した堕落を嗅ぎつけて、ひどい目に会わせやしまいか？母はそんな御たいそうな空想を笑いとばしてしまった。

とにかく、彼が去ってしまって、私たちはむしろ落ちついた気持になれた。父はアドルフのことを始終気にしていた。朝早く藪の側を通る時、アドルフが蕁麻《いらくさ》のすきまから覗いているのを父はたびたび見つけたそうだ。父が奇妙な高調子で誘うように呼んでも、アドルフは知らん顔をしていた。自然の中の生物はじきに野がえりするものである、そうなると彼等は私たち人間くさいものをひどく軽蔑してしまう。どうも私にはそう思われたのである。私自身も幾度か叢林の端まで行って、忍びやかに呼んで見た。私自身にも、蕁麻の茎のあいだに光る眼や羊歯の奥から人を嘲るような白い尾の動くのが見えるように思った。アドルフが私たちに横を向いた時のあの高慢ちきの白い尾！　それはいつでも或る失礼な身振りと、いうことを許されないような、とても書くことの出来ないある文句を私に思い出させるのであった。

博物学者が兎の尾の白い理由を論ずる時に、あの失礼な身振りとそれよりもなお失礼な文句が私の心に思い出される。博物学者の言うところでは、兎が白い尾を見せるのは自分の子供たちを安全に自分の後に従《つ》いて来させる為であって、ちょうど子守女中の白い襷をひらつかせることが彼女のよちよちした委託物《あずかりもの》を自分に従いて来させる信号であるのと同じ理屈なのだそうである。何という結構なナイーヴな話だろう！　だが、私のアドルフはそんなナイーヴな奴ではないのだ。彼はいつでも私の方にぴょいと尻を振り向けて彼の白い羽毛《かざり》を私の眼に見せつけて、そして「くそ」と言うのであった。それは失敬な言葉だ――しかしアドルフはいつもその瘠せた臀部《しり》に見せられるだけの嘲りをこめて、その言葉で私に挑戦するのであった。

それはまったく兎その物であった――横着さ、反抗的なあざけりの白い旗。いたずらっぽい横着な小さい悪魔の彼はいつもその旗を振って苦い結果を招いている。生命がけで走ってゆく彼の姿を考えて見る、彼のたましいは恐ろしさで夢中になり、驚きの抑えがたい旋風のようにあおり立てられる。まるで狂気のように彼はその驚くべきうしろ足で、世界を背後に捨てて馳けて行く、頭を後ろに投げやり、耳を両わきに倒して、無我夢中の迅さの苦痛に白眼をくるくるさせて。うしろに恐ろしいものの近づいて来るのを彼は知っている。弾丸かそれとも貂《てん》か。彼は知っている！　彼は知っている、彼の眼はほとんどその頭の中の方に向けられているかと思うほどである、それは苦痛だ、しかしやっぱりそれが歓びである！　歓びである！　人にけしかけるようなあの高慢ちきな白い旗！　彼は恐怖の不思議な風に渦巻き廻る。閉じこめられているそのたましい全部が痛いほどな恐怖の感動の中に衝き入るのである。流星が消滅するために落ちて行くように、彼は身を投げ出す。恐怖のましろい熱。そして同時に、ばか！　ばか！　ばか！　と白い尾が動く、くそ！　くそ！　くそ！　と尾が追手に言っている。兎はそれを自分でどうすることも出来ない、せっぱ詰った中でも彼はまだ追手を侮辱して行く。彼はうち勝ちがたい亡命者であり、御しがたい弱者である。貂が残忍になるのももっともな事である。

そしてもし、この大事な兎が逃げおおせたらば！　彼は地の隅に、勝利と沈黙の小さい球のように、坐っているではないか？　彼の黒い眼の輝きが見えるではないか？　彼の不動の底には、全世界も彼にとっては「くそ」であることが見えるではないか？　弱者の誇りほどの誇りはない。もしまた、復讐の天使がうす気味悪い鼬《いたち》の姿で彼の上におそいかかったならば、地の隅に不動に坐っていた自己満足の小さい塊から恐怖の叫びが上げられる。亡命者は亡びる。しかし、ほろびても彼の白い羽毛が浮動する。死の中でさえもそれが言ってるようだ「私は弱者だ、私は正しい者だ、私は兎だ。ほかのお前たちみんな、お前たちは悪い事をする奴らだ、お前たちは、くそを喰わせられていろ」

Ⅱ　小説２

大うそつきトニー・カイトの恋

ハーディ

トニーの顔は、小さい丸い固く締った顔で、子供の時にひどい疱瘡をやった痘痕《あばた》がちょいちょい見えたが、女の眼にきずになるほどではなかった。真面目くさってにこっともしない男で、笑うのはひどく良心がとがめるといったような顔をしていた。談話をする時は相手の眼の中の小さい点をじいっと見つめていた。トニーの顔は我々の手の掌と同じことで頬ひげも腭鬚《あごひげ》もひげというものはまるで見えなかった。彼は「仕立屋のズボン」の唄を讃美歌でもあるように真面目くさって唄っていた——。

「ペティコートのねえさん衆とズボンのにいさんが行く——」

というようなくだらもない唄を片っ端から唄うのであった。女たちには至極大事にされて、その代りそのお礼に彼の方からも女を博愛した。

しかし時節が来て、トニーもその中の特別一人のミリー・リッチャーズという綺麗なきゃしゃな小さい優しい可愛い娘に極めることに落着した。夫婦になるという噂が間もなく聞えた。或る土曜日、彼はおやじの用事で市場へ行って、午後になって荷馬車を御して帰って来た。岡の下まで来ると彼が見つけたのはユニテ・サレットという美しい娘だ。彼がミリーと夫婦約束しない前に大分敬意を表していた娘の一人であった。

トニーが娘の側まで来ると、彼女は

「トニちゃん、あたしを我家《うち》まで載せてってくれない？」といった。

「いいとも。お前に頼まれちゃ、いやだとはいえない」とトニーは答えた。

彼女はにっこり笑って馬車にひょいと乗った、トニーはどんどん進んだ。

「トニちゃん」と彼女は優しい恨みの声でいった。「なぜあなたあたしとあの人と見換えたの？　あの人のどこがあたしより好いの？　あなたの為には、あたしの方が良いおかみさんになれたのに、そしてあたしの方が情愛も深いのに。始めからすぐに好い返事をするような女が一番いい女というものじゃないのよ。随分長いおなじみだったわね——子供の時からといいたいくらいね——ねえトニちゃん、そうじゃなくって？」

「うん、そうだ」と、トニーもその真理を発見した。

「そしてあなた、何もあたしに悪いところを見つけやしなかって？　ほんとの話をして下さる？」

「なんにもお前に悪いことはなかった、大丈夫、なかった」トニーは答えた。

「それであの——トニちゃん、あなたあたしを綺麗でないと思って？　あたしの顔を御らんなさいよ！」

トニーはよほど長い間彼女の上に眼を注いだ。「綺麗でないとは思わない」と彼は答えた。「実際、俺はお前がこれほど綺麗だとは思わなかった！」

「あの人より綺麗？」

トニーが何と答えたろうかは誰にも分からない、何故といえば、彼が返事をしない前に彼が眼の先きに、曲り角の垣根を越して見つけたのは、彼がよく見知ってる羽毛《はね》だった——ミリーの帽子の羽毛《はね》——この週に結婚約束の披露をしようかと相談するつもりの彼女の帽子の羽毛であった。

「ユニさん」とトニーは出来るだけ優しく、「あすこへミリーが来るよ。お前と俺と一緒に乗ってるところを見たら、俺はどんなに痛められるだろう。もしお前が下りたところで、お前と路で逢えば、あの女は今すぐあの角を曲がって来る、お前と路で逢えば、俺たちが一緒に来たってことを察しちまう。だからねえ、ユニちゃん、後生だ、不愉快な思いをするのは俺もきらいだが、お前も嫌いだろ、後生だから、お前は車の後ろの方に横になってミリーが通り過ぎるまで桐油を被っていてくれ。すぐに済んじまう。さあ！　俺も今の話をよく考えて見る。結局はミリーの代りにお前から好い返事を聞くようになるだろう。あの女と俺との間にすっかり極まったというのは、ほんとうじゃないんだ」

さて、ユニテ・サレットは承知して車の後方に寝た、トニーは上から隠して、馬車は散らばった桐油の外に何も見えなかった。そこでトニーはミリーの方に馬車を進めた。

「トニさん！」とミリーは男が近よるのを見て少しふてたような顔をした。「随分帰りが遅いのね！

あたしというものがロングプッドルの村に居ないようだわ！　あなたが、一緒に乗って帰りながら未来の家《うち》の相談もするから、来いとおいいなさるから、あたし迎えに来たんですよ――あなたがそういって頼むし、あたしも来るって約束したから。そうでなけりゃ、トニさん、あたしは来やしないのよ！」

「そうとも、俺はお前に頼んだね――そうだ、思い出した――実はちょっと忘れていた。俺と一緒に乗って帰るのかい、ねえミリー？」

「ええ、そうよ！　ほかに仕様もないじゃありませんか？　こんなに遠くまであたしが出て来たのに、まさかあたしに歩かせるつもりじゃないでしょう？」

「なあにさ！　俺はね、お前が阿母《おかあ》さんの迎えに町へ行くのかと思ったんだよ。町で阿母さんに会ったよ――お前の来るのを待ってるような様子だった」

「いいえ。もう家《うち》へ帰りましたよ。畑をぬけて来たから、あなたより早く帰ったのよ」

「ああ！　それは知らなかった」とトニーはいった。そして彼女を自分の側にのせるより外に仕方もなかった。

　彼等二人は楽しそうに談話をして、樹木だの家畜だの馬だの虫だの畑の百姓だのを眺めていたが、間もなく彼等が見つけたのは、彼等の進んで行く先の路の傍に立ってる一軒家の上の方の窓から顔を出して眺めているハンナ・ジョリバーであった。これもその土地の評判の美人で、トニーがいの一番に恋した女――実際において、ミリーやユニテよりも先に恋したので――ミリーではなくこの女に結婚しようと実はもくろんだのであった。ミリー・リッチャーズよりもずっと剛のものであった。ただしこの頃はトニーはあんまりこの女のことを考えていなかった。ハンナが顔を出していた家はハンナの叔母の家だった。「ミリちゃん――俺の未来のおかみさん、といっても好いだろう？」トニーは優しい調子で、ユニテに聞えないくらいの低い調子でいいつづけた。「向うの窓から若い女の人が首を出している、ひょっとすると俺に話しかけるかも知れない。実はね、ミリちゃん、あの女は俺が自分と結婚したがっていると思っていたんだよ。それを俺がほかの人と、おまけに自分よりずっと綺麗な人と、約束しちゃったのを発見したんだから、俺たちが二人で一緒にいるのを見たらどんなに怒るかと、少々怖いよ。だからミリちゃんちょっと助けてくれないか——ねえ、俺の未来のおかみさん、といってもいいだろう？」

「ええ、よござんすとも、トニさん」と彼女は答えた。

「そんならね、この車の前の方のからの袋の下にもぐってあの家の前を過ぎるまで、隠れていてくれないか？　まだあの女は俺たちを見つけやしない。いいかい、クリスマス前じゃあるし、俺たちはなるべく平和と好意の中にくらして行きたい、そうすりゃ人を怒らせないで済む、そういうことは始終心掛けて行かなくっちゃならないのだ。

「トニさん、あたしあなたの為なら、何でもしてよ」ミリーはこういって、あんまりやりたい仕事とは思わなかったが、這い込んで丁度腰掛のすぐ後ろにうずくまった。ユニテはその向うの端に納まっていたのだ。こうして彼等は往来の家に近づいた。ハンナは男の来るのをすぐ見つけて窓から彼を見下しながら待っていた。彼女は少し馬鹿にしたように首を振って程よくにっこりした。

「ちょいと、家《うち》までのせてって下さるお親切はないの？」

男が会釈《こっくり》と微笑で通り過ぎて行きそうに見えたので彼女はこういった。

「えっ、そりゃ勿論！　あしゃ何をぼんやりしていたんだろう？」トニーはまごついて返事した。「だが、あなた叔母さんとこに留まっているんでしょう？」

「いいえ、そうじゃなくってよ」彼女は答えた。「あたしが帽子を被ったり上着を着てるのが見えないの？　叔母さんをここまで送って来たところなのよ。ほんとにトニちゃん、どうしてそんなにぼんやりなの？」

「そういうわけなら——ええと——そりゃもちろんあっしと一緒にお帰んなさい」トニーはそういいながら、着物の下にぼうっと汗が出て来るのを感じた。彼は手綱をひかえて女が降りて来るのを待っていて、やがて手を貸して自分の側に座らせた。かくて再び御しながら彼の天性丸い顔が出来得る範囲において長い長い渋面をしていた。

ハンナは男の眼を横眼でじいっとのぞいて、「好い気持ねえ、トニちゃん、好い気持じゃなくて？

あたしはあなたと乗るのが好きよ」ハンナはこういった。

トニーは女の眼を見返した。「あしもあなたと乗るのが好きだ」しばらくしてからトニーはそういった。つまり、女を熟視したので、彼はのぼせて来た、そして見ていれば見ているほどこの女が好きになった、ついには、このハンナ・ジョリバーがあるのに、どうして自分はミリーやユニテに対して結婚のけの字でもいい出したのだろうと、自分ながら解らなくなって来た。それから二人はだんだん近く近くすりついて座った。二人の足は一つの足台に並んで二人の肩はこすりついて、そしてトニーはハンナは実に美しいなと何度となく考えていた。彼はだんだん優しいより優しい口をきいた、そして、しまいにはひそめき声で「大事のハナちゃんや」とまで呼んだ。

「あなた今度はもうミリーさんとすっかり極めちゃったんでしょう」ハンナは聞いた。

「な……なあに、すっかりというわけじゃない」

「なに？　あんまり小さい声で聞えないわ」

「うん、——あしゃ声がかれてるんだよ。すっかりというわけではないといったのさ」

「でもそのつもりなんでしょう？」

「それは、その——」

彼の眼が彼女の顔に休んだ。そして彼女の眼が彼の顔に。トニーはどうしてハンナを中途でやめにするような馬鹿をしたか分からなかった。

「好い子のハナちゃん！」彼は堪まらなくなって、どうにもならなくなって、ハンナの手を取った、そしてミリーとユニテとその他全世界を忘れてしまった。「極めたかというのかい？　あしゃ極めたつもりはない！」

「ちょいとお聞きなさい！」ハンナがいった。

「何を？」トニーは女の手を離した。

「あたしはたしかにその袋の下でチウチウいうような鳴き声を聞いてよ。あなたお米を運んだので、きっとこの車には鼠がいるんでしょう！」彼女は着物の裾をまくし上げた。

「なあに、心棒の音だ」トニーは安心させる調子でいった。「天気の好い日には時々こういうことがある」

「そうかも知れないわ……あの、そんなら、ほんとのことをいって、ねえトニちゃん、あなたあたしよりもあの人が好き？　なぜっていえば――なぜっていえばあたしは時々はツンツンしていましたけれど、ほんとはあなたが好きなのよ、ほんとのはなしは。ですから、もしあなたが何とかお聞きなされば、あたしいやとはいいませんよ――あなたも分かるでしょう？」

この女はいつもこうではなかった（ハンナは時々は何でも反対の様子をする女であった）のに、自分の方から女が申出るうれしい態度にトニーはすっかり引入れられてしまった。彼はちょいと後ろを振り返って見てから、極く小さい声でささやいた、「あしゃあの女と固い約束をしたわけじゃない、だから何とか話をつけちまおう。そしてから、そのあなたがいったその相談をあなたと相談します」

「ミリーさんを捨てちまうの？　――あたしと一緒になるために！　うれしいわ！」ハンナは両手を叩いて大きな声で叫んだ。

すると今度はほんとのなき声――怒ってるような恨めしそうな泣き声と、やがて何物かの心が割れたような長いうめき声がして、からっぽの袋が動いた。

「何かいますよ！」ハンナは立ち上がった。

「ほんとに、なんでもないんです」トニーは慰める調子でいったが、どうかしてこの破目から逃れたいと内心祈っていた。

「はじめに話さなかったのは、驚かしたくないと思ったからだが、実はね、ハンナさん、わしゃそこのその袋の中に鼬《いたち》を二三疋《ひき》入れてるんだ、兎を捕る為なのだが、時々喧嘩をやらかす。わしが人に知らせたくないのは、密猟みたいなものだからね。大丈夫そとに出やしない――大丈夫だよ！　それで――えええっと――好い天気だね、ハンナさん、今の時候にしちゃ？　今度の土曜日には市場に行きなさるかい？　叔母さんはこの頃どうです？」こういうあんばいにトニーはしゃべり続けて、ミリーの聞いているところでハンナが恋愛問題について話をしないようにした。

しかしトニーはそこでぱったりつかえてしまった。どうしたらこのこそばったい事件から逃げられるだろうと再び思案しながら、彼は何か工夫はないかと考えて見た。家《うち》の近くに来ると、彼の父が遠くもない畑にいるのを見つけた。父はトニーに談話がしたそうに手をさし上げた。

「ハンナさん、ちょいと手綱を持っていてくれませんか？」彼は大助かりの気持ちでそういった、「ちょっと行って、おやじが何の用があるんだか聞いて来るから」

ハンナは承知した、トニーは息をつく暇を得て大喜びで畑にいそいだ。父は少し怖い眼つきでこちらを見ているということを彼も見つけた。

「これ、これ、トニー」老カイト君は息子が側へ来るが早くいい出した、「困るじゃないか、なあ」

「何を？」トニーは聞いた。

「だってな、お前がミリー・リッチャーズと結婚する気なら、するがいいじゃないか、そして早くかたをつけちまえ。ジョリバーの娘なんぞとこの土地を乗り廻して噂の種をつくるなよ。俺は見ちゃいられない」

「俺はちょいと頼んだのだ――というのは、あの女が俺に頼んだのさ、家まで載せてってくれって」

「あの女が？　そらあ、ミリーなら差支えないがな。ハンナとお前と二人っ切りじゃあなあ――」

「阿父《おとう》さん、ミリーもあそこにいるよ」

「ミリーが？　どこに？」

「米の袋の下にいる！　実はな、阿父さん、困ったことだが、俺も少々女難の態だ！　ユニテ・サレットもあすこにいる、向う側の桐油の下に。三人ともあの車に乗っかっていて、三人をどうしていいんだか、俺にもまるっきり見当がつかない。一番うまい工夫は、俺の考えじゃほかの者に聞えるように大きな声ではっきりと三人の中の一人に申込むんだね、それで片がついちまう。それがあの連中の喧嘩の種になるだろうが、それは仕方がない。ところで、阿父さん、もしかお前が俺だとしたら、どの女を貰う？」

「どの女でもお前に載せてってくれと頼まなかった女がいい」

「それはミリーだ。確かに、あの女は俺が乗れといったから乗ったのだ。しかしミリーはね――」

「そんならミリーと極めろ、あの女が一番だ……だが、あれを見ろ！」

父は車の方へ指さした。「あの女にはあの馬を抑えちゃいられない。あの女の手に手綱を頼んで来たのが悪いんだ。早く行って馬を抑えろ。さもないとあの娘たちは怪我をする！」

トニーの馬は、ハンナが一生懸命に手綱を引っぱっても、足早に、自分の勝手に動き出した、馬だって長いこと外に出ていたから一刻も早く厩《うまや》に帰りたい一心なのだ。何もいわずにトニーは馬に追いつこうと父の側から駆け出した。

彼の父が彼にミリーを推薦したことが、ミリーから彼の心を離す最も強い原因となった。いやだ、どうしてもミリーはいけない。ハンナにしよう、一度に三人に結婚は出来ないんだから。馬の後を追って走りながら彼はそう考えていた。車の中では奇妙なことが起こっていた。

袋の下で泣いたのは無論ミリーであった。恥かしいのと笑われることが怖ろしいので、隠れているということは人にも知らせることが出来ないから、トニーの言葉に対する苦い怒りと恥辱とを只そうやって洩したのであった。彼女は次第に落付かなくなって来て身体を動かしていると、彼女が見つけ出したのは自分の頭に極く近くほかの女の片足と白い靴足袋《くつたび》が見えたのであった。ユニテ・サレットが同じ車の中にいようとは思わないから、ミリーはぎょっとした。その驚きが沈まると、彼女は事件の底まで探ろうと決心した。そして車の床に添うてどんどん這って行って蛇のように桐油の下まで這い込んだ。驚くべし、そこに彼女の顔はユニテの顔と出っくわした。

「まあ、随分見っともない！」ミリーはくやしがってユニテにささやいた。

「お前さんこそ」ユニテは答えた。「若い男の車にこうして忍んでいてさ、お前さんたちはあんまり堅い評判でもないからね！」

「気をつけて口をおきき」ミリーの声は少し高くなった。

「あたしはあの人と夫婦約束したんだよ、だからあたしはここにいる権利があるじゃないか？　お前さんはどういう権利があるんだか、聞きたいもんだ。あの人はお前さんに何の約束をしたえ？　大方くだらないことだろう！　トニさんがほかの女にいうことはみんな風みたいなものさ、あたしには何も関係はない！」

「あんまり安心おしでない！」ユニテがいった。「あの人はハンナと一緒になる気だよ、お前でもあたしでもないのさ。それだけはあたしにも聞えたよ」

こういう不思議な声が桐油の下から聞えたので、ハンナは驚いて気絶しそうになった。そして丁度この時だ、馬が動き出した。ハンナは自分で何をしているか解らないで、夢中になって引っぱった。喧嘩が次第に声高になって来たのでハンナは恐ろしさに手綱をぱったり放してしまった。馬は自分の思う通りのあがきに歩いて、坂を下りてロングプッドルの村に入ろうとする曲り角まで来て、あんまり急に曲がったので、外側の車が土手の方へ上がって車は横倒しにひっくりかえって心棒でおっ立った。三人の娘は一と塊りに往来へ転がり出した。

トニーは大心配で息を切りながら駆けつけたが、彼の愛人たちのどれもたいした怪我はなく、垣根の茨ですりむいたぐらいなので安心した。しかしまた彼等同士であんまりひどく怒り合っているので、これも心配になった。

「みんな喧嘩しないでくれ、好い子だから——どうか頼む！」トニーは彼等に敬意を表して帽子を取って、こういった。それから三人を片っぱしから出来るだけ公平に接吻して廻ろうとしたが、女たちは彼に接吻させるほど落付いていなかった。彼等は全くくたびれるまで泣いてすすり泣いていた。

「さ、わたしは正直にいう、これがわたしの務めだから」トニーは一同が静まって自分の声が聞えるが早くいい出した。

「これは正直の話だ」彼はいった。「わしはハンナにわしの家内になってくれと頼んだ、ハンナも承知した、披露するのは、今度の……」

この時ハンナの父親が後ろに来たのをトニーは知らなかった、それから茨にひっかかれたハンナの顔から出血し始めたことも気がつかなかった。ハンナは父親を見つけて、彼の側に駆けて行って前よりもひどく泣き出した。

「わしの娘は承知はしませんぞ」ジョリバー氏は大いきみに強くいった。「ハンナ、お前承知か？　この男に断るだけの勇気を出せ、少しでも真面目な気持が残っているなら、それとも断れないわけでもあるのか？」

「この人はたしかに承知した」トニーもたけり立った。

「その点に行けば、ほかの二人だって、そうだ、お前さんから見たらわしが不都合だと思いなさるだろうが！」

「あたしにも勇気があるわ、あたしはこの人を断ります！」ハンナは自分の父親がそこにいるのと、今の新発見で不機嫌になっているのと、顔の怪我のためとで、こう答えた。「今あたしはこの人とあんな優しい口をきいてる時、こんな嘘つきと話をしているとは思わなかったんです！」

「なにっ、ハンナさん、いやだと？」トニーは死んだ人の如く力なく顎を垂れた。

「いやなこと――あたしはいっそ誰――誰とも結婚しない！」ハンナは心が咽喉《のど》もとまでこみ上げて来たが、やっとことさでこういきみ出した。トニーがそうっと彼女に頼むか、父がそこにいないで、彼女の顔が茨でひっかかれてさえいなければ、彼女は承知したのであった。こういい終えてから彼女は父の腕にすがって歩き出した、もう一度男が自分に頼むだろうと思っていた。

トニーは今度はどうしてよいのか解らなかった。ミリーは彼女の心が流れ出すほど泣きじゃくっていた。しかしトニーの父がこの女を一生懸命すすめたから、トニーはそっちの方角には気が進まなかった。それで彼はユニテに向いた。

「それでは、ねえ、ユニテちゃん、お前、承知してくれるか？」と彼は聞いた。

「あの人のおあまりを貰うの？　いやなこった！あたしはいやよ！」そういってユニテ・サレットも同様に歩み去った、ただし彼女は数歩往ってから、男がついて来るかと振り返って見た。

そこで結局そこにはミリーとトニーだけ残された。ミリーは水の溢れた河の如く泣いて、トニーは稲妻に打たれた木の如く突っ立っていた。

「どうだい、ミリちゃん」やっとこで彼は彼女の側へ行った。「どうもお前と俺で、ほかの者ではいけないように天が極めたと見える。そうなるはずのものは成るのがよいのだ。ねえミリー？」

「トニさん、あなたさえよければ。あなたあの人たちにいったことは本気じゃないんでしょう？」

「本気なものかい！」トニーは片手のげんこを片手の掌に叩きつけて叫んだ。

それから彼は彼女に接吻した、車の位置を直して二人一緒に乗った。

〔訳者より〕
ハーディのものは大分訳されたものがありますから、この短篇もすでに訳されているかも知れませんが、それらの訳をまだ読まない方が読んで下されば仕合せと思いまして心の花に送ります。

懺悔

ハーディ

朝露がいつまでも消えないで、樹陰の草は乾く間もない夏の末ごろの朝であった。フクシャもダリヤも十一時頃になっても小さい露を載せていた、それが空気の動揺につれて光の色を変えていた。ほかの樹の枝にも小さい銀の果実のように露がかかっていた。蜘蛛の糸はこまかく輝いて見えた。露の乾いた日あたりには脚ながの蚊とんぼがいくつとなく人が通るたんびに草から飛立った。

　ファンシーとその友だちのスーサンとこういう場処にいて早熟の林檎を枝から取ろうとしていた。ディックとファンシーとがバッドマスから一緒に帰って来てからもう三月過ぎた、その間に二人の恋は勢いつよく進行していた。その恋の成行にちょいとした邪魔もあり、秘密にするには相応の策略も入《い》るので、そんなこんなでファンシーの恋はいつもいつも新しみを持っていた。ディックの方は、何があってもなくっても、いつも変らず熱心であった。しかし、今、ファンシーの眼界には雲が出て来た。

　スーサンがこういっていた、「あの女《ひと》はそりゃ気楽な身分なの――あたしたちの誰よりも仕合せなのよ。あの女のお父さんは五百エークルの畑を持ってるの、だから、お医者様だろうが、牧師さんだろうが、あの人がその気にさえなれば、誰とだって結婚が出来るのよ」

「ディックはあたしが行かれないと知りながら、あのジプシー遊びに行ったのはひどいわ」とファンシーは不安らしく返事した。

「あの人はあなたが行かないというのを後になって知って、もう断ることが出来なかったんでしょう」とスーサンがいった。

「その女の人はどんな人？　はなして頂戴な」

「そうね、まあ綺麗といってもいいわ」

「その人のことをすっかり聞かせて下さいよ、ねえ！　あの、幾たびディックがその人と踊って？」

「一度よ」

「二度だってあなたはいったでしょう？」

「いいえ、そんなこといいやしないわ」

「そう、でもディックはもう一度踊りたかったんでしょうよ」

「いいえ、踊りたそうじゃなかってよ。あの女《ひと》の方ではひどく踊りたがっていたわ。それは誰だってディックとなら踊りたいわ、あの人はあんなに好い男で、女の機嫌をとるのが上手ですもの」

「ああ、あたし、どうしよう！　その女《ひと》はどんな風に髪を結っていて？」

「ちぢらせに下げていたわ――金いろの毛ですから、紙でくせをつけないでもちぢれるのよ。あの髪のせいであんなに綺麗に見えるんでしょう」

「そのひとはディックを取る気なんだわ！　きっとそうに違いない！　あたしはこんないやな学校を教えているんで髪をちぢらせることが出来ない！　構うものか、ちぢらせてやる、こんな学校なんぞ捨てちゃって家《うち》へ帰ってしまう、そして髪をちぢらせよう！　ちょいと、スーサン、見て頂戴！　そのひとの毛はこのくらい和《やわ》らかくって長くって？」ファンシーは帽子の下の束髪から自分の毛を一絡みひき抜いて肩に垂らしてその長さを見せた、そしてスーサンの眼つきでその意見を知ろうとした。

「そうね、丁度そのくらいの長さよ」とスーサンが答えた。

ファンシーはがっかりして黙っていたが、「あたしの毛もその人の毛のようにうす色だといいんだけれど！」悲しそうに彼女はいいつづけた。「だけど、その人のはこんなに和らかくって？　ちょいと、どう？」

「あたしには分からないわ」

ファンシーはぼんやりと眼をあげて、黄ろい蝶と黒と赤の蝶が連れ立って飛び廻っているのを見た、その時ディックが庭を歩いて来るのに気がついた。

「スーサン、ディックが来てよ。あたしたちが噂していたせいよ」

「そうね、あたし家《うち》に這入るわ――お邪魔でしょう」そういってスーサンは実際的に身を反して歩き去った。

そこへ何の罪もないディックがやって来た、ジプシー遊びや野遊びでこの男のたった一つ悪かったことといえば、あんまりファンシーの事ばかし考えていて、その会から得れば得られる無邪気な楽しみも求めずに、彼女が側にいないのを溜息ばかしついていたのだ――それでその気の抜けたような単調無味な午後をどうして通り越したものかと、どうにも仕方がないので、あの女と踊ったのだった。だけれどこんなことはファンシーは信じはしない。

ファンシーは自分の感情をどっちの方に働かしたものかと考えた。ディックを責めようか？　それはいけない。「あたし大変な心配があるのよ」彼女はこういった、そして樹の下に落ちている二つ三つの林檎をあてもなく悲しそうに眺めるような様子をした。しかし批評的な耳ならば、彼女がこの言葉を出した時、ディックにどういう効果があるか試験するような調子を彼女の声の中に聞きつけたろう。

「どんな心配？　きかして下さい」ディックは熱心にいった。「どんな心配だか僕にも一緒に心配させて下さい」

「いいえ、いけないの。あなたにどうにもならないの、だれにもどうにもならないの！」

「なぜ？　あなたがそんな心配なんぞしなくったっていい、どんな心配だか知らないが。きかせて下さい」

「あなたの考えているようなことじゃないのよ！　恐ろしいことなの、あたしの罪よ！」

「罪だって！　あなたに罪が犯せるものか！　そんなことがあるわけがない」

「ほんとにそうなのよ！」若い女は悲しみに取り乱したような好い恰好をしていった。「あたし悪いことをしましたけど、それは誰にも聞かせたくないの！　誰も宥《ゆる》してくれやしないわ、だあれも！　あなたはなおのこと宥して下さりやしないわ！……あたし、つい……人とふざ……」

「なに、……ふざけた！」ディックは表面から急に内部に押込むように感情を抑えていった。「あなたは一生に一度も男とふざけたことがないって一昨日いったばかしじゃないか！」

「ええ、そういいましたわ、それは嘘なの！　あたし、よその人に自分を愛させたの、そして……」

「それはどうも……！　いや、僕はあなたを宥す――それは、あなたがどうすることも出来なかったのだから――ええ、宥しますとも！」急に陰気になったディックがこういった。「あなたから持ちかけたんですか？」

「あの――あたしには分からないわ――ええ、そうよ――そうじゃないわ。ああ、やっぱしそうよ！」

「だれです？　きかせて下さい！」

「シャイナさんよ」

林檎が一つ落ちる音と、ディックの長く抑えていた溜息と、ファンシーのすすり泣きと、沈黙の中に聞えた後ディックはひどく厳格にいった。「すっかりきかせて下さい――すっかり！」

「あの人がじいっとあたしを見て、あたしもあの人をじいっと見たの、そうするとあの人が、この河べりのとこでどういう風にして鷽《うそ》を捕まえるか教えて上げましょうかっていったのよ。あたしひどく教わりたかったの――鷽が是非欲しいと思ったの！　その気持はどうすることも出来なかったでしょう！――それであたし、どうぞ！　といったのよ、そうするとあの人が、こっちへいらっしゃい、というんでしょう。あたしとあの人と二人で河へ下りて行ったのよ、そうするとあの人が、どういう風にするのか見ておいでなさい、すぐ分かります。この枝に黐《ねば》りをつけときます、それからこっちへ来て、この藪に隠れるんです、じきに利口な鳥先生がやって来て枝にとまります、そして羽をばたばたやります、そうすればもう、あなたが、ジャック何とかっていう間もない内に、もう取れたんです、ええと、何とかいいましたっけ、忘れちまったわ！」

「ジャック・スプラットですか？」ディックは苦痛の雲の中から物悲しそうにいって見た。

「いいえ、ジャック・スプラットじゃなかってよ」

彼女はすすり泣きをしていた。

「それじゃ、ジャック・ロビンソンか！」彼は事実の一点一角も漏らさず知らなければ死んでしまおうと決心した人のような語勢でいった。

「ああそれよ！　それからあたし向う側へ渡ろうと思って橋の欄干に手をかけたの、そうすると――それっ切りだわ」

「しかし、そうすると、たいしたことでもないようだ」ディックは批評的にそして前よりは好い気持らしくいった。「シャイナがあなたに何か教えようなんて余計なおせっかいだが。しかし僕が考えると――もう少し何かなければ、あんなにあなたが気にかける筈がないと思うが？」

彼はファンシーの眼に見入った。ああ情けない！

眼の中にはまだ、罪という字が書いてあった。

「ファンシー、あなたまだ隠していることがある！」ディックは大人しい若者としては少しきつすぎるぐらいにいった。

「あら、そんなにひどくいっちゃ、いやよ！　あたしもういうのが怖くなったわ！　あなたがそんなつっけんどんにいわなけりゃ、すっかりお話しようと思ったのよ、だけど、もういえないわ！」

「ねえファンシー、聞かして下さい、ね、僕は宥します、ゆるさないわけにはいかない――どんなことがあっても、いやでも、宥さなくっちゃならない、僕はこんなにあなたを愛しているんだから！」

「あの、あたしが橋へ手をかけると、あの人があたしの手に触ったの――」

「ちきしょう！」ディックは空想の人間を粉に砕きながら、いった。

「それから、あの人がじいっとあたしを見ていて、おしまいに、あなたはディック・デューイを愛しているんですか？　といったの。そうかも知れませんわ！　て、あたしがいうと、あの人は、そうでないといいんだが、実はわたしがあなたと結婚したいんだからって、そういいましたの」

「悪党め！　あなたと結婚したいって！」こういってディックは苦い嘲笑に身を顫《ふる》わせた。やがて不意に自分が一人極めをしているのに気がついた。「それはその、あなたがあの男と結婚したいのなら、仕方がない――したいのかも知れない」彼は捨てられ者のみじめな無頓着を見せて、いった。

「いいえ、あたしはほんとにそんな気はないのよ！」と彼女がいった、ちょうどこの時彼女のすすり泣きが治まるのに好都合な方向に転じかけた。

「まったく、どうも」とディックは少し気が落ちついて来て、「こんななんでもないつまらないことに恐ろしく大変な前置きをやったもんですな。あなたがなぜそんな真似をするか分かってます――あのジプシー遊びのためなんだ！」彼は彼女に背を向けて決然として五歩あるいた、彼女というものを含んでいるこの忘恩の国に愛想をつかした様子で。「あなたは僕に嫉妬を起させるためにこんなことをやったのだ、ゆるせない！」彼は自分の肩を越して彼女にこの言葉を投げつけた、そしてぐんぐん歩き出した、たった今の今、植民地の一番遠くの端まで歩いて行きたいらしい様子で。

「ああ、ディック――ディック」と彼女は叫んで、手飼の子羊のように彼のあとを追って行った、そして今度は全く本気に怖くなって「あたし死んでしまうわ！　あたしの心持は悪かったのよ――大変悪かったのよ――ですけれど、それはどうにもならないんですもの。御めんなさいねえ、ディック！　あたし何時でもあなたを愛しているわ。あなたが馬鹿馬鹿しく見えて、あたしにはなんだか物足りないような時でも――やっぱし、あたしあなたを愛してますわ！　ですけれど、もう少しほかに心配なことがあるのよ、あの人とあたしと散歩したことには関係ないんですけれど」

「なんです、それは？」ディックはそういって、植民地まで歩き去ろうとすることは止めにした、実際のところ、その反対の極端に行って、路に根が生えて突っ立って自分の家に帰ろうともしなくなった。

「それはこうなの」彼女はこぼしかけようとした涙の新しい流れの始まりを抑えながら話し出した、「ここが心配なとこなのよ、お父さんが、もしあたしさえ承知すれば、シャイナさんを婿に欲しいっていったんですって。――シャイナさんがあたしのとこへ御機嫌とりに来るのはお父さんは大賛成なんですって！」

「こいつは大変！」とディックは今までになく物分かりの好い口をきいた。

ホテルの客

リヴィングストン

一

カッツキル山中の、ホテル・ベル―エヤは大きな湖水の岸に立って低い山々に囲まれていた。

そのホテル・ベル―エヤはこの冬からスキーやスケートの客も歓迎することにして、一年ぶっ通しに営業するという広告を出した。

ホテル・ベル―エヤが避暑地一流のホテルとして成功して来たのは支配人ストートン氏の手腕によることだったが、夏のもうけが多いにつけて重役たちは夏だけで戸を閉めるのを甚《はなは》だ惜しいことに思った。冬もやれるといいんだねえ、と決算会議の時に社長がいい出したのが初めだった。自分のうでに非常な信頼とよろこびを持っているストートンはすぐ乗り出した。もっとも彼自身もひそかにこの夏からそんな夢も見ていたのだった。

「皆さんがやりたいという御希望でしたら、やって見てもようございます。ちゃんと冬の設備をして宣伝費を充分使わして頂ければ、一つやって見ましょう」

ホテル経営のストートンの腕は実に立派なものだった。もし必要とあれば、沙漠にまごついているアラビヤ人をエスキモーの小屋に呼んで来て、そこにそのまま永久に住まわせ得るだけの腕を持っていた。ベル―エヤ・ホテルに全国の客を引っぱって来るくらい何でもなかった。で、たちまち、ホテル・ベル―エヤの広告が出た。

倦怠し切っている有閑人種はすぐとストートンのおもわくに吸い寄せられてどんどん押しよせて来た。

「どうも、ここへ来ると、ひどく腹がへる」

「よく眠れるね」

「あたしの神経衰弱もわすれたようよ」

そんなことでたちまちクリスマス時分には選《え》りぬきの客で満員となった。

三人の重役たちは悦び切って、彼等のもうけが確実なばかりでなく、避暑地ホテルの冬期営業という冒険が成功したのだから、みんなが戦勝者のような意気でめいめいの家族をつれて冬のホテル・ベルーエヤを見物に出て来た。

　支配人は大いに心から歓迎した。彼はこの金持の重役達を愛してもいたし、彼等にめんと向って自慢もいいたかったし、それにもう一つ、相談があるのだった。

「じつは、先日から心配しておりましたが、こんなように繁昌《はんじょう》しますと、どうも、ホテル付の探偵を一人雇って頂く方がいいと思います」

「探偵をかい？　今までそんなものを雇った事はないじゃないか」

　重役兼社長ピーボディ氏が不賛成を云った。

　しかし支配人の心配は、これだけホテルの名が拡まり贅沢な人たちのほとんど唯一の冬の遊び場のようになって見ると、自然とこの客を的《あて》に稼ぎに来る悪い奴らがないとも限らない。大きな盗難騒ぎでも起った日にはせっかくのホテルの名がつぶれる。支配人はこのごろ夜も安心して眠れないと云った。

「だって君、君のいうような奴らがここまで稼ぎに来てホテルじゅう荒したところで、逃げ場がないよ。まずホテルの位置を考えて見たまえ。どっちの駅へゆくのも三哩《マイル》はある、そこへ行くにはホテル専用の乗物で行くよりほか行くみちがないんだ。目さきの見える泥棒ならばちゃんと逃げ路を見つけてからでなければ仕事をしやしまい。ここでは逃げ路が絶対にないんだ。何か一つ紛失したとしても、すぐ大騒ぎになる、そしてその泥棒が一哩《マイル》といかない内に押えられちまうよ。つまり、位置自身が絶対安全なんだ、それに、雇人《やといにん》たちは長く使って気ごころの分ってる連中だから、その方も大丈夫。探偵なんて無用だね」

　重役たちはみんな、探偵は無用だと云った。

「私は、無用だとは思いませんよ。確かに、必要なんですが、しかし、それでは、しばらくご意見にまかせてみます」

　ところで、重役たちの御意見だって間違わないわけではない。

　クリスマスの休みにまた一層客がたて込み支配人はお世辞をいうだけで手いっぱいになってしまい、泥棒や探偵の心配も暫時おるすになったが、もうすでにこの時、一人の男がホテルの事を考えていた。

重役も社長もお客たちも支配人も、彼等の一人でもそれを知ったら、一人だって落着いて眠ったり食ったりしてはいられないのだが。

シカゴのある部屋《アパート》で一人の男が新聞を見ていた。彼はサンディ・ルウィスと云って暗黒界と警察の方ではすこぶる名士だった。

この朝つまらなそうに新聞をよんでた彼はふいと椅子に坐りなおして軽く口笛をふいた。彼の眼に入ったのは社交界の消息欄につづくスポーツだより、最後にホテル・ベルーエヤの滞在客の名前だった。

新聞をおいて彼はしばらく靴の尖端《さき》を見ながら考えていた。まだカッツキルの冬は見たことがない、行って見たいな、と彼は考え始めた。そこのホテルに泊って……。滞在客の名前が冬景色以上に彼の興味をひいた。遊んで来ても、むだではないな、客たちの懐中はたしかに金庫以上なんだから。

サンディ・ルウィスはさっそく旅行の支度をしたが、あまり交際家でない彼は誰にもいわずにいた。ただ一人の女性友人《レディフレンド》にだけいった。

「僕ちょっとホテル・ベルーエヤに行ってみるよ。帰りには、おみやげを持ってくる」

この話はだれにも云うなといわれて彼女は固くいわない約束をしたが、一週間経ってつい云ってしまった。友だちと彼女が路で話をしてるとき、その友達がへんに憐《あわれ》んだ調子で、あたし、同情するわ、あの人もう帰って来ないいんでしょう？　と云った。彼女はひどく憤慨して、ちゃんと彼の行先を云った。あの人たくさん土産を持って帰って来るのよ、つまり宝の山へ宝採りに行ったようなものよ。そこで、ひょいと気がついた。

「ちょいと、これは内しょよ。だれにも云わないでね、ほんとに、云わないでね」

そう頼まれた友達はむろん云わない決心をしたのだが、その翌日自分の恋人と喧嘩をしたとき、かっとして怒鳴り出してしまった。

「意気地なし、お前なんぞがのらくらしてる間に、よその男はね、ちゃあんと立派な服装《なり》をしてホテル・ベルーエヤのお客様になってるんだよ。あんな好《い》い稼ぎ場があったところで、お前なんぞには近寄れもしないんだ……」

たちまちのうちにサンディ・ルウィス宝とりの旅

行がシカゴの友達のなかで評判になっちゃった。もちろん警察の耳に入った。つい少し前にニューヨークで大騒ぎだった盗難事件にもサンディ・ルウィスは関係があると見られていたから、すぐシカゴとニューヨークの警察が電話で呼び合っていた。

「そちらへ廻るかもしれないね、しっかりお願い申すよ」

シカゴがそう云うとニューヨークは、

「だいじょうぶ。こんどは押えちまう」

で、ニューヨークのマッカーシー探偵は警察の命令ですぐホテル・ベルーエヤに出張することになった。探偵はそのとき心配ごとがあったが、仕方がなく出かけて行った。

こういう名士が二人ものり込むことをストートン支配人は夢にも知らなかった。だがまた、そこへ、もう一人不思議な人物が出かけようとしていた。おそらく、これはいちばん難物のお客さまであるに違いない。もちろん、ストートン氏はその夢も見なかった。

ブルックリンの部屋《アパート》に住むジミー・トレイナーという私立探偵の肩書をもつ青年がある。トレイナーがするどい灰色の眼をくるくる世間じゅうに向けて何か冒険はないかと探してるとこで、ベルーエヤ・ホテルの名を見つけたのだった。

「おもしろいな」

「うまくやれるだろうか」

「とにかく、行ってみよう。いって見る値打ちがある」

私立探偵ジミー・トレイナー氏もホテル行きを決心してしまった。

外見からいうとジミー・トレイナーは私立探偵だった。良い頭を持っていてひどく面倒な事件でも手早くさばいてやり、依頼者はふえる一方だった。このままでいけば将来ニューヨーク第一の探偵になることもむずかしくはなかった。だが、しかし彼の頭の働き方にすこうし奇妙な癖があって、時には一生懸命に正しい狭い道を歩くことよりも、もっと愉快な冒険の道にふみ込みたくなることが度々だった。それを短くいうと、つまり彼は、私立探偵の彼は内職をもっていた。

いちど彼は他のものの手抜かりからマッカーシー

探偵に押えられて暗いとこまで行って来た。今そのマッカーシー君がホテル・ベル‐エヤに向って出張するところだと知ってれば、何もわざわざ同じ方角に出かけようとは思わなかったろう。しかし、そんな事は彼もしらないのだから……。

トレイナーは事務所をニューヨークに持っていたが、住居はべつにブルックリンのコロンビヤ丘のしゃれたアパートのうちだった。そこへ今度の冒険の相談に自分の子分でまた秘書役みたいなトミー・ヒバートという青年をよび寄せた。

金髪の美しい顔をしたトミーはまだやっと二十だった。

彼は風のようにすうっと部屋にはいって来て「やあ」と云ったが、いきなり帽子と外套をそこらの椅子に投げこみ、もう一つの椅子に体を投げ込んで、手を出した。

「一本おくれよ、ジミー」

世の中にはどんな時でも自分の煙草を持っていたことのない人種があるが、トミー氏はその人種の一人だった。

「いっぽん、おくれね」

そして、ぷうっと烟《けむり》を出した。

「どんな用だい？　なにか好い事？」

「好いことか、悪いことか、お前に極《き》めて貰うんだ。お前ベル‐エヤ・ホテルを知ってる？」

「新聞はよんでらあね」

「じゃ、どんな連中があすこへ行くか知ってるだろう？　つまり、金と宝石だ。金と宝石だよ。おれは、一仕事やろうかと思う」

「ちいっと欲ばりすぎるな。我々は好いうでだろうけど、たった二人ぎりで大きなホテルをかき廻して、獲物を持って氷のうえを無事に退却して来るのは大変なことだよ。おれが、北極探検の勇士で、お前が……」

「内の仕事なんだよ、うまく内に入り、取るものを取ってうまく退却する、そこがお前の働き場だ。お前、女に化けることは天才じゃないか？」

「じゃ、女になるんだね？」

「そう。貴婦人になって乗り込んで一週間ぐらいは様子を見てるんだ、立派な貴婦人になってね。そしてその間に、くわしく地理を研究し、宝石の持主もしらべて、おれが行ったらすぐと仕事にかかれるようにするんだ」

トミーはしばらく無言で煙草を吹いていた。

「よろしい。やって見ようよ。着物を買う金はあるの?」

トレイナーは紙入を出して大きな紙幣を何枚か勘定して渡した。

「足りるかい、これで?」

「足りなければまた出して貰う。夜会服《イヴニング》も買わなくっちゃならないし、絹の靴下、スリッパ、いろいろ要るな。とても、しゃんとして行かなきゃ」

「うん、しゃんとして行っておくれ。向うにいったら、逃げ路をしっかり研究することだな。それが一ばん大事だ。いつ立つ?」

「水曜日」

「すると、おれは一週間おくれて行く。こうと、一月の三十日にゆく」

「手紙を書こうか?」

「手紙はよせ。そんな手紙に限って失くなるものだ。じゃ向うで会う時はお互いにしらない人だよ」

相談が片づいてトミーは外套と帽子をとり上げ、卓の上に置いた手袋を外套のポケットに入れた。その拍子にトミーの手が煙草の箱もちょろりとポケットに入れちまった。

「じゃ、さよなら」

昇降機《エレベーター》の口までトレイナーが送っていくと、トミーはしきりにポケットへ手を突っこんで何か探している。

「なんだい? 何か落したのかい?」

「うん。手袋がない。今たしかにここへ入れたんだが」

「手袋かい、手袋はおれが出したよ、煙草の箱を出すついでに」

そこでトミーは恥ずかしげもなくあはあは笑い出した。トレイナーも愉快に笑っていた。

「ばかにするな。お前みたいな小僧にはまだ負けないよ。じゃ、さよなら」

約束をまもりトレイナーは一月三十日、カサピーの小駅で汽車を降りた。

ホテル・ベル-エヤに行く客は彼ひとりと見え、りっぱな橇《そり》を一人で占領して備えつけの沢山の毛皮に一人でくるまり、彼はゆったりした気持の旅びとになっていた。日のひかりは夕がた近く、森のなかの路はもう深い影だったが、三哩のみちの一分一分も愉快な心でホテルに乗りつけた。

そのジミー・トレイナーのために、ホテルの階段の上に驚きが待っていた。それは幾つかの驚きの最初の一つなのだった。

背の低い、はしっこそうな男が玄関の戸をあけて急いで飛びだすと、いま階段を上って来るトレイナーにいきなり歓迎の手を伸べた。

「やあ、トレイナーさん、ようこそ。部屋をとってくれってお手紙が来たとき、どうもあなただろうと思ったんですよ。さあ、どうぞ。さあ、どうぞ。私をおぼえてお出《い》でになりませんか？」

こんなとこに知った奴がいたのかと少し困ってトレイナーはうす暗がりでその男を見た。

「どうも。お見かけしたとは思うんですが」

「ストートンです——ライリー・ストートン。今はこのホテルの支配人をしておりますよ。そら、あなた、五年前に、ニューヨークのブリタニヤでお目にかかりましたろう。ブリタニヤの会計をしていたライリー・ストートンです」

彼はあたりをちょっと見廻して、すこし小さい声をした。

「そら、あの、ストートンです」

二

支配人はそこらを見廻してから云い続けた。

「あの時、会計の私は抽斗《ひきだし》の金を盗ったという嫌疑をうけて拘引されるとこでした。あなたが本当の犯人を見つけて下すったから無事にすみましたが、もし、あなたがあの時お出でにならなかったら、私は今どんな身の上になっていたでしょう？　そちらでは忘れておいでになっても、私には一生の恩人です」

「思い出しましたよストートンさん、ここでお目に懸るとは愉快ですな」

べつに何も愉快なわけではないがトレイナーは少し安心してそう云った。過去の自分をこの男が知っているにしても、悪い事で知ってるのではなかったから。

「……私が御案内します。好い部屋を取っときましたよ。これは私の心もちなんです——ニューヨークの名探偵のあなたに対してね。そら、ボーイ、トレイナーさんのお荷物を持って……」

　トレイナーはこの善良な支配人に従《っ》いてくすぐったく微笑しながら歩いていくと、その後からは小さいボーイが自分の体より大きいスートケースを二つ下げて、名探偵の後姿をありがたそうに見つめながら、ついて来た。

　玄関広場《ロビー》には、そこの第一の飾りである大きな炉に薪がぴちぴち音をたて威勢よくもえている。支配人は帳場のデスクにいる頭をつるつるに撫でつけた書記を退《ど》かして自分でレジスターをひっくり返しトレイナーに記名させた。トレイナーは何気なくそこらを見まわしてトミーがいるかと思ったが、ひろいロビーのあっちこっちに客が散らばって、何か読んでる人も編物をしてる人もあり、とおい隅の方には二つのブリッジの卓があって、熱心な戦いの最中だった。が、トミーの姿は見えない。

　支配人はトレイナーの探すものを勘違いした。

「かなり大勢なんです。名士もおられますよ。わかい人達はちょうど今そとで遊んでる時間ですから、ここに見えるのは、まずお留守居役ですな。あの、遠い方のブリッジの卓に、お年寄の、骨ばった御婦人がいましょう？——人さまの風采をいうのは失礼だけれど——あれはロシヤの石炭王のイーストマン男爵の未亡人です。なかなか元気な方です、もう七十以上でしょうけれど。夫人の組になってるのがミロックさん、鋼鉄界の名士ですね。夫人の右にいる老人が、重たそうな杖を椅子に立掛けていましょう？　あれは英国のモールハウス大佐。欧州戦争で膝に負傷されてから今は予備なんです。あの人は、ブリッジの手があいてる時には、あの名だかいベルギー退却の歴史を一生懸命に書いています。それから、あの隅にいる肥《ふと》った人は、やっぱり書く人で——小説家のバルトーさん。女のことは非常にうまく書かれますね。そう、そう、女といえば——あなたスケートはなさるんですか？」

「上手ですよ。……だが、どういう関係があるんですか、スケートと、その……」

「関係ですか？　その関係はね……いま部屋でお召替の最中とみえるな！　あなたも、早くお部屋でお着かえなさるといい」

　しゃべりながら彼等は昇降機のところまで来た。

着がえが済んだらば、好い相手に紹介すると支配人が云った。それはシカゴの若い婦人で、今は良人《おっと》と離婚している身の上だが……その婦人の形容と説明のうちに彼等はトレイナーの部屋に到着した。で、支配人は親愛の表情を天井に向けて、口をつぼめて接吻を空中に送り出して、それは、じつに、すばらしい人なんで、金はあり、宝石は、宝石はシバの女王みたいに持ってる、と云った。

宝石という言葉がトレイナーの耳に音楽なのだった。彼は心が勇みたち、

「十分もしたら、下へ行きます」

と宣言した。ストートンはそこでようやく退却したが、小さいボーイはちょきんとしてまだそこに立っている。それを五十銭やって追い払った。

トレイナーはケースから着がえの服を出しながらストートン支配人を考えて心が痛かった。前には好い事をしてやりいま正に悪いことをしてやるんだから。きっとあの男は非常に困るに違いない。もし、ここに強盗か山賊の一団がホテルを襲って来るとして、滞在客と世間と、みんながみんなして一様に責めるのはホテル支配人なのだ。かわいそうに。トレイナーはいまその羽目にあの善良な男を陥《おとし》れようとしているのだった。

ちぇっ！　そんなことを、今ごろ……。彼はあわてて硬い心になって立ち上がった。トミーを見つけるまでは、まず今のとこは愉快にするに限る。彼は着がえをして降りていった。ストートンはもう彼を待ちながら若い婦人と面白く話しているところだった。

その婦人はしゃれたスポーツの服で、色っぽい派手なフェルト帽を被り、同じいろのスカーフを頸《くび》にまきつけ、今すぐにでも戸外の運動に出ようとする姿である。

「グランヴィルさん、私の古い友人を御紹介します、トレイナーさんです、ニューヨークの」

グランヴィル夫人はすばやい微笑を見せて、西部の人に特有の卒直さをもってほそい白い手を伸べた。

「トレイナーさん、お目にかかれてほんとに嬉しうございます。ストートンさんがそれはそれは沢山お噂をきかせて下さいましたよ。お羨ましうございますね！　探偵という御商売は、ずいぶん愉快な冒険をなさるのでしょう？　お話を伺わない前から、もうすっかりチャームされましたわ！」

彼は、シバの女王みたいに宝石だらけだというこの夫人のことならば、どんなおしゃべりでも恕《ゆる》す心持だった。

「いや、僕のつまらない話なら、いくらでも。その代りにこの辺の御案内をお願いしたいもんですな。いかがでしょう？　スケートの、お供させて頂けますか？」

「ええ、ええ、私でよろしかったら、よろこんで」

彼等のお世辞のいい合いのうちに、すっぽかされたストートンはたちまち急用を思い出してさっさと姿を消した。夫人の近くにまごついていた一人のあまり若くない紳士も、止むを得ず、灰いろの口ひげの中から何かぶつぶつ云いながら、離れて行った。重い杖をついてゆく、それはモールハウス大佐だ。

トレイナーは夫人と並んで表玄関を出てゆく時、すこしの間彼が探偵であることを忘れて、ただの男性の愉快な興奮を感じた。そこらにいるみんなの、沢山の眼が嫉妬を浮かせて自分を見送っていることを、彼はようやく意識していたから。


湖水の上は活動に充ちていた。


トレイナーはライリー・ストートンの腕につくづく敬服した。五年前のほそぼそとしたあの会計がいま一流ホテルの支配人となっているのも道理《もっとも》だと思った。支配人は人間の頭で考え出せる出来るだけをやって見ようとして努力しているのだった。

注意深いウェーター達は車のついた小卓にお茶とコーヒーの湯気の立つ器を載せ湖水の上を運びあるいている。スケート場の端の夕やみの中に赤く輝いているのは、石綿の下じきに載せた幾つもの火鉢に炭火のもえる光である。綱をひいた一隅には二人の根気づよい教師がきゃっきゃっ騒ぐ新規の人たちを教えている。

「愉快なことですな」

「それに、好いお天気でしたから」

夫人はかるく彼の腕につかまった。

「雪も氷もちょうど申し分ありませんのね。明日、御一しょに、橇で出かけましょうか？」

トレイナーはむろんすぐ承知した。彼は幾組となく行き違う人たちを見たが、トミーを見つけ出すことは暫時《しばし》わすれていた。

夫人はそろそろ疲れた様子で、電気の光のとどかない端のベンチの方にだんだんに足を向けた。

そのベンチに、彼女の側に腰かけた時、トレイナーはたしかに彼女の体が彼に近くよりそうのを感じた、ベンチの広さから見てもその必要がないほど、彼に近く寄りそって来るのだった。彼がうぬぼれをすこうし感じ始めた時、耳のそばに小さな声がした。

「いっぽん、おくれよう、ジミー」

小さな、しかし聞きなれた声だった。

「この野郎——」

トレイナーはかっとして力まかせに夫人を突きとばした。夫人はゆらゆらっとして氷の上にぺちゃんと坐ってしまった。

美しいグランヴィル夫人即ちわがトミー氏はすぐまた起き上がって、ひどく満悦の顔で腰掛に戻って来た。彼はトレイナーが出した煙草を一ぽん取り
「あんなとこを皆が見つけたら、お前は袋叩きだよ。ほんとうに分らなかった、ほんとうに？　かなり自信があったけど、ストートンが云ってた名探偵をごまかしちゃったんだから、すごいねえ」

「驚いた、じつに。どうしてそんなに巧くばける？」

「商売の秘密と、お化粧の秘密は、ちょっと申し上げられないわ」

グランヴィル夫人は口をすぼめ、けむを吹く。

「いま、報告をきいとくれよ」

「うん、どうしたい」

「まず、第一には、お前が嗅ぎつけた通り。ここは宝石と金で一杯だね。だけど、どんなにお宝が一ぱいだって、ホテル中すっかり攫《さら》ってゆくわけにはいかないから、ほんとの一ばん肝心のとこだけ目じるしをつけといたよ。まず、素敵な真珠の頸かざり、それはイーストマンていうお婆さんが持ってる……」

トミーはその老貴婦人の頸飾りを筆頭に、一人一人めぼしい品の持ち主を名ざした。

「いいね、かなり！」

それらの人達の持ちものはいま全部がトミーの手にあるような顔だった。

「で、その次の、退却の方の心配だね。……お前、カサピー駅から来たんだろう？　カサピーは、セントラル線で、ここから西に当って三哩ぐらいだね。ここから東に三哩ぐらい行くとハンボルト駅がある。

両方ともホテルに電話が通じているんだ、電話線は切るとしても、汽車の時間が定まってるから、逃げてそのどっちかの駅で待ってるうちには捕まっちまう。……ホテルの北は、いちめんに森と山がずうっと重なっているから、あすこを通りぬけるには、マラソンの選手だって一週間ぐらいかかるよ。北の方はもちろん駄目さ」

トレイナーはひどく憂うつな顔をしていた。はじめ彼が考えたのは、仕事をかたづけて、それを袋にでも入れてどこか森の深みに隠しておく、後になって人に気づかれないように取り出す、そいったような事を漠然と考えて来たのだが、どうも、そんな事は、駄目だ。

「だい一、羽がないからね、森に行くにも雪の上に跡がつくよ」

トミーは遠くの景色を見るようにして烟をふいていた。今ちょうど山にも森にも雪がある。多数の巡査と探偵がその雪の上を探しあるく姿が二人の空想に動いた。

「弱ったなあ。どっちも駄目か？」

するとと夫人は愉快に笑い出した。

「お待ちなさいよ。いまの話は西と東と北だけじゃないか。まだもう一つ南が残っている。南は、この湖水ね、向う岸まで、三哩。誰だってみんなハンボルトかカサピー駅でなければホテルの出入りは出来ないと思ってるんだけど、湖水の向うには、NBR線のハニトンという ちゃんとした停車場があるよ。ハニトンにはホテルから直通電話がないのさ。ある滞在客が宝石を持って逃げるとき電話線を切るとするね、まず警察の注意は普通みんなが出入りする二つの駅の方に向けられるだろう、そこをゆっくり湖水を渡ってハニトンから乗車する。そして正直にニューヨークまで行かないで、途中のどこかの乗換え駅で降りてしまうんだね、そして、そこから消えちまう。……それで、どう？」

「うまいね、そこまでは。それから？」

「湖水のまん中とこに樹の多い小島があるんだ。そこに、今はもう閉まってるけど夏のキャンプがあってね、先達って紳士たちと一緒にスケートに行った時見つけたから、それから二三日経って夜中に起きて、男の服を一着持ってその島まで行って来たよ、服はボート小屋の樽のなかに隠して来た。真暗であぶなかったが、氷がしっかりしているから、大きに助かった」

トミーはしばらく黙って向うを見ていた。

「いいかい？　まず電話線を切る、もらう物はすっかり貰う。それを身につけてグランヴィル夫人の姿でスケートに出かける、しばらく経って誰かが騒ぎ出す、その時もうグランヴィル夫人は行方不明なんだよ。そうすると、そこに都合よく名探偵のジミー・トレイナー氏が居合せて下さる、すぐ相談をかける。探偵は、お前だよ、いいかい、探偵はたちまちその頭のよさで、犯人は行方不明のその夫人だと定めちまうんだ。そしてそのシカゴの女の人相書をあっちこっちに知らせる、なりたけ本当と違った話を知らせる。そのうちグランヴィル夫人はボート小屋で消えちまって一人のおとなしそうな青年紳士がハニトン駅に歩いて行って、七時の汽車に乗るんだ。どうだい？」

「まずくはないな。だが、ホテルで大騒ぎの最中に、そのおとなしそうな青年紳士という奴が冬の真最中にハニトンのような田舎駅から乗るとしたら、すこうし変だね」

「変なことはない、大丈夫だよ」

その大丈夫な訳というと、今度の日曜の午後スポーツの祝賀会があるのだ。ホテル中の人間は雇人たちまでみんな出かけて、競争に出るものは出る、見物をするものは見物して、内には恐らく誰もいなくなる。そのときグランヴィル夫人は何かちょっとした事故のため止むを得ずホテルに引返《ひっかえ》して着物をなおすことにする。十五分間で、留守の部屋部屋を掻きまわして充分頂戴する。もう一遍そとに出かけてスポーツの終りまで居残っている、ちょうど五時半ぐらい、うす暗くなっておしまいになる、群衆《やみ》が散りはじめる時に、グランヴィル夫人は外の暗にきえるのだ。

やがて一人の青年紳士がハニトン駅に現われる。駅のちかくに松林《パイングローヴ》倶楽部という倶楽部があって、冬のゴルフの連中のためにこの寒中も営業している。そこの会員たちは、金曜日にやって来て月曜の朝には自分の事務所に出ていなければならない人達だから、大抵は日曜の午後七時の汽車にのって帰るのだ、その中に一人ぐらい余計の紳士がいたとこで目にはつくまい。で、グランヴィル夫人がつまり一人だけ余計のその紳士になるのである。

「いいかい、それで？　この前の金曜に松林《パイングローヴ》の連中がスケートでやって来てホテルで食事をしたのよ、すると、ストートンがあたしをみんなに紹介してくれたんだ。あの人は、じつに、紹介の天才だねえ。紳士たちはあたしが気に入ったと見えて、翌日の晩はあっちへ招待してくれたの。ほ、ほ、みんなが、あたしを、大事にすることと云ったら……」

「よせ、よせ！」

トレイナーはくすぐったそうに笑ったが、目にも耳にも油断のない彼はたちまち小さい声で注意した。

「だれか、来る」

誰かが、こっちへ歩いて来るのだった。

「モールハウス大佐だ」

トミーは旗柱の下を通ってちかづいて来る姿をながめた。むかしの英雄は太い杖に体を支えて氷の上をゆっくりゆっくり歩いて来る。トミーはひどくおかしそうに彼を見た。

「ねえジミー、もしお前があたしを追っかける気なら、あの人は、お前の手強い敵だよ。……とても、とてもうるさくって、先日《こないだ》ひっぱたいてやった」

「年寄のくせに！　あんまり、うるさかったら、こんどは俺が引受ける」

彼は老人の好色をばからしく思うと同時に、自分の側のうつくしい彼女が誰であるかを忘れて憤慨した。その彼女は笑い出して、

「馬鹿だねえ、お前は」

夫人はしなやかに立上がった。

「まあ、モールハウスさん、あたしをお忘れになったかと思ってよ。まだトレイナーさんを御存じないんでしょう？　御紹介いたします。きょうからブリッジのお仲間入りをして頂くのよ！　ねえ、トレイナーさん」

三

ベルーエヤの料理は他の一さいの設備に負けなかった。

トレイナーは味覚の快さの中《うち》でだんだん良心の痛みを忘れ、食事のあい間には周囲の客を評価して見た。特に目につくのは、すぐ向うのテーブルに陣どったイーストマン夫人の筋ばった頸にかかっている

真珠の頸飾りだ。トレイナーは自分の眼が輝くのを恐れ、急いで皿に眼を落したが、実に、すてきな！ああ！

たいした物だ！

ちょうど九時、ロビーの卓のわきに立って雑誌をひっくり返していると、向うの方で、グランヴィル夫人の長い象牙のパイプの端のシガレットの運動が彼をさし招いた。彼は夫人の方に歩きながらその美しい服装にひどく感服した。飾りもない黒びろうどのディナー着をつけて、今夜の彼女のたった一つのかざりは左の肩をとめたダイヤの星であった。むろんストートン君は非常にこれをアドマイヤしているに違いない、ジミー・トレイナーもひどくほれぼれとした、実をいえば、このダイヤはトレイナー自身の物なのだが。

夫人は元気よく彼を見上げた。

「ブリッジよ。あたしたちはすっかり揃いましたの。イーストマンさん、トレイナーさんを御紹介します。モールハウスさん、あなたも、もうおよろしい？」

モールハウス大佐は、承諾の返事を鼻でさせて、さっさと定めの卓に近づいた。あとの人たちも大佐のあとから席についた。トレイナーもトミーもどんな相手にでも決して負けない腕であったが、さて男爵夫人も大佐も、彼等に負けていなかった。だから、勝ったり負けたりしたあと、けっきょくの差は上等煙草の一箱ぐらいのとこだった。

「それっきりじゃ、もう一つ頸飾りを買うわけにはいきませんな」

イーストマン夫人が十ドル紙幣をしまい込むのを見て大佐は不器用な冗談をいった。

「特にそう申し上げるのも失礼ですが、この永ねんわたしが見た真珠の中で、あなたの、そのくらいのは、初めてですな」

「わたしは、人さまに感心して頂くのは大好きなんでしてね、（暫時持ちまえの高調子《たかちょうし》をひくく和《やわ》らかにした）これは亡くなった良人《あるじ》の贈物なんです。もっと、近くで御らん下さいよ」

彼女はそう云いながらうしろ襟に手をやってとめ金をはずし、大佐の方に頸かざりを出した。卓の向うの大佐は恐るおそる受けとって拝見した。真珠を愛する心は確かに持っているのだが、しかし、彼はそれを返して大きに安心した風だった。

「早く、おかけになって下さい。私はある時非常に不愉快な事件にぶつかりましてね、それからというもの、どうも他人《ひと》の宝石類には触るのも不愉快です」

夫人はぞんざいに指でしごいて、

「私は、ありそうもない災難なんぞ、考えないことにしていますのよ、（頸飾りを持上げて熟視して）どうもこの頃すこうし光沢《つや》がなくなって来たかと思うんです、宝石屋にひとつ相談して見ましょう。……これは誰かにきいた話なんですが、真珠を身につけていてその真珠の病気を癒《なお》すことの出来る人があるというんですがね、ほんとうでしょうか？」

その時グランヴィル夫人はすぐと応じた。

「ほんとうですとも、それはほんとの本当の事です。私がもし自分で働いて食べる場合になれば、私そういう職業もやって見たいと思いますの」

「あなた、本当のお話ですか、それは？」

「ええ、私の肌はふしぎに、病気の真珠を癒す力を持っていますの」

老夫人は、ほんの瞬間躊躇していたが、すぐ決心したように頸飾りをトミー君に渡した。

「それじゃグランヴィルさん、あなたしばらくこの真珠をかけていらしって下さい。ほんとに、助かりますよ」

そばのモールハウス大佐はひどく鼻でいきんで反対の意をほのめかした。ジミー・トレイナーは、鴨の背中が水に馴れてるくらいにいかなる驚きにも馴れてる筈なのだが、この時はまったく平静を失って、もし誰か小指で彼の腕に触るものがあったら、飛び上がってころがったかも知れない、ほどに、あきれ驚いた。

トミー自身も、もともと自分から求めた事ではあるが、呆れて、困ったような笑顔をした、瞬間、グランヴィル夫人というよりも、トミー・ヒバート青年のわらい顔をした。しかし二重人格はその平均をとり戻した。

「それは、悦んで、させて頂きますけども、ほんとうに真珠の病気を癒すとなったら、もっと、もっと、時間がなければ駄目じゃないでしょうか、あたし、今度の日曜に帰ろうかと思っていますの」

彼女の声はたいそう残り惜しそうに響いた。イーストマン夫人はまだ熱心で、

「ですが、二三日でも、すこしは効力《ききめ》がありはしませんか?」

「そうですね、それは、二三日でも少しは違いましょうね。もし、ほんとうに、私に、身につけていてくれとおっしゃるのなら……今度の日曜までいでも、悦んでお預かりいたしますよ」

「じゃ、どうぞ。モールハウスさん、何という顔をなさるのよ?」

卓の向う側を見てイーストマン夫人は笑った。彼女は骨ばった手を伸してトミーのしなやかな白い手を撫でた。

「グランヴィルさんは、つまらない取越苦労をなさらないから、いいわね」

その事件はそれで片づいて、イーストマン夫人が寝室に退いてから、余ほど経ってトレイナーはようやく黒びろうどの美しい人とないしょ話をする機会を得た。彼はまだ少し驚きが残ってる様子だった。

「じつに強い神経だな!」

ロビーの客人たちの見ている前で彼は彼女の前に身を屈めて囁く。

「あきれた強い神経だよ!」

「まさかあの人がすぐつり込まれるとは思わなかったよ。お前は、あたしが気が弱いと思うだろうけど、ねえジミー、あんな風にしてあたしあの人から取りたくないのよ。日曜日の朝ちゃんと返してやろうかと思うの、あとでもう一遍取るにしても」

「お前の気持をおれに云いわけしないでもいいよ。俺にもよく分るんだ。ストートンのおかげで、俺も痛くてしようがない」

「ストートン! あのストートンとはいつ知合いになったんだい? 聞きたいと思ってたんだが……」

ジミーはかんたんに過去を説明した。前に助けてやった彼をいまひどい目に遇わせることが苦しいと云った。黒びろうどは静かにその話を聞いてうなずいていた。

「よく分る。お前は前からかなり正直な人だったからねえ。じゃ、あたしが頸飾りを返しても、不承知は云わないだろう?」

「何もいわない、好きにするがいい」

そこでグランヴィル夫人の美しい顔が考えぶかく見えた。

「つまり、こんな風に思っていたのさ、あれを返しに持ってってね、あの人の部屋にはいり込み、女同士ですこうし話をするの。あたしがそこにいるあいだに――多分あの人は頸飾りをしまうだろうと思うんだが――そうすればあの人がどこに宝石を仕舞っておくか、すぐ分るだろう?」

トレイナーはあきれて溜息をついた。彼は自分を見上げている真面目そうな無邪気な眼をながめて、おもわず一歩うしろに退《さが》り、そしておだやかな声で云った。

「トミー、おれはお前の気持がよく分ると云ったね? 分るばかりじゃない、おれはお前の気持を尊敬する――大いに尊敬し、讃美する」

彼等の作戦計画どおりに、日曜日の最後の幕が下りるまで、三日の時間をトレイナーはただ愉快に遊ぶことにした。さて、遊ぶためには、ホテルの総ての設備とお客達とが全力をあげて彼を助けてくれた。彼は非常に人ずきのする元気な愉快な青年だったから、スキーにしろ、ホッケーにしろ、どこの仲間でもトレイナーを入れたがった。大抵、彼はグランヴィル夫人のいない方の仲間にはいることにした、仕事の運びにも、また彼の名誉のためにも、騒ぎが起ったあと、トレイナーさんはあの人と仲がよかったと云われることは、まずいと思ったから。

トミーも、そのあいだの時間を有効に使っていた。彼はイーストマン頸飾りに清からぬ衝動を感じて以来、もっと、もっと、彼の希望を向上させて、一人でにやついていた。

その幾日かのあいだ、晩食すこし前になると、客のなかの最もきらびやかな婦人たちの一人一人の部屋に美しいグランヴィル夫人が訪問した、それはごく短時間の訪問で、ある時は、あなたの白粉《おしろい》はとても素敵ね、すこうし見本を頂戴なとか、また、この香水、使って見て下さらない、また、マニキュアのはさみがどうだとか、そんな用事で。

その本当の目的は、いつも、達せられ、トミーの未来の宝のやすみ場が、ちゃんと見届けられるのだった。

日曜の朝トレイナーは部屋の窓から外を見、満足の吐息をした。天気は快晴、温度はいつもより低かった。前もって彼の心配したことは、もし、いよいよの時に雪が降るとしたら、最後の頼みの湖水の上に速力を出すことがむずかしいのだった。が、もうそんな恐れはなく、二三日前の強い風で氷の上がきれいに掃き清められ、じつに好い都合だった。

会は、二時にはじまる。

湖水にはまず四つのアイスボートが並び、最も熱心な連中がその危険な競争に出るのだったが、無事にそれが済むと、ライリー・ストートンは安心の息をついた。

四時三十分、車のついたお茶のテーブルが氷の上に現われる頃には、ストートンももう休息の気分になり、この氷の上から一足とびに来年の夢を見はじめた。うつくしいベルーエヤ、去年は楽しかったわ、あのストートンさんが、あの気の利いたストートンさんが、とても親切で……、あの……。

その夢のまん中で、彼は眼の前に来た背の高い姿を見た。ジミー・トレイナーだった。

今トレイナーは四百四十ヤード競争に勝ち、常よりも元気に息をはずませている。

「こんな愉快は中学以来始めてですな。何しろ、僕はおよろこびを云う、みんながとても悦んでいます」

「欲には、太陽がもうすこうし落着いていてくれるといいんです」

支配人は西をながめた。

「もうすぐ、あの山に隠れます、そうすると、すぐ暗くなりますから」

彼等二人はしばらく無言で婦人たちの競争を見ていた。決勝点にモールハウス大佐が立ち、片手にストップウォッチを持ち、片手には例の重い杖をふりあげて選手達に元気をつけているところだった。大佐も今日はふだんの無骨さを幾分か失くした様子で、みんなと一緒の遊戯気分に浸っている様に見えた。彼はわかい人達に冗談を云って、この膝の関節さえ自由なら、みんなに負けやしないんだがと云ったりした。

号令。婦人たちが走り出した。中にグランヴィル夫人も交って見えたが、すばやく先頭に出て半分以上の距離はそのまま進んだ。

「あの人が、勝つ」

ストートンは非常な力こぶを入れる。

「まだ。まだ分らない」

トレイナーはそう疑うだけの疑いの原因を持っているから。

するると、どうしたこと、決勝点から二十ヤードのところで夫人は見ぐるしく転んでしまった。見物はあっと失望の声を洩らしたが、その時もう彼女は起き上がり、膝頭を撫でながらひょうきんな顰面《しかめつら》をした。見物は、それで笑い出した。

すぐ二三分後、彼女は冗談をいい笑いながら同情者たちの群を通りぬけて、橋を上がって来た。ホテルに戻るつもりらしい。その側に、もっとも真実心配顔を見せてギャラントな大佐がついて来る。トレイナーはそれを見ると、おもわず唇を噛んでにがい顔をした。ちぇっ！　いいかげんにしろッ！

「いま、お船が修繕のため、船渠《ドック》にはいるとこなの！」

夫人は、トレイナーとストートンに元気な声をかけた。その二人は大急ぎで彼女のスケート靴を脱がし普段のにしてやった。

「すぐ帰って来ますよ。なんでもないの。ほんとうに、モールハウスさん、あたしの為に、この勝負をお見のがしになっちゃ駄目よ」

「いいや、奥さん、何でもお役に立てば、大悦びなんです。何か私に出来ることはありませんか？　ううむ、そうだ、私の荷物の中にアルニカの瓶があった、あれをどうですか？　私は旅行には何時もあれを持って歩きますよ」

「あたしの、修繕は、針と糸の修繕ですよ、アルニカじゃ、駄目！」

彼女は素気《すげ》なく云って立ち上がり、どんどん早足であるき出した、かなり残酷に、かなり早い足で、側に一生懸命に従いて行こうとする足の悪い紳士のことなんぞ少しも懸念しずに。

トレイナーはホテルにはいって行く二人を見送って、その時までに彼の智慧をとり戻すことが出来た。なあに、あの爺さんも、婦人に対する礼はまもるだろうから、けっきょく、ロビーよりもっと奥まで婦人客の後について行くことはあるまい。いま時分、お爺さん、炉のそばに腰かけて彼の迷わし手がもう一度現われるのをまっているだろう、そう思ってトレイナーは落着き得た。

五分ばかり経ち、もっと、ずうっと不安なことが持ちあがった。

イーストマン夫人は、スケートの仲間に入らず今まで見物していたが、この時突然上がって来て、すこし寒さがこたえて腰が痛くなりましたよ、さんざん面白い思いをしたから、もう内に入って温まりましょう、と云った。トレイナーは暫時この夫人を引止めて話をしたが、夫人はとうとう帰って行った。帰ったとこで、この人ならば邪魔にはなるまいとトレイナーは考えた。

はじめ、彼も夫人と一緒に帰ろうかと思ったが、それは見合せた。やがて警察から大勢出張することになれば、トレイナーの前科を知ってる者もいるに違いない、その人達は何か彼の方角に疑いをかけたがるかも知れぬ、犯罪の行われる最中には、ホテルにいないに限ると思った。で、彼は気のぬけた顔をしてストートンと話を始めた、みんなの眼の前で。

イーストマン夫人の部屋は第一に襲われる手筈になっている、それに、トミーは仕事が早いから、もう済んでいる時分だ、夫人がすぐ部屋に帰っても大丈夫だが、しかし多分、夫人は部屋に帰らずロビーに腰かけてるモールハウス君につかまって火の側で話し込んでしまうだろう。たぶん、そうなる。と思ってトレイナーはあの爺さんをむしろ好きにさえなって来た。好い子だよ、しっかり頼む。彼の心が老大佐をあてにし出した。

十五分ばかり経ったが何事も起らない、トレイナーは安心し始めた。もう一度必ずリンクに戻って来る約束のグランヴィル夫人の優姿《やさすがた》がもう見えそうなものだ、彼女は彼とすこし話をして、それから外の暗《やみ》に消えてしまう約束なのだが。トレイナーは腕時計を見入った。正にもうその時間。

その時、ホテルの一つの窓が開き、女の黄《きい》ろい黄ろい声が刺すようにみんなの耳に突き入った。

「ひと殺しいっ！　ひと殺しいっ！　……どろぼうっ！」

「何だ？」

「何だろう？」

ストートンはトレイナーの腕を摑んだ。

「何が起った！」

トレイナーは、暗い予感に襲われた。

彼は身を返してまっすぐホテルに向いて駈け出した。その後に、喘ぎながら一生けんめい、支配人が駈ける。

ホテルの入口にかけあがる時、トレイナーは後を振り向いて見た、聡明な大将が自分の背後の光景も見ようとするように。

さて、その光景は賑やかで勇ましかった。まず先頭に、ストートン氏、馬みたいに息を吐いて。そのつぎの一隊《グループ》は狂気じみたお客たち各自別々の速度で走って来る。すこし離れて、最後は、スケートの勇士たち。その人たちは湖水を捨て、スケートをすて、ふだんの靴になり、さてそれから駈け出すのだった。彼等みんなの心は読心術の先生でなくても、すぐ読める。どろぼうという言葉が彼等の心にとび込んで彼等をせき立てる。はやく、はやく、はやく……。

四

トレイナーは重い扉を押しあけてロビーに飛びこむと、ロビーを横ぎる向うの端に、二階に上がる階段がある——いま、昇降機《エレベーター》を待っている時間はない——その階段の下にイーストマン夫人が立っていた。

窓から助けを呼んだのが彼女であることは、今その姿をみればすぐ分かる。まだ外出着のままで、気違いのような眼をして、頰は蒼く、帽子は横に傾いてその下から白髪が幾すじも片方の頰に垂れさがったままで、

「ああトレイナーさん！」

と彼の方に飛びついて来た。もっとも、彼もこの時彼女の方に飛んで行ったのである。少し離れて、つるつる髪の書記、昇降機《エレベーター》ボーイ、それからトレイナー崇拝者の金ボタン、みんなぽかんと目を見はり、まだこんな時の働き方は教わっていないから、一せいに、

「ああトレイナーさん！」

と呼び立てる。

「大丈夫、すっかり分ってます」

と云ったが彼には何も分ってやしない。一たいトミーはどこへ行っちゃったんだ？

「もうすぐとホテル中の人間がここへ寄って来ますから、どうでしょう奥さん、ストートンの事務室へおはいりになって、細かいお話を僕にきかせて下さいませんか？」

そう聞いてイーストマン夫人はすぐ受付のうしろの事務室にはいって行った。彼もその後に急いで入

ろうとする時駈けつけて来た支配人が彼の袖をつかまえた。

「トレイナー君、頼む、何がどうしたのか、分らないが、どうか一つひき受けて、しっかりやって下さい……ああっ」

息も切れぎれに頼んだ。トレイナーは彼にも、「だいじょうぶ」を繰返した。それよりも今お客たちが大騒ぎを始めるだろうから、事務の人に云いつけて探偵が来ておりますからと安心させ、紛失物の有無も一つ一つ訊いてまわるようにと注意した。

「分ったかい、バンクス君？　さあ、さっさとやって貰おう」

と、支配人の声はもうすでに落着きを持っていた。

書記は、さっそく玄関にとび出して今ちょうど駈け上がって来る最初の人たちを迎えた。ええ、だいじょうぶでございます、だいじょうぶでございます……。

その時、事務室では、

「さあ奥さん、この椅子がよろしいでしょう、どうか。すっかりお話し下さい。何かお奪《と》られになりましたか？」

「奪られましたとも！　奪られた上に、殺されかけたんです」

「殺され……」

トレイナーは何も真暗な不安のなかにありながら、この言葉には驚かされて少しおかしくもなった。

「殺されかけたとおっしゃると――つまり、あなたに打ち掛ったわけですか？」

「いいえ、頸を締められたんですよ」

夫人の手は咽喉《のど》に近づき、声の調子はもう一遍頸をしめられてる気持らしく、

「あなた方にお別れしてから、私はすぐ部屋に帰って来ました。部屋の中はもう真暗でした。はいって行って電気のスウィッチの方に手を伸したんです。その時でした、誰かが後ろから私の頭の上に何か被せちまいました。声を出そうと思っても、声は出ず、私は仰向けに倒されて、それから、二本の手が咽喉のとこに来ました。その手をほどこうとすると、ますますかたく締るんです。それで、気絶したと見えます、気がつくと、もう、いません。それから起き上がりスウィッチをひねりましたが、第一に考えたのは私の宝石でした。仕舞っといた場所は何ともな

いようでしたけど、宝石箱は空虚《からっぽ》なんです！　で、窓のとこへ行って怒鳴ったんですよ」

「いや、ありがとう、実によく分りました。ええと、たった一つ肝心な事を伺いますが、何か証拠になるような――些細な事でも――何かその人間の特長に気がおつきになりましたか？」

夫人は初め首を振ったが、すぐ、明るい顔で云い出す。

「そうです、一つ気がついたことがあります。その男の手を退《ど》かそうとしている時、その左の手頸に瘤《こぶ》があるのがはっきり私の手に触りました――骨をくじいて、上手にはまらないので、ガクガクしてるようなんです」

また一つ疑惑の重みが増したようであるが、一つの重みがトレイナーの心から取り去られた。グランヴィル夫人の美しい手にはそんな瘤はないのだ。その男が誰であるにせよ、またどんな事をやったにせよ、トミー・ヒバートがこの老夫人に乱暴を働いたのではない。

「そういう手懸りがあれば、犯人を探す時の……」

事務室の外は暴風《あらし》が吹き出したように騒がしく、その時突然ドアを押し開け、暴風が飛び込んだ。彼等の耳ががぁんとするほど賑やかに、止める声と暴風とが飛び込んだ。モールハウス大佐である。ひどく怒っているところを誰が見ても恐れない様子に、怒っている。

「ストートン君、ここにいたのか？　書記の奴が私を入れないと云うんだ。一たい、何が起ったか、君は知ってるかい？　何が起ったか……？　私は、すっかり奪《と》られちまった。すっかりだよ。君のとこの貧乏ホテルの一年中の収入よりはもう少し余計の物を奪られちまった。元来《もともと》、こんな泥棒根性の国へ遊びに来たのが間違いだったのだが！　スカーフピンから、ボタン、勲章まで。どうしてくれるんだい？　そんなに私の顔を見てぼんやりしたって仕方がないよ！　二十四時間内に、全部とり返して貰わんければ、ワシントンの英国大使館に報告する。するとも。けしからん！　実に、何とも、けしからん！」

「たいした事になりましたな！」

トレイナーは、暴風が暫時ふき止んだ時、静かにそう云った。彼はいま気軽な気持になり得た、大佐の盗難はいよいよ他から誰か仕事しに入り込んだものがある証拠だ。トミー氏の目次には大佐の宝石は載っていないのだ。

「ま、落着いて下さい。ぜんたい、何時お見つけになったんです？ あなたの部屋で、そいつが仕事しているとこへでも、出っくわしたんですか？」

「出っくわす！ 私の部屋で！」

怒り切ってる軍人は杖をふり上げて、その杖をぶんぶん振った。

「君っ！ もしも私がそいつに出会《でっくわ》したとすればだ、私はそいつの首根っこを押えてここまで引っぱって来る筈だ、もしも私がそいつを……」

と、たけり立った軍人は夢中で、すさまじい軍人語のありったけを並べかけた。が、その時そこに腰掛けたイーストマン夫人を始めて見つけて、ひどく恐縮した。

「いや失礼しました、あなたがお出《い》でとは気がつきませんで、どうも、甚だ……」

「いいえ、私にならご遠慮なさらないで。あなたの仰有《おっしゃ》ることは、私も一々さんせいです！ 私は、たぶん、あなたより余計に奪られて、おまけに頸を締められたんですからね」

「頸をしめられた！ あなたの頸を締め……そいつが、あなたの……」

そこでトレイナーはようやく二人の御老人の掛合を止めた。

「ストートン君、さっさと動かなけりゃ！ 僕は一つ電話をかける。第一に、ハンボルトとカサピーの警察に知らせて両方の駅を見張らせる事にしよう。それから、もっと被害者があるだろうから、それも一つ調べて見なければ」

「賛成だ！」

軍人は、そこで大声に賛成した。敵の退却の道を食いとめる計略は軍人である彼の気に入ったらしく、彼は大そう元気な顔になった。

トレイナーは、電話なんぞどうでもよかった。もうとうに電話線は切られた筈だから、電話のかかる筈はない。ただ彼がいま切に望んでいることは、彼の助手の所在《ありか》を知ることだった。やっぱりトミーがその荒っぽい手を持つ犯人だろうか？ 今すでに彼は氷の上を走って、服が隠してある湖水の真中の島まで走り着いたであろうか？

疑問がトレイナーの頭を通るが早くその答が来た。

彼が事務室の扉《ドア》の把手《ハンドル》をまわすが早く、一人の女性の優姿《やさすがた》がよろけるように入って来た。狂わしい顔つきで、片手を後頭部にあてたグランヴィル夫人は夢中でそこらを見廻した。

「打《ぶ》たれて、奪られちまった！　すっかり、奪られちまった！」

ひとり言を云いながら彼女の眼がトレイナーを見つけると、よろよろとして、そちらに手を伸した。

「ああトレイナーさん、どうにかして下さい！　どうにかして！」

その瞬間トレイナーはおかしさと頼りなさの混乱した気持になった。あれほど頭を使ってベル‐エヤの攻撃に取りかかったのだが、不思議な運命はここに未知の一人を送って彼の助手を打敗《うちやぶ》り、泥棒はついにどろぼうされたのである！　彼はようやく自分を静めて、

「まず、とにかく、……」

と云い出したが、その言葉は終らなかった。この時各自《めいめい》の部屋に駆け上がって自分たちの持物をしらべて見た連中が興奮し切って事務室にかけ込んで来た、三人の最も偉大な婦人方が真先に飛び込んだので、事務室は完全に彼等に充された。トレイナーは興奮した彼等の声と量《かさ》とで目が眩んだ。

「ああっ！　ストートン君、どこか部屋を一つ貸して下さい。この方々のお話を、お一人ずつ伺わなければ」

「30番が、あいてますよ。……どうぞ、奥さんがた！」

で、トレイナーは先ず初めにグランヴィル夫人のお話を伺うことにした。

夫人の後からロビーに出ると、そこも人がいっぱいで、不安が彼等を支配している。その中を抜けて行くと、向うから急ぎ足で来る肥《ふと》った男に突きあたった。勢いで、トレイナーもその男も双方がうしろに飛び退がった、と同時に互いに顔を見た。

「ジミー・トレイナー！」

「よう！　マック！」

「うう！」

そういうマッカーシー警部の眼に奇妙な光が浮き、上唇をかざる髯が動いて皮肉な微笑を見せた。彼はゆっくり口をきく。

「――ベルーエヤに誰か這入りこんだという知らせを受けて、僕は事実を探りに来たんだがね、来てみるとこの騒ぎだ――二人の婦人が頭をなぐられ、宝石類が失くなっている、そして、また――僕は、ここで君を見つける！」

彼は頭を重々しく左右に振り、云いつづける。

「ジミー・トレイナー、僕は、もう一ぺん、現行犯の君を押えたわけかね？」

かつてこの男がトレイナーをかの不自由国に封じ込んだ時以来、トレイナーは今日ほど苦しい羽目に陥《お》ちたことはない。生れて初めてのように彼は力を込めて云った。

「はっきりしてくれ、マック！　はっきり考えてくれ。ここに大きな掠奪《りゃくだつ》があった、かなり落着いたやり口だ。しかし、それは僕じゃない、僕でないばかりか、ここの支配人はこの事件を僕に任せてくれたんだ。ようく考えてくれ、今まで僕が人をなぐるというような乱暴をやった事があるか？　殊に二人の婦人を打《ぶ》っ倒したんだよ」

「ううん、やり口が違うな」

マッカーシーは不満そうだった。彼は、シカゴの警察の報知《しらせ》により、サンディ・ルウィスという宝石泥棒がこのホテルに向って出掛けたことを知り、後から追いかけて来たのだと云った。で、トレイナーも今までの細かい話をした、いまちょうど30番の部屋で一人の婦人の話をきくところだが、まず早くカサピーとハンボルトに電話で知らせて注意させる方がいいと勧めた。マッカーシーは電話と聞いて、急に妙な表情になり飛び上がった。

「そうだ、そうだ、俺んとこへ電話が来るかもしれないんだ。一つ、事務へ行って来よう」

トレイナーはようやくひとりになって30番へはいって行った。

グランヴィル夫人は柔かなクッションを頭にあてがいソファに寄っていたが、飛び立って彼を迎えた。

「どうだった？」

「まずい。大急ぎで話してくれ、すっかり」

「あたしは、モールハウスと一緒にホテルに入って来たけど、お爺さんはロビーで振り落してしまったのさ。ちょうどその時、事務には誰もいなかったから、急いでスウィッチのとこへ行って電話線を切っちゃった。昇降機《エレベーター》のボーイもいないんだ――みんなポーチに出て競争《レース》の見物をしてる最中でね――あたしは歩いて二階へ行った。だあれも、いない。大急ぎでイーストマンの部屋を掻きまわし、それから他の人たちの部屋も予定どおりにやった。この分じゃホテルの屋根を攫《さら》って行ったって、邪魔をする奴はあるまいと思ったね。それから自分の部屋に帰って、宝石類をすっかり小さく包んでスカートの下に縫いつけようと思ってね、包みを結《ゆわ》えてるとこだった、テーブルの上に少し屈んで、扉《ドア》の方に背中を向けていたんだ――すると、ずうんと来た！　豹だってあれほど静かにには歩けないよ、そしてあれほどひどくは打《ぶ》てないよ（ここでトミーは自分の後頭部をいたわるように触って見る）それっきりしか覚えていない。気がついた時は、廊下でみんな大騒ぎで、これは、盗《や》られたなと思った。宝石の包みが失くなっちゃってるんだ。これじゃ、早く階下《した》へ下りて他の被害者たちと一緒になる方がいいと思ってね、それで下りて行ったんだよ」

「打たれたのは、宝石をすっかり包んじゃった後かい、それとも、品物が見えていたか？」

「すっかり包んだ後だ。何も見えやしない」

すると、その「彼」はグランヴィル夫人の仕事を見ていたのだ、つまり火の中の栗が取りだされるのを待っていて攫ったのだ。イーストマン夫人の部屋にトミーが入ったのは知らなかったので、トミーを倒した後かその前かに、イーストマンの部屋に入り彼女の頸を締めたのらしい。

「あたしより仕事の早い奴があったんだねえ！　ちッ」

「ふん、そうと見える。今そこで探偵のマッカーシーに会ったが、あの男の話に、シカゴの専門家のサンディ・ルウィスという奴がホテルに入り込んだ形跡があるんだそうだ、マッカーシーは、それで来たんだが。……どうも、考えて見ると、そのルウィスが成功したらしい！」

「ふうむ！　そうすると、どうするの？　マックがルウィスを探してるあいだ、おとなしくしていようか？　暴風《あらし》が頭の上をとおり越しちまうまで？」

「ばか！　ルウィスが逃げ了《おお》せれば警察は明朝《あす》はやくここに来てお客も雇人も一人のこらず調べるんだ、そうすと、お前の化けの皮がはがれる。そうかと云って、もし我々の手か警察の手でルウィスが捕まれば、彼奴《あいつ》が第一ばんにしゃべることは、どこでその品物を手に入れたかということだ。すると、やっぱりお前の化けの皮がはがれちまう。どっちみち我々は苦境に陥るわけだ。あいつを逃がすことも捕まえることも、どっちも出来ない。素敵な羽目だね、お前にも分るだろう？」

夫人は頰紅の下で蒼くなった。彼トミー・ヒバートのわかい一生に刑務所が彼のすぐ側に見えたのは、今が初めてである。しかし彼は一歩うしろに下がってぺたぺたとソファに沈んだまま、片手を出し、やけに軽い声で云った。

「いっぽん、おくれよ！　煙草は神経を静めるからね！　正直、どうしたもんだろう？」

トレイナーは、しっかりしろと力をつけた。

「今マッカーシーと話をすましたら、すぐ部屋に帰って、何も残らないよう片づけてホテルを出るんだ、泰然として出るんだ、お前が頭痛がして新しい空気に触れるため出掛けるんだと思わせればいい。それから湖水へ下りてスケートでハニトン駅まで飛ぶんだ。汽車は間にあう」

この言葉はソファの上に倒れてる彼女をすっと起き上がらせた。大きな眼を興奮に輝かして彼女は息をはずませた。

「分ったよ。立派な考えだ……あたしが逃げてお前だけおいてきぼりかい？　ふん、トミー・ヒバートがそれほどの腰抜けに……」

そこまでしかトミーの決心は表現されなかった。重い足音がひびいて扉《ドア》があいた。マッカーシーである。

「どうしたい、マック？　グランヴィルさん、この人はニューヨーク警察のマッカーシー探偵です」と紹介した。マッカーシーはひどく一生懸命にひげをひっぱっている。

「どうも弱った！　ルウィスの奴、どこにいるかちょっとでも見当がつくといいが！　あいつ、給仕頭に化けてるか、今そこらにいた肥っちょの部屋女中になってるか、それとも小さいボーイなのか、あの紳士みたいなつるつるの書記になっているのか、さっぱり分らない！　うん、あの書記はえらいね、一同《みんな》が騒いでる最中に電話線が切れてるのを見つけて、あの男アマチュアの電気屋でね、すぐ直してくれた。ときに、奥さんは、何か手懸りになることを話して下すったかね？」

「駄目だ。後ろから打たれなすったんだ」

「もう一人の奥さんは、あの方は、犯人を見られただろうか？」

「部屋が暗いとこへ、頭から何か被せられたんだ。だが、一生懸命にそいつの手を離そうとしている時、その男の手頸に瘤みたいなものがあったそうだ、骨が折れたあとのような……」

マッカーシーはそこでわき腹をうんと一つ叩いた。

「ううん、サンディ・ルウィスだ！　あいつは刑務所から逃げ出すとき腕を折ったんだ。泥棒の医者は下手なんだな、もう一度その骨を折り直さなけりゃ、一生記号《しるし》がついたわけだ！（しきりに首を振る）ホテル中の人間の手頸を握って見るんだな！　しかし、とにかくルウィスだったな、奪ったのは！」

彼は意味深長にトレイナーを見た。

「そう分って、何よりだ！」

トレイナーはすこぶる無愛想にそう云った。この先どうなるかは彼にも分らなかった。

その時、ソファの方から溜息が洩れて、暫時《しばし》二人の男が忘れていたグランヴィル夫人は立上がったが、ふらふらとまた倒れそうに見えた。で、二人は急いで彼女の両側に立った。

「あの、もう、お部屋へ行っていいでしょう？　なんですか、卒倒しそうなの！」

「お送りしましょう」

トレイナーは即座に彼女の体を抱えて、彼女は彼に寄りかかって30番を出た。どうも、この卒倒気分は本当ではないだろうと疑ったが、あいにくマッカーシーが非常に心配そうな顔で二人の側に従いて来た。お医者は？　水は？　嗅ぎ香水は？　彼はひどく親切だった。

トミーの部屋の扉のとこまで行きついた時だった、かすかに、囁くというより、ただ、かすかな息が、彼の肩に寄りかかってる頭から出た、かすかに、たった一言。

「モールハウス！」

五

モールハウス！

その名がトレイナーの頭のなかを閃光の如く突っ

走った。ふうむ！　頭がぐるぐる廻った。モールハウス！　モールハウス！

トレイナーはひどくあわてたが、自分の抱えている美しい夫人を床にほうり出すわけにはいかなかった。その代り彼は後について来た親切すぎるほど親切なマッカーシーの腕にそのなよなよした荷物を投げ入れた。

「君、奥さんをお送りして！　僕は、ちょっと思いついた事があるから失敬する。手があいたら、君もすぐ階下《した》に、ね！」

トレイナーはその言葉を投げつけて階段の方に駈け出した。マッカーシーは吃驚《びっくり》して彼の後ろを見ていたが、胸に押しつけられた重い荷物が注意を惹いた。彼は止むを得ず、なるべく丁寧に、大急ぎで、彼女の部屋まで送って行った。

彼はトレイナーが無罪であることだけを確かに信じることが出来た。トレイナーが法律を無視していない時、その時彼が最もよい探偵であるのをマッカーシーは知っていた。今彼は何を握りあてたのだろうか？

トレイナーは、今ほんとうに、一つの確証を握ったが、それは彼自身の頭から割り出されたものではなく、トミーの口うらから知り得たものだった。いま彼は、サンディ・ルウィスの本体を知った。

それはじつに、見事な仮装だ！　大佐殿があれほどに技巧を弄さずにいたら、彼は実に偉大な芸術家でもあったろうに！　盗人社会でも彼サンディ・ルウィスは一流である。彼はそこに戦いばえのする好敵手を見た。

階下に下りながら時計を見ると、五時十五分過ぎ！　瞬間に驚くほど沢山の事件が突発し得ることはトレイナーも人なみに知っていたが、しかし、グランヴィル夫人がリンクからホテルを指して戻った時から、たった四十五分しか過ぎていなかった！　何という短時間！

今の今まで大佐は成功のあげ潮に乗じて来たが、さてこの次の運動《うごき》は？　トレイナーは大かた察しることが出来ると思った。敵と彼自身の計画とは今まで並行して来た。たぶんこれからも、並行に進むのだろう。しかし、サンディ・ルウィス氏のその計画に多少の奨励を与えることも無駄ではなさそうだ。

トレイナーはそう思ってロビーの群を眺めると

――その一部分は彼の方に押しよせて来た――事務机《デスク》の近くにモールハウス大佐が立って相手選ばずに熱心に話している。恐らくルウィスはもう少しのあいだ被害者の一人としての役を演じるつもりだろう。役者は完全にその役をつとめている！

　トレイナーは一同《みんな》からいろんな問を投げかけられたが、元気な微笑をもって彼等を安心させ、だんだんモールハウスの近くまで進んで行った時、少し声を大きくして云った。

「みなさん、大丈夫です！　もうじき、まるで冗談みたいだと云ってお笑いになれます。いや、まだ押えはしませんが、押えたも同じです。カサピーとハンボルトと双方で網を張っていますし、ここへは今じきに警察から大勢で捜索に来ます。逃げっこありません。警察の連中はもう出かけました」

「君、その人間が分るのかい？　われわれ一同を調べるんじゃあるまいね？」

　これは肥った小説家の心配そうな問だった。

「なあに、調べないでも分ります。その男はよく分ってるんです、シカゴの宝石専門家で、サンディ・ルウィスというんです」

　ぴしっと、一矢《いっし》は的にあたったつもりだったが、彼は大佐の方を見る勇気がなかった。で、表口の方にゆっくり歩いて扉のそばで立止った。そして何事か思い出した様子で小さいボーイを呼び、ポーチに出てから訊いた。

「ねえ君、君は探偵の手伝いをやって、二十ドルの紙幣《きっ》をおっ母さんに土産に持ってってやる気はないか？」

　少年の眼が蟹の眼のように彼の頭から希望に向って飛び出した。

「ほんとですか、トレイナーさん？　僕、なんでも、します」

　トレイナーは彼に湖水のふちまで行って何かの蔭で見張りをしてくれと頼んだ、今だれか一人の人間がホテルを出て行き、スケートで湖水を渡ろうとするに違いない、その人間がうごき出したら急いで帰って来て知らせてくれと云った。

「それっきりですか？」

　少年は不満そうであった。しかし、それっきりのその仕事が大へんな助けになると聞いて、彼は勇んで駈け出した。トレイナーの心に安心が来た。

彼はまだ外出《そとで》の服装のままで、帽子と手袋をストートンの事務室に置いて来た。それを取ってくる必要がある。そして、スートケースに仕舞ってある短銃《ピストル》も持って来る必要がある、大佐の手腕《うで》に対してそのくらいの尊敬は払わなければならぬ。

昇降機《エレベーター》にはいる時そっと見るとモールハウスは事務の側の今までの場所に見えない。たぶん彼も多少の仕度を要するのであろう！

トレイナーが彼のスートケースから短銃をとり出して腰のポケットに入れるのをマッカーシーは黙って見ていた。今まで彼が誤解していたトレイナーが今彼をおきざりにして自分一人で何かしようとしていたところで、彼はそれを責めることは出来なかった。で彼はしょげていた。

「君！　どうしようってんだね？」

「たいした事じゃない。ただルウィスの当りがついたから、もう三十分もしたら押えるつもりだ、僕の計画どおりにいけば」

「ふうん！　すると、僕のはいり場があるかね？」

「君のはいり場か？　君は、どこかに入るつもりかい？　一たいこの事件は僕が初めから預かってるんだ、そこへ君が来た。その君は、いつでも僕を犯人だと思っている。今度だって誤解がとけたのは僥倖なんだ、しょっちゅう泥棒と間違えられてることは、神経が疲れるね」

トレイナーはひどく生真面目に云った。するとマッカーシーは赤くなって、

「僕は、失敬したよ、まったく。……だが、君、短銃を使うのかい？」

「うん、君もおなじみのサンディ・ルウィスは手強い相手だ！」

「ねえ君、今まで我々は友達だったのだから、君が気持を悪くしてしまっちゃ、困るな。僕は、その短銃が気に入らない。……もし、僕にも手伝わせてくれれば、非常に嬉しいんだ」

石ぐらいの軟らかさのこの男からこんな風に歎願されるとトレイナーの軟らかい部分が動かされた。が、手伝いはまっぴらだ。そこで彼は前よりも優しくなった。

「ありがとう。君の好意は感謝する。だが、今度は、やっぱり一人でやる」

　彼等二人は昇降機のところまで来てしまった。ちょうどその時昇降機の戸がすうっと滑りあいて一人の乗客《のりて》を吐き出した。モールハウス大佐が出て来たのだ。トレイナーはぶるっとした。ひどくゆっくりだ！　大佐の計画は、自分の考えとは違っているかな？　あるいはトミーが思い違いをしているのだろうか？　唇を噛みしめて彼は昇降機の中にいたが、下りてから、事務の書記にきいた。

「ストートン君は事務室ですか？」

「はあ、たぶん……」

「たぶんというのは、どういう訳ですか？」

「事務室のドアに鍵がかけてありますし、いま私が用があってノックしたんですが、返事をなさらないんです、……たぶん、おいでとは思いますが」

　二人の探偵は驚愕《おどろき》の眼を見あわせた。彼等は一息に事務室に飛んでゆき、マッカーシーがまずしゃがんで鍵あなから覗いた。

「鍵がない！」

　彼はニューヨークの巡査や警部が叩くような力をもって叩いた。声がない。

「扉《ドア》をこわそうか？」

　彼が振り返ると、トレイナーは唇まで蒼じろくなっていた。

「中に、いるのかも知れない、が……」

　マッカーシーの重たい肩で押され、板は折れ、戸は破れた。転がるように二人が飛びこむと、二つの物が二人の眼に映った、二人は、同時に「ああ」と叫んだ。室《へや》の一隅に小さい金庫が立ち、ひろく戸が開いている。金庫の前に支配人ストートンが倒れている、額からほそい赤い流れが床にながれ落ちて。

　二人は同時に膝をついた、別々の物に向って。

――つまり、トレイナーは倒れた人の側に、マッカーシーは金庫の前に。

「空だ！」

「傷は、浅い！」

　トレイナーは、安心の息をつき、安楽椅子にストートンを寄らせた。

「熱い湯を持って来て、タオルも！　膏薬も！　膏薬が、あるかねえ？」

　これは、二人の後に入って来て蒼くなって立っている書記に命じた言葉であった。

「五分と眼を離さないんだがなあ！」

その時、金ボタンの小さい体が息を切って駈け込んで来て、トレイナーの手を摑んだ。

「出かけました！　今、出かけました！」

「うまい！　どうも御苦労！」

トレイナーは帽子と手袋を取って立った。マッカーシーは眼を大きくして彼を見た。

「だれが、出かけたんだね？　どこへ、だれが？」

「シカゴのサンディ・ルウィス君が、たった今、出かけたのだ。僕も出かける」

「じゃ、僕も一しょに出かけよう」

「君も行くのか？　スケートは出来るかい？」

「スケートか？　スケートなんぞやったことがない」

「じゃ、鳥は、僕ひとりに捕らしてくれ。今から三十分のうちに、ルウィスと僕と、腕くらべだ！」

湖水の夜は暗かったが、東の山々の上の青黄《あおきい》ろい明るみは、もう間もなく月の出る先駆である。雪のかたまりもなく氷の上は平らだから、トレイナーの運動《うごき》は自由だった。ゆく先ははっきり分る。遙かの地平線に小さくまばたく三つの光の集団《かたまり》は小さいハニトン村の灯《あかり》である。トミーが二三日前の夜それを教えてくれた。

その灯《ひ》と彼とのあいだのどこかに、彼の求める一人の人がいる。一身代《ひとしんだい》と云ってもよい程の宝石をない、客の部屋部屋と事務室から奪った現金を持って、今しも一生懸命に逃げて行くその男である。かなりはげしい競争だが、トレイナーは自分を信じていた。大佐は、すぐに自分を追いかけて来る者があろうとは思わないから、それほど急いでは行かないだろうし、もしまた氷の上で追いつけなくとも、向うに上がってハニトン駅で汽車を待っているうちには、確かに追いつくことが出来る。

十分ばかり経って、ハニトンの灯は次第に大きくなり光を増した。同時に、月がとおくの樹々のてっぺんを離れて、湖水の上をさやかに照らした。と、ようやく二百ヤードの前方に彼と同じ方向に滑って行く一人の男の黒い影がはっきり見えた。追われる野兎が追いかける犬を気づかないうちに彼は距離を百ヤードにちぢめた。

大佐は気がついて勇ましく走った。しかし、そのまた十分後には二人の距離がたった五十ヤードにちちまった。

すこしも速力を緩めずに進みながらトレイナーは手袋を脱いでわきのポケットに入れた。そして右手を腰のポケットに入れると、月の光が彼の短銃《ピストル》にひかった。

トレイナーは、乗馬も水泳も、拳闘もスケートも、かなり何にでも堪能だったが、射撃は、ことに冴えた腕を持っていた。ただ一発で、いま走ってゆく大佐をうち倒すことはむずかしい事ではない。

彼も人間である。暫時、心がふるえた。一ぽんの指でちょっと押せば、彼自身とトミーの最大の危険は消滅するのである。世にある何千人、何百人の犯罪者の、一人でも、今の場合にひき金を引くことを躊躇する者はいないだろう。また、善良なる市民の一人でも、今の場合に、逃げてゆく宝石泥棒を撃ち倒すことを躊躇はしないだろう。トレイナーは心に溜息した。彼が善良な市民でないことは確かだ、しかしまた、この場合に殺人を敢えてする犯罪者のたぐいでないことも確かである。今日まで彼は人を殺したことがなかった、今も確かに一人の人間を殺し得ない彼であった。


人影は今三十ヤードの近くにあった。するどい声でトレイナーが呼んだ。

「止まれ！　うごけば、撃つぞ！」

「止まれない！」

ふとい声が返事した。声と同時に大佐は進行を急に止めた、ひどくきしんでスケートが止まると、大佐はひくく身を沈めた。トレイナーは敵のその身構えに驚いて急に止めようとしたが、駄目で、彼は烈しい速力で飛んで大佐に衝突した。体が幾ヤードかの空中をとぶのを感じて、ひどい勢いで氷の上に墜ちた、息がとまるかと思った。墜ちる時に両手をひろげたが、それと同時に短銃が手から離れて氷の上を飛び、行方も知らないどこかに移転してしまった。

彼は懸命の努力で起き上がって敵と顔をあわせようとした。敵も衝突のためにぶっ飛ばされて今ちょうど起き上がるところだった。トレイナーは猶予なく飛び掛っていくと、大佐は身構えして、重い杖をふり上げて彼を待った。サンディ・ルウィス氏がこんな不要な物を何しにここまで持って来たのかと、その大事な瞬間にもトレイナーは不思議に思った。と、大佐はその唯一の武器を数ヤードの彼方に投げ出し、進んで彼に組みついた。

さて、それから、英雄時代の戦いとなった。あいにく、その時カサピー湖の氷の上の戦いを見ている者はこの作者だけだった。

大佐はトレイナーよりも若くないという弱みがあったが、重さは一つの長所だった。初めて組合ってトレイナーはそれに気がつき、いきなり大佐の顋《あご》に一うち加えて振りはなした。大佐は氷の上にしりもちをついたが、トレイナー自身も同時にぺちゃんと坐ってしまった、自分の力に振りとばされたのだった。二人は、もう一ぺん立ち上がり、今度は離れて拳闘の註文をつけた。二人は技術を尽して一撃うちはずすと、ぺちゃんと坐り、また一突きつき当てると、ぺちゃんとなった。トレイナーは一度気絶しかけ、大佐は一度腹這いになった、それからまた起き上がって取りくんだ。五分間の戦いに、二人はへとへとになり、氷は数ヤードのところ砕けひび割れて、そこに彼等は大息吐息をついて、互いの顔を見合って立った。

その息の中《うち》に一つの喜びの音づれをトレイナーの耳が感じた。それは大佐が一オクターブだけより深く息をついているという事実であった。トレイナー自身はまだ少しも弱っていなかった。彼はいきなり飛び込んで左手で大佐の襟をつかみ、滑らないように足を踏みしめて右の手で敵の腋《わき》ばらを突いた。大佐は、トレイナーの頸に両手をかけて前に押した。もちろん、二人は重なって倒れたが、二人はそこに横向きに氷に寝て、互いに顔を見ていた。

まず大佐から、力いっぱい蹴った。トレイナーも返した。鋭いスケートの尖《さき》が相手のズボンと肉とに孔《あな》をあけた。それから暫時、彼は眼の中に突っこまれた敵の親指を払いだすことに大骨《おおほね》だった。同じ方法で返礼しようとしたが、的がはずれて左の中指を大佐の口に突っ込んでしまった。とり出すまでに指は散々かみつぶされた。しかし指が出て来た時、大佐の上下《うえした》の歯が一しょに出て来た。大佐は怒声をあげた。トレイナーは痛み切った指を振ると、大佐の歯の板はかちんと音を立て氷に落ちた。大佐はその時トレイナーの耳を引き抜こうとしていた。

痛み傷ついた二人は最後の力をもって真すぐに立った。トレイナーは頭を低く下げ牡牛のように大佐に突いて行ったが、中途で靴が何かにつまずいて

(そこに大佐の杖が落ちていたのだ)彼はよろよろと敵の足下に跪いた。それが勝利のもとだった、彼は両手を投げだして敵の両足をつかみ力一ぱい自分の方に引っぱった。大佐は、空中に見事な半円を描き、後頭部が恐ろしい勢いで氷を打った。

大佐はしずかに寝て、動かなかった——一、二、三と数えて、まだ動かない——ああ! カサピーの戦いが終ったのだ。

相手がまったく動かないと見るやトレイナーは急いで敵の体をさがし始めた。さて宝石は、どこにもなかった。紙入に、二三百ドルの紙幣があるだけだった。彼は追いはぎではないのだから紙入はそのまま戻した。そのとき大佐がううんと唸った。トレイナーは急いで敵のスケートをはずし、徐《しず》かに二ヤードばかり敵から退いた時、彼のスケートが何かに触った。ああ、大佐の杖だ。

六

大佐の杖!

疑問が、この戦いの初めにトレイナーの頭に来たのだった。なぜそんな邪魔な物をここまで持って来たか? ここまで持って来た物を、戦いの初めになぜ投げ捨てたか? なぜ?

ぴかっと稲妻みたいにトレイナーに光が来た。彼は息をのんで杖をひろい上げ徐《しず》かに検《しら》べた。傷つきかじかんだ指で曲がった柄をとりはずすと、案のじょう、中身は洞《うつろ》になっていた。掌《て》をあてて逆さにして見ると、ダイヤの指輪が一つ転がり出して彼の手の上で月に光った。トレイナーは微笑して指環を元に返し、前のとおり柄をねじこみ、振り返って見た、すると、大佐は起き上がって彼をにらみつけていた。

「やあ! ルウィス君、気がついたかい? うまい工夫だったね、あんまり新工夫じゃないが」

杖を持上げて敵の方に冗談らしく振って見せた。大佐は無言で立上がり氷の上を見廻していた、彼は何かを見つけて拾い上げ、満足の息を洩らして、それを口に入れる——と、たちまち言葉を見つけ出した。

大佐が盛んにしゃべり立てるのをトレイナーは中途で遮って、簡単に云った。

「もう、そろそろ出かける方がいい!」

「出かける！　俺のスケートはどうしたんだ？　ホテルまで氷の上を歩いて行くのか？」

「いいや、歩かせるなんて、そんな不親切な事はしない。殊に君の大事な杖がないんだから。さあ、君のスケートがある、いいかい？　見ていたまえ！」

トレイナーは身をねじって片腕に力を入れ大佐のスケートをハニトンの方角に投げた。

「さあ、それを追いかけて行くんだ、そして、汽車に間にあわせることだね」

「汽車！　見逃すのか俺を？　俺は、捕縛されてるんじゃないのかね？」

「君は自由だ、鳥の如く自由だよ、一つの条件があるだけで」

「ふん！　条件があるだろうと思った」

「条件はね、捕まらずにいるという条件だ。君が、警察の手に捕まらずに逃げ了《おお》せるという約束をして貰いたいんだ」

サンディ・ルウィスまたの名モールハウス大佐は、冗談らしいこの言葉に疑わしく笑った。どういう意味か、意味がいま彼には分らない、何でも分っている人間でありたい彼であったが。しかし、この約束をして損はない。

「約束しよう。かなり念入りに計画したことだ。一度汽車に乗ったら、つかまるつもりはない」

「じゃ、急いで行きたまえ（杖を叩いて一つの意味を込めて云う）僕は、この獲物をとり返しさえすればよろしい」

「いや、いろいろとお世話になりましたな」

モールハウス大佐の口調で云って、サンディ・ルウィスはこの好機を逃すまいとするように、びっこをひいて彼のスケートの滑ったあとに歩き出したが、さて彼も人間であり、人間並の好奇心がもう一ぺん彼を危険区域にひき戻した。彼は突然たち止まりトレイナーに向って疑いの充ちた声で訊いた。

「おい！　どういう話なんだ？　なぜ、それほど一生懸命に俺を逃がそうっていうんだ？」

予期しないこの質問でトレイナーはまごついた。サンディ・ルウィスに本当の事を知らせて自分の弱点を握らせてはならぬ。しかしいま彼に合点のいくだけの返答を与えなければ、この男は自分で事実を考え出すぐらいの頭は持っている。さてと、ううん……。彼は過去の敵に向って笑った。

「さあ、それは……我々だけの間の話だが――ねえ、大佐」

　ここで彼は苦労人らしく目ばたきしようとしたが、あいにく目ばたきするその目は先刻大佐が親指でかき廻した方の目だったから、あわれに変てこな目つきになった。でも彼はいいつづける。

「すこうし考えて見るんだ、君も！　いったい、どこでこの分捕品《ぶんどり》を手に入れたね？」

　大佐の靄《もや》がかった頭の中を一つの真理らしいものが突き走った。で、彼は低い口笛をふいた。

「ねえ、そこだよ！　名をいうには及ばない！　彼女もじつに好い人なんだが、金も沢山持ってるんだが、ただ……クレプトマニヤ〔窃盗症〕だね、クレプトマニヤだ！」

「そうと見えるな！　それで、君はどういう立場なんだ？」

「君にぶたれたんで彼女も本心に返ったらしいんだ。自分が破滅の境界《きわ》に来ていることに気がついて、30番の室で話してるとき――僕たちがあすこへはいったのは、見ていたろう――あすこで、どうか救ってくれと僕に頼むんだ。僕は救ってやりたいんだが、もし君が、警察の手に押えられて本当の事があがれば、彼女だって、逃げられやしない」

「分った！　トレイナー君、もし僕も、私立探偵の助けが入用の時は、確かに、君に頼みたいな！」

　サンディ・ルウィスは徐かに、真実の心をもって云った。

「だが、もし訊いてよければ、訊かせて貰いたいね、どうして僕の正体が分ったか？」

　マッカーシーが、シカゴで聞きつけてサンディ・ルウィスを探しに来た、そしてハンボルトとカサピーの道で張り込んでいる、で、自分はこの三番目の道に注意していただけの話だとトレイナーは云って、それで相手が満足するかどうか、不安な気持だった。ルウィスは、それだけで、満足したらしい。

「ふうん、そうかい！」

「さあ、急いだ方がいい。汽車に遅れる。そしてなるべく陰の方を行くことだ。みっともない恰好だよ――僕にまけずに！」

「なあに、こんな事は、よろしい。僕は、橇から、落っこちたんだよ」

「そうだ、そうだ！」

ジミー・トレイナーは敬服して、首をあげて笑い出した。いま、彼は愉快だった。

「大佐、われわれは、好い友人になれますな！」

戦争が済んでみると、手も足も頸も体じゅうが痛かった。彼はゆっくり戻って来た。

五万ドルぐらいの値打の、その杖を片手に彼がホテルに近づいたとき、窓から食事の銅鑼が響いてきた。トレイナーは微笑した。気の立った動物をしずめるには彼等に食わせるに限るという真理を、誰かあたまの好い人が考え出したのだろう。彼がホテルに入ったとき食堂から聞えてくる一同《みんな》の声の調子はなごやかであった。

書記と金ボタンはロビーにいた。書記は眼を見ひらいてトレイナーの破れよごれた姿を見ていた。

「ストートン君は？」

「すっかり快《よ》うございます、頭部《あたま》に繃帯《ほうたい》をしておられますが、今サービスを監督しておいでです」

「マッカーシー君は？」

「大佐の室《へや》で証拠を探しておられます。ええ、支配人が正気になってからの話では、あのモールハウス大佐が、その――」

金ボタンはそのとき、この書記ののろさを軽蔑するような顔だった。トレイナーは二人を支配人とマッカーシーの迎いにやった。二人が駈けていってまだ一分と経たず机の上の長距離がじいんと響き出した。トレイナーは受話器を取って返事をした。

こちらは、カサピー駅の宿直ですが、いまニューヨークからベル－エヤのマッカーシーという人あての電報を受取りました。マッカーシーさんに電話に出て頂けますか？　トレイナーはぴりっと耳を立てた。ここに、何かのきっかけがある。何かの足しになる、と、彼は落着いた声でのんきに返事をした。いまマッカーシーさんはここまで出て来られませんが、ニューヨークからの電報をしきりと待っておられました、鉛筆と紙がありますから、そこで読んで下さい、書きつけて、あの人に渡しましょう、と云った。

カサピーの宿直はよみ上げた。トレイナーは礼をいって受話器をかけた。彼は少し笑った。マッカーシーの不安らしい様子の訳がいま分って、それは思いがけない事だった。この報知は有利に使ってやろう、と彼がまた微笑しているところへ、ストートンとマッカーシーが両方の方角から駈けて来た。

「トレイナーさん、宝石は？」

「ジミー、犯人は？　逃したなんて、いっちゃ困るよ」

「宝石はとり戻したが、大佐は、ちいっと手強《てごわ》すぎた。この状態《ざま》を見てくれ、まるで戦争して来たようだ」

彼はさきに立って事務室にはいり、電気をつけると杖の柄をねじり始めた。支配人とマッカーシーは見世物をみる子供たちのように突っ立っている。トレイナーが杖を逆さに振ると、紙幣《さつ》と宝石が大雨の如く支配人の机に落ちて来た。

サンディ・ルウィスとの戦いが愉快に話された。敵がぶっ倒されたところまで、事実どおりに、そこから少し事実があやしくなった。

「組みあってる間に充分体を探したんだが、どうもめっからないから、杖の中だろうと思った。杖を拾って振ると、からから音がする――しめたと思ったよ。なにしろ、短銃《ピストル》を失くしちゃったからね、どうにもならない。金と宝石があれば、そこいらで見切ろうと思ったんだ、またあいつが起上がって、僕が打倒《うちたお》されたら、それっきりだからね。さっさと退却して来たよ」

「けっこうでした」

支配人は机の前に坐って数字の書いている紙を取りあげた。それは盗難品の書付である。

「そのあとに付けてある数字は、お客さん方がお礼の心持で懸賞をつけて下すった金額ですが、御らん下さい」

全部で四千ドルあった。

「あと一千ドルをホテルの費用から私が付け足して置きます。どうも軽少ですが、お受け下すって――」

「ありがとう」

トレイナーは苦闘してようやくとり戻し、今また彼自身から滑りゆく宝の堆積《やま》を惜しそうに眺めた。ふいと彼の眼を捉えたものがある。おお！　大佐のスカーフピンだ！　かわいそうに、彼は最も安全な場所のつもりで、他人の宝と一しょに杖に入れておいたのだ。

トレイナーは三本のピンを取りあげてじいっと見ていた。ダイヤとサファイヤと真珠のピン。それはかなりりっぱな品だった。いきなり彼は支配人の方に三本を突き出した。

「諸君！　戦勝者に、分捕品は附属します。（少し笑って）ストートン君、選びたまえ、どれでも遠慮なしに」

ストートンはにやにやして、

「私は、昔からサファイヤのピンが欲しかったんですが。いいですかね、トレイナー君？　じゃ——貰います。ありがとう！」

「君はどれだい、マック？」

「ダイヤだ。いや、ありがとう。これは好い思いつきだ！」

で真珠のピンがトレイナーの分捕品だった。そのついでに支配人は金色と緑色の紙幣束《さつたば》をトレイナーに渡した。そばのマッカーシーはひどく憂うつな顔つきで電話をかけに立った。長距離でいまサンディ・ルウィスを押えなければ、彼の立場がなくなるのだから。

支配人は見送って溜息をした。いまの彼のたった一つの欲をいえば、ホテルの名を出したくない事だった。新聞に書き立てられ、大見出しをつけて騒がれたら？　で彼は溜息をした。

「トレイナーさん、どうにかなりませんか、あなたの方は、大丈夫だが、あの人は？」

トレイナーは黙って指尖《ゆびさき》で机を叩いていた。

「任せて下さい、何とかします。ただあの男の常識料として、もう一千ドル出して貰えますか」

「よろこんで出させますとも。もともと私に探偵を雇ってくれなかった罰《ばち》です、出すがいいです。ふん！」

トレイナーは事務室を出て行った。彼の正義の皮が結んでくれた好《よ》き実の五千ドルをズボンのポケットに突っ込みながら。するとその時、書記はしきりに長距離の交換手にどなっているし、マッカーシーは呆然として炉《いろり》の前にいた。

「食事は、すんだの？」

「腹は減らない」

「たぶん、僕の持って来た報告は食欲をよび覚ますよ。好いことがあるんだ。いいかい！　男の子が生れてね、八ポンドある赤んぼだとさ。母親もしごく具合がいいそうだ」

ポケットから一枚の紙片《かみ》を出して、

「今、電話できいた通り書きつけといた。読んで見たまえ」

それをひったくってマッカーシーは読んだ。どうしたことか彼は背後《うしろ》に手を伸して、まるで盲人《めくら》のような恰好で大きな椅子の所在《ありか》を探った。彼はその椅子にどっかりと沈み込むと、ややしばらくして安心の大きな息をつく。

「ジミー！　僕の心持を察してくれ。ニューヨークを出るとき、医者は非常にあぶながっていたのだ。もし彼女《あれ》に万一の事があったら、僕は生きていられないだろうと思った。だが、大丈夫なんだろう？　まさか嘘を云っていやしまいな、大丈夫なんだろう？」

トレイナーはそばに寄り彼の肩に片手をかけた、そして元気をつけた。

「大丈夫だとも。万事が、めでたく進行中だ！」

ああ、今だ！　いま何とかしなければ。今が肝心な時だ！　何気なく彼がいう。

「長距離が出たら、本部に何と報告するんだい？」

「うん、そりゃ、とにかく事実を、あった通りに、報告するんだ」

その事実を、すこうし、ねじって報告してくれないかと彼は頼んだ。警察では、トレイナーには何も興味も関係も持っていないが、マッカーシーには、関係がある。だから、つまり彼トレイナーが話したとおり、それをマッカーシーが一人称で話せばいいのだ。

「ね、一人称で、やってくれないか？」

マッカーシーは頭の中で暫時まごついた。

「つまり、僕が、宝石を取り戻したと云うのかい」

「そうなんだ。僕なんぞ今どうでもいいんだが、君は大事な体だ、子供がすぐ大きくなるからね」

「感謝するよ」

「じゃ、それで宜しい。それから一つ、ストートン君のために心配して貰いたいな。ホテルはこの事件で名を出したくないんだが、この話が新聞に出ないように心配して貰えれば……そうだな、ベル－エヤの臨時費から一千ぐらいは、君の為に出させてもいい」

マッカーシーは急に生き生きとした。

「よろしい。記者仲間にも、僕は相当いいんだから。もしこの話が出るとしても、特別の見出しなんぞつけさせない。大丈夫だよ」

「そりゃ何より……。さてと、僕は君の赤坊の名付親になって祝わせて貰おうか？　君のお蔭でサンディ・ルウィスも見つかったんだから、僕の貰った賞与のうち一枚だけ取って、さっそく子供の銀行預金を始めて貰おう」

　マッカーシーはひょいと立ってトレイナーの手をとり、それをまったき十秒間にぎりしめた。

「ジミー・トレイナー、じつに、君は見あげた人だ、じつに！　さっそく子供の貯金をするよ。……ありがとう」

「何か一しょに食おう、一つ着物をとり換えて来て」

「ちょっと、待ってくれ！　一たい君は、どうしてサンディ・ルウィスを探し当てたんだね？」

　そら来たと思った。ここだ！

「ブリッジをやってる時ね、大佐が左の手を出してカードをめくったんだ。袖がひっぱれてね、その時、手頸の骨に気がついた」

「ふうん！　運がいいなあ！　俺の頭と、君の運と、われわれは立派な一対《いっつい》だなあ！」

　マッカーシーは溜息した。

　トレイナーは通りがかりに、書記にグランヴィル夫人の様子をきいた。まだお部屋で、お休み中だと云った。昇降機《エレベーター》を二階に止めさせて彼は夫人の部屋に行った。夫人は鍵をかけていた。中から立って来た彼女はうつくしい金髪の下にまだ蒼かった。

「もう大丈夫だ、トミー」

　彼はすっかり話した、この賞金を二人で分けてホテルの費用を払い、まだ残る、残りはお前の煙草だよと云った。

「じゃ、穴から出られたのね！　お前の頭のお蔭よ。お前の眼は、どうしたの？」

「これは、大佐のお蔭だ。ときに訊きたいことがある。どうしてお前はモールハウスを嗅ぎあてた？」

　夫人は急に女のように、なよやかに笑って、

「あの人が、うるさくってね、ある晩あたしを抱いたのよ。その手を払い退ける拍子に、折れた骨に触ったの――それをまた、ひどくこづいてやった」

　彼女はすこし赤くなり、真面目に怒った表情を見せて、ひとりごとを云った。

「あたしは、そんな、だらしない女じゃないんだから」

鍵をかけて！

マッカレー

一、まず忍び入る一人

ラークス邸の玄関のドアをあけて執事ティモシーは外に出た。夕方が来ると、いつも彼はそのドアをあけて大理石《マーブル》を敷いた車寄《ポーチ》に立ち、そとの空気をすい、樹々のあいだに街の灯《ひ》がひかり始めるのをながめ、自動車と乗合が走るのを見て今昔の感にふけるのが習慣となっていた。

　ティモシーは二十五の青春《わかさ》でラークス家の執事となりいま五十五になった。背がすらりとして顔は昔のとおり立派だが、すこし瘠せて髪に白さが交って来た。それだけの変りで、彼はいつも同じ忠実な執事ティモシーである。

　三十年間に、ティモシーよりも、主人の家には変遷《かわり》があった。主人ラークス氏夫妻は死に、ティモシーが初めて来た年にうまれた子供が今はラークス家の主人となった。近隣の家々はみんな暮らしよい遠くの郊外に移って行ったが、ラークス家の若主人は親以来の古い大きな家に一人で暮らしていた。彼、スチーヴン・ラークスはこの古い家の名にふさわしい立派な若紳士で、まだ独身《ひとり》だった。彼は世間の青年たちのように悪い遊び仲間もよせつけず、きれいな戸外の運動やスポーツだけに興味を持って、静かにまっすぐに世を渡るブルジョアの子の一人である。

　今夜スチーヴン・ラークスは倶楽部に行った留守で、コックと女中は休暇をとって町に遊びに出かけた。いつもこういう時、ティモシーはコックが用意してくれた夕食を食べ、ぼんやり煙草をふかしながら静かな留守居の夜をたのしむのであるが、ふしぎに今夜は、戸外《そと》が彼を呼んでるような気持だった。

　車寄《ポーチ》に立ってティモシーが外を見ていると、このしずかな家に、今にも何か不思議なことが起って来そうな不安な予想を持ち始めた。ふん、丸薬を二粒も飲もうかな！　胃がわるいんだ！　彼は自分にそう云ってきかせる。段を下りて銅のふとい柱の門まで歩いて行った。ラークス家の正面の壁と道路に添う高い塀とのあいだには二十尺の芝生がある。ティモシーは門前に立って、あっちを見、こっちを見、向うを見た。静かな明るいむかしの家々の代りにいまラークス家の両隣は、どちらも、窓をふさぐ大きなアパートメントが聳え立っている。

　彼がぼんやりして十五年前と二十年前を考えているとき、だれか路《みち》の片側を歩いて来て声をかけた。

「今晩は！」

「今晩は！」

　ティモシーは丁寧にそう云って、用心ぶかく相手を見た。それは中年に近い人で、派手な服装をし、ラテン人種らしく見えた。その人はまたいう。

「ここのお住居《すまい》は、僕は前から感服しているんです。この頃のように俗悪な建築ばかりの中で、こういう古い趣味の家にぶつかると、じつに好い気持ですね」

　ティモシーは少しこの人に温かく感じた。

「ラークス家は、昔は、有名なものでございましたよ」

「もちろん、そうでしょうとも。僕はこの隣のアパートにいる者です。独身《ひとり》住みの部屋からあなたのとこの庭がよく見えます。御主人は、スチーヴン・ラークスさんですね？」

「さようで」

　ティモシーは一つお辞儀をする。

「あの方はじつに立派な紳士だそうで。僕はあの方の友人の、ハワード・フィリバーグ氏を知ってます」

　ティモシーはまた一つお辞儀をする。スチーヴン・ラークスの友人知人の名は一人残らず知っているる彼であるから。

「僕は、この家に非常に興味を持っているんですね。ええ……、僕はジュアン・カストロという者です、一つ、内部《なか》を見せてくれませんか？」

「主人に仰有《おつしや》って下されば、むろんお見せいたすでございましょう――倶楽部ででも、主人におっしゃって――」

「いや、僕は、ラークスさんの社交仲間にははいっていないんで、（気軽く笑って）、どうです、君がちょっと案内して見せてくれませんか」

「それは、駄目でございます。当家《こちら》は博物館ではございませんので」

ジュアン・カストロはやっぱりにこにこしていた。

「けっして、無駄ぼねは折らせませんよ」

　その言葉がまちがった。執事はぐうっと反り身になって相手を見た。

「わたくしは、お礼は頂きませんので。はい、賄賂もいただきませんので」

「いや、悪気じゃないんだ。僕はひどく古い物が好きでね……。一つ、何とか工夫は出来ないですか？」

「お断りいたします」

「差支えないと思うんですがな、つまり、どんな物が飾ってあるか、どんな風に器具が並んでいるか——なにも、泥棒しようというわけではなし……」

「失礼いたします。うちに、用事がございますから」

　ティモシーは相手に背中を見せて落着いた足どりで玄関まで歩いて来たが、顔には怒りがあふれていた。ちょっ、失敬な外国人だ！　失敬な！　よき執事よき僕《しもべ》ティモシーはひどく怒っていた。今夜ティモシーは機械の如き普段の彼でなく、大いに人間的な気持になっていたが、そのため少し不注意になった。いま会った外国人の態度にこだわった彼は、自分が出てゆく時すこし開けておいた玄関のドアが一尺ばかり余計に開いてることに気づかなかった。

　彼が門前に立って、この道路に自動車の代りに馬車が通っていた往時《むかし》の追憶《おもいで》をやってる最中、一人の人間が家の角をすれすれに忍んで開いてる戸口からすっと這入りこんだのだが、彼は、それにも気づかなかった。

　しのび込んだ奴は、背がひくく瘠せて、歩く時は前屈みに滑ってゆく、人間蛇という形だった。警察方面にはよく知られたスリム・ダンネル——瘠せのダンネル——というこそどろである。

　スリム・ダンネルが先日から窺ったところに依ると、ラークス家は非常に富貴な家であり、主人は一週に一度きまって帰りが遅かった。その晩には雇人《やといにん》達も居ずティモシーが一人で留守居することも分っていた。だが、しかし、スリムはかつてある郊外の別荘の番人を年寄だと安く見くびったのが原因でむざむざ押えられて二年も食い込んだことを忘れなかった。スリムは決して老ティモシーを安くは見ず、ゆっくり計画していると、ティモシーが毎夕おもての車寄《ポーチ》に立って四方《よも》の風景を眺める癖を見てしまった。その少しのひまに這入ることだが、まだ、一つの問題は、泥棒よけの電鈴がそこら中にめちゃにかかっているだろう恐れであった。スリムは、考えていた。

この夕方、スリム・ダンネルは家の隅の灌木の蔭に忍んでいた、そのとき、外国人ジュアン・カストロがどこからか歩いて来てティモシーと話し始めた。スリムは、じつに、感謝して、たちまち勇猛心をもって玄関からはいりこんだ。

彼は一歩に三段ずつも階段をとび上った。階段の上から見おろす時、ティモシーがはいって来て奥の方へ歩いて行った。スリムは一室《ひとへや》一室調べて盗れる物を盗ろうと思った。初めの室には何もろくな物はない。耳をかたむけ、べつの室に入る。そこにちょっとした飾りがあった。そこを出る、と、ちりちりちりいんと電話が呼びたてる。するとティモシーが階下《した》の廊《ホール》で話を始める。

「はい、はい、ティモシーでございます。旦那様でございますか。わかりました。はい、はい、かしこまりました」

ティモシーは受話器をかけて階段を上がって来た。スリムはある部屋の扉《と》をあけて飛び込んでしまった。懐中電灯を光らせると、そこはふだん使用していないらしい小部屋で、隅の押入には古い物が一ぱい入れてある。そこへもぐり込み、スリムは片耳を鍵孔にあてた。

さてティモシーは電話をきく時、今夜はいつもの夜のように平静には過ぎ得ない今夜であることを知らなかった。主人スチーヴン・ラークスがこう云う。

「ティモシー、僕の二階のねぐらを片づけておいとくれ。クラガーさんとフィリバーグさんを連れてくから。今夜は倶楽部の帳簿調べをやるんだ。食事は倶楽部ですます。煙草を出しといて——それでいい。じゃ、さよなら」

今夜は女中もコックも留守だが、それは仕方がない、ティモシーは階下《した》の電灯を余計につけた、門のわきのも玄関前も。それからゆっくり二階に上がり、二階のホールの電気をつけてから主人の云いつけた部屋をあけた。そこは「巣窟《ねぐら》」と云われている書斎じみたひろい部屋で、スチーヴンの父以来の休息の部屋で仕事部屋でもあった。まん中に、マホガニーの卓子《テーブル》、それは古風なもので椅子もそれにつり合った物で、どこの重役の会議室にもこんな立派な飾りはありはしない。

ティモシーは室内を見廻し、手おちのないように眺めて、室《へや》を横ぎり、一つの窓をあけた。主人は新しい空気がお好きだ、今夜、そとの空気は和《やわ》らかくかぐわしい。ティモシーはその窓を開けておく。

テーブルに煙草と灰皿を備え、ペンとインキと紙をおく。たぶん主人は古い葡萄酒も上がりたいだろう――地下室にまだ少しあった――そう思って彼は扉《と》をしめまた階段を下りる。地下室をあけ、酒を出し、扉をしめ、酒を冷やす、等々、老人はゆっくり仕事をはこぶ。

二階のスリムは押入から出てそこらを荒し始めた。十一時十二時になってもいい、仕事はゆっくりとスリムは考える、と、ティモシーがまた上がって来る。スリムはまた小部屋に駈けこんで押入にはいる。今度はティモシーが隣室に来ている。壁一重そちらでティモシーが動きまわる。時々グラスの触れる音がする。はてな？　お爺さん飲んでるのかな？　スリムは邪推する。じつはティモシーは忠実に接客の用意をしているのだ。やがて扉を閉めてもう一度階段を下りる。スリムは忍び出てホールを横ぎりスチーヴン・ラークスの寝室に入る。

懐中電灯の光でスリムは窓の日覆《ひよけ》がまだ上がったままなのを見て、急いでそれを下げる。寝室には好い獲物がある筈だと探し始めた。時計、カフスボタン、それから紙幣《さつ》が四十ドルばかり。つぎの部屋は衣裳部屋である。スリムはそこで呆然《あぜん》とした。実は彼はこういう社会的地位を持つ青年紳士の衣装戸棚を今夜のいま初めて見るので、スリムの眼にはここに確かに二十人分の服があると思った。驚いたな！　この服のポケットを一つ一つ探そうと決心する。ところで執事ティモシーがいて、すでにその服の一枚二枚のポケットを掃除し、はたき、押しをかけ、ちゃんと揃えてそこに掛けるのであったが、スリムは知らない。たまらなく煙草を吸いたくなったが、匂いが禁物だから、まず我慢してポケットを探す、どこのポケットにも何一つはいっていない。スリムは舌うちして寝室を横切りホールに滑り出た。すると、人声がきこえる。

階段の上でスリムが聴くと、ティモシーは玄関をあけて誰か内に入れたところだ。

「はい、旦那様……」

と、いま執事が云ったところだ。ああ困った！　もう主人が帰って来てしまったのだ。そして少なくとも一人はお客を連れて来たようだ。こまった！　ちょっとかくれて、機を見てにげ出さなければ。

スリムは最初の部屋に飛びこんで押入にもぐり込んだ。ひどい目に遇うと思ったが、忍耐づよくそこに落着いて待つことにした。

すると人々の足音は階段を上がり、この隣室、つまり先刻ティモシーがごとごと動いていた部屋にはいって来たのだ。スチーヴン・ラークスの声がきこえる。

「フィリバーグさんがじきに見えるだろう。見えたらすぐここへ御案内して……クラガーさんと僕は、それまで待つ」

さてティモシーが玄関のベルに答えて扉をあけた時、そこに主人とドワイト・クラガー氏を見た。ドワイト・クラガーはきびしいティモシーの批評眼にも及第できる青年であった。古い家にうまれ、うちの主人と同じ年ごろで、同じく独身《ひとり》であり、たぶんスチーヴン・ラークスの一ばんの親友に違いない、一しょに旅行し、猟をし、ポロのおなじチームに属していた。

二人がねぐらに落着くと、ティモシーは下りて来てハワード・フィリバーグ氏を待った。

フィリバーグは他の二人より五つぐらいの年長でやっぱり独身《ひとり》だった。彼もまた名家の生れで社会的に立派な青年だったが、ここの執事ティモシーの眼から見れば、主人のためにあまり好ましい友人ではないのだった。彼の眼に、フィリバーグさまは派手で荒っぽいお方なのだった。そのフィリバーグ氏を執事は階下のホールで待っている。

今夜、倶楽部でフィリバーグは委員の一人として帳簿の検査をやる約束をした。すこし私用があると云って彼はラークスとクラガーを先に出して、後から倶楽部を出た。彼は自家用の自動車を数町はしらせたところで車を下りて町角の薬屋の電話室を借りた。ある番号を呼び彼の求めるある人の名を云って、しばらく待つと、

「やあ、コルガンかい？　僕、フィリバーグだ。今すぐ会いたいんだが、タキシーに乗って、すぐ来て

くれないか？」

彼は、遠くのコルガン氏に、どこそこへ来るように云って電話室を出ると、煙草を買って自動車にもどった。これから十五分ばかりそこらを乗り廻して、ある町かどで一人の男を拾い上げるよう彼の運転手にいいつける。


ビル・コルガンは、その時、遠くのある家でポーカーに熱中していると電話のよび出しが来たのだった。そのポーカーの相手はみんな警察の方に悪い名を持つ連中である。コルガンは腕つぶしの強い壮士の大将で、泥棒仲間にも連結《つながり》を持ち、人に雇われては喧嘩殺人なんでも出来る男であった。彼は戦いには執念深く残酷だったが、友人に対しては非常に真実であった。

コルガンはタキシーを拾って約束の町角に飛ばして行った。そこで運転手に金を払い、さてそれから煙草の尖《さき》に燃えるマッチを持ってゆき、一ぽんの街灯の柱によりかかって、待つことにした。やがてフィリバーグの大きな自動車が角を曲がって近づくと、戸があいてフィリバーグが手招きした。コルガンはすうっと滑りだした車の中にらくらくとクッションに倚りかかる。

「何ですか用は？」

「うん、どこいらまで、君を信頼していいんだろう？」

「かなり、頼まれて、いいですね。あなたは何時も私の味方だったから、私もあなたの味方することに極《き》めたんです。何です、心配は？」

「いまスチーヴン・ラークスの家《うち》に行くところだ。ドワイト・クラガーも行ってる。三人で倶楽部の帳簿調べをやるわけなんだ」

「私は、勘定《あし》は下手ですよ」

コルガンは少し笑ったが、フィリバーグは黙って落着かない様子だった。しばらくして、

「面倒なことが出来るかもしれない」

「ふうん！　ラークスとクラガーがあなたに喧嘩をもちかける、というんですか？」

「僕を狙ってる者がある、それはラークスやクラガーと何の関係もない。僕はね、君に側についてて気をつけて貰いたいんだ。つまり護衛だね」

「ようがす。一たい誰ですか、そいつは？」

それは今フィリバーグにも確かに云えないらしかった。それからラークスとクラガーが先刻《さつき》倶楽部では好い顔を見せていたが、今夜ラークスの家へ行ってから二人がどういう態度をとるか、それも分らなかった。

「……帳簿の中身が二人の気にいらないかもしれないんだ。我々三人が委員なんだから、検査の結果を倶楽部に報告することになっているが」

「帳面が間違ってるんですか？」

「なおしてあるんだ。僕じゃない、僕の友人が、なおしたんだ。その男がいま非常な苦境に陥《お》ちていてね、倶楽部の積立金を借用したんだ。僕は、救ってやりたいんだ、ラークスとクラガーに今のとこ見逃してくれるように頼むつもりだが、ラークスはひどく正直だからね。あるいは、喧嘩になるかも知れない、君に近くにいて貰いたいんだ。もし喧嘩になれば、帳面を攫《さら》って逃げようかと思う。……僕が内にはいったら入口の鍵をはずしとく。今夜、階下《した》には年寄の僕《しもべ》が一人いるだけだから、忍びこんで、呼んだら助けに来て貰いたいね」

「承知しました」

「お礼はする」

「私《あし》はその心配はしていませんよ。実は、今夜呼ばれた時、危ない仕事かと思ったんです」

「ふん、どういう風な？」

「私《あし》もすこしは聞いてます。あなたは今ナディン・ウェロという女《ひと》に夢中になってましょう、そして、あなたのほかにも、あの女に熱心な男があると思うんです」

「ナディン・ウェロは、ミュジカルコメディの花形《スター》ではあるが、立派な愛すべき女性だ。あの人は浮気女じゃない。しかし僕のほかに、あの人に夢中になってる男がいることも事実だ。ナディンは、一さい彼と交渉を持たないのだが、その男は、彼女が自分と結婚しないのなら、ほかの誰とも結婚はさせないと云ったそうだ」

「そうらね、その男を用心しなけりゃ」

「ミス・ウェロは、外出する時はちゃんと護衛をつれてるから大丈夫だ。もし相手が、僕に向って来たら、そこは君に頼む。僕が神経過敏になってるだけのことで、ほんとは何も起らないかも知れないが」

二、彼女もきく そのピストルの音

立派な教育はうけていないが、ビル・コルガンは頭が好かった。彼はフィリバーグが何かまだ隠してることを見抜いたが、自分は、フィリバーグの側にいて敵に備えればそれでいいのだと思った。その敵は単数かもしれない、複数かもしれない、どっちだってよろしい。

一年ほど前フィリバーグが始めて歓楽と冒険をさがしに暗い世界に踏み入った時ビル・コルガンと知合になった。それからはコルガンがフィリバーグを案内して未知の世界を引廻し、危険な抜道も通らせてやった。お蔭で今フィリバーグは悪漢どものどこの巣窟の中へでも大手を振ってはいっていけるようになった。

フィリバーグは悪党になれる充分な素質を持って富貴の家に生れ出た青年であった。その性格も、財産も、位置も、頭の好さも、ビル・コルガンにはうれしいものだった。未来のある日フィリバーグ氏が悪の世界の王となって、法律のかげに隠れて興味のための犯罪をたのしむ時が来たらば、彼はフィリバーグの副官になろうと思っていた。

自動車がラークス邸に停《とま》る。フィリバーグは一人で下りて玄関のベルを鳴らす、ほとんど同時に扉《と》があいてティモシーがお辞儀をする。

「こんばんは。ラークス君は、もう帰った?」

「はい。すぐ御案内するように申されました」

執事はフィリバーグのコートと帽子を受取って古風なラックに掛け、すぐ階段の方へ案内しようとした。

「ちょっと待って。コートの中へ忘れた物があるから」

フィリバーグは少し戻ってコートに入れといた先刻《さっき》の煙草を出した。ティモシーは、うやうやしく階段の方に向いて立っている。その間にそっと入口の扉を開けて錠をはずし、元どおりに閉めて、さてティモシーに従《つ》いて二階に上がっていく。

コルガンは自動車を出て陰の方を歩いて玄関に来たが、ポーチは電気が明るかった。彼はすまして扉を開ける、扉がすぐ開いた。ホールには誰もいない。階段の上でフィリバーグが執事に何か云っている。コルガンは微笑して這入りこんだ。そして、たった一つ電灯がついてる表の応接間に飛びこみ、そのまた隣室の垂幕のかげに隠れてしまった。ここは図書室かな？　図書室には金庫があるかもしれない、が、きょうは俺は護衛兵だからな！　ビル・コルガンは先のさきまで考えることが好きだから、ついでに少し家の様子をみて置こうと思った。彼はじいっと垂幕の陰でティモシーが二階から下りて来てそこらを歩き廻るのを聴いていた。

まだ食事前だったティモシーはこの時ひどく空腹を感じて、今のうち食べとこうと思った。彼は台所の戸棚からコックの拵《こしら》えておいた夕食を出して、コーヒーを沸かし始めた。旦那様がお呼びになれば、すぐ電鈴《ベル》が聞えるからと彼は落着いてコーヒーに集中していた。

その時である、ひろい街路の、ラークス家から一つ先の角で一台のタキシーがすっと止まり、中から若い婦人が降りた。彼女が運転手に、賃銀《だい》を訊く。一ドルと十銭になります、運転手が云う。婦人は五ドルの紙幣を出して渡し、運転手が何か云おうとするとき、もう歩いて行ってしまった。

「おつりを待っていられないほど、御心配すじなのかね！　素的《すてき》な女だった。旦那のあとをつけて行くという寸法か？」

さてタキシーの運転手たちは人間を読んで読み得るものだそうだが、この運転手は読み損なって、そうとも知らず車をぐるりと廻して行った。いま車を下りた彼女は、良人《おっと》の後をつけて来たのではなかった。彼女は良人を持っていない、まだ持ったことがない。しかし、良人を持つ希望は持っている彼女である。

高い建物の壁は道路に深い影を投げる。彼女はしばらくその影の中にたち、路のあちこちを見た。その時間はほんの少数の車が通るだけで、歩行者は、今この路に、彼女一人である。

彼女はゆっくり歩く、いま通りすぎる高い建物を眺める。現代式なアパートメントの入口を通るとき、急ぎ足に首をよこに向けて通り過ぎる。ドアの番人がちらと彼女を見たが、もういちど見ようともしなかった。

ようやく彼女はラークス家の向い側に来て、またもういちど彼方此方《あちこち》を見、それから路を横ぎって、門のかげに立ち、さて考える。彼女はラークス家の側面三十尺ぐらいのとこにきっかりと境界いっぱいに聳え立つアパートメントの壁を見つめる。やがて門をはいり、急に臆病になってまた出て来て路の向うに行き、スチーヴン・ラークスの家を眺める。

しばらく迷って、今度は思い切って路を横ぎり駈け込むように門内にはいって、目的を持つ人のように玄関まで進んで行った。ベルに触ろうとして彼女の手がひょいと引っこむ。またもう一度手を伸すと、手が扉《と》の把手《ハンドル》に触る、把手を廻す、扉がすうと開く。

すこし扉をあけ内部《なか》を覗くと、ホールには誰もいない、人の音もしない。しかし、中に人がいることは確かに知ってる彼女である。

とうとう扉を閉めてなかに立った。ホールの火灯《あかり》の下の彼女は美しかった。象牙のような顔いろ、黒い眼の輝き、みだれた黒い髪が頭をとり巻き、帽子は被っていない。コートの下にはパリ仕立の外出着《そとぎ》。

女優ミス・ウェロは美しいといわれる必要を感じないほど美しい。彼女は自分の美をよく知って、その美が自分の職業になくてならないものであることも知っていた。ナディン・ウェロは美と共に天才を持っていた、そして賢かった。彼女は唄も芝居も舞踊もなんでも出来て、興業主《マネジャー》のための金鉱であった。彼女の興業主ウィリヤム・ジャンベル氏はちょうど今その金鉱が最も必要な時であった。

何か物音がした。森の中で驚かされた獣のように彼女は一ばん近い室にとび込んだ――そこはビル・コルガンが最初にとびこんだ室である――室のうす暗がりを駈けぬけると彼女は窓の厚いカーテンの後ろに隠れた。

今夜ラークス邸は招かれない客で一ぱいになる。二階の小部屋の押入でスリム・ダンネルが汗をかいて、つばを呑んで、隣室の出来事を聴こうとしている。

図書室ではビル・コルガンが忍びしのびに歩いている、金庫はないかと。

表の大きな応接ではナディン・ウェロが窓のカーテンの陰にいる。

ラークス家の奥の方でティモシーは愉快に食事をする。コーヒーを飲み干し、灯を消す。旦那様がおうちだから、煙草はあと。

ティモシーは表の方に出て来た。カーテンのかげの彼女はその足音に震えながら覗くと、執事である、少し安心はしたが、あいたいと思うのは、執事ではないのだ。

ビル・コルガンは足音を聞いてあわてて大きな廻転本棚の後ろにしゃがむ。ティモシーは決して押し込み客を探し歩くのではない、彼の習慣で今見廻りをしているのだ。習慣で彼は玄関の扉《と》に触ってみる、と、錠がはずれている。ちょっ！　女中のやつ！　よく云っておこう！

ティモシーは錠をかけ、閉めた扉をもう一度触ってみる。それから彼は、ホールを眺め階段を眺める。二階はしずかだ！　お客様は何時ごろまでお出《い》でになるだろう？　カードをなさるかな？

そのとき雷がおちたように、二階から大きな声がおちる。ティモシーはぱたっとホールに立ちどまった。今日までラークス家でこんな声はきいたことがない。はて？

ぽおん、一発の銃声！　たった一発。戸を隔て厚い壁をへだてているが、確かに銃声だ。大きな声はそれきり聞えない、二階はしんとしている。ティモシーは震えながら階段の下で迷っていた。ああ！　すると、扉があいた。また閉った音！　声がごよごよ聞える。ティモシーの耳には、ごよごよ聞える、とにかく、喧嘩の声ではない。

家の中のほかの人たちもその一発をきいた。

ビル・コルガンは図書室の入口まで這いだした。銃声だったか、街をゆく自動車の爆音だったか判然しないが、しばらく聴いていても助けを呼ぶ声もしない、彼はまた元の場所にかくれる。

ティモシーは暫時立って迷ったがやがて静かに上がって行った。二階のホールに来ると声が聞える。中にはいらず彼は扉を叩いた。

「旦那様、ティモシーでございます。旦那様、……お呼びになりましたか？」

「呼びはしないよティモシー」

スチーヴン・ラークスの声がそう云ったが、普段の声ではなく、何かに興奮して、興奮を抑えてる声だ。

「何かごたごたいたしたようで……」

「いいんだよ、今じき呼ぶかもしれない。階下《した》のホールで待っていて貰おう」

何か隠しているようで主人の声は不自然だった。ティモシーは階段を下り玄関から近いとこに突っ立った。いろんな疑問を持って立っていると、ベルが鳴る。

二階のホールにスチーヴン・ラークスが立っている。蒼白の顔に眼が輝き非常な興奮を抑えている様子だった。

「ティモシー、何も訊かずに僕のいう通りしておくれ。いま僕が中にはいったら外から鍵をかけて、鍵はお前が持っていてね、誰もこの部屋に入らなかったという証拠にすればいいんだ。我々三人、フィリバーグとクラガーと僕と、三人だけいたという証拠に——」

「はい、もしも——」

「何もきかないことだ。警察から人が来るだろう。玄関で待っていた方がいい。今、僕の部屋から警察へ電話をかけた。うちの弁護士のジェファソン・モネットさんもすぐ見えるだろう。みんな案内して貰いたいね。もしモネットさんの方が先だったら、警察の人達が来るまで階下《した》のホールで待っていて貰うんだ」

「はい、分りましてございます。旦那様……」

何かそのあとに云いたかったが、云わなかった。

主人は彼に鍵をわたして扉をあけて部屋にはいる。その瞬間ティモシーは、一人の人の体が床に倒れてるのを見た、部屋の中ほどの、テーブルの片方の端ちかく。

刑事部長サム・デーガン氏のためには世の中に電話ほど興味のあるものはなかった。なんでもない電話もあるが、大へんな犯罪の知らせの時もあり、謎の解決、専門的の興味も名誉も一つの電話に始まる。

いま彼はその電話に呼ばれている。

「はい。デーガンですよ!」

「デーガン君? スチーヴン・ラークスです」

「やあ! 御機嫌よう!」

彼等はスポーツの会場で顔を知っている、デーガンはボクシングの天狗でもあった。

「一大事が起りましてね、直接あなたに御報告が出来てようござんした。ある男が、僕の家で殺されたんです。どうかこの事件はあなたが受持って下さるように願いたいんですが」

サム・デーガンはまばたきの間にたちまち調子も態度も一個の専門家、警視庁の刑事部長になりおおせ、刑事らしい調子で訊く。

「殺されたんですか？　あなたのお家でですね？　よろしい、今すぐいきます」

サム・デーガンは怒鳴った。

「殺人だ！　指紋係、医者、運転手、自動車と巡査二人！……スチーヴン・ラークスの邸《やしき》へ！」

そう云って、葉巻を出して口に入れた、火は、事件が解決されるまで火はつけない煙草だ。

たちまち自動車は夜の町を走ってラークス邸に彼等をはこぶ。

ティモシーは玄関の扉をあける。ホールには顧問弁護士ジェファソン・モネットが立って待っている。

「おお、モネットさん、どういう事件です？」

「僕もいま来たばかりで、何も分りません」

デーガンは二人の巡査に、一人は入口、一人は裏口に見張りをするように、許可なしには誰も出入りさせてはならんと云い渡した。

二階の仕事部屋の前まで来ると、執事ティモシーは鍵を鍵孔にさしこんだ。

「主人は、外から扉を閉めるように、鍵をわたくしに渡されました」

「どういう訳だい、それは」

「分りませんでございます」

「ふん、それじゃ君に分ってる事だけ、扉をあける前に話して貰おうか」

「主人に呼ばれまして私がまいりますと、主人はホールに立っておられまして、鍵を渡して下さいまして、自分が中にはいったら外から鍵をかけてくれと云われました。つまりこの部屋に我々だけがいたという証拠だといわれまして――」

「我々だけというのは？」

「主人と、クラガー様、フィリバーグ様で」

「何時間ぐらいこの部屋にいたんだね？」

「二時間ぐらいでございます。主人は倶楽部の帳簿しらべをいたすわけで、その、委員会でございます」

「ラークスさんは、人が殺されたと云ったが、誰が殺されたんだね」

ティモシーは、知らないと云った。人が殺されたことは、主人は何も云わなかったから。

するとスチーヴン・ラークスの声がきこえた。

「ティモシー、皆さんをお入れして。デーガンさんこっちで訊いて下さる方が早うござんす」

「扉をあけたまえ」

扉があけられると部屋の真中に長いテーブル、その傍《そば》にスチーヴン・ラークスとドワイト・クラガーが立っている、テーブルの上に短銃《ピストル》。

テーブルと、開いてる窓との中間《あいだ》の床に、人が倒れている。

「死んだのはハワード・フィリバーグです」

ラークスが云い出した。

「そう。僕もこの人は始終みかけています」

デーガンは暫時黙っていたが、後ろの医者に合図すると、医者は屈んで死体を検《しら》べる。

「死んでいます。銃弾《たま》が、胸に当ってます」

ふうむ！　デーガンは動かなかった。ラークスが何か云おうとするのも手真似で止めた。副長のシェーンは一生懸命に室内を見廻していた。

デーガンがその時見たのは、死体の位置、部屋の器具、開いてる窓、もう一つの閉めてある窓、入口の扉、扉の距離と窓の距離、テーブルに近い三つの椅子のうち倒れてる二つの椅子、テーブルの上の帳簿、鉛筆、ペン、インキ壺、灰皿、灰皿の中の葉巻と紙巻の残り。

デーガンはまっすぐラークスを見て、云う。

「ラークスさん、あなたの家ですから、まずあなたが話をなさい」

ラークスもクラガーも蒼い顔をして興奮を抑えている様子で、どちらも劣らず興奮している。デーガンは二人にお坐りなさいとも云わなかった。坐らせると落着くかもしれない。

「話は、簡単です。倶楽部の帳簿調べをやるんでクラガーとフィリバーグが手伝いに来てくれました。我々が委員なんです」

「来たのは、いつ頃です？」

「たぶん、二時間ぐらい前」

デーガンは立って灰皿を見た。灰皿は時間を教える。

「我々はすぐこの部屋に入って仕事を始めました。慣れてることで面倒な事とは思わなかったんです」

「ところで、面倒な事があったのですね？」

「どうしてそれを知ってますか？」

「知らないんですがね、いま分ったのです。皆さん一緒にここへ来ましたか？」

「いや、クラガーと僕と最初に倶楽部を出て、少し経ってフィリバーグが来ました」

「それは、分る、僕にも」

「どうして分ります？」

「階段のすぐ下にラークスさんの帽子とコートがかけてあって、そこにはもう一つコートと帽子とステッキがある。ラークスさんのコートは僕も知っている。玄関のすぐそばのラックに別に帽子とコートがある。一人がラークスさんと一緒に来て、あとの人が遅く来たんですね。会なんぞで遅れて来る人は大抵入口であわててコートを脱ぎますよ、遅れた時間の取返しみたいな訳でしょう？　それは、それでと！　それから？」

「帳面を調べていると、喧嘩が始まりました」

「古い喧嘩のやり直しですか、新しいのですか？」

「新しい喧嘩です、まるで思いもかけない喧嘩でした。だが、どういう違いがあるんですか」

「古い喧嘩は、繰り返されるもので、自然当事者たちは多少の用意を持っています、新しい喧嘩は突発するんですから、いきなりカッとして乱暴をするわけです。（短銃《ピストル》をながめる）僕にも多少は察しられるが、まず聞きましょう」

「喧嘩が起って、悪口《あっこう》になり、今生きてる二人の、一人が、その短銃を取ってフィリバーグを射ったんです。倒れて、死にました」

「なるほど、しごく簡単ですな！　あなた方の、どちらが射ったんですか？」

「それは、あなたが見つけ出すことですよ！」

ドワイト・クラガーが云い返した。

三、もしそれが　ほんとうなら

二人のどちらがその一発を射ったか、それはデーガン氏の推理にまかせるとクラガーが云った。一同はみんな異《ちが》った気持でクラガーを見つめた。

「つまり、あなた方二人がフィリバーグさんと喧嘩をし、一人が短銃《ピストル》で射ったというんですね？　二人共謀でやった事ですか？」

スチーヴン・ラークスが口を入れる。

「喧嘩は、フィリバーグと我々の中の一人とがやったことで。もう一人は何の関係もなく、この悲劇をどうかして止めようとしたんですが駄目でした」

「では、一人をまもる為にもう一人が何も云わないわけですね？」

「デーガンさん、僕はあなたの人格にも腕にも敬服しているんですが、そのあなたの今までの経験でも、こういう事件は始めてだろうと思うんです」

「お世辞は抜かしてもらいます。僕も、殺人事件はだいぶ扱っています、二人の一人がフィリバーグを殺した、どちらが殺したか見つけ出すだけの事ですよ——もしそれが本当なら——」

「なんですって？」

「本当ならば、と云うんです。あるいはあなた方が誰かほかの人をかばうために嘘を云ってるかもしれない」

「二人の一人がかっとしてフィリバーグを殺した。これは事実です。長いあいだの親友の一人はもう一人が殺人者として罰せられるのを見るに忍びない、で、ここに倒れてるこの人をどちらが殺したか、どちらも云わないことに固く約束したんです」

「それは、云うかもしれない！」

「僕らは相当に頭も働く人間です。金もあり位置もある人間です。ここにいるモネットさんも僕らの権利を保護してくれるでしょう。あなたが無理に口を開かせることは出来ませんよ。少し落着くと二人はいろいろ考えました。短銃《ピストル》は丁寧に拭いて指紋が残らないようにしてありますから、それは見ても無駄です。ここに我々二人、そこに被害者。射たれたのは一発だけ。一人が加害者、一人は無罪」

「従犯は？」

デーガンがぶつかる。

「デーガン君、僕も少しは法律を知っています。従犯は、主犯があっての上でなければなりません。主犯が確定されなければ従犯も定められないでしょうモネットさん？　だからデーガン君、どちらが主犯か定《き》めなければあなたも従犯をきめることは出来ませんよ、どちらが主犯かどうしてあなたに分ります？」

それは、これから当って見るだけのことだ。デーガンは眼の前の二人をじっと見ているとクラガーが云い出した。

「そう容易にはきまりませんね、ラークスと僕だけしか知らない事で、二人が決して云わないとしたら」

「ふん！　そちらのモネット君が教えて下さるでしょう、あなた方の一人が共犯者だということを。共犯は、主犯とおなじに有罪です、ね。この人が殺される時あなた方は二人ともここにいましたね。共犯はいつも犯罪の構成か実行のいずれかにあずかっているものです。従犯はそうとは限らないが。共犯は、主犯と同じに有罪ですよ。つまり、あなた方二人ともこの犯罪に関係しているんです。法律は、僕だって少しは知ってる」

モネット氏もこの言葉は認めているらしかった。でもクラガーは負けていず、

「素的な裁判沙汰になりそうですね。陪審員もまごつくでしょうね。我々は費用は惜しみませんから、保釈が許されるように計らってもらい、むろん控訴もやります」

「だが一たい何の目的でこんな事をするんです？」

「二人のうちで引金をひかなかった方の一人が、フィリバーグは殺されていい人間だったと思っています。そして自分の親友がその行為のために責めをうくべきではないと思っているんです。だから互いに背くことはしません」

ラークスはしずかにそう云った。

「じつに美しい画《え》ですね！　だが僕はその画を打ちこわさなければならない！　どちらが短銃《ピストル》をうったか見つければよろしい。殺人者を見出すのが僕の役目なんだから、証拠さえ見つければいいんです……ラークスさん、今あなた方二人にしばらく別室に遠慮して頂きましょうか」

彼等二人はホールの向うのラークスの寝室に行くことにした。

「じゃ寝室に行ってて下さい。僕は、殺人者を相手にしては、決して油断はしません。あなた方は僕をごまかしてるんじゃないでしょうな？」

「どんな風にですか？」

「つまり第三者を助ける為に……先刻《さつき》も云ったとおりです。しかし無論それも否定されるだろうから……さあ、働くことだ！」

二人の青年と見張番の探偵マーチン・シェーンの背後《うしろ》に寝室の戸がしまると同時にデーガンは活気を見せた。彼は指紋係に命じてそこらにある全部の物を調べさせることにした。彼等は何といおうとも、

短銃《ピストル》も、マホガニーのテーブルも、何もかも調べなければならない。指紋係はいそがしく動き始めた。デーガンはその時フィリバーグの方を指さして医者に云った。

「もう一度その人を頼むよ、銃弾《たま》が欲しいんだ、それから、ほかに気づいた事はすっかり云って貰いたいね。モネットさん、あなたはどうぞ寝室の諸君と御一しょに願いたいですね」

「承知しました。デーガン君、私はただ驚くばかりです」

「分っています。先刻からあなたを見ていましたから。あの執事はどうしました？」

執事ティモシーは弁護士と入れかえに入って来た。彼はすっかりてんとうしていた。恐れるのはスチーヴン・ラークスの為だけである。

「腰を掛けたまえ！　こっちを向いた方がいいよ、その死体を見ているのが神経に触るなら」

ティモシーは腰を掛け、必要に応じて嘘もいおうと覚悟した。しかし、真実を云う方がいいかな？

「ほかの雇人たちはどうしたね？」

「コックと女中二人は、今日は休暇日で、けさ十一時頃出かけました。たぶん夜中すぎでなければ帰りますまい」

「宜しい、その人たちには関係がないから。ラークス氏とクラガー氏が最初に倶楽部を出て、あとからフィリバーグ氏が来たというが、本当かね？」

「はい、その通りでございます」

「三人がこの部屋に入った後、何かあったかね――ええ、君が関係してることで」

「何事もございませんでした。私は夕飯を済ませまして、表の方へ見廻りにまいりました」

「変ったことは？」

「ございません――ただ――」

「ただ、どうしたい？」

「入口の錠がはずれておりました。たぶん女中が忘れたのでしょうと思いますが」

「すると、君が夕飯をやってる内にだれでも内部《なか》にはいって来られたわけだね？」

「それは、はいって来られたかもしれません」

「何か見るか聞くかしなかったかね？」

「いいえ、ただ、今夕私が門のところに立っておりました時、ある男がそばに来て話をいたしました。

この古い屋敷が大そう気に入ったから、内部《なか》を見せてくれと云って私に金をくれそうにいたしました」

「どんな男だった？」

「外国人で。スペイン人かもしれません。ジュアン・カストロという者だと名のりました、隣のアパートにおりますそうです」

デーガンはそれを手帖に書き入れ、それから、開いてる窓のとこまで歩いて行って、すぐそこに聳え立つ建物を眺めた、そのアパートの幾つかの窓に灯《あかり》が見えている。

「あの窓は、開いていたかね？」

「私が開けておきました、主人の電話がございましたので部屋の空気を入れ換えようと思いまして」

「それから、どうしたい？」

「皆様がよほどしばらく静かでございましたが、私がホールにおりますと、大きな声が聞えました」

「喧嘩の声だね」

「そうらしゅうございました。それから短銃《ピストル》の音が一発いたし、また静かになりました。私は二階へまいり主人に声をかけますと、主人は、何事もない、階下《した》に下りて、呼ぶまで待っていてくれと申しました」

「じき呼んだかね？」

「かなり間がございました。呼ばれてまた二階にまいりますと、主人はホールに立って、心が騒いでるような様子で、鍵を私に渡してそとから鍵をかけてくれと申しました。その通りに私は閉めました。主人が内にはいります時、私は床に倒れている人をちらと見かけました」

「よろしい。君はよほど長くこの家にいるね」

「三十年になります。スチーヴン様が生れなすった年にまいりました。私はこの家の為ならどんな事でも致しとうございますが、ただ今は、真実の事しか申し上げられません。主人は、決して人殺しをしたとは思われません」

「心配しなくてもいいよ。フィリバーグ氏とほかの二人の紳士のどちらかと仲違《なかたが》えでもあったろうか？」

「そんな事はございません。お二人とも始終ここにお見えになりお親しゅうございました」

「よほど急に喧嘩が始まったんだな！　洗練された紳士達の中《うち》で！　クラガー氏やラークス氏のような

紳士達が晩餐の正装のポケットにピストルを入れて歩くとは思われないがな。何かうらがある！　モーチヴは？　うん、それを探さなければ！」

デーガンが部屋の中を歩き始めると、その時急に階下に人声が騒がしく、玄関に見張の警官がデーガンをよび立てた。

「部長！　つかまえました！　押えてますから、早く来て下さい！」

デーガンは執事を待たせて扉をしめると駈け下りて行った。下りながら短銃《ピストル》を出して手に握る。

巡査が一人の男に銃を向けている、その男は壁により掛って大声に怒っている。デーガンは彼を見ると急に鼻でいきんで、短銃の口を男の腋ばらにあてがい、さて巡査に手錠をはめさせた。ぱちっと手錠が音を立てるとデーガンは側に退《ど》いて云った。

「ふうん、ビル・コルガンか？」

「そうですとも、ビル・コルガンですよ、あなたも知ってる通りさ」

「知ってるとも……まずそこの椅子に腰を掛けた！　何か好い話を知ってるね？　俺は好い話がすきだ。お前は好い話を作るのが上手だったね！」

「冗談は止して下さい！」

「冗談はきらいかね？　有名な壮士、無頼漢ビル・コルガン氏がある紳士の家においでになる、そこに何も用がない筈のビル・コルガン氏だ、ポケットには短銃があるのだろう」

「当りましたよ。あなたは、あてごとは上手だね！」

「皮肉は止めたビル・コルガン。許可がなくって装塡した短銃《やっ》を持ち歩くことはここいらじゃ規則違反だね。もちろん、許可は持っていやしまい？」

「ええ、もちろんです。あなたが、安っぽくそういうかどで私《あし》を押える気なら、押えて貰ってもいいね」

「おれも、もう少し待ってもっと大きな事で押えてやりたいんだ。とにかくお前はここの家で捕まったんだよ、そしてここじゃ殺人《ひとごろし》があったんだ」

「殺人？　それじゃあの音がそうだったね！　自動車かと思った！」

「どこにいたんだ、その時！」

「そこの部屋です。たぶん図書室だろうと思うね、本が沢山あったから」

「どうも、すばらしく推理がうまいよ君は！　もっとお話を伺いたいが、ちょっと待って」

デーガンは手早くビル・コルガンの身体検査をして短銃を取り出した。少しも汚れていず一発もうっていなかった。

「もし二階の殺人《ひとごろし》をお前がやったんなら、この短銃でやったのじゃないね！」

「下らない事はいわないで下さい、あしゃここの家のだれも殺しやしません」

「お前の部下は解散したのかね？　それで大将がこそ泥になり下がったという訳か？　何しにここに来ていたんだ？」

「そりゃ、いろんな話があるんだが、まず二階の話をちょっくら聞かして下さい。だれが殺されたんです？　どういう訳で？」

「その話は後廻し。それよりまずお前に訊かなくちゃならん事がある。正直に話した方がいい」

「宜しい。あなたは今まで私に対して公平にやってくれたから、私も正直に云います。実は、ある紳士と一緒にこの家に来たんですよ」

「その紳士は、だれだ？」

「フィリバーグさんです。私《あし》とは仲好しなんですよ。あの人は時々下町で遊び廻りますからね！　これは話していいんだかどうだか」

「お前の話は、決してフィリバーグ君の不利益になることはない。その点は大丈夫だ。早く話して貰おう」

「フィリバーグさんが下町で遊んでる時分、私《あし》はずっと前に会ってね。あの人は若い者たちみんなに好かれてます。もし出来る事なら私たちの階級《なかま》にはいりたいような様子でしたが、ある時私に、財産とか社会上の位置とかいうものさえなけりゃ自分は本物の悪漢《わるもの》になるんだったがと云ってました！」

「不思議だねえ、財産や地位があっても悪漢になる人はいくらもあるんだが！」

「今夜八時ごろポーカーをやってると電話がかかって来てタキシーですぐ来てくれと云うんです。それで、ある町角で会ってあの人の自動車でここへ来ました。どこか表に運転手がいるだろうから訊いて見て下さい。……フィリバーグさんは何か恐れていたんです」

「何を、だろう？」

「誰かに狙われてると云うんです。それからラークスとクラガーが今夜一しょになるが、少し面倒だと云いました」

「何が面倒なんだね？」

「フィリバーグさんの友達が倶楽部の帳面をごまかしたんで、委員に頼んでそれを見逃して貰うつもりだが、委員が承知しないかもしれないと云ってました。ラークスはひどく正直だからと云ってましたよ」

「けっこうな性質だよ！　それから？」

「フィリバーグさんは私《あし》に側にいて護衛をして貰いたいんです。それはラークスやクラガーでない誰かべつの人間が怖いらしいんだ。自動車から下りる時もきょときょと見ていました。場合によっては、帳面を攫《さら》って逃げだすかも分らない。その時は助けに出ろと云いました。入口の錠をはずしといてくれたんで私はあとから入りました。そこの図書室にいたんです。だんだん騒ぎになったから、逃げた方がいいと思ってホールに出たとこを捕まっちゃってね」

「では、フィリバーグ氏は二つ別の方面に敵を持っていたわけだね？」

「そうらしいね、帳面と、もう一人別の奴と」

「狙ってるというのは誰だろう？」

「知りませんね、云わないんですから。下町の奴らでないことは確かですよ。あの人はあっちの仲間には決してはいらなかったんで。女のことらしいです」

「ビル君、お前と俺とは肚《はら》が分ってるんだから、一々おれが訊かないでも話してくれよ」

「あんまり知っちゃいないんですよ。ただあの人は夢中になってるらしいんだ、ナディン・ウェロという女優に」

「あの女の為ならだれでも夢中になるな。俺だって感心しているよ、遠くから見て」

「ところが、別にもう一人夢中な人があってね、もしあの女が自分と結婚しないくらいなら、誰とも結婚させないと云ったそうですよ」

「その男が怖くてお前を護衛にしたんだね」

「そうだとは云いませんが、そうなんです」

「ミス・ウェロが自分と結婚しなけりゃ、誰ともさせないと云った男の名を知ってるかい？　ラークスかクラガーじゃないかな？」

「知りませんな、噂だけしか聞かないんで」

「お前の話は本当らしい、信じてもいいらしいな。運転手にも訊かせて見よう。で、ハワード・フィリバーグ氏の護衛に来たんだね？」

「そうですとも。それだけの話です」

「お気の毒だが、お前は落第だ！」

「なぜ？」

「その、誰かがやっつけちゃった。二階で殺されたのはハワード・フィリバーグさ！」

不意に、女の叫ぶ声がした、ホールの向うの部屋で、そして倒れる物音。巡査は飛び上がって駈け出したが、たちまち帰って来て報告した。

「立派な女のひとが、気絶しています」

四、災害はちかよる　スリム・ダンネルに

デーガンは二階から執事をよび下ろして二人で客間の婦人を見に行った。彼女はまだ垂幕のかげに倒れたままだったが、執事が水と嗅ぎ薬を持って来る間に、すこし目をあけた。

「ティモシー、この人を知ってるかい？」

彼女を椅子に掛けさせてデーガンは執事に訊いた。

「ぞんじませんでございます」

「しかし、ここの家にいたんだがね、君！」

「少しも存じませんでございます。入口の扉が錠がはずれておりましたから、私の知らない間に、あるいは――」

「ふん。……僕はこの人を知っている。あなたは、ナディン・ウェロですね？」

彼女はしずかに頭をさげる。

「どうして気絶しました？」

この言葉が彼女にある事を思い出させる。

「あたしは、あたしは……あの、本当に、フィリバーグさんは殺されたんでしょうか？」

「殺されたんです」

彼女は湧きおこる悲しみにしばらく痙攣しているように見えた。ティモシーは嗅ぎ薬をすすめる。少し待ってデーガンが訊く。

「ミス・ウェロ、あなたに少し助けてもらいたいんです。あなたはほんとうにフィリバーグ氏を愛していたのですか？」

「愛していました。ほんとうに。私たちは結婚する

ナディン・ウェロはしばらく考えてから話し出した、彼女が今のナディン・ウェロとならない前の話から。

彼女は天才を持った貧しい娘だった。世の中に立つには彼女の恥じる道をとるよりほかに道がなかった。一人の紳士がこのまずしい娘を見つけ出した。彼は劇場の興行主であった。その人が彼女の天才を信じて学校に入れ、女優としての教育をした。

「そしてあたしはスターになりました！」

ナディン・ウェロは自分の救い手に対して厚い感謝の心を持っていた、その彼はまたいつも彼女に対しては完全な紳士なのだった。

「ウィリヤム・ジャンベルさんの事を云ってるのはお分りでしょう。あの方はこの頃非常に大きな損しました。今ジャンベルさんの劇場の中で利益をあげているのは私の劇団だけなのです。それだけではどうにもならず、株もやったそうですが、株は、なお駄目でした。で、あの人はお金を借りたんです」

「どこから借りたんです？」

「ジャンベルさんは気が違っていたんでしょう。私は今夜までその話を知りませんでした。あの方が苦しんでいる事は知っていましたが……あの方はわざわざ私に打明けに来て下さるつもりになっていました」

「今夜、一緒にここへ来ましたか？」

「いいえ」

「だがあなたはラークス家に来ていましたね。だれに会いに来たんです？」

「ラークスさんに」

「ラークス氏も、あなたに夢中になっている一人ですか？」

「あたしはあの方に一度も口をきいたこともありません、あの方は私を御存じないでしょう、舞台の上では見て下すったかも知れませんが」

「そのラークス氏に、会いに来たのですね？　入口の錠がはずれているところから忍び込んだらしいが、これは、あなたの常習のやり口ですか？」

「どうぞ、そういう口のきき方はなさらないで下さい。私はいま大きな悲しみに打たれています、少しは考えて下さい」

「よろしい。ではハワード・フィリバーグ氏を殺した人間を探す手伝いをして頂きたいですね。誰かあの人を殺しそうな人を知っていませんか？　あなたの知ってる話を、すっかりはなしてくれませんか」

境におちてることは察していたんですけど。今夜八時半ごろ、私のアパートに訪ねて来て、すっかり話してくれて、どうか助けて貰いたいと云うんです」

「どうしたんですか?」

「ジャンベルさんは倶楽部の建築費の会計を預かっていました。そのお金はまだ一年間は入用《いりよう》がない筈なので暫時それを借りたんです。そうすると、どうした訳か倶楽部では急に委員会を開いて帳簿調べをすることになり、ジャンベルさんは驚いて私のところへ飛んで来ました。委員の一人はフィリバーグさんです、私の為ならこの事を内密にするように出来るだけ尽力してくれるでしょうけど、ほかの委員が、ラークスさんとクラガーさんが――ジャンベルさんは、ラークスさんがあの通り正直だからこの事件をどういう風に見るか分らないと思って、私にラークスさんに会って頼んでくれというんです、そのお金を返すまでどうか暫時待ってほしいと云って」

「簡単にいうと、あなたがここに来てラークス氏を誘惑するわけですね?」

「そんな言葉はいやですけれど。私は自分の恩人を助けたいと思って、女の頼むことは何かの力になるとあの人がいうので、怖々《こわごわ》ながら来たんです」

初めはただ一生懸命にはいりはしたが、彼女は急に怖くなって垂幕のかげに隠れてしまった。委員の二人が帰った後にラークスだけに会おうと思っていた。

「あるいは、あなたがラークス氏を誘惑するのをフィリバーグ氏が許さないかもしれないと、それも恐れていたんでしょう?」

「そう仰しゃると、そうなのかも知れません」

「フィリバーグ氏は、あなたとの恋愛に競争者は持ちませんでしたか?」

彼女は、極めて少数の人たちにしか会わなかった、ジャンベル氏が浮気な蓮葉《はすは》な女優を好まなかったせいもあるし、また彼女の仕事も忙《せわ》しかったから……彼女はあまり出歩くこともしなかった。

「ただ一人、ある時しり合いになった紳士が私に熱くなりました。私はその人を好まなかったのですが、いろいろ手段を尽して私に会おうとするので、私も困ってジャンベルさんに言いつけました」

「何という人です?」

「カーロス・メンデッツといいました、スペイン人です。立派な家柄で財産もあり、申し分のない紳士でしたけど、私は虫が好かなかったのです。正直にそう言いますと、ひどく怒って、狂人《きちがい》みたいでした」

「その人ですか、あなたが自分と結婚しなければ、誰ともさせないと云ったのは？」

「そうです」

「カーロス・メンデッツは今どこにいます？」

ナディン・ウェロは知らなかった。そのスペイン人は自分のアパートを出て行方を晦《くら》まして、それからも電話ではうるさく彼女をよび出したが、小間使いが彼の声をききつけるとすぐ電話を切ってしまった。だからこの頃は彼の様子は少しも分らなかった。

「フィリバーグ氏はその辺の事情を知っていましたか？」

「ええ、その話をきいて笑っていました」

「よろしい。しばらく休息なさい」

「あの方のとこへ行かせて下さいませんか？」

「もう少し待って下さい。もしあなたの興行主に電話がかけたければ、今の内かけてお置きなさい」


ナディン・ウェロが廊下の電話をかけてる時、もう一台警察の自動車が新しい手伝いの人数をラークス家に送り込んだ。ビル・コルガンは応接間に入れられて新来の巡査が見張することになった。そこにビル・コルガンはエレガントな同席者があるのを見てはにかんでにやにやしていた。

デーガンは新来の警官たちに命令した。

「君たち、この家を地下室から屋根裏まですっかり調べてくれ。執事が案内して灯をつけてくれるだろう。もうすでにこの家にいる筈のない人間が二人もいたんだから、まだ、いるかもしれない！」

すなわちこの命令によりハワード・フィリバーグの殺された隣室の押入にしゃがんでいる我らの友スリム・ダンネルに速やかなる災害《わざわい》は近よりつつある！


ゆっくり階段を上がってホールに立ってる探偵マーチン・シェーンの側に来たデーガンの顔はひどく無表情だった。事件を解決して早く煙草が吸いたい彼であるが……。

彼はたった一つ殺人のモーチヴを見つけた——嫉

妬である。だがラークスもクラガーもその嫉妬の持主ではないのだ。だのに彼等は自分等の一人が殺したと主張する。なぜフィリバーグは殺されたのだ？　紳士は決して冗談に人殺しをすることはない。それにフィリバーグがここに来たのは最も自然な形で、おびき出された形跡はすこしも見当らない。

「こんがらがってる！」

「部長！　手がかりは、手がかりは？」

「手がかりは、円《まる》のようなものだ。いくど押して行っても始めに返る。……あの二人の紳士と弁護士殿は何をしゃべっていたね？」

「おもに、ゴルフです。僕もだいぶゴルフの呼吸を呑込みましたよ。いちばん落着かないのは弁護士です」

仕事部屋で、指紋係はすっかり指紋をとっていた。彼は寝室に行って二人の紳士たちの指紋をとって比べて見たが、ラークス氏の指紋はこの室のテーブルの片方にたくさんあり、別の方にクラガー氏のがあった。

「手蹟も見本をとりましたが、やっぱり帳面を調べる時ラークス氏はこちら側で、クラガー氏が向うでやったらしいです。ノートのいたずら書きでもちゃんと分ります。殺された人は二人と向き合っていたんです」

「君も探偵をやる気かい？　よせ、よせ！　楽じゃないよ！」

デーガンはそう云って好意を見せてにやにやした。

再びデーガンは室を見廻した。フィリバーグは開いた窓に背中を向けて坐していたのである。あとの二人は向いあって。喧嘩が起ると三人が椅子から飛び上がって、その時フィリバーグが室を飛び出そうとしたらしい。それと同時に弾丸《たま》が来たのだ。ラークスからもクラガーからもその弾丸はうち得る位置だ。

「短銃《ピストル》には指紋がありません、拭いたんでしょう」

「そうだろう。君は、階下《した》で休みたまえ」

つぎにデーガンは医者の報告をきく。医者はどの方角から弾丸が来て体内のどこに停ったか、そして何径口の短銃のままであるかも調べ上げていた。デーガンの眼は光り、テーブルの上の短銃をとり上げ丁寧に見た。たった一発がうたれたのである。

彼はひらいた窓に行き外を眺めた。三十フィートの隔たりの向うにアパートの建物がそびえ立ち、どこの部屋からか賑やかな騒ぎの声が聞える。この家の悲劇は知らずに彼等は踊りうたい笑いふざけて夜をすごすのだ！

つぎに、デーガンは壁をながめ、天井をながめ、それから床を見る。シェーンは立って部長を見ていた。彼自身はいま手の出しようもなく、壁につき当った人のような気持がしていた。

「おもしろくなって来た！」

デーガンはフィリバーグを死に送った弾丸《たま》を手に持って、しみじみ眺めていたが、それを紙に包んで胸のポケットに入れ、

「どうだいシェーン、二人の紳士たちと話をして見ようよ」

ラークスとクラガーは寝室に落着き払っていたが、モネット弁護士だけは心配そうな顔だった。ラークスが声をかけた。

「デーガン君、どうなりました？」

「警察へやりますかね？」

クラガーも声をかけた。

デーガンは二人の前二三尺のところへ椅子をおいて腰かけた。

「ラークスさん、今夜フィリバーグ氏が来たとき、護衛のために壮士を連れて来てそうっと忍び込ませて階下《した》にかくしておいたのを知っていますか？」

「いや知りません！」

「来ているんですよ！　それからナディン・ウェロを知ってますか？」

「芝居で見たことがあります。会ったことはありません」

「彼女があなたのとこの応接間に隠れていましたよ。フィリバーグ氏が殺されたと聞いて声を出して、気絶しちまいました」

「僕の家で！　一たい何をしていたんです？」

ラークスは驚くばかりだった。

面白い話を聞いたと云ってデーガンはひどくにやにやして二人を不安にした。それから突然質問を出した。

「ええと、建築費は、どれくらい不足しているんですか？」

二人は体を真すぐにして顔を見あわせる。

「これは、おもしろい問題でしょう？」

ラークスは言下に答えた。

「僕たちは何も答えないことにします。あなたの勝手な推理をして構いません」

「そういう態度はたしかに愛すべき態度ではありませんね！ ラークスさん、なぜさっぱりと云わないんですか。あなた方二人で第三者をかばっているのだと？ たとえばです、階下にミス・ウェロがいます、あの人はフィリバーグと恋愛関係にあったのですから……それに世間も知ってる事です……あの人がここまで追いかけて来て射ったのではありませんか？ あなたが執事にかたく口止めして、クラガーさんと二人で嘘の話を拵えあげたのではありませんかね？」

「ばかな！」

ラークスは怒鳴った。

「デーガン君、あなたが聞かしてくれるまで僕はミス・ウェロがここに来ていることは知らなかったんですからね！ 確かに、我々の一人がフィリバーグを殺したんで、あの婦人を刑務所に送ったら、それは罪悪ですよ」

「そうですかな、有名なビル・コルガン君もこの家に来ていますよ。何かの理由があってあの男をかばっているんじゃないですか？」

「それは大丈夫。ビル・コルガンが来ていることも僕は知らなかったんだから」

「では、フィリバーグ氏とあなた方二人が一つの室にいて、ほかに誰もいないで、突然喧嘩が起り、あなた方の内一人が殺したことに間違いはないんですね？」

「そうです。間違いありません」

「なぜあの人は殺されたんですか？ 喧嘩の起りは？」

「それを説明すると、どちらが射ったかあなたが見つけ出す助けになりますよ」

クラガーが邪魔を入れる。

「なぜフィリバーグ氏が自殺したとは云わないんですか？ そして上手な話を拵え上げれば、あなた方の云うことは信用されちまうがな」

「僕は、死んだ人に対して嘘は云えません」

ラークスが云う。

「なるほど！ それはそうでしょう！ どうしてまた諸君の礼装のポケットに短銃がはいっていたもの

かな？　いつも、そうですか？」

二人は返事をしなかった。

「返事がありませんか？　すると、ここはラークス氏の家で、ラークス氏はむろん短銃を持っている、どこに置いてあるかも知っている、あの仕事部屋にあるのは最も自然ですね。喧嘩がおこる、ラークス氏が短銃を取って、射つ、どうです？」

「そうすると、僕ということに定《き》まりますか」

ラークスは少し笑っていた。クラガーがすぐそれに云い足した。

「そこです、デーガンさん、僕は子供の時からラークスの友達ですからね、自分の部屋にいるのと同じくらいラークスの家にも慣れてるんです。むろんラークスの短銃の所在《ありか》も知ってますね——もしそれがラークスの物なら……」

「うまいね君は！　どうして偉いですよ！　だがね、一つ見つけたことがあるんです」

「なんですか、それは？」

「短銃はね、ラークス君のでもクラガー君のものでもない——ハワード・フィリバーグ氏の物だということです！」

モネット弁護士はえへんと一つ咽喉《のど》を掃《はら》いきよめて注意《アッテンション》！の姿勢になった。これは、モネット君初耳の話なのだ。

デーガンはにやにやして二人の青年が強いて落着こうとする努力を見ていた。ラークスが訊く。

「どうしてフィリバーグのだと思うんです？」

「フィリバーグ君の物かもしれぬと云ったんだが、あなた方の様子で僕の言葉が事実だったことが分りましたよ」

「僕たちの様子は、あなたをごまかす為の芝居かもしれないんです」

「クラガー君、あなたが賢い人だということはちゃんと分ってますがね、物には度があり、やり過ぎては駄目です。……僕はもう少し働いて、真実を見つける！」

彼はシェーンを連れて階段を下りていった。ホールにティモシーが立っている。

「ティモシー君、ちょっと訊きたいんだが、ラークス君は猟もやるだろうから、武器はいろいろ持っているだろう？」

「はい。それは、戸棚がございますから、お目にかけましょう」

「案内したまえ！」

五、ジェーンというのはだれです？

戸棚には猟銃類は沢山あったが、短銃《ピストル》は一つしかない。ティモシーに訊くと短銃はこれっきりだと云った。デーガンが黙って考えたことは、
ラークスのたった一つの短銃は戸棚にしまってある、クラガーがあの服装でポケットに持ち歩く筈はない、この喧嘩は突然に起ったものであるが、フィリバーグだけは何かの面倒を予期してやって来たし、ビル・コルガンまでも連れて来ているのだから、これはフィリバーグの短銃と認めていいのだ――

デーガンは二階の人達を呼び下ろして階下の応接間で、小集を催すことにした。さて諸君！　とデーガンはホールの扉《ドア》の前に立ち演説を始めた。

「諸君！　短銃をうった射たないの問題はしばらく後に廻します。ミス・ウェロの興行主ウィリヤム・ジャンベル氏は経済上の苦境に陥りました。彼は倶楽部の建築費を預かっていましたが、まだしばらく入用がないつもりでその金を借用しました。ところが今夜急に倶楽部の委員会がひらかれて会計簿を検査することになり、ジャンベル氏は狼狽して、今しばらく自分の不正行為を公にしないでくれるように委員の一人フィリバーグ氏に頼みました。ミス・ウェロと相愛の仲であるフィリバーグ氏は、ジャンベル氏の破滅がミス・ウェロにも関係する事であり、出来るだけの努力をしようと約束しました。

彼は覚悟してこの家に来たのです、もし他の委員たち、ラークス氏とクラガー氏がジャンベル氏に弁済の時間を与えることを承知しないようなら、自分は帳簿を持ち出してしばらく匿《かく》すつもりでさえありました。ビル・コルガンまでその手伝いに連れて来たのでした。

ところがジャンベル氏はフィリバーグ氏だけでは安心がならず、ミス・ウェロの住居《すまい》を訪ねて自分を救ってくれと頼みました、この家にラークス氏を訪ねて頼んでくれれば美しい人の涙は非常な力があるだろうからと説いたので、ミス・ウェロはこの家に忍び込んでラークス氏に会見する機会を待っていました。そこへ短銃がうたれミス・ウェロは逃げ場を

失ってしまったのです。これだけの事実は確かめ得ました」

　青年たちの顔は何の表情も見せず、ラークスが云い出した。

「あなたの話は、円の中をぐるぐる廻っているようなもんですね！」

「それは目的がないでもありません。一人がぐるぐる廻っているとそれを見ている側のものまで目が廻ります。もし僕が円の中を廻っているとして、そのためにあなた方は眩暈《めまい》を感じませんか？　眩暈を感じて、あなた方の眼が正しく物を見ることを妨げられはしませんか？」

　一歩ラークスに近よって彼は一本の指でラークスを指し、大きな声で訊いた。

「ラークスさん！……ジェーンというのは誰です？」

　するとその返事に邪魔がはいったかのように急に戸口が騒がしくなったので、デーガンも他の人達もそちらを振り向いて見た。入口を見張の巡査が不意にホールの戸口に現われて、一人の貴婦人を側につれて立った。

「部長さん！　お客さんです！」

「おお！　どうぞおはいり下さい。ラークスさんの家で僕が主人役をつとめるのをお許し下さい。……もしやあなたのお名は、ジェーンというのではありませんか？」

「まあ！　ほんとうに！　あたくしジェーン・ハニディです！」


　同時に、ラークス、クラガー、モネットの三人は立上がった、彼等が心からの敬礼を捧ぐべき貴婦人ミス・ジェーン・ハニディに向って。

　彼女はこの市《まち》の社交界で第一位に立つ家の一人娘である。父は政治方面にも有力であり、彼女は才と美を合せて持つ、ことし二十七のチャーミングな女性である。彼女の心は有閑の戯恋《ぎれん》をさげすみ、きょうまで結婚をさえ考える暇がないほど社会に対する真剣な奉仕に生きて来た。彼女の社会事業はほんとうの仕事であって、みせびらかしの為ではない。

　ラークスは椅子をすすめた。ジェーン・ハニディは心の動揺を静めようとして、静めきれない様子で、室内を見まわす眼に恐怖があった。そしてようやく訊く。

「何がありましたの？」

「ここには悲劇がありました、僕は警察のものです」

「そうだろうと思いました」

デーガンは何かいい出そうとするラークスとクラガーを押えて彼女に訊いた。

「なぜ僕を警察の者と御らんになったのです？　ここにはいってお出《い》での時あなたは安心したような表情をお見せになりましたね！」

「理由《わけ》をお話した方がよさそうです」

「どうぞ、願います。この家においでの時、何か事件が起ってあなたが心にかけられるある人の身に危険があったのではないかと心配なさったのでしょう。この室を見てあなたが安心の表情を見せたのは、つまり心にかけておいでの人が無事だった為でしょう」

しばらく首を下げていた彼女はやがて恐れず顔をあげて、

「この室においでのある方のことをあたくしが心にかけてるのは事実です。その方にあたくしの心を奪《と》られた事は、恥じずに申します。それは容易な事ではないんです。自分に近寄って来る初めての男にすぐ夢中になっちまうような若い娘でもないものですから。人格の尊さが私《わたくし》の心をひいたのです――しかし、それを、その方は御存じありません」

刑事部長はおどろいて彼女を見た。

「恋愛は私の方だけです。私の心に先方も答えて下さるような何の様子もまだ見えませんから、名前はいいません。（デーガンは黙ってうなずいた）きょう夕方、田舎の別荘から倶楽部へ電話をかけました、この週末にラークスさんとクラガーさんをお招きしようと思って。お二人とも倶楽部にはいらっしゃらないで、帳場の書記は私の声を知って、お二人がフィリバーグさんと三人でラークスさんとこへお寄りですって教えてくれました」

彼女がすぐラークス家にかけると、電話に何か故障があってラークスがよその人と話している声が聞えた、殺人があったという言葉が聞えたが、それきり電話が切れて、何度呼んでも、お話中と断られた。

彼女は気違いみたいになって――その時、家には僕《しもべ》たちばかりで両親は欧羅巴《ヨーロッパ》に行った留守だから――

一人ですぐ自動車を飛ばして駈けつけて来たのだった。もしや……

「もしやと心配していらしった方は無事だったのです。で今、安心なさったでしょう——殺されたのはハワード・フィリバーグ氏です」

「お気の毒な！　あたくしあの方を知っています」

で、ラークスとクラガーの二人が、自分等の一人が殺人者だと主張していると聞いてジェーン・ハニディの顔は蒼くなった。

「どちらも、そんな事をなさる筈はありません！」

「あなたは、ラークス、クラガー両氏をよく知っておいででしょうね？」

「え、長ねんのあいだ。私たちの家同士が——」

「つまり少年少女の時代からですね、すると二人の方たちの性質もよく知っておいででしょう。僕がこの謎を解くために少しでも助けて頂けませんかね？あなたの愛する人が無罪であるなら、その人を青天白日の身にしようと、あなたもお思いなさるでしょう？」

「私の愛する人は、友人に背きはしません！」

ジェーン・ハニディは誇りをもって云い切った。

その彼女をデーガンは暫時見ていたが、

「ミス・ハニディ、警察の者は目をあけて、見もし察しもします！　あなたの恋愛は決して恐れるには及びませんよ。あなたが尊敬しておられる方は、先方からもあなたを愛しているようです。（彼女の眼が光った、しかしその眼はラークスの方もクラガーの方も見なかった）いま、遠慮やつつしみはしばらく忘れることにして——たぶん、ラークスさんですね、その人は？」

「ま！　どうして分ります？」

彼女の顔が赤くなり、自分から云った言葉に気がついて急にうなだれた。

「つまりね、今夜の悲劇の起った室をしらべて、ラークス氏が腰掛けていた場所が分りました。あの人に一つの癖があります、そういう癖の人はいくらもありますが、会議の席なぞで紙にむだ書きをやるんです。それは無意味な字をかき散らしてあるとも云えますが、注意深くさがせば、むだ書きにも意味があります。今夜ラークス氏の前にあったメモには幾つも幾つもジェーンという字を書きちらしてありました。その紙の片方の隅には、家という字がくり返し書いてありました。ミス・ハニディ、つまりあなたはラークス氏の心に常住の名です、ラークス氏は将来持ちたいと思う家とあなたとを一つに考えておられます」

スチーヴン・ラークスは立上がり、一瞬間かがやかしい顔をして自分の前後と自分自身も忘却して彼女の前に身を屈めた。

「ほんとうなんです、ジェーン！」

「ありがとう、スチーヴン！」

それきりしか彼等は云わず、すこし奇妙な婚約だった。

デーガンはその彼等を現実に呼び戻して、

「メモにはまだ他の字もありましたが、それは後にします。ラークスさん、あなたも生きる希望を見いだしたわけですから、自分の立場をはっきりさせた方がいいでしょう。むろんミス・ハニディも真実のことを知りたく思われるでしょう……」

「いいえ！　いいえ！　（彼女は飛び立った）私を道具にお使いにならないで下さい！　もしスチーヴンがやったことなら、やるだけの充分な理由があったのでしょう！　もしスチーヴンがやったのでなければ、友人をかばうのが、本当の男性《おとこ》です！」

デーガンは恭《うやうや》しく首を下げて、

「あなたは淑女《レディ》です！　お目に懸ることを得たのは僕の光栄です。……けれど、とにかくこの事件は解決しなければなりません。お気に入らない事があるか知れませんが、お許し下さい」

彼は何か云おうとしてじいっとラークスを見、クラガーを見た。と、そのとき電話がじぃんと鳴りだした。

ティモシーは、部長さんに、と取りついだ。

デーガンは立って、線の向うにじりじりしている声を聞いた。一人の老警部が怒っている声だ。

「どうしたってんです？　いくら呼んだかしれやしない！」

「怒るな、受話器が下りていたんだよ。うん、なにっ？　ちょっと待って」

デーガンの眼が光り始め、もう一度！　彼はきき直してまた眼を光らせた。よろしい！

彼は探偵シェーンに何かいい付けて外に出し、もう一度客間の一同《みんな》に向った。

「話が中途で切れました……つまりむだ書きの話で

すが、僕はいま好い話をしましたね。ほかのは、それほどよくない話かもしれぬ」

モネット弁護士は咳ばらいをして、

「デーガンさん、お話の途中ですが、一体あなたは私の依頼人ラークス氏及びクラガー氏を殺人罪で起訴するおつもりか、しないおつもりか、伺いたいですね、もし起訴されるなら、私はさっそく電話をかけて不拘束の手つづきをしなければならぬ」

デーガンは少し気色《けしき》ばんだ。

「僕はいま犯罪の取調べをしているんですよ。まだ起訴したんでもなんでもない。検事局へ移ってからでなければ、あなただってどうすることも出来ますまい。裁判所では、あなたが働く、ここでは僕が働きます、仕事の邪魔をしないで下さい」

モネット弁護士の顔は燃えたが、法律的の頭は相手の言葉が正しいのを彼に教えた。で彼は黙してしまった。

「さてもう一ぺんむだ書きの話をします。早く片づけて、僕も、煙草がほしい!」

「むだ書きに、何が書いてありました?」

クラガーが訊く。


「むだ書きには……」

いい切らない内に大声が二階に聞えた。さけぶ声、足音がどたばた! 一発の銃声! また! デーガンは戸口をとび出して階段を見あげると、ちょうどその時階段を三人の人間がとり組んだままころげ落ちて来たが、部長のすぐ足もとに彼等はころがった。そこへ別の巡査が飛びだして三人をひき離した。

「なんだ?」

「こいつが、押入に隠れているのを見つけました、逃げようとするところでした。私はこいつの顔を知っとりますが、スリム・ダンネルという、こそ泥なんです!」

ようやく起き上がったスリム・ダンネルは、同時に声も見つけ出し泣き声を立てた。

「私《あし》じゃないんです! あしゃ、人殺しに、関係はありません! ただ、ちょいと、ここの家にいたんで——」

「ばか! ここの家は、いる筈のない人間で一ぱいだ。……いつ這入った?」

「もう何時間も前です。家じゅう探しものをして逃げるつもりだったんで。夕方、執事の爺さんが入口を開けっぱなしで門のとこでよその人と話しているとき、玄関から這入ったんです」

「殺しにはいったんだな？」

スリムは震え上がった。彼はこそ泥のたましいとこそ泥の勇気だけしか持合せていないのだから――たちまちわめき立てた。

「うそです、うそです！　ただ盗みに入ったんです。そこへいろんな事が一度に起ったんで逃げることが出来なくなりました。ね！　あしの両方のポケットには品物がはいってますよ、まだ押入にも残ってるんです。押入は、二階の、あの殺人《ひところし》のあった室の隣なんで、あしゃ聞いてましたよ！　部長さん、あなたの聞きたい事を、話して上げてもいいんですが」

「殺人のあった隣の室にいたんだね？」

「へえ。……私《あし》は泥棒するとこを捕まったんだが、もう一つの方は――」

「心配するな！　お前には人を殺す勇気はない。お前じゃない！　ところで何を知ってる」

「いろいろ知ってるんですが、それを云ったら、どうかしてくれますか？　ねえ、見のがして貰えませんか？　私は泥棒に入ったんだけど、品物は持ち出せないんですからねえ」

「なんだ！　俺と取引をやる気だな！」

「なりたけ損をしたくないんです！」

「じゃ話すがいい、後はおれに任せるんだね。警察に送りつけりゃいやでも泥を吐かせられるよ。まず二階に行こう、世界中にきかせる必要はない！」

二階の寝室の、寝台《ベッド》のはじに腰を掛けさせ、自分はその辺を往ったり来たりして、じろじろ見ていた。スリムは身がちぢこまる様だった。

「こそ泥式に逃げようとしても、ここでは駄目だぞ、真すぐに云ってしまえ。一つでも嘘を云ったら、お前もかかりあいになる！」

「いいますよ、すっかり……」

スリムは初めに忍び込んだところから話し始めた、執事だけだと思っていると主人が友達をつれて来たんでスリムは押入に隠れた、その内にもう一人だれかが来て、彼の隠れている隣室で話を始めたが、小さい声なのでよく聞えなかった、時々わらって、それから、帳面が、帳面が、というのが聞えた。

「押入が暑くってねぇ、早く出たいと思って考えると、よっぽど経って大きな声で何か云い出した、あしゃ、壁に耳を押しつけて聞いてると、二人の人がフィリバーグという人に何か云ってるんです」

「なるほど！　さっさとやるんだよ。俺は煙草がのみたいんだ！」

「一人がね、僕は悪党じゃない、それを隠すことは出来ない――なにを隠すんですかね、そう云ってました――倶楽部にもすまない。にがい薬ものむのが当然だ、一人がそう云うとね、だんだん一同《みんな》が熱くなっちゃって、フィリバーグ君は、あの女に一生懸命だから、それであの女の興行主《マネジャー》まで助けてやりたいんだろう、女のために悪党をかばうのは間違ってるとか何とか云ったんで、フィリバーグというのが段々怒ってしまって、おれは帳面を持ってって、万事が片づくまで、隠してしまうと云うんです」

「ふうん！　だいぶ分って来た。それで？」

「そんな真似はさせない、と云うとフィリバーグが短銃でも出したらしい、一人が怒鳴る、フィリバーグが怒鳴る、帳面を攫《さら》って出ていこうとする、一人が止める、がやがや云ってるところへまた一人が飛び出して短銃を奪《と》ったらしい、フィリバーグが怒鳴った。帳面は持ってかせないよ、と一人が云うんだ。フィリバーグはひどく怒って、なんだ！　君は自分の好きな女のためには何だってするだろう、ジェーンの為なら何でもする気だろう、僕だって自分の大事な女の為に何をしたっていい訳だと云うんだ。そこでまたがやがや始まってね、つまり、場合が違うというんだ、フィリバーグは違わない、と云うんだ、ナディンだってジェーンだってどこに違いがある？と云うんだ」

「まったく、一理あるね！　急いでくれ！」

「へえ、大急ぎです、あしゃ上流紳士の内幕をすっかり聞いちゃいました。その短銃を返してくれ、フィリバーグが云うと、これは預かっておく、君に持たせるなぁ、あぶない。そう云うとフィリバーグはまた怒鳴った、ジャンベルだって同じこった、ジャンベルは見つけられただけの事だ！　だまれ！　なにっ？　俺はナディンの名を新聞に出したくないんだ。ジェーンの為なら君だって同じ事をやるんだ。あのとおり済ました貴婦人なんぞナディンと比べものになるものか！　だまれっ！　一人が怒鳴る、生かしちゃおかれない！　すると、あ、あぶないっ！　と止める、また一同がわんわん云い出した、そうすと、一人が大声で、もう沢山だ！　その汚《けが》れた口を永久に閉じてやる！……ぽおんと一つやりました！」

「やれやれ！　やっと射ったかい？　それから」

　そのあと静かになったのでスリムには聞えなかった、彼は出ることが出来ず困っていると、一人が警察に電話をかけ始めたのだった。

「もう沢山だ！　その汚れた口を永久に閉じてやると云ったのはどっちの人か分ってるかね？」

「見えなかったからね――声は分りますよ」

「じゃ、二人を呼んで一人一人試験して見よう。その衝立《ついたて》の蔭にかくれてくれ」

　スリムが衝立の後ろに隠れるとデーガンは階下の警官に声をかけた、クラガーさんにちょっと二階に来て下さいって！

六、また一つの死

　クラガーはすぐ二階に上がって来た、微笑していたが、多少気味がわるそうだった。

「クラガーさん、あなた悪態をつくことがありますか？　腹を立って誰かを怒鳴ることがあるでしょう？　一つその真似をやってくれませんか？……真似です」

「どういう訳で――？」

「……したくなければ、しないでもいいんですが――」

「なあに、やって見たって構いませんよ、少し変な注文だが――、こんな風ですか？」

　そこで彼は、もっとも劇的な様子をして、盛んに悪たいをついた。

「いやぁ！　それでけっこう！　あなたは、役者になるとよかったですなぁ！」

「あなたも、今夜は盛んに芝居をしているじゃありませんか？」

「それも目的があっての事です。汚れた口を持った奴は、あなたも嫌いでしょうね？」

「むろんです！　だが今は、あなたの注文で怒鳴ったんですよ」

「なあに、今の話じゃありません」

　デーガンは巧みに話をひっぱり廻してスリム・ダンネルが聞いた、もう沢山、その汚れた口を永久に

閉じてやる！　という言葉をクラガーに使わせるようにした。用が済むと、ありがとうと云った。クラガーは変な顔をして、

「一たい何ですか、今の話は？」

「いずれ後で、まず応接間に行ってて下さい」

彼はまたラークスを二階に呼び上げて、同じプログラムで試験をやった。

ラークスが室を出てゆくとスリムが衝立のかげから出て来た。

「あの最初の人ですよ、フィリバーグの口を永久に閉じてやると云ったのは」

「いや、御苦労さま！　それじゃお前は階下《した》の警官に渡すから、応接間のお客の仲間入りをしなさい。何もだまって、だぞ！」


夜に聳えたつアパートメントの入口に三つの影が歩いて来た。真先に立つのは刑事部長サム・デーガン、そのあとに執事ティモシー、そしてナディン・ウェロと！

二人は何の為に歩くのか知らないで怪しみながらデーガンに従いて行った。アパートの宿直は居眠りをよび覚まされてデーガンの小声を聞いた。と、三人はすぐ昇降機《エレベーター》に入れられて三階にのぼらされる。

三階のホールに一人の巡査が立ち廊下の曲り角を守っている。デーガンは眠る人達をさますまいと小声でその巡査に口をきく。

「ティモシー君、この部屋に入ってくれたまえ、ミス・ウェロは、ここに待って下さい。……君に死んだ人を見てもらうんだ」

角をまがり独身《ひとり》住みのアパートに入る、そこにも巡査が立っていた。彼はデーガンに恭《うやうや》しくお辞儀をした。部屋のなかに一人の人の体が寝かされてある。それは開いた窓のすぐそばであった。デーガンは顔被《おお》いの布《きれ》をとって、

「ティモシー君、知ってるかこの顔を？」

「この人は！　門のとこで私に話をしかけて家の内部を見せてくれと云ったあの人でございます！　ジュアン・カストロといいました」

「そうだろうと思った。……ありがとう」

彼は執事をホールに出し今度はナディン・ウェロをつれて来た。

「ミス・ウェロ、死んだ人の顔を見て頂きたいんで

す、いやな話ですが、フィリバーグ氏の死んだ謎をとく為に」

　彼女はたったひと目見て云った。

「カーロス・メンデッツ！」

　ホールに出て来た彼女は不思議そうな顔をしていたが、デーガンは隣家《となり》に帰ってから話すと云って何も訳を云わなかった。

　彼はカーロス・メンデッツまたの名をジュアン・カストロが横たわるところに戻り、窓に立って外を見た。三十フィートの向うにラークス家の灯の明るいあの部屋が見おろされる、やや数フィートの下に。

　昇降機で降りるあいだもデーガンは無言で、この歌劇女優が落着こう落着こうとする努力をながめていた。彼等が街路に出てラークス家の門に入ろうとする時、一つの自動車がそこに乗りつけて一人の紳士が飛び下りるのを見た。デーガンは、興行主ウィリヤム・ジャンベル氏と顔を見合った。

　ウィリヤム・ジャンベル氏は女優を抱えて、その肩をやさしく叩いた。

「出来るだけやってくれたことは、よく分っているよ。物ごとは、なるようになるのだ！　フィリバーグさんには、じつに気の毒な事をした！　殺したのは、だれだい？」

「その話は、今は止めて下さい！　まずとにかく、家へおはいんなさい、ジャンベルさん、あなたもこの事件には責任があるんです。フィリバーグ君はあなたを救うつもりで骨を折っていて、殺されたんです。他人《ひと》の金で用を済ますのは駄目ですねジャンベルさん！　しかし僕があなたの行為を批判するにも当らない。ラークス、クラガーの両君に見逃しておいて貰うよう頼んだら、うまくいくかも知れませんよ、この殺人騒ぎで局面がまるで変ってしまったんだから」

　興行主はうち砕かれた人のようだった。ナディン・ウェロは自分を世に立たせた恩人の破滅をかなしく思いながら、愛する人がこの人のために死んだことを思い出さずにはいられなかった。彼女は、ジャンベル氏からすこし身を離して歩いて行った。

　ラークス家の客間では一同が探偵シェーンにまもられて静かに待っていた。デーガンはもう一度彼等に向って演説をこころみた。

「長くお待たせしました。僕はメモのむだ書きについてお話しかけて、度たび邪魔がはいりましたが、今度こそ続けます！

さて、前にも云った通り、二人の紳士のどちらがテーブルのどちらに坐っておられたかと調べて見たんですが、字と指紋とによって、それが分りました。ラークス君のメモには「ジェーン」という字「家」という字が書きちらしてあり、クラガー君のメモには、ただめちゃに十文字《クロス》が書いてありました……」

「と、それはどういう意味になりますか？」

クラガーが訊いた。

「それは、あなたが手よりも話の方に余計に気をとられていたと見ていいのでしょう。その紙の下の方に犯罪者という字が一つ書いてあります、それは、帳簿の不正が発見されてからの事だと思います。

もう一度その場面を考えて見ましょう。フィリバーグ氏はジャンベル氏の為に頼んだが、あなた方はその話に乗らないで正直な報告を倶楽部に出すと主張した。フィリバーグ氏は怒って立上がりテーブルの上に少し前屈みになり何か乱暴な事を云った、と、あなた方も立上がった、クラガー君のメモに中途で切れたなぐり書きがあるのです。鉛筆の最後の一点にひどく力がはいっている――つまり椅子から飛び上がった瞬間ですね。

突然フィリバーグ氏は短銃を出して、僕は、帳面を貰っていく、邪魔する者は射つ、と云った。するとあなた方の一人が何か云い、一人が隙を見て短銃を奪いとった。するとフィリバーグ氏はミス・ウェロの名をいって自分は彼女の名に傷をつけたくないからだと云い出した、その証人がいます、隣室の押入に隠れて聞いていた泥棒なんです――スリム・ダンネルという――」

スリムを見てラークスは蒼くなり、クラガーも平静を失った。モネット弁護士は、

「泥棒の証言なんぞ……」

と云い始めたが、デーガンに、黙って！　と怒鳴られて、怖い顔をしたが、黙った。

「さて、そこへもう一つの名が出ました。フィリバーグ氏はラークス君がミス・ハニディに恋していることを知っていました、で、ラークス君も自分と同じ場合になれば、ミス・ハニディの為にはこうするほかはあるまいと云いました、それにもっとラークス君の気に喰わぬ事を云ったんで、そんな事をいう

なら、殺してやる！　とラークス君が云う、クラガー君はそれを止めようとして、三人がまた熱くなって口論した、そうして一人が怒鳴ったんです、もう沢山だ！　その汚れた口を永久に閉じてやる！……そして、一発射ったのです……」

　しばらく室内に沈黙が来たが、スチーヴン・ラークスは身を真すぐにし、両手をひろげて云った。

「よろしい！　君の勝利だ！　僕が、やったんです！」

　だがデーガンは微笑した。

「ラークスさん、立派な態度ですがね、あいにく僕は知ってます、あなたがやったのでないことを。一発うったのは、クラガーさんです！」

　室内には、驚きと憐れみといり交った溜息があちこちに洩れ、二人の青年はしばらくぼんやりしていたが、突然ナディン・ウェロは椅子から飛びたち、クラガーに掴《つか》みかかった。

「あなたが殺したんですか！　あたしの愛するあの人を！」

　デーガンとシェーンは彼女をむりに椅子に掛けさせたが、怒りはヒステリカルな泣き声に変ってゆく。デーガンに目じらせされたジャンベル氏は彼女の側に跪いてなぐさめの言葉を云おうとしたがナディンは彼を払いのけた。するとジェーン・ハニディが立って彼女の側にゆき彼女を抱えるようにして小声で何かいい始めた。

　その時、クラガーは魂の抜けた人のような声をして訊いた、証拠がありますか？

「その点は、念には及びません。僕は細かい事まで真実をいい当てたんですから、もう云ってしまったらどうです？」

　モネット氏は飛び立った。

「私の依頼人にも権利があります、クラガー君、何も云いなさるな！　ラークス君、だまって！」

　しかしデーガンはただ微笑して、今度は弁護士に怒らなかった。

「そういきまないで下さい！　いま僕は諸君をどうしようと云うのでもない、僕の言葉が真実ですかと訊いてるだけです、それもたいした僕の手柄にはならない、僕も一部は推理し、一部は探り出したんだが、スリム・ダンネルが押入にいたというのは、まず偶然でした」

「私の依頼人たちはもう一言《いちごん》も云いません、（弁護士はいきむ）あなたが、不法にも――」

「まあ、まあ！　口をきいて何になるもんですか、モネットさん、僕は、クラガー君が射ったと云っただけなんです、クラガー君が、ハワード・フィリバーグを殺した、とは云いません――彼が殺したんではありませんから！」

「なんですっ？」

クラガーは叫んだ、ほかの声々も同時にさけぶ。

「確かにあなたは、殺す気でした、それもあなた自身の為でなく、あなたの友人ラークス氏を侮辱した為にでした。あなたは、あの一発を射ったでしょう？」

「返事をなさるな！　あなたに犯罪を認めさせようとしているんです」

弁護士が叫ぶ。

「ばかばかしいですね！　モネットさん、僕は時々、銃をかついで弁護士狩りに出かけたくなりますよ！　何も、あなたの依頼人たちを陥《おとしい》れようとするんじゃないんです。先刻から僕は知っています、フィリバーグ君はその短銃で殺されたんでないという事を。――先刻警察医が弾丸《たま》を見つけ出したんですが、弾丸は、あの短銃のではないんです」

「ですが――、ですが――」

とクラガーは急《せ》きこんだ。

「クラガー君の射った弾丸は、開いてる窓のそとに飛んだのです。フィリバーグ氏が後ろにとび退《さ》がった拍子に、あなたの方からすこし体をよじらせたんで、弾丸があたったと思ったのも無理はありません。……しかし、彼は死んでいる！　そうです、死んでいます！　僕は、開いてる窓を初めから疑ったのでした――たった三十フィートの向うにあのアパートの建物があるんですからね。フィリバーグ氏とミス・ウェロの恋愛に一人の敵があることもきいていました、それは愛する女性の為ならばどんな事でもやりかねない情熱の外国人なんです。

しかし僕は、とにかくこの謎を解きこの短銃をうった人が誰であるかを見いだそうと思いました。弾丸は室の中のどこにもあたっていない、そしてフィリバーグ氏の体にはたった一つの疵《きず》しかない。その疵は、この短銃とは違った大きさのたま疵でした。

するとちょうど警察から電話があって、この隣のアパートのある部屋で一人の男が短銃で自殺しかけてまだ死なずにいるという報知《しらせ》がありました。シェーン探偵が行ったときその人はまだ生きていて、最後の告白もしました。カーロス・メンデッツという男です。

カーロス・メンデッツは、ミス・ウェロに失恋して以来フィリバーグ氏を殺そうと決心したのです。分らないように殺そうと思っていました。つまりフィリバーグ氏がいなければ、あるいはミス・ウェロの心を得られるかと思ったのでしょう。

彼はゆっくり敵の様子を見ていました。フィリバーグ氏が時々ラークス家を訪ねるのを知り、それにラークス家の二階の一室で友人達が骨牌《カルタ》をすることも嗅ぎつけたんです。彼はそこで、ジュアン・カストロという名をもって隣のアパートの一室を借りました。彼は、待っていました、ティモシーに頼んで家の内部を見せて貰ったら都合がいいと思ったらしいが、これは駄目でした。

メンデッツは無音銃を持っていました、今夜もティモシーが二階の部屋を支度するのを自分の窓から見ていましたが、その内ラークス君やクラガー君、つづいてフィリバーグ氏が見えました。メンデッツは窓の戸をあけて覗きこみ、銃をあげて狙いをつけると、ちょうどその時フィリバーグがほかの二人と喧嘩を始めたんです。うまい！　このひまにと思って暗い室の窓のとこにしゃがんで狙いました。すると、フィリバーグ氏が立ちあがる、メンデッツが引金をひく——同時に、クラガー君が一発うった。

メンデッツは自分の弾丸がはずれなかったことを知りました。クラガー君の射った弾丸は窓からそとに飛んでメンデッツの室のあいてる窓を通りぬけ壁にあたりました。クラガー君の心持は、むろん殺すつもりでありましたが、殺人者にはならなかったのです。

メンデッツは窓から見ていると、こちらの二人が相談を始め、やがてラークス君が電話をかけるのを見ました。

そのときメンデッツは急に恐怖を感じ——たぶん、電気の椅子を空想したのでしょう、たちまち銃を自分の胸に向けて一発うちました。彼は一時気を失っていたんですが、やがて唸り始めたので人に見つかりました。シェーンが行った時には意識もはっきりしていて、すっかり自白してから死にました。……ミス・ウェロに、すまないと云ってくれとシェーンに云ったそうです」

静かな室内に、ナディン・ウェロの低い泣き声とジェーン・ハニディの小さい声だけが聞えた。しばらく経ってラークスが訊いた。

「それで、どうするおつもりです?」

「この事件はもう片付いたんで、あとは報告するだけです。報告はフィリバーグ氏が恋愛の競争者のために窓のそとから射殺された、そしてその犯人も自殺した、とだけ云えばいいでしょう。ラークス、クラガー両氏がフィリバーグ氏と口論したということは説明に及ばないと思います、もしここにおいでの諸君がそれについて沈黙してさえおられるなら、それが最善の道だと思うんですが、なんとか口外する人があれば、その人に責任があります」

「あしゃどうなりますか?」

ビル・コルガンが訊く。

「フィリバーグ氏の護衛としてここに来たんだから、それだけの事だね。短銃を持ち歩いたかどで引っぱってもいいが、見のがそう。以後注意することだ!」

「それじゃ、あしゃどうなります?」

「スリム、お前はこの家に盗みに入ったんだから、お前の身柄はラークス君に任せることにしよう」

「デーガンさん、逃してやって下さい、ただ、しゃべらないことにして!」

「宜しい! ジャンベル氏に関しては、倶楽部の帳簿がどうだろうと会計が不足しようと、僕の知った事じゃないんで、僕は殺人課の人間です、そっちの事はあなた方でよろしく解決して下さい。さあ解散しましょう! ミス・ウェロ、車を呼んで上げましょうか?」

「いや、私が送ります」

とジャンベル氏が云う、それに彼女も異存はないようだった。彼女も、彼女の興行主も、今夜大きな不幸に遭遇した二人だった。ジャンベル氏はラークスの方を見て、彼自身の救いを不可能なことでないと信じた。今夜のあの騒ぎを人なかにさらけ出すことは誰ものぞみはしないだろう!

警官たちは先に帰らされシェーン探偵だけが刑事

部長と一しょに残った。医者はフィリバーグの体を運ぶ用意をしていた。

「さて、すっかり片付いた訳だな。これで、一ぷくやれるのだ！――シェーン、自動車《くるま》に乗ろうじゃないか」

　そういうデーガンに対してラークスは礼を述べた、何もかも、あなたの骨折りのお蔭だと云って。するとクラガーが云い出した。

「だがデーガンさん、あなたも推理だけでやったのじゃないでしょう？　あの押入にいた男が聞いていてあなたに話したから、だいぶ察したんでしょう？」

「あれは、察しるとは云いませんね。事実をつぎ合せて一つの完全な画《え》にしてしまうんですね」

「しかし、あの押入の男がいなければ、短銃を射ったのが僕だとは分らないでしょう？」

「クラガー君にも似合わないことを云いますな！　押入の男は単に僕の知っている事のうら書きをしただけです。フィリバーグ氏の短銃についての知識は至って貧弱で、油さえひいとけばいいと思ったんでしょう、あの短銃には油がひき過ぎてありましたよ」

　クラガーは興味深い顔をした。

「気をつけて御らんなさい！　あなたの掌《てのひら》には油のしみがありますよ！　ラークスさんの手はきれいなんです！」

茶をつぐ女

心理描写なしのロシヤ風の短篇

コーノス

一

イワン・ペトロッフは、鰥夫《ひとり》となってからの習慣として、毎日きっかり四時になると、自分所有《もち》の材木置場を出て自宅に帰るのであった。自宅《うち》では彼にも負けずキチンとその時刻に熱いサモワールが彼を待っていた。サモワールという物は、どんなロシヤ人でも知ってる通り、慰安ではあっても、妻と同じものではなかった。それは妻と同じように熱くなったり冷たくなったりもするし、小声で唄をうたったり無言になったりもするし、祭日には——歓ばしさを反射して——晴やかに輝いたりもするし、またほかの日には、鈍くて何の反応もなかったりもするが。しかし、ペトロッフは——あるいはみんなが親しく呼ぶ名のイワン・ステパニッチは——仲人たちの押しつけの世話を断っていた、それは今持っているサモワールの代りにまたべつのサモワールを買えというのと同じことだった。ペトロッフはたいそう念入りにそのサモワールを選んだのだった。ちょうど彼の亡くなった妻を念入りに選んだのと同じように。彼はそれをある店の窓で見つけた——もちろん、サモワールを。もう一つは、妻は、店の帳場のうしろに見つけた。それは、そのどちらも決して不思議な事ではなかった。彼は何度となくその窓を通りすぎてサモワールを眺めるために立ち止まった。それには何かしら彼の心をひくものがあった、ちょうど後日かれの妻とした女が彼の心を引いたのと同じように。それはほかのサモワールとは少し違った恰好をしていた。言いかえれば、この特別のサモワールはある形を持っていたが、ほかのサモワールには形がなかった。ほかのはまっすぐに上から下へという風で、見る眼に面白いしゃれた感じを与えるような胴のまがりも歪みもなかった、これは、ギリシャの壺のように、美しい形の女の腰つきのように丸みがあった。ペトロッフは貴族の生れではなかったが、どうしてかこんな物を見る眼を持っていた。彼の祖母《おばあさん》というのが近い土地の貴族のおとしだねだったという噂も事実かも知れないことだった。

　ある日彼は、そのサモワールを長いこと欲していた後に、どうしても手に入れたいと思う心を押え切れなくなって、その店に歩み入った。帳場のうしろにいた若い女は彼の求めるとおり窓に行って、彼の欲求の品を両手で持ちあげて──その動作がその若い女の恰好のいい姿をひき立てて見せた──帳場の台の上にやさしく置いた。それは、女が腕に抱《いだ》いている赤ん坊を持上げるような動作だった、すくなくともイワン・ペトロッフにはそう見えた。彼女は微笑しながらサモワールを見おろしてペトロッフが何か言うのを待っていた。

「いくらです?」ペトロッフが訊いた。

　若い女が値をいった。

「すこし高いようだね」ペトロッフが言った。

「この半分のお値段で買えるのもありますけれど」若い女はまだ微笑しながら答えた。「それはどうしたって、品がちがいます、この形を御らんなさいまし……光沢《つや》もよろしうございます! たくさんの中でこんなのはめったにありません……」

「そうだね……ほんとうに、そうだ……」ペトロッフはそう言ったが、サモワールの方はちっとも見ていなかった。実のところ、彼は少しまぶしい気持で、サモワールの背景を見ていたのであった。彼はこの時になって、まだはっきりとではなかったが、しっくりとした黒い眼のこの女によってサモワールが完全にされているということに気がついたのだった。彼等がひと組の中《うち》の二つの部分であるという考えが彼を驚かした。そうだ、たくさんの中にも、めったにないものだ!

「買うことにしよう」彼はぐずぐずしながらもそう言って、ゆっくりと金入れを引き出した。

「お名前とおところを、どうぞ」

「そう……イワン……」

「イワン……」若い女は彼のとおりに繰りかえして同時にそれを書いた。

「おどろいたなあ! なんて美しく俺の名を言うんだろう!」とペトロッフは考えていたが、そのあいだも女は、鉛筆を手に持って、辛抱よく待っていた。

「イワン……」彼女は繰り返した、彼のぼんやりした顔つきに気がついたので、彼に手がかりを与えるために。

「そうです」彼は言った「イワン……イワン・ステパニッチ……ステパノウィッチです……」

「イワン・ステパノウィッチ」彼女はくり返してまた待っていた。

「ペトロッフ……」

「イワン・ステパノウィッチ・ペトロッフ……」彼女は名のきれぎれを寄せあつめて言いながら、また訊いた、「おところは？」

「いいよ、」彼は急にそう言った、「私が自分で取りに来るから、ただ受取をもらっとこう」

そとに出るとペトロッフはすぐ受取を出して読んで見た、店の名の下に、扱い人アンナ・スヴェットロフとあった。受取が欲しかったのはこのためだった、彼女が自分の名の首字《かしらもじ》だけしか書かないかも知れないと、それを心配していたのだが。

どんな物にしろ、気に入るということは、けっきょく、それが欲しくなるという、困ったことになるのだ。ペトロッフは今サモワールを手に入れた。さて彼が何の気もなくその店に踏み入った時、自分の小さい罪もない心がもっとずうっと大きな、そして充たすのにずうっと骨の折れる欲求を持ち始めようとは思いもかけなかった。一人の人をいとしみ眺めるということは、店の窓のところに立ってるだけでは駄目なのだ、どうしても店にはいらなければならない、つまり何か買わなければならない。ペトロッフは何かしら買う物を考え出してたびたびその店に買いに行った。二度目にいった時は捕鼠器《ねずみとり》を買った、実のところ彼の物置のがらくた道具の中には捕鼠器が三つもころがっていたのだけれど。三度目に彼は釣竿を買った。どんな魚を釣るつもりだったか、それは誰にも分らないことだった、彼が一生のうちに釣りをやったのはただ夢に見たことがあるぐらいのものだった。そのつぎの買物は鑵切《かんきり》だった。そんなような品物をだんだんに買いながら、その無駄買いのおかげで彼は女をアンナ・パヴロヴナと新しく呼ぶようになった。

ある日のこと、ペトロッフは強い衝動に駆られてアンナ・パヴロヴナの許に行った。それは彼がかつてあのサモワールをいよいよ自分の手に入れようと決心した時と同じような、ただそれよりも何千倍か分らないほど強い衝動を感じたのだった。もしもこれが利巧な巧者なフランス人がそういう恋をしたのだったら、その男は自分の愛するものを散歩に誘い出して、それから、流行の呉服店にでも器用に足を向けさして、そこで窓に飾ってある美しい女ものに彼女の眼がとまるように仕向けて、やがて女の口からよだれが出そうになったところで、ねえ君、婚礼の衣装をあつらえに這入ろうよ、というかも知れない。それがスペインの男だったら、同じ問題を負けずに上手に運ぶだろう、あなたと私の着物をひとつトランクにつめて、一緒に長い旅行をやろうじゃありませんか？　かなしいことに、わがイワン・ペトロッフはそういう利巧なフランス人やスペイン人の技巧を持たなかった、彼はただ単純なロシヤ人で、正直な、時には粗野な真似さえするような男だった、ただ前にも言ったとおり、すこしは趣味を解する眼を持っているだけだった。

彼は決して忘れなかった、彼女があのサモワールの後にいてどんなに美しく見えたか、ちょうど一方が他の一方を引立てて、まるで一組のなかの一対のように見えたということを。彼女という女を考えると、そういう画《え》が描き出された、その画は月日の経つままに非常に緊張した光明あるものになって、彼の心の額縁のなかにとてもはいり切れないほど大きな物になってしまって、その額縁がはち切れそうになった。で、どうしても彼女に言おうと決心して、こんな風に言い出した。

「アンナ・パヴロヴナ、わたしが以前にあなたから買ったサモワールを覚えているかい？」

「覚えていますとも、あれは大へん立派なのでしたからね。わたしはあれに別れるのが惜しいように思いましたわ」

「その話で、相談に来たんだよ。あなたはあのサモワールに別れないでもいい。実はあなたに頼みに来たのだが、わたしの家に来てあのサモワールからお茶を注《つ》いでくれないだろうか？……つまり、永久に、注いでくれないだろうか？」

彼女は黙っていた。もしや彼女がだれかほかの男にお茶を注いでやる約束をしたのではあるまいかとペトロッフはひどく心配した。彼女はしばらく真面目な顔をしていたが、いきなり笑い出した。

「まあ、イワン・ステパニッチ、なんてしゃれた言い方をなさるの？　それじゃ誰にだって、とても断り切れないわ。もちろん、あなたのとこへ行ってお茶をついで上げますわ。だけど、イワン・ステパニッチ、なぜあなたは捕鼠器を買ったの……それから釣竿だの……鳥籠だの……螺廻《ねじまわ》しだの、鑵切だの……それから、いろんな物……あんな物が入用じゃなかったんでしょう?」

ペトロッフははずかしそうに微笑してうなずいた。

「あなたが鳥籠を買った日を覚えていらっしゃる?」アンナ・パヴロヴナは訊いた、彼がうなずくと彼女は言い続けた。「あの日あなたは何かおっしゃるつもりでしたろう?」また彼がうなずく、彼女が言い続ける「あたしは気がついていましたよ、イワン・ステパニッチ。あなたが鳥籠のすき間から見ていらっしゃるとこを、ちゃあんと見ていましたわ。あなたはあたしを見ていらしったのね。その時は何もおっしゃらなかったけど、でも、あなたの眼がちゃあんと物を言ってましたわ……あなたの眼は好い眼ねえ、イワン・ステパニッチ……もっと側にいらっしゃいよ、イワン・ステパニッチ……」

そこでイワン・ステパニッチがもっと側に寄っていくと、彼女は両手を伸して彼の頭を抑えて熱情をもって彼の眼に接吻した。そして笑いながら彼女が言った「そういう眼つきの人は、とても女に嘘は言えないのよ。もちろん、あなたのとこへ行ってお茶を注いであげますわ!」

そんなわけで、イワン・ステパニッチは彼女を家に連れて行ってお茶を注いでもらうことにした。

まる一年のあいだアンナ・パヴロヴナはイワンのために茶をついでいた。やがて、ある日彼女は病気になって、熱のため、数日間夢中でいた、すこし落ちついてる時もあったが、ある日看護婦が、まっしろな服を着て、病人のために一杯の茶を注いだ、例のサモワールは、この時は病人の為に不断の用があるので、病室に置いてあった。アンナ・パヴロヴナは看護婦が茶をつぐのを見て、その白いすがたを「死」だと思った。

「いけない、いけない!」彼女は白い姿が茶碗を持って近づいて来るのを見て叫んだ。「持っていって下さい! 飲ませないで下さい! あたしは死ぬのはいやです……まだ、まだ死ぬのは、いやです!」

二

イワン・ペトロッフが鰥夫《ひとり》となってからの習慣として——読者も記憶しておられるとおり、この話はそこから始まる——毎日きっかり四時になると、自分所有《もち》の材木置場を出て自宅へ帰るのであった、自宅では熱いサモワールが彼を待っていた。近所の人たちはペトロッフの通るのを見て時計の時間を直した（という話もある）ほどに彼の行動は規則正しかった。ロシヤ人が規則正しいというのはおかしいが、しかしペトロッフは規則正しかった。だから、ペトロッフは変りものとされていた。彼が実務家だというのではない。その方とは縁が遠い。ただ彼の規則ただしいのは沈鬱の結果から機械的になったのに過ぎなかった。妻が死んでから、彼はそうなってしまった。妻が死んだのは一年前のことだった。

サモワールはロシヤ人の生活には大きな部分を占めている。もしサモワールがなかったら、ロシヤの小説は一つもなかったかも知れないのだ。ことにこの特別のサモワールはペトロッフの生命にはたいした力を持っていた。ペトロッフが初めてそのサモワールに背いた日に彼の第二の冒険が始まったのである。

その日、材木置場を出ると、イワン・ペトロッフは例のとおり教会のところまで歩いて来た、そこで路《みち》が二つに分れる。いつもの通りペトロッフはそこで帽子を脱いで十字を切った。それから彼はいつもの通りでない事をやった。一年も続けて来た習慣どおり右の方の路に曲がる代りに、彼は左に曲がった。

一瞬間前には彼は左に曲がろうと思ってもいなかった。どうして左に曲がったかということは彼自身に分らなかった。今まで彼を右に引いていた磁石が路で左の方に位置を変えたかのようであった。ペトロッフ自身も自分のした事に気がついたのは、背中を叩かれて聞きなれた声をきいた後だった。

「どうしてこっちの方へ来ました、イワン・ステパニッチ？」

イワン・ステパニッチは困ったように質問者を見て、どもりながら言った。

「……私ですか？……私は、私は散歩に来たんです……」

ペトロッフは赤面した。彼は上手に嘘が言えなかった。しかし、本当をいいたかったところで、どういう訳で向うの路へ曲がらずにこっちの路をやって来たか、それは自分にだって言えないことだった。ただ彼は自分の不実な心をはっきり感じていた、一年のあいだ毎日彼のために茶を注いでくれた愛する者をいつも思い出さずにはいなかったその大事なサモワールから逃げたいような気持をはっきり感じていたのだ。

そのつぎの角を曲がると宿屋があった。その家に彼は罪ふかい気持で歩いて行った、むかしアンナ・パヴロヴナと一緒にならなかった前のように。

ペトロッフはその家の入口にあった橇《そり》と、その橇の中から下りかけた毛皮に包まれた婦人とを気にも止めなかった。

「さてさて、ずいぶんお久しぶりですね」と主人は以前のなじみ客を心から歓迎した。

「小さいサモワールを」ペトロッフはきまり悪そうに言った、「変りはありませんか、パーヴェル・テモフェヴィッチ?」

小さいサモワールが出された、たった十五のコップがついて。それはロシヤ人には何でもないことだった。イワン・ペトロッフは毛の外套と毛皮の背高い帽子を脱いで、下着のボタンをはずしながら、茶器の前に腰かけた。茶をつぐ前に彼は食欲を進めるための一杯の酒を飲んだ。

彼はロシヤ人の常として砂糖の小さい塊を口にふくんで、それを味わいながら茶を飲んだ。三杯目を飲んでいる時、彼がはいりがけに何心なく見た婦人が店にはいって来た。婦人は部屋を見廻したが、ちょっとの間ペトロッフに眼を注いで、それから向う側の卓《テーブル》に行って彼と向い合って着席した。たぶんこの家に泊っている客だろう、毛皮をそこに持って来ていなかったから。この婦人も小さいサモワールを頼んだ。

不意にペトロッフはこの婦人の存在を強く意識し出した、眼をあげると婦人の眼が自分を見つめていた。その時彼はその眼の底しれぬ力に引かれて自分の体から魂がむりやりに引きちぎられてゆくように頼りなく感じた。やがて婦人は自分の物となった彼の魂を放して彼に返らせてくれた。

ペトロッフはその人を初めて見た時、彼の亡き妻を想い出させる何かがあると思った。顔かたちにも似ているところがあった、しかしこの婦人の眼は妻のよりも大きく、目と目のあいだが離れていて、妻の眼が持っていなかった知識と俗人らしい光を持っていた、それがなお興味を深めた。とにかく表面だけも似ているという事がペトロッフの心にときめきを、ときめき以上の何かを起した、それで、彼の眼は知らず識らずに婦人の方ばかり見た、すると、彼女の眼はいつも親しそうに不思議そうに彼を見ていて、どこかでお目にかかったようですね？　でも、お目にかかったってかからなかったって、どっちでも構わない、私はあなたを知ってますよ！　と言いたそうに見えた。

つまり、その眼は何でも分る眼だった、ペトロッフはその眼が彼の心のしんそこまで探っているのを感じた。その眼つきは熱心ではあったが、凝視しているのではなかった。すこしも硬い感じはなかったから。その眼つきは訳もなしに人の心に忍び入る柔かいヴァイオリンの音《ね》のように震える抑揚を持っていた。彼は身うちに流れる温かみを感じた、それは初めてアンナを恋した時以来まだ一度も覚えなかったことで、たしかに、茶を飲んだせいではなかった。その温かみは彼の湿った眼から発散して光あるもやもやの雲となって彼と婦人との中にたなびき渡り、うすい霧をすかして彼女を見ているような気がした。女というものはこんなにも男のたましいのぶち毀《こわ》しをやらかすものか！

もっと不思議な事には、婦人もそれと同じような感じを経験していないでもないようにペトロッフには感じられた。一度ならず、彼は説明しがたい気持で、立って行って彼女を自分の茶の席に招待しようかと思いはしたが、しかしペトロッフはひどくはにかみやで、ただひと目見ただけでそんなにもなつかしいものに思った未知の婦人に対して、かなりの失礼であるかも知れない真似をするだけの勇気を持たなかった。

二時間ほど経って、あわれなペトロッフはウェーターに勘定をやっていやいやながら店を出た。彼が戸口を出てしまうまで女の眼が後を追って来るように感じられたので、出るとすぐ彼は決心した。

「おれは明日も同じ時刻にここに来よう……馬鹿だな、おれは、なぜあの人に口をきかなかったものか！」

どうしてペトロッフがこの突然の決心をしたかと訊くのは、最初に何が彼をこの家にひっぱったかと訊くのと同じ事だった。ペトロッフはこういう人間で、そのペトロッフにこういう事が起ったただけのことだ。もっと深く研究するものはない。

それはそうとして、家に帰ると、先刻《さっき》から不思議がっていた女中のマルーシャに、明日はサモワールの支度をしないでもいいと言って、彼女をなおのこと不思議がらせた。気の毒なマルーシャは十字を切ってひとり言をいった。

「旦那はどうしたのだろう？　悪いことでなければよいが。聖徒さま方お護り下さいまし！」

ペトロッフはその夜ひとばん目をあいていた、そして日光のあたらない海のように灰色をした女の眼が、長い睫毛をまたたきながら、暗黒の中から彼の方を見て招くようだった、天国へだか、それとも、地獄へだか。

ペトロッフは、素直に、それでも、仕方なしに、翌日同時刻に宿の方へ足を向けた。きっと、あの女があそこにいると感じた。が、またいないかも知れないとも思った。室内には誰もいなかった。彼は前日と同じ席に腰かけて、サモワールを注文し、さて待った、待った……やがて女の声がした、それはあの女の声だった。動悸が胸のなかで鉄鎚の音のようになって来た。実際、あの声は、まだ聞かなかったが、あの眼によくつり合っていた。婦人はサモワールをいいつけていた。彼女は猫族《びょうぞく》のようなこなしで室《へや》にはいって来た、長い外套の茶いろの毛皮が体のリズムに波うって彼女の全《まった》き一部分とも見えた。彼女も前日と同じ席に腰かけた。ペトロッフは魅せられた蛇みたようにじいっと固くなって腰かけていた。ちょうど昨日とすこしも違わず、彼はとても立って行って口をきく勇気がなかった。きょうは、時計を見て、彼女の方が先に食卓から立って出ていった。残されたペトロッフはひどく激しい感情が胸いっぱいになった。

三日というものこの小さい喜劇は続けられた、四日にペトロッフは、結果はどうなろうと、思い切って口をきこうと決心した。その日、その人まよわせの不思議な女は来なかった。

「とうとう期を失してしまった、くそっ！」

彼は心で思った、「馬鹿ものがぐずぐずしていれば、こうなるものだ」

　六時になって彼は立ちあがり、しょげ切った恰好で部屋を出た、鞭うたれてひもじい犬が両脚のあいだにしっぽを垂れて行く感じで。

「ひょっと、明日……！」彼はまだすこし希望のあるようにつぶやいた。落ちつかない気持で自分の家の入口まで戻って来て、帽子と外套をそとの部屋におくと、彼は食堂にはいった。食堂は明るく灯がついて食卓の支度が出来ていた。彼はソファに身を投げかけて食卓の方をながめた。はじめ気がつかなかった事だが、まったく不意に不思議なことを見つけ出した。彼は頭を抑えてふしぎがった。食卓は二人分の支度がしてあった！　彼は起き上がった。もう一遍見なおした。まちがいではない、二人分の支度がしてある！　彼は、どうしても、誰も食事に呼んだ覚えはなかった。まったくのこと、妻《さい》が死んでから彼は一度も人を食事に招いたことはなかったのだ。

　どうしたわけかしら？　ペトロッフは起き上がって目をこすった。ばかされたような気分で彼はマルーシャも呼ばなかった。もしこれが幻覚ならば、その幻覚の原因を自分だけで発見したいような気持があった。一つの考えが徐々に彼の単純な頭にはいって来た、ばかばかしい、荒っぽい考えであったが。……だが、そんな事はある筈がない……まったく、ある筈がない。そんな事を考えるとは、馬鹿だ、間抜けだ。……血が血管のなかを熱くなって馳け歩いた、やがて、頭から足まで、彼はぶるぶるした。病気かしら？　熱病かな？　それとも、あの女が悪い呪文でもかけたものか？　彼は三日眠らなかったことを思い出した。マルーシャに医者を頼ませよう。だが、医者が何になる？　女の眼に対する薬はありはしない。その時、やっぱり、その眼がそこに見えた、戸口の真中から分れた垂布《たれぬの》のあいだに、彼の魂の底までも見透すように、彼を見ている眼が。

　彼女はまるで生きてるようだった、そして彼は、金色《こんじき》に波うつ髪の毛をたっぷり見せて帽子なしでいる女を今初めて見た。女はその髪を頭のまわりに大きく固く蛇のように巻きつけて、幅びろの弓なりの眉の下《もと》には睫毛の長い真面目な眼が微笑に溶けかけていた。ちょうど彼女は見えない手で垂布を抑えているような姿で、頭だけが布のあき間から見えていた。

ペトロッフは突き刺されたように坐して、動くことも物いうことも出来なかった。もし動いたら、そのまぼろしが消える恐れがあった。

垂布のあいだの微笑が次第にはっきりして来た、見えない手が垂布を押しひらいて、一つの姿が駈け出して来てペトロッフの前に膝をついた。

「来ましたわ、イワン・ステパニッチ。あたしに会いたいと思っていらっしったんでしょう？　だから、来ましたわ！」

ペトロッフはなんにも言わなかった。彼は驚き切って、呪文をかけられたようになってしまった。

「会いたいとお思いなすったでしょう、そうじゃないの？」女はなお言い続けて、手で男の膝を撫でていたが、やがてそこに手を載せっぱなしにした。

「ええ……」ペトロッフはその手の接触でやっとこさ生き返って口をきいた。「だが、どうして私の名を知っています？　いったい、どなたです、そして、どこから来ました？」

「質問はしないで頂戴ね、イワン・ステパニッチ。でも、どうして知ったかと仰っしゃるなら、小さい鳥が来て教えてくれましたよ。あたしの名は、マリヤ・フェドロヴナとして置いてちょうだい。あたしが来てあげたのを悦んで下さらない？」ペトロッフはきまり悪そうに彼女の肩に両手をかけた。

「あたしは大丈夫生きてますよ」マリヤ・フェドロヴナが笑った。

「夢じゃないかしら？……」

「目が醒めたらキスしてもいいわ……それから二人で御飯にしましょうね。あたし、ひどくおなかがすいてるのよ。マルーシャに特別おいしいお料理を拵《こしら》えてくれって頼んどきましたわ」

「あなたのおかげで、私は、三晩ねむられなかった」ペトロッフは彼女の髪を撫でながら言った。

「そして四晩目の今夜も眠らないのよ」マリヤ・フェドロヴナがまた笑った、「かわいそうなイワン！」

「私を捨てていくつもりじゃないでしょう」ペトロッフは心配そうな声で訊いた。

「いいえもちろん、そんなつもりじゃないわ、ばかね！　あたしはここに落ちつくつもりよ。あたしがいた方がいいでしょう？」

その返事に、彼は女の手をとって接吻をあびせかけた。

三

女は何者だろう？　どこから来たのだろう？　女の過去は？　イワンは何も知らなかった。愛撫のあいだにそれを訊こうとすると、彼女はいつも簡単に笑って答えた。

「そんな事はどうでもいいでしょう？　あなたは幸福じゃないの？　幸福な人間は質問はしっこなし。あたしが天から降って、幸福になっていらっしゃいね。あたしがあなたに初めて会った時、何かあなたに訊いて？　あたしは、来ても好いか悪いかさえ訊かずに来ましたわ。ひと目であなたが好きになったのよ、そしてあなたもあたしが好きだってことが分りましたわ、それだけで充分ですもの、あたし、すぐ来てしまったのよ……」

しかし、女の過去に嫉妬を感じているペトロッフの男ごころは満足しなかった、彼はしつこく訊いた。

「だけど君は……君は、後家なのかい？……それとも……」

彼女はいつもその質問を接吻と反対とで打ち切った。

「質問はしっこなしね。質問の結果は不幸ですわ……質問はいつでも不幸のはじめよ」

三月のあいだ二人は夫や妻のように過して互いに幸福だった。彼は結婚してくれと言って幾度も頼んだが、女は耳に入れなかった。彼女はそういう相談はすべて不要な質問と同じ部類に入れてしまった。

「ほら、また質問が始まるのでしょう！　このままであたしたちは幸福じゃないの？　どういうわけであなたは結婚がなさりたいの？　それに……」

彼女はいつもそこまで来て止《や》めにした、今こそ彼女の不思議を解きひらく鍵を与えるかも知れない何かの告白にありつけると思っていると、彼女は「それに……」と言って愛人の熱心なもの問いたげな顔を熟視して、しばらく間をおいて、じらすように笑い出すのであった。

「それでいいわね、イワンあたしたちは幸福でさえあれば、どうでもいいでしょう……ほんとに、どうだって構わないわね」

彼女に抱擁されるとペトロッフは何もかも忘れるが、またじきにその不吉な「それに……」に熱心に引っ返すのであった。その謎の言葉のうしろに何かがあると思うと、彼の心はなやましかった。良人《おっと》から逃げたのかしら？　自由に結婚できない身なのか？　彼は激しくこのマリヤ・フェドロヴナを愛した、彼女が結婚を承知さえしてくれれば、永久に彼女は自分の物になるのだと思った。そこへ、いつでも、例の「それに……」が出て来た！

ある夕方、変な事が起った。冬のことであった。地面には雪があったが、霜は降らないので、窓はすこしも曇っていなかった。マリヤ・フェドロヴナは窓掛をおろさなかった。彼女とイワンはサモワールの前に腰かけて、彼女は茶をついでいた。赤い笠のランプの光がサモワールの古びた形の銅壺にはなやかに映って、マリヤ・フェドロヴナの今は赤くなった顔の上にも照りかえした。

彼女は何か考えごとがあるようにして腰かけて、眼には不思議な不安の色が充ちていた、それはイワンにも分った。茶碗を渡す時、彼女の手が震えているのに彼は気がついた。時々、彼女は不思議な予覚を持っていて、それがいつもあやしいほどよく当るのを彼は知っていた。だが今日までこんなに一生懸命に興奮を抑えつけようとしている様子は見たことがなかった。

その時、恐ろしい事が起った。それは実にすばやく、実にふしぎに、実に突拍子もなく起ったことだった。初めに拳銃《ピストル》の音がした、窓のガラスががちゃんと割れた、何か固い鋭い物がサモワールにぶつかった、すると、傷ついた器から水と湯気が細く噴出し始めた。マリヤ・フェドロヴナは声をあげて叫んだ。イワンはしっかり落ちついて、ランプを吹き消してマリヤを床に伏せた。彼は暗黒の中を手さぐりで戸棚に行き自分の銃を引き出した、いつ何事が突発しても困らないように、それには弾丸《たま》がこめてあった。彼が戸口から飛び出すと、今うごいて行く人影が雪の上にぼんやり見えた、その逃げてゆく人の忍び足の下にも雪が砕けた。

ペトロッフは撃った。人影は駆けはじめた。一二度その影は銃のねらいを定めるように立ち止まった。うす暗い中で二人はうち合った。一度はその男は苦痛からか、何か怒鳴った、それから門の方へ駈け出した。イワンは追うのを止めて戻って来た。

彼は家へはいる前に窓の扉《ドア》をすっかり閉めた。ランプをつけて見ると、マリヤ・フェドロヴナは彼が出て行った時の通りに床に座していた。彼女の顔は灰のように蒼ざめて、眼からまだ恐怖の色が去らなかった。

ペトロッフは今あった事を彼女にきかした。彼女はたちまち落ちつきを回復して、イワンの心まで落ちつかせてくれた。その夜彼女は何時よりも熱い愛をもってイワンを愛した。

翌朝、彼女の姿が見えなかった。枕の上に不思議な紙切があって、それには、二人の愛が習慣的の抱擁や灰色の家庭生活に堕してゆくのを待つよりは、いま恋の最高潮のままで別れた方が幸福だと書いてあった。彼があれほどまでに愛したものを、どうして彼女にそんな事が言えるだろう！

雪に被われた庭に血の跡が見えた、それは門の方まで行って、門外につづいた。前夜の騒ぎのあの男の血の跡だった。

その日午後になって、村人の噂では、見なれない男が怪我をして血だらけになって土地の病院に来て死んだという話だった。その男は死ぬ前に、すこしのあいだ自分を愛してまた捨てて行った女のことを譫言《うわごと》に言っていたという話だった。

ペトロッフはその噂をきいて、何も言わなかった。彼は家に帰って、戸を鎖《とざ》し、行嚢《ルクサック》を持って家を出た。下着の内かくしには短銃《ピストル》を入れていた。

Ⅲ 戯曲

カルヴァリー

イエーツ

人

三人の楽人　(面に似たように顔をつくる)
キリスト　(面をつける)
ラザロ　(面をつける)
ユダ　(面をつけるか、あるいは面に似せて顔をつくる)
三人の羅馬兵《ローマ》

劇のはじめに、舞台代りのあき場の前方に第一の楽人が出て来る。見物は舞台をかこんで三方に着席する。楽人は両手にたたんだ布を持っている。他の二人の楽人、両側より出て来て、その布をひろげて舞台を隠す、それから又その布をたたむ、そのあいだにリズムをもって唄いかつ動く。劇のおわる時は、いつでも、そうする、そのあいだに役者は見物から見られずに退場する。

(布をたたむ時と拡げる時のうた)

第一の楽人　(うたう)
魚はとべど、しらさぎは
月光にみじろぎせず
ながれに羽ひたして
うつつなき夢におののく。

第二の楽人　(うたう)
神は、白鷺のためには死にたまわず。

第三の楽人　(うたう)
うえ渇けど、しらさぎは
口もぬらさず餌もはまず、ただ見まもる
一羽の鷺のかがやく影
影はあるかと見れば、又消ゆる。

第二の楽人　(うたう)
神は、白鷺のためには死にたまわず。

第一の楽人　(うたう)
満月のかげはほどなく消えて
三日月の夜ともならば

月にほけたる白鷺は
　やがて魚の餌とやならむ。
神は、白鷺のためには死にたまわず。
（この時三人の楽人は舞台後方の太鼓、笛、琵琶の側に座す）
第二の楽人　（うたう）
第一の楽人　これはカルヴァリーへの路、私は路傍のふる石の上に腰かけておる。御苦難の金曜日が廻って来て
この日、キリストはむかしの御苦難を又もゆめに御覧なされる。
夢見る人がたどるように、キリストはこの路をたどっておいでなさる。
ゆめに御覧なさる十字架のおもみで
息もきれぎれに御身も弱っておいでなされる。
今キリストはあざける群衆の中に立って、
おもくるしい息をしておいでになる。
（キリストの面をつけた役者十字架を負うて入場、その十字架によりかかって立つ）
うしろの方のものどもは
前の人々の肩にのぼってまで
嘲り叫んでいる、奇蹟を行えと、一人は言う、
又一人は言う、自分を救えと、
お前の骨があら野の大鳥の餌にならぬ前に、
お前の父をよぶがよいと、
又一人は言う、大声で叫んで、
ひとり子が敵のあざけりの中に
捨てられていると父に教えよと。
（うたう）
　あざけるものの呼びごえは
　わが心を怯《お》じおそれしむ
　月にほけたる白鷺の、
　その鷺の腿のほねもて
　つくられつくられ骨笛の
　ほそぼそとたえなる音をきくごとく。
（ことば）
群衆の避けて通したこの人はたれか？
何か人を恐れさせる顔つきでもしておるか！
死人のような蒼い顔をして、それでも
猟人のむれの過ぎて行くのをわきに見て
野に狂いあそぶ若駒のように進んで来る。
（ラザロの面の役者入場）

ラザロ　あの人はわたしを生きかえらせた。
私は死んで又生き返らされた男だ、
ラザロとよばれている。

キリスト　お前は死んで
四日も墓の中にいて又いき返らされたものであれば、
お前はわたしをあざけりはしまい。

ラザロ　まる四日のあいだ
私は死んで古いねごころのよい山陰の墓あなに
静かに寝ていました
その時あなたは大勢の群衆をつれて、そこまでのぼって来て
私をこの世の光にひき出しなさった。

キリスト　わたしはお前の名をよび、
ラザロ、出ておいで、と私が言うと、お前は出て来た

ラザロ　布につつまれて、顔も布きれで包まれて。
あなたは私の死をお奪《と》りなすった。その代りにあなたの死をわたしに下され。

キリスト　私はお前に生命をやった。

ラザロ　しかし私が求めますものは死。
生きているあいだは私はあなたの愛をのがれることは出来ませぬ。
私が病気づいて死にかけた時、わたしはあら野に行くか、それとも何処その隅で寂しい幽霊となって忍び笑いでもしていようと思いました、
私が死んで、それきり何も知らずにいましたら、墓のくちに
あなたが立っておいでなされて「出ておいで」とおっしゃった！
子供たちが兎の穴をほりかえして兎をひき出すように、あなたは私を明るみにひき出しなさった。
今あなたは大勢の叫び声を後に従えて
私には与えられなかったその死の方に旅しておいでなさる、
それで私はこの路にいそいで来ました。
あなたの死を私は欲しうございます。

キリスト　私は死にうち勝った、
すべての死者は又生き返らされるであろう。

ラザロ　それでは私の聞いたのは真実《まこと》だったか。私

は自分に
与えられた年月が過ぎ去った時に死のうと思い
ました、
その事は、あなたもこの世においでなされねば、
あなたも止めだてはなさるまいと思うていまし
た、
それを、今あなたは、死の道の
静寂《さびしさ》をまぶしい光明《あかり》で照らそうとなさりますか、
私が永久に静かに寝ていたいと
思うていたその隅をさえあなたにはお騒がしな
さりますか？

キリスト　私は父の御心を行うばかり。

ラザロ　そしてあなたのお心は行いなされませぬの
か、
私は四日のあいだ自由でございました、四日の
あいだ死んでおりましたから。
カルヴァリーにおのぼりなさりませ、そしてあ
なたのお眼を
ラザロにはお向けなさいますな、ラザロは墓を
さがして
天にも黄泉《よみ》にも探しあぐねました。路をあけて
くれ、
ラザロのために路をあけてくれ、私は荒野の中
に
求めるものを探しに行こう。あら野には
うなる風とさびしい鳥ばかり。

（ラザロ出で行く）

第一の楽人　死に傷つけられ、なおも死を渇望《もと》めて止
まぬような
その顔から群衆は怯じて身をすさる。
今、マルタと三人のマリヤと、そのほか
キリストの愛の中に生きている人々が彼のまわ
りに集った。
彼は右の腕を伸べる、その腕に
彼等の唇は押しつけられ、彼等の涙がおちる、
そして今
彼等は、かれのよごれて血にまみれた足もとの
地に身を投げ伏して
彼等の髪の毛でその足を拭う。
（うたう）
　かれの愛をとりされば
かれらの愛は鳥のぬけ羽、

鷺か白鳥か鷗の羽か
溺れ死になる鷺の羽
みちたる月の
にがき散滴《しぶき》に
ただよい揺らるる鷺の羽。

キリスト　私はただ暫時のあいだ彼等の髪がわが足にふれるのを感じた。
そして彼等は逃げてしもうた——なぜ逃げてしまったのか？
なぜ、急に、往来に人影もなくなったのか
怖ろしいものからみんなが逃げるように？

ユ　ダ　（その時入場する）
私はユダでございます。
三十枚の銀であなたを売りました。

キリスト　お前はいつの日にも私の側にいて、死人の生き返らされるのも、盲人の眼のあくのも見ておった、
私の言ったこと教えたこともすべてお前は知っていた
それでもお前は私が神であることを疑っている。

ユ　ダ　私はうたがいはしませせぬ、
私は、はじめておめにかかった時から、あなたが神であることを知っていました。
わたしにはそれを確かめる奇蹟は不要でした。

キリスト　それでもお前は私を売った。

ユ　ダ　私はあなたを売りました
あなたが全能なるお方に見えましたから。

キリスト　私の父は
今でも、もし私がそうして欲しいと囁いたら、
その憤怒の奇蹟に世界をうち砕いて
わたしを救って下さるだろう。

ユ　ダ　そして、たった一人の人も、
このひろい世界で、あなたの力のおよばない一人の人もありませぬか？

キリスト　わが父はすべての人を私の手にお与えなされた。

ユ　ダ　その考えが私をやけに、はらだたせました、
あなたが口笛をふいても、私はそのあなたの御意を行わなければならないと思うと
私には堪えられませんでした、それから又考えました
あなたを売る人があれば、その人はあなたの力

から解放されると
そう思うと、やっと我慢が出来ました。さて今
となって
まだ私の知らない秘密がありましょうか、
もし人が神を売れば
かれこそ二人の中の強者であると、私は知って
おります。

キリスト しかし、もし
それが神自身の意志《こころ》であったら
やっぱり神が強者ではないか?

ユダ 私があのもくろみを立てました時、
そばには一つの生物の影もなく、ただ一羽の鷺
がいましたばかり。
鷺は気が狂うかと見えるほどに、じいっと自分
自身のことばかり思うておりました。

キリスト しかし私の売られることは始めから極《き》めら
れたことだ
世界の基礎のおかれたはじめから。

ユダ 誰かがあなたを売ると極められてはいまし
たろう——
その事も私は考えました——しかし私がそれを
するとは、極《き》まっていなかったでしょう、
ユダというこの私が、これこれの日に
こういう村で生れて、これこれの両親の子であ
る私がするとは。
私があの古い上着を着て
祭司の長のところに行ったり、いつも人間が一
人でいる時ひとり笑いするように
ひとり笑いしたり、又私が
かっきり三十枚で、それよりも多くも少なくも
なくて売るということも、
それから首を振ったり眼づかいで合図するでも
なく、人を使いにやるでもなく、
ただあなたの頬に接吻して、あなたを売るとい
うことも、極まってはいなかったでしょう。
私はそれをやりました、
わたし、ユダが、ほかの人ではない私が、そし
てもう
あなたにも私を救うことは出来ない。
キリスト あっちへ行ってくれ。
（三人の羅馬兵士入場する）

第一の兵士 十字架を押えてるのにあの男が選ばれた

のだ。
（この時から、ユダが十字架を持っていて、キリストはその上に両手を伸して立っている）

第二の兵士　ほかの奴らは追いのけよう。あいつらは
あまりしつこい、
あいつらは何時でも何か欲しがっている。

第三の兵士　おちついてお死になさい。
ここにいるのはユダと我々ばかりです。

キリスト　神に何をも求めないお前たちは何者か？

第三の兵士　我々は賭博者です、あなたが死んだら
あなたの上衣を我々のうち誰が貰うか
骰子《さい》を投げて極めましょう。

第二の兵士　私どもの骰子は
エベソの市の老いぼけた羊の股骨を取って削ったものです。

第一の兵士　私どものうち一人だけがあなたの上衣を
とっても
それで私どもは喧嘩はしない、そんな事はどうでもよいことだ、
きょう負けても、あすは又勝つことがある。

第二の兵士　何事が起ろうと、私どもの
あてにしていない事が来るのが、いちばんよい事だと、私どもは思っている。

第三の兵士　あなたが世界中に
触者《ふれて》を廻して探したとしても
あなたの死の床にこれよりたのもしい附添人が
見つかろうか
何一つ欲しがらないこの三人の古い賭博者ほどな。

第一の兵士　人の話には、あなたは善いお方だそうな、
そして世界もあなたが造ったのだそうな、
しかし、そんな事はどうでもよいことだ。

第二の兵士　さあ踊ろう、骰子ころがしのおどりを、
この人は
もう長くは生きていまい、そしてこの踊りを見たことはないだろうから。

第三の兵士　もしこの人が骰子の神さまならば、このおどりも知っていようけれど、
この人はそういう神様ではない。

第一の兵士　一つのことは確かだ
私どもの欲しいものをこの人は何ひとつ持っていないと知ったら

この人も安心するだろう。

第二の兵士　おどりをはじめろ。

（三人十字架を廻って、骰子を投げるようなかたちで、おどる）

キリスト　わが父よ、なぜあなたは私をお見すてなされた？

（布をひろげ又たたみつつうたう唄）

第一の楽人　（うたう）

海鳥はさびしく巣にやすらう、
あけぼのの風に飛び散るしぶきの一片のごとく、
あるいは又、餌のあとを追って
大波のさかまく波頭の下にとぶ。

第二の楽人　（うたう）

神は鳥類に現れたまわず。

第三の楽人　（うたう）

あら鷲は青ぞらの
青きふかみにわが世界を見いだし
一つの目持てる日輪と眼を見つめ交す、
鷲の激しき心もみち足る。

第二の楽人　（うたう）

神は鳥類に現れたまわず。

第一の楽人　（うたう）

去年の白鳥の子らはいずこに去りし？
湖《うみ》はむなし、何のためにかれら
白き羽に白き羽をならべて飛ぶや？
白鳥の求むるはただ白鳥のみ。

第二の楽人　（うたう）

神は鳥類に現れたまわず。

〔附記〕「カルヴァリー」はイエーツの Four Plays For Dancers 中のいちばん短いものである。「鷹の泉」「イマールの嫉妬」「枯骨のゆめ」と「カルヴァリー」の四つの曲中で、試演されたものはただ「鷹の泉」だけであるそうだ。イエーツは日本の能舞台から最初のモデルを得たと、ことわっている。あちらでは、よほどあたらしい試みに相違ない、パードリック・コラム氏も三月号の雑誌でこの戯曲をたいそうめずらしいものだと言っている。ただ直唄は、うたえるように訳すことはむずかしいから、ただ直訳しておいた。　（訳者）

ユダヤにおけるクレオパトラ

シモンズ

Cleopatra,
That Herod's head
I'll have! but how, when Antony is gone,
Through whom I might command it?
"Antony and Cleopatra" III, 3.

人

ヘロデ　ユダヤの王
フェロラス　ヘロデ王の弟
コストバーラス　ヘロデ王の義弟
ヒルカヌス　前の祭司の長
ファヌエル　祭司
ソヘミュス　イツリヤ人
マーデアン　宦官
クレオパトラ　埃及《エジプト》の女王
イラス／チャーミオン　女王の侍女

舞台

エルサレムのヘロデ王の宮殿の広間。ヘロデ王は評議官なるヒルカヌス、フェロラス、コストバーラス、ファヌエル、ソヘミュス等と席に着いている。

ファヌエル　あの女王め、てかけ、邪宗女、埃及の白い十の災禍《わざわい》、兄弟の妻、姉殺し、飽くことを知らない蛭《ひる》の如く代々の権力者《シーザーズ》に淫を売るたわれ女、嘔吐すべき、口にしがたい毒草……

ヘロデ　止めなさい。女王の悪口はしないがよい。諸君、客人クレオパトラがアントニーの許からここに来てもう七日になる。七日の間我々は歓待した、今日いとま乞いに見えるであろう。警護の兵も揃い、乗物も待っている。めいめいによう考えて、わしに智慧を貸して貰いたい。女王を、我々の敵に相当した体面を持たせて埃及に送り返そうか？　それとも、香油を塗った狭い死者の柩に載せて、アントニーへ贈物として返そうか？　諸君、よく考えてくれ。

ファヌエル　山々も呪詛《のろい》の声を立て、沢の疫病《えやみ》の露も、イスラエルを罪に導くこの女にのろいの声を立てるがよい。

ヘロデ　ファヌエル、辛抱してくれ、諸君、この一刻が大事じゃ、この一刻が過ぎては、もう返らぬ。わしが今押えている女、押えようと放そうとわしの勝手に出来る、あの女が何者であるか考えてくれ。あの女はユダヤ全国を望んでいる、蛙が地の生血《いきち》の水を吸うごとく、あの女は埃及からエルーセラスに至る平原の都市を吸い込んでしまった、残るは独立の二つの都市タイルとシドンばかりである、あの女はこの二つの都市の自由をも奪おうとしている。すでにシリヤを取って、アラビヤを望んでいる、あの女は今、アントニーの許からやって来た、アントニーはアルメニヤを手に入れて腕にかける腕輪の代りに一王国をこの女に与えようと、アルタベーゼスを征服しに行っている。わしはもうあの女にはアラビヤの分もやっている、エリコの市外の棕櫚とバルサム林の収益も与えている。いつの朝かアントニーは頸《くび》の廻りに女の手をかけさせて接吻しようと屈む時、女王は情けなさそうな顔をしてアントニーを押しのけて、「あなたは私を愛して下さらない」といって溜息をつく。するとあの恋人の馬鹿が二十いくつの神神に誓いを立てて、「試してくれ」と頼む、そして一度の接吻と交換をする。ああ、アントニーは全世界を接吻して取ってしまった、今、女王は政略で肉欲を拘束して、大切な愛を軽々しくは与えない、アントニーが恋に飽いたら、もう王国を取ろうともしなくなるのを恐れているのだ。わしは今我が家の危険な賓客となっているこのかしこい敵を、どう取り扱ったらよいのであろう？

コストバーラス　陛下、この場合には、智すなわち礼でございます。女王を埃及にお返しなさいまし、女王である以上は王者の待遇をなさいまし。

ヘロデ　ヒルカヌス、お前は何と思う？

ヒルカヌス　陛下のお手を女の血でお汚しなさいますな。女の血は男の血よりも深くしみつき、人の魂に苦痛を与えます。女と申しても、これはアントニーの大事な女でございます。アントニーの手からこの美しいもてあそび物をお取りなさるよりは、むしろナイルの河でもお取りなさいませ。男子が一度可愛いと思い込みましたら、子供が玩具を大事にいたすよりもっと大事にいたしましょう。

ヘロデ　ヒルカヌス、お前は老人で智慧者である、しかし、わしはなぜお前がアントニーの心を悦ばせようとするか理由を知っている。お前の双方の耳を切り取って祭司の職からお前を追い出したあのアンチゴナスをアントニーが殺してくれた。あわれな老人、お前は祭司の長であったこともある、僅かの間でもお前は王者であったのだ、それを、八十歳の今、むかしお前の復讐をしてくれたアントニーの恩をまだ忘れずにいるのか？

ヒルカヌス　ペルシヤ王のフラーテスはバビロンの城で私に一室を与えてくれました。バビロンには多くのユダヤ人がおりましたが、一同《みんな》は私がやっぱり祭司の長であり王であるが如く尊敬してくれました。一同が私を尊敬してくれましたあのバビロンから帰ってまいりましたのは私のあやまりでございました。この国ではヘロデ王さえ私を嘲弄なさいます。（立ち上がる）

ヘロデ　（老人を席に押し戻して）いや、老人、わしもお前を尊敬している。饗宴の時にもわしはお前の席を一同の上に置いて衆人の眼前にお前を尊敬して見せている。ま、怒らずにいてくれ。フェロラス、お前はまだ何もいわぬ、お前はわしの兄弟で、この国の仕事もわしと一緒に骨折ってくれているではないか。

フェロラス　陛下、まずアントニーに好意をお見せなさいまし、アントニーの為にクレオパトラにも好意を持つ振りをなさいまし。

ヘロデ　しかしクレオパトラはアントニーのためには骨まで浸み入る毒である。クレオパトラをなきものにすれば、アントニーの不治の傷を療治してやるのも同じであろう？

フェロラス　しかし兄上、人間は隣人の畑に湧き出す清い泉よりは自分の身に快い毒の方を深く愛するものではございませんか？

コストバーラス　フェロラス、その辺の事はあなたがよく御承知のことだろう。あなたは二度までも陛下と陛下のお二人の姫君を刎《は》ね付けなすった、それも卑しい侍女の為に刎ね付けなさった。まったくあなたは自分の身の毒を大事に抱いておいでなさるのだ。

フェロラス　そういうあなたは御自分の身につんだ経験からいわれるのだろう。男が女を捨てるように、あなたの妻もあなたを捨てた、王女であるからであろう。私は侍女であった自分の妻を、地上のいかなる王者のためにも、捨てようとは思わない。

ヘロデ　もう、やめてくれ。今そんな話を持ち出すべき時か、今現在の問題を論ずべき時ではないか？　お前方は互いにいがみ合っている、誰も誰も自分の為ばかり考えている、国を思ってくれる者はない。わしはもうお前方と評議もしない、物も頼むまい、わしは不意にクレオパトラを滅して、アントニーには不実の友、アントニーが彼女の助けを要する時に、色のため一身の安全のためアントニーを売るかも知れないあの女を、ただ一打ちになき者にしよう。わしの為にも、悪かしこい敵、ユダヤ全国を風吹く麦の畑の如く焼き尽くす野火に似ているこの敵をなきものにしてしまおう。

ファヌエル　天の火はナイルとそのすべての毒を焼きつくせ、ひでりの風は埃及のあらゆる水槽を乾しつくせ、ありとあらゆる砂漠の塵は彼の女を埋み隠せ、彼の女のためにイスラエルは罪を犯すであろう。

ソヘミュス　ファヌエルの言葉は真理《まこと》でございます。

ヘロデ　なぜか？

ソヘミュス　あの女に御用心なさいまし。

ヘロデ　勿論じゃ、わしも用心している。

ソヘミュス　あの女を陛下のお側にお寄せなさいますな。あの女の魔力がアントニーを陥《おとしい》れたと申します。

ヘロデ　わしはどんな女の魔力も恐れぬ。

ソヘミュス　陛下、それは賢いお言葉ではありませぬ。アントニーも女は恐れないと申しておりました。

ヘロデ　もしあの女が死ねば、わしのためにもアントニーのためにも幸いだ。

ソヘミュス　もしあの女が死にましたら、私共の中の誰がアントニーに向って、このあなたの情人《おもいもの》、今この世界に一といわれるこの婦人が、ヘロデ王の手により亡き者にされましたのは、あなたのお為でございますと、誰が申すことが出来ましょう？　陛下御用心なさいませ。あの女を生かしたままでこの国からお出しなさいまし、その代り二度とあの女の顔を御らんなさいますな。

ヘロデ　お前方はみんな意見を述べた、みんな賢いことをいった、しかしわしはわしの意見を行おうと思う、賢愚は構わぬ。この埃及のわざわいはあまり長くこの世に累《わずら》いをした。あの女は全世界の邪宗者の拝する偶像である。異国人は一人といえども彼女を拒《ふせ》ぐことは出来ない、あの女は異国の神々の魔力を持っているのだ。しかしこのわしは、主なる神を信じている、神は我が民の神、万軍の主である。わしは神の若々しい力を受けて立ち、世界の多くの罪悪を犯したこのふる悪魔を打ちほろぼそう。

（戸がさっと開かれて、近侍が現れる）

近侍　埃及の女王、すべての女王の女王、トレミーの皇后、トレミーの皇女、イシスの神の代理、クレオパトラのお入りにございます。

（一同起立。クレオパトラ入場、チャーミオン、イラス、マーデアンその他の人々従う。ヘロデ王は彼女を迎える為に進み出る、王が彼女の前に行き着かない内に、ファヌエルが進み出た女王を指して大声に叫ぶ）

ファヌエル　御らんなされ、この美しい天刑者を、いつわりの神の白い罪、アシタロスの神は毒ある白い三日月の角をもってこの女の額を指している、バールの神はこの女の眼に宿っている。この呪われたる美人を御用心なされ。（クレオパトラは嘲る如き微笑をもって平然としてファヌエルを見つめている）

クレオパトラ　あなた、わたくしの側づかいのマーデアンにあなたのお世話をさせましょう。さあ、マーデアン、この方を慰めておあげ、親切なことをいってお上げ、マーデアン。（ファヌエルは両手を天にさし向けたままでクレオパトラの側を駆け抜けて外に出る、彼女はヘロデに向って）あの涙を見ますと、あなたのお評議役の方々は女と見えます。

ヘロデ　おゆるし下さい、不死の女王、今のあの声は、自分のいうことのわけも解らずに、神来の狂音を叫ぶ鳥の声のようなものでありましょう。砂漠の中であなたの前に吹き立ったうす黒い塵埃《ほこり》の一つかみとでも思し召していただきたい。

クレオパトラ　ほんとにそれなら、そう思いましょう。わたくしの眼はあの光景《けしき》をよく覚えております、わたくしの耳はあの言葉を覚えておりましょう。そこの殿方は、お顔つきでは、私に敬意を持っておいでになるように見えますが、どうしてそんなに遠くにお出《い》でなさいます？

ヘロデ　この人たちは、あなたに御挨拶しようと待っているのでございます。

クレオパトラ　（ヒルカヌスに）御老人、あなた私の手に接吻なすってもようございます。ああコストバーラス、よい処で会いました。私はあなたの友人でした、あなたの思ったよりも良い友人でした。王の弟ご様、あなたも私の友人。それから、ソヘミュス、お機嫌よう。（一同彼女に礼して出て行く）イラスもチャーミオンもあちらにおいで、遠くへは行かないがよい、マーデアンや他のものも連れて行って、室外《そと》で待っていておくれ。（小声で）それから、イラス、お前もし味方を見つけたら、ヘロデの心持を探って見るがよい。（一同出て行く）陛下、いろいろお世話になりました。おいとま致します。お話いたすのもこれが終りでございましょう。お互いの唇に嘘いつわりは申しますまい。

ヘロデ　神も御覧なさいます、私の心にも口にもいつわりはありませぬ。

クレオパトラ　陛下、神とはどちらの神でございます？

ヘロデ　万軍の主なる神。

クレオパトラ　私共の方ではあの神をマールスと申しております、その誓言では反古にはなりますまい。アントニーはバカスの神に誓言いたします、あの神様は、酔うと気が変わるとか申します。アントニーは「神様」と人にいわせたい為に、あの神さまの名で誓います。双方よく似合っております。どこか似ているようだと、おっしゃれば、それはアントニーの笑い顔と、開きかけた唇と、ふてたような頬と、にこにこしている眼とでございましょう、それでもあの眼はよく物を見、あの唇はしっかりとその言を守ります。

ヘロデ　アントニーの撰択《みたて》は違いません。

クレオパトラ　陛下、あなたお笑いになっておいでなさいますか？　ほんに、あの人は少し飲みすぎるようでございます。あれは病でございましょう。

ヘロデ　私はそんなことを思ってはおりません。

クレオパトラ　ほんとうでございます。私はあの人とユーフラテスの河畔《そば》で別れました。気に入りの歌舞の男女に取り巻かれて食事いたしておりました。もうアントニーが王であることを忘れましたら、もう万事終りでございましょう。あの、ないしょのお話でございます、わたくしは少しアントニーに倦きてまいりました。

ヘロデ　そういうことはおありなさいますまい。

クレオパトラ　ひどく倦きたわけではございません、やっぱりシーザーよりはアントニーの方がようございます。それでもオクタビヤスの方が強いということでございます、しかしそんな事はどうでも構いません。

ヘロデ　アントニーは全世界よりもあなたを愛しておられます。

クレオパトラ　それ故にこそ私はかの人に全世界を取ってくれと頼みました。あの人は世界を一片一片《ひとひら》とわたくしに取ってくれます、それでも随分とのろうございます。

ヘロデ　アントニーはまだあなたにユダヤをやろうという約束はされませんか？

クレオパトラ　わたくしはあの人にそんなことを頼もうとは思いつかずにおりました、ほんに、夢にも思いつかずにおりました。私は、どんな事がございましょうと、あなたよりほかの方から、ユダヤを戴こうとは思いません。

ヘロデ　しかしこの国は、私がマルカスの手から羅《ロー》馬《マ》に逃れた時に、アントニーから私に与えられました。

クレオパトラ　その途中あなたはアレキサンドリヤにお寄りなさいましたが、又そこから逃げ出して暴風《あらし》の中にお這入りなさいました、あなたは、海とアントニーより、一人の女をお恐れなされたと見えます。

ヘロデ　恐れたのを賢いとは思し召しませんか？

クレオパトラ　もし、私があなたからユダヤをいただきたいとお願いしましたら、私がその代りを何もあなたに差上げないと思し召すのでございますか？　お返事がございませんのは、あなたはアントニーの臣下でいらっしゃいますか？

ヘロデ　アントニーは私の主人です。私が自分の為に忠実なる臣下を望む如く、自分も又アントニーのためには忠実なる臣下であります。

クレオパトラ　アントニーは私のためにも主人でございます、そして私はこのアントニーほどの忠実な奴隷を二人とは持っておりません。あの人が怖い顔を見せたといっては、私はあの人を玉座から鞭で打ち下ろしたこともございます。あなたがクレオパトラの為を計って下されば、つまりアントニーの為に計って下さるのでございます。

ヘロデ　アントニーを痛めるために？

クレオパトラ　痛める為でございます。オクタビヤはあの人の為に良薬《おくすり》でございます、わたくしは、あの人の利益《ため》でなく、あの人の快楽のために、つとめてやります、そうやって私はアントニーの心を取っております。

ヘロデ　私は女ではありません、又、浮気が普通の性である女の如く、丈夫《おとこ》と丈夫を結ぶ信《まこと》を破りましても、アントニーの心を取ることが出来ましょうか？

クレオパトラ　お聞きあそばせ、陛下。わたくしはあなたの思し召すような泣いたり接吻したりする物品《もの》ではございません、接吻や甘い言葉で買われる物品ではございません。女というものはそんなものかも知れません、しかし陛下、女王は、そんなものではございません、トレミーの家の者はそんなものではございません、たとえ全世界が自分の恋人となってくれましても、クレオパトラという女はそんなものではございません。わたくしは世界を得ようために接吻の遊戯《あそび》もいたしました。接吻の為に世界と遊戯はいたしません。（暫時沈黙。ヘロデは無言で一心に彼女を見ている）むかしあなたは王になりたいとお望みなさいました。今、あなたは王でいらっしゃいます。御満足あそばしましたか？　あなたのお眼の中の火のような激しい才の光は、あなたがユダヤ人の王だけでは御不足だという証拠でございます。

ヘロデ　私は満足しています。

クレオパトラ　もしあなたが女の力を借りることを恥と思し召しませんければ！　アントニーはそれで平気でおりますが、それでも、マリアンネが──

ヘロデ　いや、マリアンネのことはおっしゃって下さいますな！

クレオパトラ　まあ、マリアンネの事をいうなとおっしゃるその御様子は！　私の唇がいうだけでも、マリアンネの名を汚すのでございましょうか？

ヘロデ　私一身に関したつまらぬ事でございます。お気におかけ下さるな。

クレオパトラ　あなたはあの方を愛してお出でなさいますから、そのためにそうおっしゃるのでございましょう。

ヘロデ　そんなつまらない事のために！

クレオパトラ　陛下、お返事なさいまし。あなたは王でいらっしゃいます、どの王よりも高い心を持っておいでなさいます、あなたのお妃がたも、あなたの前では、私共の国の側室《そばめ》のようなものでございましょう。そのあなたが、あなたがお愛しなされますこの婦人が、あなたを愛してほかのどのような男も愛してはいないということを、さほど確かに思し召しますか？

ヘロデ　これほど確かなことはありません。

クレオパトラ　ほんに、よくおっしゃいました、勇ましく、男らしくおっしゃいました！　アントニーがオクタビヤを褒める時にでもいいそうなお言葉でございます。

ヘロデ　オクタビヤは貞女であり、アントニーの子供と家の世話人であるばかり、アントニーに何の迷惑をかけましたろう？

クレオパトラ　大変な迷惑ではございませんか、そのためにあの人はアントニーに打撃《きず》を与えております、そのために羅馬中の人はアントニーを憎んでおります。

ヘロデ　憎まれても、私ならば、構いません。

クレオパトラ　あの人はアントニーの妻でございます。アントニーはあの人を誘惑はいたしません。一度女を信用なさる前に、二度お考えあそばすがよい。世界にアントニーがおります内は、三度お考えなされてから、女を信用なさいまし。いえ、いえ、私の申すことをお聞きなさいまし。およそ女から生れた女でアントニーが恋せぬ女はございますまい、又、女から生れた女で悦んでアントニーの心に従わない女はございますまい、もし、私というものがアントニーを満足させるに足りる、アントニー自身よりも強いすばやい人間でございませんでしたらば。

ヘロデ　あなたのお望みなれば、私の申すこともお聞き下さい。羅馬全体であろうが、アントニーであろうが、誰であろうが、誘惑されない女が一人あります、それは私の妻です。私はもう二度も三度も考えての上でそう申します。

クレオパトラ　ほんとにそうおいい切りなさいますか？

ヘロデ　私でなくて、誰がそういってくれましょう？

クレオパトラ　あなたの自尊心がそういうのでございましょう。アントニーは今の今あの方に恋こがれております。

ヘロデ　（立ち上がる）アントニーは彼女《あれ》の顔も見たことはありません。

クレオパトラ　なぜあなたはお立ちになりました？

ヘロデ　あなたは私の心をいらだたせなさる。しかし私の心《まこと》は動きません。

クレオパトラ　アントニーの場合には、婦人が話題でございますと、ただ一言で十分でございます。

ヘロデ　沢山の言葉も私は平気です。

クレオパトラ　大勢の人々がマリアンネを褒めております。

ヘロデ　褒めるのが当然でしょう。

クレオパトラ　アントニーはあの方の絵姿に見とれております、それも当然でございますか？

ヘロデ　彼女《あれ》の絵姿？　アントニーがあれの絵姿を？

クレオパトラ　その絵姿にお祈りをします、その絵姿を肌身に添えて持ち廻り、人たちに見せ散らします、その絵姿のぬしの名をいいます、その絵を贈った人の名をいいます。

ヘロデ　それは嘘でしょう。

クレオパトラ　陛下、私が嘘を申すとおっしゃいますか？（彼女は絵を取り出して、拡げてヘロデに見せる）あなた、この手を御存じでございませんか？

ヘロデ（クレオパトラから絵をひったくり、読む）アントニーへ、マリアンネより。

クレオパトラ　あの方のお手でございますか、ございませんか？

ヘロデ　どこでこれをお手にお入れなさいました？

クレオパトラ　アントニーが眠っている時、取りました。

ヘロデ（あちこち歩き廻る）ああ何故に、今、マリアンネがシゼリヤに往っているのであろう？　私は彼女《あれ》の彼女《あれ》の眼の中を見つめて包まず真実を知りたい。この名と不義を行うこの名とここに接吻しているのを彼女《あれ》の眼の前に突き付けてやりたい。彼女《あれ》の眼前に彼女《あれ》の母を辱めてやりたい。いや、待たねばならぬ。待たねばならぬ。

クレオパトラ　あの方の使いたちを私は獅子にもやりました、蛇にもやりました。私の動物共は人間の肉を何よりも愛しています。人間の裁判が遅れる時には、あの動物共が私の意《こころ》を行ってくれます。

ヘロデ（歩き廻りながら）あれの母は私の王位に絶えず恨みを抱いている、あの不幸な系統で私を嚇《おど》かし、マリアンネと私との間にあのしなびた老年《とし》を邪魔に入れている。マリアンネも私に反対して叫んでいる母の声を聞いている。今又――

クレオパトラ　今、あの方はアントニーと二人してあなたの御身を危くしようとしております。あの方がもてあそぶのは貞操ばかりではございません。あなたの生命もてあそんでおります。しかし、陛下、私はあなたのお味方いたします。

ヘロデ（絵を差出して）あなたはアントニーから私へ約定書《やくじょうしょ》を持っておいでなされたのではありませんか？　この絵はその証書で、この名はその証書の印ではありませんか。あなたは賢い、あなたはアントニーを悦ばせる為に仕事をなさる。あなたと私と味方でしょうか？

クレオパトラ　陛下、私はあなたとあなたの死との中に立っております。私はあなたがお考えなさるより以上にあなたの味方でございます。まず私の申すこともお聞き下さいまし。アントニーはマリアンネを望むと同時にあなたの死を望んでおります。しかしあの女《ひと》をばほんの一時の対手にするつもりなのでございましょう。私が生きております間は、アントニーは私を離れることは出来ません。私が生きております間は、アントニーはマリアンネを手に入れることは出来ません――

ヘロデ　なるほど！　あなたが生きておいでのうちは、出来ますまい！　私共は不思議にもそのことを忘れていました！

クレオパトラ　しかし、ただそれだけではございません。マリアンネはアントニーを慕うてはおりませんか？　私共がその中を隔てております。陛下、私共はお互いの為に何をいたしましょう？　この事では、ただ私ばかりがあなたの味方でございます。あなたも万事に私の味方におなり下さいますか？

ヘロデ　必ずあなたのお味方します。私はそれほどにあなたの味方になるつもりはなかったのですが。

クレオパトラ　あなたの欲しがりもなさらないものを欲しがって王侯も私の前に跪きました。この私の手をあげます。あなたは今まで接吻もなさりませんでした。

ヘロデ　女王のお手に接吻いたします。こうして私は万事にあなたの味方であることを誓います。

クレオパトラ　ほんとに、うれしうございます。ないしょのことでございますが、今まで誰もまだ私のほんとの味方はなかったのでございます。私はあなたのために、まだ私が持ったことのないようなほんとうの味方になります。

ヘロデ　どのように？

クレオパトラ　私は埃及で恋を学びました。私の知っておりますことを残らずはまだアントニーにも教えません。私は何もかも知っております。埃及で恋を学んだ私でございます。あの国では、ナイルの賢い古い泥土《どろ》は黒い尊い蓮の花を育みます、月は智慧でその杯を満しています。私はイシスの七つの妖術を習いました、その中の一つの術でも、恋の力で空から星を引き墜すことが出来ます。又、アビスの七つの名を習いました、その一つの名でも、猛しい獣の力さえ馴らすことが出来ます。又私は死というものの心《しん》まで見ました。死はすべてを教えてくれました、私は、死がすべてを教うるその刹那と同じように、生の一時一時も、偉大に、強烈に、芳醇にすることを学びました。陛下、マリアンネも私が愛するように愛することが出来ましょうか？

ヘロデ　いや、あなたのお愛しなさるように、愛することは出来ますまい！

クレオパトラ　私を愛するためには、王たちは王冠を塵の中に投げ捨てました、そして私の敵であった王たちも私は自分の手に取って塵の中に投げ捨てました、私を愛するために。私は女でございます、それでも私はどんな男よりも強い力を持っております。

ヘロデ　たとえあなたがどの男より強い力をお持ちなさろうと、それが私に何の利益がありましょう？

クレオパトラ　あなたは男でおありになって、なぜそんなことをお聞きになります？　このお国のうすい太陽の光は、私共の国の冬ほどの温かみはございませんでも、あなたの血の尊い流れを溶かすぐらいの熱はございましょう？　何の利益があるとおっしゃいますか？　あなたの敵を私の手に入れて私の髪の毛の縄で縛って眼も見えなく手足もきかなくしてあなたのお手に渡しましたら、どうでございましょう？

ヘロデ　私のためにアントニーを縛って渡して下さるか？

クレオパトラ　あなたは私とアントニーと一つになすっていらっしゃる。男は自分の愛する女を忘れます、しかし私が愛する時には、いかな男も私を忘れることは出来ません。マーク・アントニーが始めて私を見た時は、私はまだ埃及で遊びにほうけた子供でした。二度目の時、アントニーに会いに亜細亜に来た時は、私はもう女王で女神でした。十三年は私を盛りにしアントニーを老いさせましたが、それでもアントニーが銀の櫂《かい》の間から楽の音と紫の雲の中に下り立った時、あの人の眼が覚えていました。その日からアントニーは私を離れません。あの人が持っているのは、羅馬婦人《おんな》の妻と、結婚の指環ばかり、女は持っておりません。私が、私ひとりが、世界を持っているあの男を持っております。陛下、私はあのアントニーをあなたにお渡しいたしましょう。

ヘロデ　なぜあなたはアントニーのためになすったよりも大きいことを私のためになさるのでしょう?

クレオパトラ　なぜと申せば、あなたが……アントニーよりももっとすぐれた人におなりなさるために! わたくしはクレオパトラではございませんか? あなたは王ではおありなさいませんか? それでもその王の頸はアントニーの結んだ軛《くびき》につながれて、その額にはアントニーのために女の浮気の醜い汚点《しみ》がついております。その軛を解き放し、その汚点を拭き捨てて、アントニーの主人におなりなさいまし、クレオパトラの主人におなりなさいまし。

ヘロデ　どれほどの値を払いましたら?

クレオパトラ　あなたが全世界を私に与えて下さいましたら、私はアントニーに与えたよりももっと大きいものをあなたに上げます。

ヘロデ　私はその値を払うほどの力がありません。そして報酬《むくい》は私ののぞみよりも大きうございます。

クレオパトラ　あなたのおのぞみよりもあなたの報酬は大きうございましょう、あなたの価値《おねうち》相応に大きうございましょう。

ヘロデ　陛下、謹んで、感謝して、何事も誠実に、お返事申し上げることをお許し下さい。私は、イドムの人間で、このユダヤ人の王となっております、私は自分の王国をアントニーによって得ました、男の意地としても私はアントニーに味方します。又、私は一人の王妃《きさき》の夫でございます、ちょうどあなたがアントニーをすべての婦人たちから守るように、私もその王妃をすべての男子の手から守っております。この事については私はあなたを味方に頼みます。それはあなたにも利益、私にも利益です。あなたが生きておいでのうちはあなたは決してアントニーをお放しなさらないでしょうから。私は女王の万歳を祈ります! 私として、自分の力に適う限りの敬意をあなたに捧げます。私が今からどのようにお取り扱いいたしますか、それは申し上げるには及びますまい。陛下の万歳を祈ります。そしてお互いの中の平和を祈って、長いお別れをいたしましょう。

クレオパトラ　賢いお方！（ヘロデ王出て行く。チャーミオンとマーデアン入場）チャーミオン、わたしは埃及でわたしの神々様の神殿《おみや》のないところへヘロデ王の神様の神殿を建てましょう。

チャーミオン　陛下、どのような御都合になりましてございます！

クレオパトラ　都合はよく行きました、チャーミオン。（クレオパトラ不意に立ち上がる）それでも、あの犬め、あの豚のようなやくざ者の猶太人《ジュウ》のヘロデ、アントニーに動かされる傀儡《でく》め、もしわたしがアントニーに、酒宴の程よい酒機嫌の時か、ナイルの涼しい月の下で頼んだら、アントニーがわたしのために王位から追い下ろしてくれようあの王め、あの女の夫、美しい容易《やさ》しい死様《しによう》をしようと私がアレキサンドリヤに毒蛇を飼っているように、あの男はあの女を守っている！　毒々しい、冷たい毒々しいあの女！　チャーミオン、わたしは仕損じた、あの猶太人《ジュウ》の為に仕損じた！

チャーミオン　陛下！

クレオパトラ　アントニーが元老院議員たちに取り巻かれて公会場《ホーラム》に座って羅馬の法律を極めていた時、わたしが乗物に乗って通ったら、アントニーは立ってわたしの処まで駆けて来た。

チャーミオン　アントニー様よりほかの誰の眼もまだあなたのお乗物を見つけません内に、もうアントニー様のお席は空虚《から》でございました。

クレオパトラ　アントニーは、アントニーのことはもう解っているから、それはいわずとよい。マーデアン、お前はシーザーの父を知っているだろう、お前はシーザーがわたしのくだらない気まぐれの言葉にも否《いや》といったのを聞いたことがあるかい？

マーデアン　陛下、私は覚えております、シーザーはあなたの前に跪いて、あなたの御機嫌よいお返事を聞かれるためには、王国を取るよりも骨を折られました。

チャーミオン　陛下、世間では、お年わかのオクタビヤス様も、無骨な口はおききなされても、埃及の夢ばかり見ておいでなさると、申しております。

クレオパトラ　チャーミオン、わたしはシーザーに相応した人間だ、それでも神々様のお造りなされたものは、どれも神々様のお造りなされたものだ、わたしどもはそれを悪くはいいますまい。ここのあのすごい女も身に相応した夫を持っている。あの人はしっかりとあの女の番をするがよい。それで十分。あの女はアントニーのものではない。

（イラス駆け入る）

イラス　陛下、陰謀《たくみ》が、陰謀がございます！

クレオパトラ　どうしたのだえ？

イラス　御用心あそばせ！　あの人たちはあなたのお生命をねらっております。

クレオパトラ　誰が？

イラス　ヘロデ王でございます。

クレオパトラ　（ゆっくりと微笑する）いいえ、ヘロデ王ではあるまい。

イラス　私はコストバーラスから聞きました、私はあの人の心を探って見ましたら、あれは真実あなたのお味方でございます。

クレオパトラ　それで、コストバーラスは何といいました？

イラス　あの人が申しますには、それもめったにはいえない事で、ないしょのお話でございますが、ヘロデ王があなたのお生命を求めておられます、そして、おからだを載せますお乗物と、埃及までお送りする兵士の一隊とを仕度させまして、あなたの死体《おからだ》をアントニーに贈物にするつもりだそうでございます。ああ、どういたしたら助かりましょう？　コストバーラスはあなたのおためにいろいろ骨を折ったと申しております。

クレオパトラ　さても不思議な、奇妙な、奇妙といおうか、ほんに不思議な。まだ、もう少し前ならば、そうであったかも知れない、王は冷たい眼付でわたしを見ていた、わたしをない者にしようと思っていたのであろう。今、警護の兵士も揃うて、乗物も待っている、生きているわたしを送ろうために。ああ、うまくやった、上手にやった、これほど上手にやったとは自分ながら知らなかった。

イラス　陛下、わたくし共は死ななければなりますまいか？

チャーミオン　どういたしたらよろしうございましょう。

クレオパトラ　怖がるには及ばない、馬鹿な人、もう危険な時は過ぎてしまった、わたしの生命はヘロデのためにわたしの死よりも大切なのだ。私は自分で自分の身を救った。わたしの憎んでいるあのマリアンネが、私を救ってくれた。私の仕事はすっかり無駄にはならなかった。

（戸を叩く音）

チャーミオン　お聞きあそばせ、何でございましょう？

イラス　あの連中がまいりました。

マーデアン　（跪いて）どうぞ私の生命はお助け下さいまし！

クレオパトラ　マーデアン、あの人たちはお前をどうもしやしない。女子たち、しっかりおし、戸をあけておやり。

（チャーミオン戸をあける、剣を持った男が見える、その後ろにも剣を持った多くの人が見える）

士官　国王の御名により、尊き女王陛下に申し上げます！　クレオパトラ女王に、ヘロデ王よりの御挨拶にございます。近衛の士官等と、近衛騎兵百名と、選抜したる槍手と、荷を積んだ駱駝とを引き連れ、陛下のお乗物五つを備えまして、女王陛下の御都合お宜しい時に、埃及まで御供申し上げるようにとのことでございます。

クレオパトラ　陛下のおぼしめしはかたじけのうございます。いつか一度は私も陛下のその思し召しに御返礼いたしましょう。

（幕）

麦の奇蹟

コラム

伝説中の人々

ファドロガ　　百姓
シイラ　　ファドロガの妻
ポウディン　　ファドロガの僕《しもべ》、低脳者
エイリン　　少女
三人の女たち
沼のショーン　　まずしい男

むかしのアイルランドのある農家にあった事。

舞台

ファドロガの家の内部。

右に、入口の戸、左に炉、右側の窓はただ仮に見せてある。実際にあるべき物は、麦を入れる箱、食器をのせた棚、腰かけ、それに厨子《ずし》である。麦の箱は中央後方から突き出している、箱の両側には食器をのせた棚、厨子は右の方にある、その中に聖母の小さい像がある、大きな珠の珠数がそれから下がっている。腰掛は右手にも左手にもある。その一つは仮の炉のそばにあり、ほかのは戸口に近くある。

劇中の人物は、幕があくと、みんな舞台に出ていて、終りまでそこにいる。その人たちは麦の箱のところに行く時だけ登場するわけである。前にいた腰掛に戻るのが退場するのである。

炉に近い腰掛にファドロガの家内の人たち——ファドロガ、シイラ、ポウディン、エイリンが腰かけている。入口に近い腰掛にはよその人たち——三人の女、そのうちに一人は子供を連れているのと、それから沼のショーンとが腰掛けている。その人たちは灰色や褐色の着つけをしている、家の内部のいろも褐色である。三人の女と沼のショーンは貧乏らしい服装で、女たちは素足でいる。ポウディンは働く人らしい服装、皮の草鞋で足を結んでいる。ファドロガとシイラ及びエイリンは裕福らしい服装をしている。

ポウディン　まだ啼いている、

牛どもが、長いこと、まだ啼いている、あけても、くれても、どうしても啼くのは止めないでしょうか、旦那様？

ファドロガ　牝牛どもは、ほかの土地へ連れてってもよいが、しかしこの家はわしどもがいないと、けんのんだ、ポウディン、知ってる通り、この家に押し入ろうとするよその奴らもあることだから。

ポウディン　そうです、村の人たちは食う物がなくて苦しんでいます。あれらは家畜どもより

ずっとひどい。人は黒い雨をただながめていなければならないのです、一日じゅう降りつづけてる雨を。

ファドロガ　うちの牝牛どものためには乾草がある。牛どもにひとつかみやってくれ セマス後家の溜めておいた乾草を。

ポウディン　あの乾草ですか

生垣のうしろの疎籬《あばらまがき》のかげの？

ファドロガ　あの乾草だ。

あの後家はわしに痩せこけた家畜をおしつけた、だから、あの女はわしの為に

あの家畜どもをふとらせなけりゃならぬ。

（ポウディン、腰掛の自分の席に戻る。エイリンが麦の箱に行く）

ファドロガ　この子はだれだ？

エイリン　わたしの名はエイリンといいます。

ファドロガ　お前にその名をつけたのは誰だ？「夢」という名を人につけるのはふしぎではないか？

エイリン　わたしの家の人たちがその名をつけてくれました。そしてあなたは不思議にお思いなさいましょう

わたしがあなたのお家に来たのを。おかみさんのシイラが

わたしを相手にしようとここに連れて来てくれました。

ファドロガ　よく来てくれた。この家には一人も若い人がいないのだ。

エイリン　わたしは家の中の仕事に馴れています、そ

してわたしは
掃除もできます、火を消すことも、
子供の世話をすることも。

ファドロガ　お前が来たこの家には子供はいないのだ、お前は
わしを怖いと思うか？

エイリン　いいえ、ファドロガ、怖くは思いません。

ファドロガ　お前はちょうど
籠のなかの茶いろの鳥のようだよ、エイリン。

エイリン　シイラ何を
あのお壇の上においてあるのでしょう？　わたしは見たい。
これは、聖母さまのお像ですね！
おお、なぜ雨が、
愛する聖母さま、なぜ雨が降りつづけるのでございましょう？　雨は麦を
ほろぼしました、まだ麦が地から出ないうちに。
なぜ黒い雨が今でも降りつづけているのでしょう？

（ファドロガが腰掛に戻る。シイラ、エイリンの側にゆく）

シイラ　それは神さまの御心だから。

エイリン　神さまの御心はわたしたちみんなをお捨てなさいました、神さまの御心は
畑の家畜どももお捨てなさいました、おん秣槽《うまぶね》〔かいばおけ〕のお側に立ったのは
畑の家畜でしたものを。今あれらは啼いています、
神さまがあれらをお忘れなさったから。

シイラ　家畜どもの啼いているのを
きかずにおいでなさい、黒い雨を
ながめずにおいでなさい、一日じゅう降りつづける雨を。

エイリン　あなたを、神さまはお忘れなさいません。

シイラ　神さまはわたしを
忘れはならない、エイリン。

エイリン　たとえ神さまがあなたの畑を雨の中に捨てておいきなさっても、神さまは御存じです
あなたが立派な家とその家のなかに富を持っていることを。

シイラ　立派な家や富を持っていることが
神さまがその人を覚えていらっしゃる証拠には

なりません、わたしは始終
自分の家と富を見ながらも、やっぱり言いました
「尊い神さま、あなたはわたしをお忘れなさいました」と。
エイリン　穀物がとれた時でも
やっぱりあなたは言うのですか「あなたはわたしをお忘れなさいました
尊い神さま！」と。
シイラ　わたしの畑をながめて
畑がおもく実っているのを見る時
わたしは言うでしょう「あなたは畦《うね》をおぼえていて下さいました、
畦は実っていますから、でも、あなたはわたしをばお忘れなさいました、尊い神さま！」と。
そして今、
畦が忘れられている今、神さまは
わたしを覚えていて下さった。おおエイリン、
お前の腕をわたしの身にかけさせて――わたしはお前に側にいてもらいたい。
わたしは
お前の顔を自分の眼の前に見ていたい、わたしはお前の顔のような顔が
ほしい、ただもっと欣《よろこ》ばしそうな顔が、欣ばしそうな愉快そうな子供の顔が！
（ポウディン、麦の箱にゆき、箱をあける）
ポウディン　これは空だ、何か入れなければ。
これも空だ、ここには前掛いっぱいぐらいの物がはいるだろう、
そっちも空だ、そこには帽子いっぱいの物よりももっと余計に入れなければ。
シイラ　箱のところで何をしている、ポウディン？
ポウディン　麦を入れる支度をしています。
旦那がおっしゃった「麦は箱に入れる方がよい、納屋におくよりは。ゆんべ納屋であんな事があったから」とおっしゃった。
シイラ　どんな事があったのだい？
ポウディン　旦那がおっしゃった、「もしゴラーブが、もしあの良い犬のゴラーブが、男の咽《のど》に咬みつかなかったら、
村には泥棒がいて、損をした男もあったろう」
とおっしゃった。

シイラ　ひどいお方、ひどいお方。

ポウディン　旦那がおっしゃるには「うちには立派な入口がある、そして家のなかには麦を入れる箱がある、もし教父さまが村の人に神を恐れることを教えることが出来ないのなら、ゴラーブが、きっと、教えるだろう」とおっしゃる。

（ポウディン腰掛の席に戻る）

シイラ　あの人は国じゅうのすっかりの麦を持っている、そしてあの人は畜生にその番をさせている。村の人は自分たちの家畜をあの人に持って来るみんなが生きて行かれるようにあの人が麦をやらないうちに。

エイリン　わたしはファドロガを怖くは思いません。

シイラ　まだあの人は心から硬くなり切ったのではない、あの人は自分の手に取り入れた物をあまるほど返してやるだろう。

エイリン　それは又何時のことでしょうファドロガのおかみさん？

シイラ　もうじき、もうじきのこと。あの人をあの人自身に返らせる実がみのりかけている、おおエイリン、どうぞうちの人をあまり悪くは思わないでおくれ、わたしたちの家のなかには一人も子供がいなかったのだから、エイリン！

（ファドロガ麦の袋を持って箱のところにゆく）

ファドロガ　女房、気をつけて暗くなったら、戸に大きな閂《かんぬき》をはめてくれ。

シイラ　その閂があなたとあなたの睡眠《ねむり》のあいだに邪魔にはさまらなければよいが、ファドロガ。

ファドロガ　わしは麦を惜しんでいる奴らの持って来る物の代りにやるのさえ。

シイラ　ここにいるエイリンを御覧なさい。あなたは何もかもすっかりを風にとばしてしまってもよいとは思いませんかもしエイリンのような子供があなたの子供だったら？

ファドロガ　女房や、満足しなさい

自分の与えられた物だけで。
シイラ　神さまはお与えなさいました
家も水車も、土地も富も。でも、満足だけはお
与えなさいませんでした。
ファドロガ　そんなら、ない物で
わしどもの心をわずらわせまい。
シイラ　エイリンは一日じゅうわたしと一緒にいて
くれました、エイリンは
あなたの代りに箱を充してくれましょう。エイ
リンや、棚から秤を取って、ファドロガを手伝
って袋をあけておくれ。
ファドロガ　エイリン！　きっと、女だったろう
この子に「夢」という名をつけたのは。
シイラ　この子はよくいうことを聞く子です、そし
て家のなかで役に立ちます。
ファドロガ　この子はここにいるあいだ
たいした用をするには及ばない。
シイラ　そして、ファドロガ、蒼じろい顔でない
子供を見るのは、うれしい事ではありません
か？
ファドロガ　麦を箱に！

シイラ　エイリンのような子を
この家で見るのは楽しみではありませんか？
それにつけても考えてごらんなさい
欣ばしそうな愉快そうな子供のことを！
ファドロガ　わしはそんなところまで
考えようとは思わぬ。女房よ、あの世界は、つ
ぼみと花の世界は、過ぎ去ったのだ。
今あるものはただ
みじめな空と、ともしく荒れた地と、
心のくだけた者どもばかりだ――お前とわしと
ポウディンのような人間ばかりだ。
シイラ　いいえ、ファドロガ、いいえ。
ファドロガ　つぼみと花の世界は過ぎ去ったのだ。
シイラ　いいえ、ファドロガ。
きいて下さい、ファドロガ！
ファドロガ　なんだよ、女房。
シイラ　わたしはすこし
話したい事があります、ファドロガ。
ファドロガ　わしは聞いているよ、女房。
（ポウディン、麦の箱にゆく）
ポウディン　沼のショーンが納屋の前の

路にいます。

ファドロガ　納屋の前に？　わしに会うつもりか？

ポウディン　あの男はおかみさんに
会いたいと言って居ます。「おかみさんお一人か？」
あの男はわたしにそう訊きました。

ファドロガ　おかみさんは一人ではいない、もしそれがあの男の求めている機会ならば。シイラ、お前は
何かまだわしに言いたい事があったようだ、もしや、こうではないか、
「あなたの集めた麦をお散らしなさい」そんな事もまだ言わなかった荒い言葉も、二人の中をへだてまい。
わしがあの男に会おう、もしあれが正直な取引をしようと思うなら、わし自身と
話をするがよい。
（ファドロガ腰掛に戻る。ポウディンは両手にすこしの乾草をかかえている。今まで腰かけていた席の下から取り出したのである）

ポウディン　どこに置けと旦那はおっしゃったろう
わたしが生垣のかげから持って来た乾草を？

シイラ　牝牛どものいるところに。おお
どうしてお前は乾草のことを考えつづけていられるのだろう？　わたしは知っている、
お前の心が単純だからだ！　みんながそう言っている。

ポウディン　なぜみんながお前を馬鹿というのだろう？　なぜみんなはこの男を馬鹿というのだろう、エイリン？

エイリン　それはなぜなら
この人の心が一つ事だけを考えているからです。

シイラ　この男はただ
手に持っている乾草だけを見ていることができる、しかし、それなら
みんなも馬鹿なのだ！　ポウディン、腹のなかにいるあいだに
沢山の考えを集めた人たちも今は馬鹿なのだ
お前が馬鹿なとおりに。

ポウディン　だが、あなたは言ったでしょう、
とにかく、わたしは身ぎれいな、好い恰好の
少年《こども》だと、

おかみさん。

シイラ　そう、わたしはそう言ったよ。

（ポウディン腰掛に戻る）

エイリン　わたしはファドロガを

怖くは思いません、あの人をひどい人とは思いませんん。

シイラ　あの人の心がお前にひらかれたのだよ。

エイリン　あの人はわたしが

あの人を怖がっていないと知っています。

シイラ　あの人の心がお前にひらかれた、それは前兆《しるし》だ、

ほんに、それは前兆だとわたしは思います。

エイリン　そしてあなたはあの人が荒い言葉を

あなたに言うだろうと思いますか？

シイラ　おおエイリン、おいのりなさい、

そんな事が決して来ないように、お祈りなさい、

荒い言葉の

おもいつきはわたしにも来ました

いくたびもいくたびも、何かの黒い鳥のように。

エイリン　そしてあなたはまだ

あの人から荒い言葉をききませんか？

シイラ　今でも

荒い言葉がすべての終りになるだろう。

きいておくれ！　そとには雨が降っている、

雨のわびしさがわたしの身ぢかに来ている。

もしあの人がわたしに荒い言葉を

与えたら、雨もわびしさも

わたしの身をとり巻くだろう、そしたら何の実

がみのるか？

おお、わたしの夢のなかの欣ばしい愉快な子

供！

林檎の花よ！

やさしく輝くお前もどんな実をみのらすだろう

お前の木のまわりをわびしさが取りまいて？

（三人の女たち腰掛をはなれて麦の箱に来る。

一人は子供をつれている）

シイラ　みなさん方、何の御用でございます？

第一の女　饑饉になってから、わたくしどもは

ただ蕁麻《いらくさ》と草の根を食べています。

子供たちは弱って死にます。

第二の女　あなたは御存じないでしょう、子供が

死んでゆくのを見ていることがどんな事か。

第三の女　神さまはあなたには
狂気と苦痛の戸をお開きにはなりませんでした。
（シイラ器を取って子供に出して飲ませる）
第一の女　わたしの子をお忘れなさらずに。
シイラ　何でも
わたしの家にあるものは持っておいでなさい、
みなさん方。
（シイラ箱をあけて一人の女の前掛に麦を充たす。ほかの女たち自分等の前掛をひろげて出す、シイラそれも充たす）
第一の女　どうぞ神さまが
あなたの貯えをお積みなさいますように、そして どうぞあなたが
たくわえの累積《やま》をお持ちなさりますように。
第二の女　どうぞ神さまがあなたの旦那と共においでなさりますように、旦那のお手が
種子をお撒きなさる時に、そして旦那のお仕事が
御繁昌なさりますように！
第三の女　あなた御自身のお仕事は
軽くてすみますように、そして聖母様のお守護《まもり》がありますように！
シイラ　みなさん方、わたしのようなもののためにお祈りして下さいますのか！
（女たち腰掛に戻る。シイラ静かに立つ。エイリン彼女の側に行く）
エイリン　さて、もうちっとも
麦がありません。
シイラ　それでも神さまはわたしたちのため
愛とあわれみをお与え下さるだろう。
エイリン　箱は空になりました——もしやファドロガが……？
シイラ　おお、静かに！
又牛の啼きごえがする、ポウディンが
あれらに乾草を持ってったのだろう——砕けたものの味方の
ポウディンが！　わたしの心は又重くなって来た！
エイリン　ファドロガが……
シイラ　ファドロガ！　わたしはあの人を忘れていた。
神さまわたしをお助け下さい！

雨が、雨が降っている！　黒い無情な空と、あわれな荒れ果てた地と――こんな世界にはポウディンのような者よりほかにいない筈だ。

（ポウディン、箱の方に行く）

ポウディン　でも、あなたは言いましたろうわたしは身綺麗な好い恰好の少年《こども》だと。

シイラ　そう言ったよ。さて、ポウディン、箱をあけておくれ。

（ポウディン　箱の前方の口をあける、内部は空である）

ポウディン　わたしたちは何とファドロガに言いましょう？　あなた方だれか旦那に言えるような好い話を考えつきましたか？

シイラ　わたしたちはあの人にどんな話もすることは出来ない。

エイリン　それでも、わたしたちはあの人を箱の側に寄らせないようにしたら。

シイラ　いいえ、エイリン、いいえそんなことしたって駄目です。

わたしのした事は正しい事だった。子供たちは今あの人たちの周囲に集まっている。おお子供たち、わたしはお前がたにパンをあげよう、いく度でも、いく度でも！

わたしも、やっぱりただ一つの事に心を奪われている人たちの一人だった。わたしは自分ひとりがらくになる為に自分の心を硬くしました。今わたしが言わなければならないのは「神さまわたしをお守り下さい」ではなくて「神さまわたしをおゆるし下さい」ということ。

（沼のショーン腰掛から来る、箱の方にゆく）

ショーン　ファドロガがわしにここで待つようにと言いました。

シイラ　そして何をファドロガがお前に約束しましたえ、ショーン？

ショーン　箱のなかの麦を。わしはあの人に自分の糸と機《はた》をやりました。

シイラ　あの人は自分が持っているつもりの物を持ってはいないのです、それでもお前は何がどうなっても、空手では帰しません。

ショーン エイリンはしあわせだ、
この家にあなたと一緒にいるあの子は。

シイラ エイリン、ショーンの側にいってお話しなさい。ショーンは
心配したり苦労したりしないでもいいのだから。

エイリン あなただっても
心配したり苦労したりしないでもいいのですよ、シイラ。

シイラ わたしはもうちっとも心配はしないよ、エイリン。

（ファドロガ麦の箱にゆく）

ファドロガ お前にやる麦はここにあるよ、ショーン、
糸と機との代りに。箱をあけて、
中にどのくらいあるか見るがいい。

（ショーン箱をあける。非常に多量の麦が中からこぼれ出る）

ファドロガ わしはそんなにたくさん
なかにあろうとは思わなかった。この男に
糸と機との代りにこれすっかりはやれぬ。わしは自分で損したくない、
半分でちょうどいい、

（ファドロガ箱の方に向いて、ショーン、シイラ、エイリンが麦のかたまりの側に跪いているのを見る）

ファドロガ なぜお前は跪いている、ショーン？

ショーン わしは跪いています、わしの
子供たちの食う物ができましたから。

ファドロガ なぜお前は跪いている、シイラ？

シイラ わたしは跪いています、畑には
麦がみのるでしょうから、わたしたちのために
神さまが愛とあわれみをお与えなされて。

ファドロガ なぜお前は跪いている、エイリン？

エイリン わたしは跪いています、わたしは
奇蹟が起ったことを知っていますから、シイラはもうこれからは
あなたの荒い言葉を恐れないでもすみます。

ファドロガ 空気がどこからともなく来る——物の育つにおいがして
青々と育つ麦のにおいがして。わしはおもい出す、
むかしわしがシイラを彼女《あれ》の母の家からこの家に連れて来た時

うつくしい好いにおいのする麦の畑を通って
優しくささやき交したことを。わしは大へんに
変ってしまった、
時々は自分にも自分が分らぬほどに変ってしま
った。
わしの溜め集めた物が何になる？　それは
わしとこの女の中を隔てている、だが今この女
が立ちあがる時には
もう何の隔てもわしども二人の中にないだろう。
この女が言えば
わしの溜め集めたすっかりの物をわしは人にや
ってしまおう。
（シイラ、エイリン、ショーンまだ跪いたまま
に幕）

忠臣蔵

全三幕の第二幕

メイスフィールド

人

アサノ　　大名
クラノ　　アサノの臣
ハザマ
ショウダ
キラ　　大名
サギサカ　　キラの臣
カメイ　　大名
ホンゾー　　カメイの臣
キラ邸の小姓
キラ邸の婦人
大使
少女
クラノの妻
チカラ　　クラノの子
キラの兵卒の長
第一浪人
第二浪人
第三浪人
第四浪人
使者
この他に警護の士、諸大名、供の武士、浪人等。

序幕梗概

アサノ及びキラ両大名領地争いより仲違いする。アサノ及びクラノ両人にて対キラ政策を論じ合う。使者来りて、政府が日本国内における政治民情を視察なさしめん為に大使を遣わされ、大使は今アサノの領内に来るべきこと、大使の接待役はアサノとカメイ両人なるべきこと、又キラが接待の役目教授方たるべきことを告ぐ。アサノは大使に会いてこの争いの是非の裁断を乞わんとて、勇んでキラの家に行く。クラノ共に行かんとす。その時クラノの家より使い来り、クラノの妻石に躓きて怪我せりとの知らせに驚きて家に帰る。アサノ一人にて行く。キラはカメイ及びアサノを馬鹿にする。カメイ怒る。カメイとアサノ礼服着換の為に別室に退きたる間に、カメイの臣ホンゾー賄賂を贈りてキラの心を和らぐ。キラはクラノ来らずアサノより何物も獲がたきを悟り、アサノに間違った礼式を教え大使及び諸侯の面前においてアサノを辱める。アサノ怒ってキラを斬る、キラ免《まのが》る。アサノは大使から切腹を命ぜられる。クラノ来る。アサノ遺言する。忘れないでくれと頼む。忘れませんとクラノいう。アサノ悲しき歌をくちずさみ白きたたみの上に座して短刀を取り上げる。

（幕）

第二幕

屋外の場

一人　殿様は大分お遅い。あれが殿様ではないか？

一人　いや、そうじゃない。

数人　いや、ハザマさんが中途までお迎えに行かれたから、もうじきお帰りだろう。

第一浪人　大使がお引留めになったのかも知れない。

一人　それ！　あすこにお見えになる。お帰りだ。

数人　殿様、おめでとうございます。

第二浪人　殿様じゃないよ。しかし間もなくお帰りだろう。

第一浪人　大使がお引留めになることがあるそうだ。

一人　殿様がどんなに他所《よそ》で大事におされなさろうと、我々くらい殿様を大事に思うものはあるまい。

第二浪人　殿様は我々の保護者であり又友人でいて下さるのだ。

一人　随分ながいな！

第一浪人　時には大使が御馳走されることがある――まずそれが例だそうだ。

一人　ハザマさんが見えた。もうお帰りだろう。

一人　アサノ万歳！

数人　どこに？　どれ、どこに？　俺にはクラノ様が見える。

数人　万歳！

（ハザマ登場）

一人　万歳、万歳！
ハザマ　これこれ、これ、これ、静かに！
大勢　アサノ！
ハザマ　静かに！
数人　アサノ万歳、万歳！
ハザマ　しっ！　静かに！　静かに！
数人　アサノ！　アサノ！
ハザマ　殿様ではないというのに。これはクラノ様だ。
数人　クラノ！　クラノさんだ。クラノさん万歳！　それお供しよう！　お送りしようよ！
ハザマ　みなさん、お静かに願いたい！
数人　それ、クラノさんが見えた。
（クラノ登場）
ハザマ　クラノさんがおいでになる！　御挨拶しよう。
数人　クラノさん！　おかえりなさいまし。
クラノ　静かに願いたい！　ハザマ、この騒ぎを鎮めてくれ！
数人　クラノ、アサノ、万歳！　万歳！
クラノ　あ、どうか静かにして下さい！　静かにして下さい！
ハザマ　静かに、静かに！　暫時静かに願います。
数人　万歳！　万歳！　しっ！　静かに！
クラノ　皆さん、わしの側に来て下さい。
数人　何かお話があるんだ。
第三浪人　クラノさん。我々の盃をお受け下さいますか？
ハザマ　お話が済むまでお待ち下さい。
クラノ　皆さん、お座り下さい。
ハザマ　何事でございます？
クラノ　御主人アサノ侯にはおかくれなさった。
ハザマ　何とおっしゃいます！
数人　おかくれなされた？　何と？　殿様が？
誰の手におかかりなされた？
一人　クラノさんは何とおっしゃったんだ？　俺には聞えなかった。
一人　御主人アサノ侯がおかくれあそばしたのだ。
第四浪人　ああ何ということだ！
第一浪人　名誉の席にお出でなされて、こんなことになりなさるとは！
ハザマ　クラノさん、伺いますが、殿様はどうしておなくなりなさいました？

クラノ　短刀をもってだ。

第一浪人　それでは、不時の御災難でございましたか？

クラノ　いいや。

第三浪人　誰もその場におりませんでしたか？　誰も見た者はございませんでしたか？

クラノ　わしが見ておった。大勢の人が見ておった。

ハザマ　殿様は人の手におかかりなさったのでございますか？

クラノ　皆さん、殿は死を賜ったのだ。切腹なさったのだ。

一同　ああ！　何ということ！

クラノ　これがその短刀だ。これだ。これが殿を殺したのだ。

数人　御らんなさい。殿様の尊い血がついてはいませんか！　クラノさん！　おいたわしい、お気の毒なほとけ様！

ハザマ　自分をお用い下すった御主人は盗賊と違わない死罪におなりなさったのか！

クラノ　キラのために、死なれたのだ。誘惑《たばか》られ、係蹄《けいてい》〔落とし穴〕に落とされ、御辛抱なされずにキラに斬りつけなさって、その為に死罪におなりなすったのだ。

ハザマ　そして、キラ様は死なれましたか？

クラノ　いや生きている。ほんの少しの怪我で。

ハザマ　それでは皆さん、我々キラの邸に火をかけて彼奴《きゃつ》を焼き殺してやりましょう。

クラノ　まあ待って、それはこちらが生命を失くすだけのことだ。キラは護りの兵を借り受けてある。キラの邸はその兵に護られている。

ハザマ　その護衛がなくなるまで待っておりましょう。

クラノ　この書面が見えるだろう？　皆さんは大使を神聖なるものと思っていなさるか？

数人　はい、そう思っております。

クラノ　そんなら、これが大使の命である。皆さんにこれを読んで聞かせろと大使からいい付けられておる。読むから聞いて下さい。「アサノ侯の為に復讐を企て、あるいは領地引渡しを拒む者は反逆者と認め、直ちに死刑に処し、家財一切を没収せらるべし。右上意によってかくの如し。」かように少しでも反対いたせば破滅するばかりだ。死ぬばかりだ。おのおのは妻子のある身、又は養育すべき親ある身である。もし殿の復讐の為に指一本でも動かせばめいめいの身の上ばかりか、妻子の上、親の上である。皆さんも服従する外はあるまい。

数人　我々は死ぬ方がましです。いや、いや、我々には服従は出来ません。

クラノ　わしは皆さんよりもよく殿を知っておる。わしの身に取って殿様は大事なお方であった。皆さんは妻のことも子のことも考えてやらなければならない。彼等を忘れてはならん。彼等もそれを皆さんに要求する権利がある。しかし、わしには殿が第一のお方だ。

一人　我々にも第一のお方です。

クラノ　いやいや！　皆さんはわしが読んで聞かせた事を忘れず妻子の身の破滅ということを考えるがよろしい。

数人　我々はもう破滅したものでございます。キラは死すべきものです。今死すべきものです。あなたが我々の大将とおなり下さい。我々が彼に復讐するには、今がよい時でございます。

クラノ　いやいや！　キラを処置いたす前に我々は殿が最後のお望みをかなえて上げなければならぬ。

数人　どういうお望みでございました？

クラノ　御あと嗣《つぎ》のために御領地を取り止めたいというおのぞみであった。お上《かみ》に願い出るについては、皆さんにこの命に従って貰わなければならない。（口の中で）従わなければならぬ。

数人　我々には従えません。

クラノ　殿がわしにおっしゃった最後のお言葉であった。

数人　我々はキラを殺さなければなりません。

クラノ　キラを殺すことは出来ない。キラは必ずこの領地を手に入れようとするに相違ない。我々はこの領地が彼の手に落ちるのを拒《ふせ》がなければならない。それにもう一つ聞かせることがある。実に残念なことなのだ。（小声で）殿の御葬儀が禁じられてある。（大きい声で）罪人の墓にお納め申さなければならぬのだ。もし我々がこの領地を没収されずに終れば、この辱めを清めることが出来るのだ。我々の願いが如何様に取り計らわれるか、まずそれまで復讐のことは考えないで貰いたい。何か又新しい便りか――

（第四浪人登場）

数人　誰だ？　あの渡しの側の後家の息子だ。何の知らせだろう？

第四浪人　クラノさん。

クラノ　何事だ？

第四浪人　御主人アサノ侯にはおかくれなさいました。我々の国はキラの国となるのです。

クラノ　そうだ。

第四浪人　キラの手の者は我々を追い払うために彼の谷の上から進んでまいります。数百人の人数でございます。御らんなさいまし！　火が見えます。彼等は私の老婆の家に火をつけました。彼等はあらゆる人家を焼き払い全国を手に入れよと命ぜられております。馬を連れたる騎馬の兵士もまいりました。手あたり次第に分取り狼藉いたしております。

クラノ　はて、もう始まったか。

第四浪人　敵は我々を散り散りに追い散らして御主人の復讐する邪魔をいたそうと思っております。しかし、クラノさん、そんなことはどうでもよろしうございます。私は小屋の中に藁に隠れて兵卒共の話し声を聞いておりました。彼等は大将なるあなたを目指して行くのだと申しておりました。

クラノ　わしを殺す心だろうか？

第四浪人　あなたの心をためして見ると申しておりました。もし少しでも反対のけぶりをお見せなされば、あなたは御無事ではおいでなされません。私はいそいでお知らせにまいりました。どうかお隠れ下さい。

クラノ　わしは隠れまい。しかし皆さん、我々もう望みもないということは分かったろう。しかし、今散り散りになる前に、殿の復讐するという契約をしようではないか？

数人　いたします。――いたします。

クラノ　わしは誰も無理には強いない。この仲間に這入れば、何の楽しみもない、ただくるしい思いをして長い間放浪して、この命令通り、末は死があるばかりだ。わしのこの手の上に自分の手を載せて誓う者は死の仲間入りするのである。

数人　我々お供いたします。

数人　末がどうあろうかも覚悟いたしております。

数人　この世に生きていては物の値を払わずにはおられません。クラノさん、我々は値を払う覚悟しております。

クラノ　わしの周囲に寄ってくれ。ここに殿のおかたみがある。御最後のための復讐するということをこのおかたみの上で誓おう。

数人　誓いましょう。

クラノ　しからば、わしが皆さんに代って誓う。我々の主君アサノ侯、我々は御最後のお恨みをキラ・コウズケの身に報います。もし為損《し》ずれば死ぬばかりでございます。この事業の為に私の一生を捧げます。さ、皆さんも誓いますか？

数人　誓います。誓います。その通り、誓います。私も誓います。私も誓います。私もお味方いたします。もしこの誓いに背きましたらば私の名が滅びても恨みません。私も誓います。私も誓います。殿様、私も神かけて誓います。私も誓います。

クラノ　それでは、わしが命令する通り、又命令する時に復讐すると、これも誓いなさい。

ハザマ　クラノさん、あなたが我々の大将です。

大勢　我々は誓って忠実にあなたの御命令に従います。

クラノ　それなれば、この事は願意《ねがい》が聞き届けられるまでは無用である。これで用事は片づいた。お別れしよう。今日より後我々は家もない身となるのだ、我々は浪人すなわち放浪者である。さあ、これで、領内に散り散りに別れて下さい。浪人して時を待って下さい。それよりほかに我々のなすべきことはない。敵の目付は我々の身に添うであろう。皆さんが試さるる苦しい時が来る。わしは忍べという一言を皆さんにいうばかりだ。すべてを忍ばなければならぬ——すべてを、さもなければこの復讐は遂げられぬ。

ハザマ　クラノさん、キラはあなたを殺そうと計るでございましょう。

クラノ　殺そうとするだろう。

ハザマ　キラの手の者もまいりましょうに、ここにお残りなさいますか？　大切な御身でございます。どうか私共とお逃げ下さい。

クラノ　わしはここで自分の仕事をつとめおおせなければならん。さ、みんな別れよう。わしの事を世間で何といっても信じないがよい。わしはみなさんに何のよい約束も出来ない。ただ忍べという一言ばかりだ。忘れずにいて貰いたい。敵の護りの者共がいなくなることもあろう……その時こそ……正しき裁判《さばき》の成る日である……世に正しき裁判というものがあるならば。さ、出かけなさい。

（一同立ち去る、クラノ一人残る。一人の少女残る）

クラノ　お前は誰だ？

少女　誰でもございません。

クラノ　お前の名は何という？

少女　山桜と申します。

クラノ　ここで何をしているのだ？

少女　わたくしは御馳走を見にまいりました。

クラノ　もう御馳走もないよ。

少女　わたくしはキラが憎らしうございます。

クラノ　人を憎むのは悪いことだ。

少女　あなたは私のように近くで御らんにならないからでございます。

クラノ　それもそうだ。

少女　わたくしはお酒が好きです。

クラノ　ここに沢山あるから飲むがよい。さ、おあがり。

少女　わたくしはあなたが好きです。

クラノ　お前はいくつだ？

少女　かなり年をとっています。

クラノ　お前は恋人の側にいてよい年頃だ。

少女　ああ、私も恋人があります。ありましたとも。

クラノ　その恋人は殺されでもしたのか？

少女　はい。キラに殺されました。殺されなければ、もう今頃は夫婦になっておりましたろう。この頃ではもう歎きもいたしません。この黄ろいお酒はおいしうございますね。

クラノ　ああ情けないことだ！

少女　あなたも今にそんなお気持を通り越しておしまいなさいます。殺された方はあなたのお友達でございましたか？

クラノ　そうだ。
少女　キラの為に殺されたのでございますか？
クラノ　そうだ。
少女　それではあなたとわたくしとは仲よくいたしましょう。あんまりくよくよなさいますな。私も始めの内はそうでございました。歎いても何になりましょう？　死んだものは帰りはいたしません。あのあなたのお友達の髪《おぐし》はうす色でございましたか？
クラノ　いいや、――黒かった。
少女　私のお友達のはうす色でございました。これがその髪の毛でございます。私は卑しい者の中でも一番いやしい人間でございますが、この髪の毛だけは始終持っておりました。これを持っておりますと、なんだか自分がそれほど悲しいものとも思いません。
クラノ　俺がキラを殺してやる。
少女　私も始めは殺そうと思いました。しかしキラを殺すことは出来ないことでございます。それに、殺して何になりましょう？　殺してももうどうにもなりません。何をどうしたところで、どうにもなりません。もうもうお酒に限ります。お酒は代を取られますけれど、あなたもう愚痴はおっしゃいますな。これだけのお酒が無代《ただ》であがれるのですから。
クラノ　少しのませてくれ。
少女　わたくしは赤いのを飲んでみましょう。私はほんとにあなたのなくなったお友達がお気の毒だと思います。そういう時にはくやしくって夢中になりますが、やっぱりどうもなりません。おや、女のお方がお見えになります。
クラノ　あれはわしの家内だ。そのままでよろしい。酒を少しおくれ。
少女　私はきっと家《うち》へ帰るとぶたれます。帯が破けると罰金を取られます。
クラノ　その杯を貸しておくれ。ありがとう。
妻　クラノさん！
クラノ　クラノに何か用があるか？
妻　この人は何でございます？
クラノ　俺の妹だ。
妻　何事がございました？
クラノ　殿様はおかくれなされた。

妻　わたくしはきっとそんな事になるだろうと思っておりました。あなたでなくてうれしうございます。

クラノ　うれしがるには及ばない。お前はなぜ俺に嘘をついた？

妻　わたくしがいつうそを申しました？

クラノ　今朝だ。お前は嘘をついて、人にも嘘をつかせたのだ。

妻　不思議なことを伺います。何の事か私には分りません。あなた、どういうわけでございます？

クラノ　お前は今朝石段でころんだといってよこした。

妻　わたくしはほんとにころびましたもの。

クラノ　お前が死にかかっているといった。

妻　いいえ、そうは申しません。私はただ、「お帰り下さい、すぐにお帰り下さい」と使いに申させました。

クラノ　使いはお前が死にかかっているといった。

妻　わたくしは使いが何と申したか、それまでは存じません。

クラノ　お前は使いをおどかしたのだ。

妻　使いの者は私のことを心配してくれたのでございましょう。あなたも心配して下さいませんでしたか？

クラノ　あまり心配し過ぎたのだ――ああ！

妻　あなた、どうなさいました？　なぜ私にそんな様子でものをおっしゃいます？

クラノ　今朝お前は怪我をしたのか？

妻　私は怪我もしましたし、びっくりいたしました。そして今でも気が遠いような気持でございます。

クラノ　そんなことはどうでもよろしい。

妻　私がどんな様子だとも聞いて下さいませんか？

クラノ　聞くまい。

妻　まああなたあんまりな！

クラノ　お前知っているか、もしお前が俺を呼び戻さなかったら、俺は今日お側にいたわけだ。そうすればこんな大事も起らなかった。そうして今でも殿は生きておいでなされたのだ。

妻　それはあなた運命を軽しめるというもので

す。事の原因や結果がどうして人間に分かりましょう。

クラノ　俺には分かる。

妻　あなた、あなたの妻の側にいらっしゃるのがあなたのおつとめではございませんか。

クラノ　俺の妻たる値のある間はそうだろう。これ泣くな、声を立てるな。俺には分かっている。ころんだといったのは俺を引止める計略だったのだ。

妻　二十年も連れ添うわたくしがそんなことをすると思し召しますか？

クラノ　そう思う。

妻　二十年来の妻がそんなたくらみをしなければならないということが恐ろしいことだと思し召しませんか？　それではお聞き下さいまし。ほんとに私はたくらみました。あなたをお救い申すために、キラ様と御仲わるの殿様があなたをどんな破目に誘っておいでなさるか私には分かっておりました。殿様の御身もあなたの御身も破滅ということは分かっておりました。そうして今日がその分けめの日だと思いました。それ故私はあなたをお救い申しました。

クラノ　そのために我が殿は土に横たわっておられる。血は流れて土に浸み、頭脳の働きは止み手は動かなくなり、二十年の仕事も夢だ。お前は殿を殺した。そして殿がどんな方であったかも知らないのだ。

妻　私は殿様を大切に思いました。殿様とあなたの友誼《おなじみ》をうれしく思っておりました。殿様の気高いお心も知っております。しかしたとえ殿様が二十倍も気高い方でおいでなさろうとも私にはあなたの小指一本の値もございません。あなたはあんまりお心がひろすぎます、あんまり人をお思い過ぎになります。そして眼が見えなくおなりなさいます。

クラノ　殿の御眼ももう見えない。（立ち上がる）

妻　あなた、どうなさろうというのでございます？

クラノ　酒を飲むのだ。

妻　私を家《うち》へ連れていらしって下さいませんか？

クラノ　俺には家はない。もう「狂気じみた謀反」

もおしまいだ。ここはキラの天下となった。分かったか？　お前はキラをほめていた。キラの処へ行って仲直りしなさい。俺は出かける。

妻　どこへ？

クラノ　負けた人間の行くところへ。

妻　クラノさん、私はあなたの妻です。

クラノ　妻であったのだ。

妻　今でもそうでございます。あなたを愛しているあなたの妻です。あなた、私は気も顚倒して変な心持でおります。やさしいお言葉をおきかせ下さいまし。どうぞお聞かせ下さいまし。きっとお聞かせ下さるでしょう。あなたは不親切なことをなさる方ではございません。私は殿様のようにあなたに大事なものでないことは分かっております。しかし殿様もおかくれあそばした以上は私も少しはお手助けいたします。私は自分の夫がどれほど立派な偉いお方か世間に知らせたいと思います。

クラノ　それは話だけのことだ。酒とわきばらに白刃と、それが俺の未来だ。

妻　それでは私はどこぞへ行って身を投げて死にましょう。

クラノ　それもよいだろう。

妻　ああ。

クラノ　俺はお前のためになることをきかせてやるのだ。お前という人は毒のない人間だ。女としては——善人で、情愛があって悧巧だ。さあ行って身投げをするがよい。もうキラが来る。殿もその通りよいお方であったが、切腹なさるのが落ちだった。善人は負ける世の中だ。身投げをするか、酒をのめ、酒をのめばいやな思いもしないで済む。

妻　そういう覚悟であなたと私は二十年の間御一緒に世渡りをして来たのではございませんでした。どうぞ私をこんな風にお捨て下さいますな。二人一緒でどんなことも当って見ましょう。私は自分のことは構いません、ただあなたの落ち目にお側にいたいと思います。二十年の夫婦の縁をそう容易くは捨てられません。子供のこともお考え下さいまし。あなた、どうぞお捨て下さいますな。私は気分もわるく弱っております。

とても我慢が出来ません。キラに刃向う企ても二人で相談いたしましょう。このお仕打ちはあんまりだと思います。胸もさけるようでございます。

クラノ　この酒を飲んで忘れるがよい。さあ、お飲み。

妻　クラノさん、あなたがむざむざお捨てなさるのは些細なものではございませんよ。

クラノ　俺はのどが渇いた。もうお前にもあきあきした。それに、ここに妹がいる。

妻　もうお邪魔いたしません。（立ち去る）

少女　あの方はほんとにあなたの奥様でございますか？

クラノ　そうさ、かわいそうに！

少女　奥様をあんな風に追い払っておしまいなさるものではございません。

クラノ　それはね、もう何もかもおしまいなのだ。

少女　それでも、奥様はあなたのお友達の不為《ふため》になることをなさったのですか？

クラノ　あの女がか？　いいや。俺たちは夫婦になってちょうど二十一年になる。（クラノ顔を被う）もうあの女にも逢われまい。おい、お前立って見て、何が見える、教えてくれ。

少女　畑が見えるばかりでございます。

クラノ　キラの領分の方の道路《みち》を見てくれ。

少女　ああ、何か燃えております。動いてまいります。

クラノ　松明《たいまつ》だ。じきに来るだろうと思った。キラがこの領分を手に入れる為に来るのだ。

少女　あの憎い奴がここへ来るのでございますか？

クラノ　そうだ。もう少し酒をくれ。

少女　わたくしは怖うございます。

クラノ　酒をのむがよい。酒がある内は、人間の世もさほどいやなものではない。お前踊れるか？

少女　キラがここへまいりますのでは私は踊れません。

クラノ　わしは踊れる。一つやって見ようと思っている。わしは上品な踊りも意気な踊りも知っている。唄も上手だ。

少女　キラをお怒らせなすってはいけません。

クラノ　わしは唄がうたえるといってるのだ。一つ唄ってやろう。

少女　およしなさいまし。ほんとにおよしなさいまし。あなたはキラを御存じないと見えます。あの人は恐ろしい人でございます。私をどこかへ連れて逃げて下さいまし。ここでこんな馬鹿げた話をしていれば殺されるばかりです。

クラノ　おれが唄おうというのに何を騒いでるのだ？　お前は俺の唄うのを聞いたことはないだろう。俺が唄うとばらの花も俺の方を向く。空の鳥も俺の方を向く。俺の友達が家へ帰って来た時に、俺が作った歌がある。殺されたというのはその友達だ。その唄はうたうまい、ひどく悲しい唄だから。俺は陽気な唄が好きだ。陰気になっていても仕方がないじゃないか？　それ、お前も唄え。

少女　あなたは気が変におなりなすったのです！

クラノ　そら、聞いておいで、うまいんだぞ。

かわる浮世の運の絃《いと》
音《ね》は高くなり低くなり、
ついぞ乱れぬ運の絃、
めぐる浮世のいとぐるま
糸が切れてもなおめぐる。
これ、唄ももうおしまいか、
時が過ぎる……

少女　それから何だっけ？　おや！　足音がしたか？　松明がまいりました。私はここであの人たちに捕っては大変でございます。

クラノ　まあ落ちついて飲むがよい。俺の側においで。

少女　私は逃げます。ここにはいられません。あなたは御存じございますまい、兵隊というものは恐ろしいものでございます。

クラノ　お前は俺の大事な好い子だよ。さあ一緒に一つ唄おう。

銀の杯、黄ろい酒
たましいもとろりとする。
あじな眼つきのねえさんにゃ
悧巧な男もころりとなる。
さあさ、浮いたり、人間は……

（キラの兵士等サギサカと共に来る）

サギサカ　我々が見に来たのはこの男だ。

クラノ　どなたです？　そして何御用かな？　唄を

やってしまいましょう。

人間はどうすりゃよいのじゃ、

踊って唄って、それでおしまい。

これはわしの妹だ。どなたですか、お名前を伺わなかった。

サギサカ　あれのいうことをよく気をつけて下さい。あなたはわたしを御存じだろう？

クラノ　知っていますとも、あなたはキラ様の奥様だ。

サギサカ　わたしは……

クラノ　そうではありませんか？

サギサカ　そうではない。

クラノ　まちがいましたかな。始終御一緒においでだったので。これはよい酒ですよ。

サギサカ　クラノさん、わたしは酒を飲みに来たのではないので。

クラノ　これが一番罪のない道楽ですよ。

兵の長《かしら》なる武士　この人でございますか？

サギサカ　そうだ。

武士　酔っぱらいのように見えますな。

サギサカ　見せかけほどには酔ってはいないだろう。

武士　いかがですかな。さあさあ、どうかおあがり下さい。飲むほどよいことはありませんな。

クラノ　君は話せる人だね。酒ほど好い友達はないよ。さあ一杯進ぜます。あれは君の友人かね？

武士　そうです

クラノ　怖い顔だな。

武士　子供の時に驢馬に顔を蹴られたのだそうです。

クラノ　これ、馬鹿にしなさるな。

武士　いいえ実際の話です。ねえ君？

サギサカ　今ではこちらから蹴る方です。

クラノ　わしは君を好かない。

サギサカ　それは困りましたね。これからは度々わたしの顔を御らんなさらなけりゃならないが。

クラノ　一杯あげましょうか？

サギサカ　いいや。

クラノ　酒が飲めなきゃ、君は犬だ、罰あたりの犬だ。驢馬が蹴ったのももっともだ。酒を飲まぬなら、何の用でここへ来た？

武士　酔っぱらいです。調子を合せてお置きなさい。

サギサカ　私はあなたの友人から没収された地所を見に来たんです。

クラノ　君の御懇意のキラさんがその領地を取ろうというんだね？

サギサカ　そうです。

クラノ　キラさんは人は入《い》らないだろうか？　わしは今手あきだが。

サギサカ　キラ様は酔っぱらいは御入用はないでしょう。

クラノ　わしが酔っぱらいだというのかい？

武士　友達のいうことを気になさるな。あれはあなたのことは知らないんですから。

クラノ　ほんとに俺を酔っぱらいといい切れるか？

サギサカ　いえますとも、この一ト月が過ぎてしまえば、もっと別のこともいえる。

武士　あの男はあなたを紳士だといっていますよ。

クラノ　俺は紳士さ。

武士　我々はみんな紳士です。

クラノ　そんなら俺のことを酔っぱらいといわないようにさせてくれ。

武士　さあさあ、我々はみんな味方同士です。これがあなたのお妹さんか？　あなたの名は何といいます？

クラノ　この娘《こ》の名はいもうとというのだ。

武士　私も昔こんな妹がありました。

クラノ　君には過ぎた妹だったね。

武士　過ぎていましたよ。その娘のために私は半年分の給金を棒にふってしまいました。

クラノ　俺は君が気に入った。友達になろうじゃないか、あいつを酔わせようか？

武士　いいえ、そんなことをするとあれは死んでしまいます。

クラノ　心配しなさるな。

武士　酔わせるのはむずかしいのでしょう。

クラノ　なあに。おっ伏せて咽喉へ酒を注ぎ込むさ、やって見ようか？

武士　やって見ましょう。

クラノ　君足を持ってくれ。

武士　よろしい。

クラノ　始めよう。

武士　ま、ちょっとお待ちなさい。

クラノ　いやだ、待てない。

武士　まあ、しかし、始めに三人とも酔っぱらいましょう。
クラノ　ぐでんぐでんに酔うのか?
武士　ぐでんぐでんにめっちゃくちゃに酔って見ましょう。
クラノ　みんな酔っぱらうんだ。俺が酔っぱらって、君が酔っぱらって、この娘も酔っぱらう。みんなで酔っぱらうんだ。君も酔っぱらって、あいつも酔っぱらうんだ。みんなで酔っぱらうんだ。誰が一番最初《さき》に酔うかやって見よう。さあ、これが君のだ。俺は酔っぱらいたくはないのさ。踊りたいのだ。キラも来るから、みんな仲よくしよう。君は俺がキラの敵だと思ってるんだろうが。俺はあの人の極くの味方さ。君にも味方さ。さあさあ踊ったり。
サギサカ　君は明日になれば踊れるだろう。
クラノ　俺は今踊りたいのだ。妹も一緒に踊るんだ。
少女　ああ、どうぞ御勘弁下さい! 私は着物が皺になると又叱られますから。
クラノ　これ、まあ踊れというのに。さあ。この蓙《ござ》をこっちの方へ動かしてしまおう。君は踊るか?
武士　踊りましょう。そのござを動かして下さればすぐ踊ります。
クラノ　君は好い人だよ。上手かえ?
武士　あなたほど上手ではありません。
クラノ　わしはうまいだろう? どうだい?
武士　まったく上手ですね。一つ剣舞をやって下さい。
クラノ　まず最初に頭から酒を浴びようか?
武士　いや、あとで暑くなったら浴びましょう。
クラノ　じゃ、あとで浴びるね?
武士　浴びますとも、浴びますとも。
クラノ　そうだ。頭から酒を浴びるんだ。頭から酒を浴びるんだ。
サギサカ　わたしもやりましょう。
クラノ　(少女に)まずお前の頭にぶっかけて、それから踊ろう。時には俺でも悲しくなる。こんなに陽気にはやってるが。とかくままならぬ浮世さね。死という奴がいる。めぐり会ったら、あぶない奴だ。俺は以前友達があった——俺の頭はめちゃくちゃになってる——大事な友達だった。その人の身に起ったことを考えると、俺も泣きたくなる。その人を連れて行ったのは死という奴だ。俺は死を探し出して見たいような気がする。
武士　この妹さんが連れて来てくれるでしょう。
クラノ　うん、みんながそういっている。みんながそういって教えてくれた。
　死はどこにいる、どこにもいる。
　友達をひきはなし、女の髪も白くする。
　大事なお方も死なしゃれた。
　ながいこと祈ったが、祈っても死は聞かぬ、泣いて見たが、死はきかぬ。
武士　死はそんなものですな。まあも一杯上がるがいい。
クラノ　どうも強い酒がなくて物足りない。いつか死にもめぐり会うだろう。
サギサカ　あなたは知らないでも、ついそこいらにいるかも知れない。
クラノ　君は死の友達らしい顔をしている。俺は悧巧な美しい人達も知っていたが。死はそんなことには無頓着だ。（少女に）二人でどこかへ行こう。俺はあの連中が嫌いだ。自分たちの事ばかし考えているのだ。俺達のように大事な人に別れた者は別の世界の人間だ。
　恋しいあの世のなき友の声をたずねて行く時は、
　ほんにどこまでどこまできりがないほど行く心。
　さあおいで。かわいそうに！　お前は寒いのだろう。二人でどこぞ頼んで宿を取ろう。（立ち去る）
武士　気の毒な！　たしかに疑いはありませんな。
サギサカ　私はそれほど確かには信じられない。
武士　酔ってもいますし、気も違っています。
サギサカ　酔っていない時に見たいものだ。
武士　気の毒ですな。主人の死の為に気が顚倒したものと見えます。
サギサカ　顚倒したままでいる方がよいだろう。全く酔っていたろうか？
武士　全く酔っていました。
サギサカ　気がちがっていたかな？
武士　さよう、ちがっています。
サギサカ　そうするとあの男は憐れむべき人間だ、殉教者だ。どうも危険だ。

武士　もし危険人物となりましたらば、押し込めて置けば宜しいでしょう。
サギサカ　そうすればなおさら殉教者になってしまう。
武士　何をやっていますかしら？　私には見えませんが。
サギサカ　又帰って来るよ。ねえ、君！
武士　はあ？
サギサカ　あいつはきっと見せかけているのだ。
武士　すると、よほど特別上手に見せかけていますな。
サギサカ　君、君は察しがいいかい？
武士　はあ。
サギサカ　あの男はどうもいない方がいいようだ。
武士　私はそういう命令は受けておりません。それは生死の問題ですから。
サギサカ　キラ様はおよろこびなさるだろう。
武士　いかがですか、キラ様のお心は私には分かりません。
サギサカ　その点はわたしが引受ける。
武士　あの人を殺せと私に命令なさるのですか？
サギサカ　これ、これ、君、ひどい言葉だね——命令とか殺すとかいうのは。
武士　一体がひどい相談なのですから。
サギサカ　たとえば、あの男が飲みながら夢中になって、気が立って、口をきく……我々に口答えするとか……乱暴するとか……する？
武士　それで、それがどうなります？　私には、ただ……酔っているとか……精神異常を呈したとか……そういう点で捕縛することは出来ますが。
サギサカ　そうとも……それだけのことさ。君があの男を捕縛することが出来る。
武士　出来たところで、なんにもあなたの為にはなりませんよ。
サギサカ　しかし、もしあの男が抵抗するか、争うか、逃げるかするとしたらば？
武士　兵共があの人に縄をかけましょう。
サギサカ　もし手強かったら？　誰か、たとえば自分の身を拒ぐために……？
武士　分かりました。
サギサカ　キラ様はその功をお忘れなさるまい。
武士　殺せとおっしゃるのですね。

サギサカ　あの男がいない方が無事だ。
武士　御もっともで。
サギサカ　キラ様は君をこの土地の侍大将にしようと思っていられる。
武士　へぇえ！
サギサカ　殿様のおのぞみをかなえてくれるだろうな？
武士　あの男はただ狂人なのです。何も出来やしません。
サギサカ　狂人だから何も出来ないという掟《きめ》はないよ。それにわしは狂人とは思えない。
武士　それでは酔っぱらいです。
サギサカ　酔っぱらいでもなけりゃ狂人でもない。ただそう見せかけているのだ。
武士　もし見せかけておりますのなら、私も捨てては置きません。
サギサカ　きっとか？
武士　はい。しかし、あれは見せかけではありませんね。こちらへ来るところを御らんなさいまし。
サギサカ　一生懸命よく見ようよ。
武士　何かいっておりますよ。
サギサカ　何か馬鹿なことをいっているのだろ。私がこういう風に手を上げたら、それが合図だ。殺してくれ。
武士　もし見せかけているのなら、殺します。しかし、気の毒な、たしかに見せかけではありますまい。

（クラノ及び少女登場）

クラノ　この女だ、俺を狂気にしたのはこの女だ。まあ見てくれ、これが俺を狂気にした。こいつの眼がしたのだ。若い時はいけないものだ。女が笑って見せると、男は世間の咽くびにでもむしりつく、そして自分の身も捨ててしまう。それで女はちょいとした浮気心さ。鏡が口がきけたら、男も女には迷わされないだろう。まあ見てくれ！　男の心の小さい魚を釣る美しい餌だ。美しいね、女の眼でも、口でも、すべての曲線《まるみ》でも、耳でも、綺麗な歯でも。男は死ぬ時でもそういうことを考える。そうしてその美しいものの為に祈りながら死ぬ。（武士に）この娘《こ》を見てくれ！　美しいだろ？　君も若い時にはこういうもののために願がけしたろう？

武士　しましたとも。

クラノ　君は？

サギサカ　クラノさん、気ちがいの真似はいい加減にして、まずわたしのいうことを聞いて下さい。

クラノ　君は神様を信じるかい？

サギサカ　クラノさん、私はだまされないといっているのに。

クラノ　もし神様を信じているなら、よほど感謝するがいいよ。

サギサカ　（武士に）よく気をつけてくれ。ふん、なぜですか？

クラノ　なぜかといえば、君の阿母さんは磨臼《ひきうす》と悪いことをしたそうだ。

武士　どうしてそんなことを考えなさるんですか？

クラノ　火打石だったかも知れない。何しろ固い品だったに違いない。それだから君は感じがなく生れついてる。だから君はこういうものに夢中になることはあるまい。そんなことは決してないだろ。何にも動かされない。結構なことだ。女は危険なものだからね。我々成長するにつれて我々にからまり、我々の機嫌をとり、猫のように咽を鳴らして、うるさく邪魔して我々を動けなくする。そして自分たちを我々の配偶《つれ》だといっている。ああ、ああ！　こんなにからっぽなものが我々男の上にこれほどの力を持っているというのは。このつむりを見てくれ、美しいね？　この頸の上にこんな風にこのつむりが載っているというのは、実に不思議ではないか？　このかわいい唇を見てくれ、それからこの陰影《かげ》のあるところを見てくれ、この紅い唇、やがて虫の食うこの紅い唇を見てくれ、この眼、あたまの中の働きを見せて光ってるこの眼を見てくれ。君はこういう頭を切りひらいて見たことがあるか？

サギサカ　いいや。君はあるかい？

クラノ　自分の想像でやって見たことがある。中には何もなかったが。俺は驚いたね。

サギサカ　（武士に）君！

武士　クラノさん、あなた御自分の今おられるところが分かっていますか？

クラノ　分かってるよ。よほど面白い立場にあるね。俺は驚いたといったろう。それから俺は女というものは我々の生命から自分たちの生命を吸い取って生きてる寄生虫だということを発見した。我々の生命が彼等に生命を与えているのだ。我々の想像が彼等に心を与えている、彼等自身には心を持っていないのだ。彼等の中にはなんにもない。彼等は我々の最も善い考えを葬る棺か貝殻だ。彼等は葬られたものを塵に化してしまって何一つ返してくれない。どういうわけで我々は女について誤った考えを持つのだろう？どういうわけだか答えられるか？

武士　どういうわけか答えるのは、私よりももっと悧巧な人間でなけりゃ出来ますまい。

クラノ　だが、君とあそこにいるあの男と二人で世界を支配しているじゃないか？

サギサカ　君、もう待つには及ばん。これは気ちがいじゃないよ。

武士　奇妙なことをいっていますな。

サギサカ　こっちの方に来た時やっつけろ。わたしが談話《はなし》の相手をしているから。

武士　気違いとは思えませんな。ちょっとした逆上《のぼせ》ではないでしょうか？

サギサカ　なんでもよろしい。殺してしまえ。

武士　殺した方が好いかも知れないと私も思いますね。クラノさん、あなたあの焼けてる家が見えますか？

クラノ　何もいいなさるな？　何もいいなさるな！君たちはいつでも俺の邪魔をする。俺がいって聞かせて上げよう。

遠いむかしのそのむかし、
まだ大空に日があって、
世がくらやみとならぬ前、
わしらの知ったその人が
生きていた日は人の世を
うまれがいあるものとした。
人のうき世をすみよい世とも
変えてくりょかと頼んだお方。

それもゆめぞよ。時たてば
どんなおもいもゆめとなる、
大きのぞみの企ての

　　まだそれのみは消えもせで。
　　ぽつんと締めたいとが切れ、
　　あの大望もそのままに、
　　火の気の消えた炉のように、
　　ゆめにそっと見た狂気沙汰。

サギサカ　これで充分だ。さあ君。

クラノ　（サギサカに）何が充分なんだ？　俺は君たちを無理とはいわない。君等は馬鹿だ、下品だ、不真面目だ。俺が恨むのは生命《いのち》だ。俺の大事な人を奪い去って君等を残して置く生命が敵だ。君のような高利貸だの、君のような乱暴者だの、お前のような人形だのが生きている。さあ来い。俺は生命と戦って、その覆面をむしり取ってやる。生命は君の後ろにいる、君のうしろにもいる、君の後ろにもいる。隠れた場所から俺が引きずり出す。なに、ゆるすものか、俺がとっちめてやる。ぐずぐずするな。俺の友人を連れて行ってお前たちのような人形だの邪魔ものだのを残して置くとはけしからん……（一同を自分の上着でなぐりつける）おやおや、どうか勘弁してくれ、俺は頭が変なのだ。酒を飲ましてくれ、俺はこれから上訴しようと思うから、気を鎮めて行かなくっちゃならん。酒は俺を鎮めてくれる。君に一杯献じます、君にも、君にも、それから俺が自分に一杯頂戴する。そこで我々一同飲んで寝ることにしましょう。

武士　もう憐《たし》かにまちがいはありませんな。

サギサカ　わたしが考えちがいした。あれは気違いだ。

武士　ひどい気ちがいです。

クラノ　（少女に）飲んで唄おう。
　　酒を飲めば酔わされる、
　　美人を見ればなお酔わされる。
　　かなしい時には考える、
　　かなしい時には日が長い。
　　男には美人を見せろ。男には酒を飲ませろ。
　　好い人を思い出して一杯あがれ、こっちも飲も。
　　（地に倒れて杯の酒もひっくり返して、眠る）

サギサカ　（クラノを足蹴にする）クラノ君もこれでおしまいか。

武士　なさけないことですな。いうところに少しは筋もあるようです。立派な人間だったのでしょう――勇士であったといいましたが？

サギサカ　そうだ。

武士　我々は浅ましい破壊の跡を見に来たのです。ここで私が殺してやった方がこの人には幸福かも知れません。まあ寝かして置きましょう。眠るのはまだしも幸いです。

キラ　（キラ、ハリマを連れて登場）

クラノはどうした？

サギサカ　あそこにおります。

ハリマ　酔っているのか？

サギサカ　酔って戯けたことを申しております、気がふれましたので。

キラ　気がふれた？　見せかけではないか？

武士　殿様、あれは見せかけではございません。

サギサカ　私も最初は疑っておりましたが、今やっと信じさせられました。

キラ　好都合だな。

サギサカ　わたくしは迷っております……何にしても殺したものでございましょうか？　いかがで？

キラ　いやいや、そんなことは無用だ。

サギサカ　訴えるとか何とか申しておりました。

キラ　ふん、気の向くようにしてやれ。ほかの方は万事都合よくいったかな？

サギサカ　領内の者は皆退散いたしました。今度の一件で一同手もなく滅びてしまいました。

キラ　人間業ばかりではない。天恵であろう。

ハリマ　御もっともです。

キラ　さあさあ我々はこのめでたい日を祝うことにしましょう。まず神殿《おみや》にお礼まいりしよう。

（キラ、サギサカ、及び武士退場）

ハリマ　（行きかけて）酔いどれ！　卑怯者！　畜生！　自分からアサノの友といっておりながら。汚らわしい！　酔いどれ！　自分の味方にも捨てられて死ね！　（足蹴にして立ち去る）

（舞台暫時沈黙に時過ぎる。遠寺の鐘鳴る）

クラノ　（起上がる）狂人は人に憐れまれても、智者は憐れまれないものと見える。目先の見えぬ虎狼の輩、この俺が忘れたか忘れぬか見ておれ。まずこうして！　こうして！　（自分の衣服を引裂く）

（幕）

第三幕梗概

二幕目の時より一年を経たる後なり。少年チカラは父クラノを訪ね来り、自殺したる母の事を語りて悲しむ。父は仇討の遂げがたき子と語り合う。舞台変る。諸浪士集りて、今は同志の者も多く反き去りクラノも変心したれば、復讐の望み遂げがたしと語り、一同が過去の苦心を語り合い全く失望して、仇討の為に用意したる刀剣、図面、鍵、梯子、提灯等を捨てて火をかけて焼こうとする。クラノとチカラ来りて彼等を止め、仇討の時到れるを告ぐ。この度キラが公爵となりたるよろこびに明日はその祝宴あるべく、今夜は久しくキラの警護の任にあたりたる諸士に休暇を与えたれば、明朝まではキラの邸に人少なかるべし、この機会に乗じて復讐すべしという。一同大いに勇む。雪の夜、キラは一同の兵士に一夜の休みを与えて去らしめ、自分は美人を呼びて恋を語る。アサノ浪士来る。一同隠れたるキラを探し出し自殺をすすめる。

次の場はアサノの墓前に復讐の終りたるを告げ一同切腹の用意する。クラノ美しき歌をくちずさむ。

（幕）

銀の皿

ベイツ

人物

ハワード　悪戯すきの剽軽者《ひょうきんもの》
トレッシー　ハワードの友人
ストン　裕福な商人
ストン夫人
ヘレン　ストンの娘
ラムセー夫人　隣家の女主人
女中

場所は郊外。時は夜、八時頃。
ストン家の客間。舞台の後方《うしろ》に窓あり、床まで垂れた長い窓掛《カーテン》で隠されている。中流商家にありそうな装飾《かざりつけ》。室の中央にテーブルあり、その上にランプと書物及びヘレンの写真が飾ってある。テーブルの両側に肘かけ椅子がある。幕があくと、ストン夫婦はその椅子に腰かけていて、ストン氏は新聞を読んでいる。

夫人　まあ新聞を読まないで、あたくしのはなしをお聞きなさいったら。
ストン　うん、なんだい？　今じき聞く。
夫人　じきじゃない、今ですよ。ヘレンがいつ這入って来るか知れませんからね。
ストン　ふん、一体何の用だ？
夫人　怒らないでもよござんすよ。
ストン　用というのはそれだけか？
夫人　いいえ。あなたに寝て貰おうと思うんですよ。
ストン　寝る？　馬鹿な、まだ八時だよ。
夫人　七時だって構いません。トレッシーさんが今晩来るんですよ。ですからあの人とヘレンにこの座敷をあけといてやりたいんです。
ストン　この座敷をあけとく？　なんの為に？
夫人　すわる為にですよ。
ストン　だが、俺が座るせきもありそうなもんじゃないか？

夫人　分からない人ですね！　あなたが昔あたくしと交際に来た時分、我家《うち》の父や母に同じ座敷にいて貰いたいと思いましたか？

ストン　へぇぇ、あの男がヘレンを欲しがってるのか？

夫人　夢中なんですよ。

ストン　しかし、あの娘《こ》は――

夫人　ああ、あなたは去年海水浴であの娘が溺れかかった時助けてくれたあの人のことを考えてるんでしょう？

ストン　あの人が彼女《あれ》の生命《いのち》を救ってくれたんだからな。

夫人　それがどうしたんです？　あの人はあの子に結婚の申込はしなかったじゃありませんか？

ストン　結婚の申込をしなかった？　へん！　お前なんざあ女の子に申込をするのは、水にぶくぶくしているのを助けるよりは功徳《くどく》だと思ってるんだな？

夫人　そりゃあそうですとも。そしてずっと度胸の入《い》ることですよ。

（女中入り来《きた》る）

女中　奥様、お隣家《となり》の奥様がちょっとお眼にかかれるかどうか伺ってくれとおっしゃいます。

夫人　おやまあ。お通し申しとくれ。（女中出て行く）何にしてもヘレンに好いあんばいな機会を拵《こしら》えてやらなけりゃ。お隣りの奥さんが帰ったら、あなたはすぐ寝るんですよ。あの奥さんも気を利かして早く帰ってくれるといいけれど。お隣りと交際《つきあい》すると、これだから困るんです――いつ何時飛び込んで来るか知れないんですからね。

ストン　これ！　聞えるじゃないか。（隣家のラムセー未亡人這入って来る）

夫人　まあ奥様、ようこそ。ほんとうにようこそ。さ、どうぞおかけ下さいまし。

未亡人　ありがとうございます。そうしてはおられませんので。

夫人　まあ、あなたコートをおぬぎなすって少しは御ゆっくりなさいましよ。こうやってお隣り同士でおりましても、ほんとに久々でなければ奥様にお眼にかかれないって、今も主人《あるじ》と申しておりましたのでございますよ。今晩は御ゆっくりなすって頂きとうございます。

未亡人　いいえあなた、あたくし実は旦那様のお古いお帽子が拝借したいと思いましてね、ちょっと伺いましたんで。

ストン　わたしの古帽子ですって？

未亡人　おかしなわけだと思召《おぼしめ》すでしょうね？

夫　人　ですけれどあなた、古帽子をどうなさいますんで？

未亡人　それがあなた、あたくしの甥が――ああ、奥さんはまだ御存じございませんね――それはあの男ならきっとあなたのお気に入りますよ――それは冗談ばかりいっている男で、先刻《さっき》もあなた強盗が流行るって申しましてね、男っ気がない家だから用心しろって申すんでございますよ。それからあたくしも考えましてね、強盗に見えるように玄関に男の帽子を掛けといたらよいかと思いますんで。

夫　人　それは好いお考えで。

ストン　しかし、くら闇では強盗にも見えないでしょう？

未亡人　まあ、それもそうでございますねえ！　瓦斯《ガス》をつけときましょう。

ストン　瓦斯代が損ですなあ。

未亡人　しかしあなた、瓦斯の代くらいを倹約して殺されちゃつまりません。

ストン　しかし、ほんとに強盗が――

夫　人　まあ、あなた、帽子を探していらっしゃいよ。

未亡人　どんなおひどいのでも宜しうございます。（ストン氏出て行く）甥はほんとに悪戯《わるさ》が好きでございますから、大方あたくしを嚇《おど》かすつもりで申したのでございましょうよ。こんなお話をしております内にいつ何時冗談に自分で泥棒に這入って来るかどうか知れや致しません。

（ストン氏帽子を持って入り来る）

ストン　これで如何でしょう？

未亡人　ええ結構でございますとも。どうもありがとうございました。それではすぐ帰りまして玄関に掛けて置きましょう。そうすればあたくしも大安心でございます。さようなら、おやすみなさいまし。

ストン夫妻　おやすみなさい。（ラムセー未亡人出て行く）

夫　人　まあ早く帰ってくれてありがたかった。さあいらっしゃい。早くこの座敷をあけて置かなければ。

ストン　どうもゆっくり新聞が読めないとは情けないな。

夫　人　あとで何時でも読めますよ。ヘレンは今夜に限るんですからね。（主人の腕を取って室を出て行く。暫時してからハワードそうっと忍び込む。外から這入って来たらしく帽子を被ったまま、銀の道具の這入っている籠をぶらさげている。椅子の上に籠を置いて、両手をこすりながら一人笑いしている）

ハワード　どうもうまいもんだ！　畑中を近路しようとすると、叔母さんの家の台所の戸があけっぱなしと来ている！　今日も今日、僕が強盗の用心をなさいといって聞かせたばかりだのに！　おや！　なんだ！　こうびくびくするのは、まるでほん物のマクベスみたいだ。どこかで男の声がしやしなかったかしら。叔母さんの家に男がいるとは珍妙だな。それに銀の道具一式が籠につまって、さあお持ちなさいといわないばかりに食堂のテーブルの上に載せてあるとは！　叔母さんが聞いたら気絶しちまうな。どこへ隠してやろうかしら？（室内を見廻す。少し驚いた様子。それからテーブルの上の写真を見付けてびっくりして取上げる）こいつぁ！　どうしたんだ！　僕が去年海岸《はま》まで助けてやって、それっきり陸《おか》へ上がらずに失敬しちゃったあの令嬢だ！　どうして叔母さんがこの写真をもらってんだろう？　叔母さんはどうして座敷をこんなあんばいにしたんだろう？　はてな、あれも見たことがない品だ――おやっ？　大変！　ちがった家へ這入っちゃった！（音がする）あっ、誰か来る！　銀の籠は持ってるし！（まごまご見廻して籠を持ち上げて後方《うしろ》の窓掛《カーテン》の蔭に駆け込む。女中はトレッシーを案内して入り来る）

女　中　どうぞお掛け下さいまし。只今じきにお嬢様がいらっしゃいます。（女中出て行く）

トレッシー　さあもう、引っ込めないぞ。俺の気持が外面《そと》にも見えるかしら？　どの男でも結婚を申込む時には、よその家の銀の皿でも盗んで逃げでもするような、こんな気持がするものかしら？　ほんの二言三言口でいえば済むことだのに、膝までぶるぶるするのはどういう訳だ？　膝が結婚を申込むわけじゃあるまいし、僕が申込む間せめてしっかりしてくれたら好さそうなもんだ。どうかまあ、申込まれる方でも申込む方と同じようにワクワクしていてくれればいいが。そうすりゃ、僕がワクワクしているのをヘレンも気がつくまいが。どんな気持でいるのか、先方の気持が分るといいがな。阿母《おっか》さんはヘレンが気があるようなことをいってたが、お父さんは何時だったか、去年ヘレンの生命を助けた男がどうしたとかこうしたといっていたっけ。しかし、それっきり会わないんだから、それが何よりの頼みだて。（ヘレン入り来る）

ヘレン　いらっしゃいまし。

トレッシー　今晩は。僕はその――ええ、いや失敬。お変りもありませんか？

ヘレン　ありがと。いつでもこの通り丈夫ですわ。まあお掛けなさいませんか？

トレッシー　ありがとう。すこし、ええ、すこし寒いようですな、そうでもないでしょうか？

ヘレン　そうでもありませんわ。それにあたくし寒いのが好きですわ。

（ヘレンとトレッシーが腰かけると、ハワードは窓掛の間から首を出す。トレッシーがそっちの方を向いたり、窓の方に行こうとしたりする時は、大いそぎで首をひっこめる）

トレッシー　なるほど、そう寒くはありませんね。少しお座敷が温か過ぎはしませんか？

ヘレン　窓をおあけなすってもようございますよ。

トレッシー　（窓の方に歩み行き、窓掛には触らないで戻って来る）あけたら、あなたがお寒いでしょう？

ヘレン　あたくし平気よ。（男は再び窓の方に近寄る）ほんのすこしあけて置いて頂戴。風が吹き込みますから。

トレッシー　（戻って来て又腰掛ける）ま、あけますまい。

ヘレン　どっちでもようござんすわね。

トレッシー　具合が悪いのは、お座敷じゃなくって私にあるらしいです。
ヘレン　どうかなさいましたの？
トレッシー　なあに、少しどきついているんです。
ヘレン　どきついていらっしゃるの！　何か御心配？
トレッシー　人間も自分の一生の運を極める話をしようとする時には、どうも多少どきつかないわけにはいきませんね。
ヘレン　そんなむずかしいことなら、おっしゃらない方がようございますね。
トレッシー　ああ、弱い心じゃ恋はかなわぬ、か？（ヘレンの手を握ろうとして屈む。彼女が気がつかないらしく自分の手を上げて側のテーブルの上の自分の写真の位置を直す。男は我に返って前よりなおさら落付かなくなる）
ヘレン　そういう古い諺はおかしなものですね。たいした意味もないんでしょうねぇ？
トレッシー　その写真は美しく取れましたね？
ヘレン　そうでしょうか？　ありがと。先刻もお話でしたが、今年はほんとに楽な冬ですね。
トレッシー　そうです。大分温かです。しかし僕は――
ヘレン　あんまり雪も降りませんのね。
トレッシー　降りませんでしたな。僕がお願いしようというのは――
ヘレン　雪が少ないと冬が短く思われますのね。
トレッシー　そうです。窓をすこしあけましょうかな。（立ち上がって窓の方に一足歩む）
ヘレン　ランプが消えるといけませんから、すこうしあけて頂戴な。
トレッシー　そうですな。それじゃ、やっぱり閉めて置いた方がいいでしょう。（席に戻る）僕は馬鹿ですね、いいに来たことをいうのが怖いんです。
ヘレン　あなたあたくしが怖くはおありなさらないでしょう？
トレッシー　いや、あなたがひどく怖いんです。
ヘレン　まあ、あたくし自分がそんなに怖い人間だとは思いませんでしたわ。
トレッシー　いいや、あなたは怖い人ではないんです。あなたはあんまり美し過ぎるんです。そこが心配なところで。

ヘレン　近頃スケーチングなさって？
トレッシー　いいえ。まだどこにもスケーチングはありません。
ヘレン　ありませんでしたね。ほんとに、あの――
トレッシー　ストンさん、――ヘレンさん――僕は――あなたはお気がおつきなすったでしょうが――
ヘレン　（大急ぎで立って室の横手のテーブルに行き写真を取り上げる）それで思い出しましたわ、先日貰った写真をお眼にかけましょう。クラ・パーキンスさんから送ってよこしましたの。これは昨年海岸でうつしましたのよ。
トレッシー　綺麗ですな。しかし、よその人の写真を見てもつまりません。僕はあなたに僕と結婚して下さいってお願いしようとしているんですから。
ヘレン　あたくしがあなたなら、そんなことは願いませんわ。
トレッシー　なぜですか？
ヘレン　あたくし達はこんな仲の良いお友達なんですもの、気まずくするのは惜しいじゃありませんか？
トレッシー　気まずくする？　どうして気まずくなりますか？
ヘレン　それでも、あたくしあなたと結婚することは出来ませんもの。そんなお話するのは少し変ですわ。
トレッシー　なぜ私と結婚が出来ません？
ヘレン　あら、そんなお話は止めましょうよ。
トレッシー　分かりました。ほかに好きな人がいるんですね？
ヘレン　馬鹿な！　そんな筈はありませんわ。
トレッシー　あの去年あなたを水からひっぱり出したというその男でもあるでしょう。僕はあなたがそんな空想的だとは思わなかった。
ヘレン　あたくし空想的じゃありませんよ。
トレッシー　その男の名も知らないじゃありませんか？
ヘレン　ですから、その人が好きなはずはありません。
トレッシー　しかしその男があなたの生命を救いましたろう。

ヘレン　それでも、それはあなた、あたくしのせいじゃありませんわ。

トレッシー　それであなたがその男を思ってるんでしょう。そうに違いない。なんて仕合せな奴だろう。何故また僕がそこにいなかったんだろう？

ヘレン　でもそれは勇ましかってよ！　着の身着まで水に飛び込んだ様子ったら！　あたくし死ぬまで覚えてますわ！

（ハワードひどく喜んだ身ぶり。それから後の対話でだんだん腹を立てる）

トレッシー　世間にゃ廻り合せの好い奴がいますよ。僕の友人のスチーブ・ハワードなんぞ去年どこかでどこかの令嬢を助けたそうです。

ヘレン　スチーブ・ハワード？　どういう方です？　お立派な方？

トレッシー　立派どころじゃありません。ごく月並の顔をしています。

ヘレン　あの、大変好い眼つきの方じゃありませんか？

トレッシー　眼つきは、ごく平凡な、土百姓《どびゃくしょう》じみた眼付ですね。

ヘレン　それじゃあたくしを助けてくれた人ではありませんね。

トレッシー　あなたを助けた？　そうじゃありませんとも。ですが、ヘレンさん、ええ。その今のその話ですが、その――

（女中駆け込んで来る）

女中　人殺し！　泥棒！　強盗！

ヘレン　どうしたんだよ？

女中　銀のお皿が！　あの銀のお皿をすっかり盗られてしまいました。

ヘレン　盗られた？

女中　わたくしが食堂のテーブルの上に籠に入れてちょっと載せて置きましたら、なくなってしまいました。

トレッシー　だが、どうして今時分から這入られたろう。

女中　コックが悪いんでございます。なじみの男が裏口から呼びに来ましたので、戸をあけっぱなしで出て行ったんでございます。

トレッシー　何とか警察に調べて貰わなければ。

（ハワード籠を持って窓掛の中から出る）

ハワード　警察に訴える必要はありません。銀の皿はここにあります。

トレッシー　（ヘレン声を立てる。女中は駆け出す）ハワード君か！　一体全体どうして来たんだい？　何をしていたんだ？

ハワード　阿呆な真似をやっていたのさ。君が僕の形容をしてくれるのも聞いていたんだ。

ヘレン　まあ、あの海岸《はま》の、あの方ですわ！

トレッシー　海岸の人？　あの、あなたを助けた男ですか？

ヘレン　まあこんなことで二度目にお眼にかかろうとは！

ハワード　どうかちょっと説明させて下さい。全く冗談に馬鹿げた真似をしたんです。

トレッシー　全く馬鹿げた真似だよ。だが、僕の出る幕じゃなさそうだ。ヘレンさん、お暇《いとま》します。

（一礼して出て行く）

ヘレン　（固くるしく）ハワードさん――たしかトレッシーさんがそうおっしゃいましたね――一体これはどうした訳でございます？

ハワード　お怒りになるのは御尤《ごもっと》もですとも。しかし僕は始終お眼にかかりたいとばかり思っていましたから、今お眼にかかってそういう風におっしゃられると、実際つらいんです。

ヘレン　ですけれど、銀のお皿を泥棒して行こうって人に優しい口がきかれますか？

ハワード　（籠を置いてヘレンの方に寄って来る）もちろん変だとお思いになるでしょうが、実は僕はこのお隣りの叔母の家へ這入ったつもりだったんです。一つ叔母を嚇《おど》ろかしてやろうと思ってやったんですが、あなたを怒らせてしまいました。

ヘレン　あたくし怒ってはおりませんよ。ただ――只びっくりいたしましたの。

ハワード　（ヘレンの手を取って）僕がどんなに始終あなたのことを考えて夢にまで見て、どうかしても一度お眼にかかりたいと思っていたか御存じはありますまいが――

（ストン夫婦寝衣《ねまき》のままで周章《あわ》てて駆け込む）

夫　人　まあ、お前、殺されやしなかったかい？　泥棒はどこへ行ったたい？　あたしが捕えたらひどい目に遇《あ》わしてやる、女子供のいる家へ這入ろうてい奴は！

ストン　そうだ、そうだ。阿母さんに捕えさせて見ろ！　女だって馬鹿には出来ないことがそいつにも分かるよ！

ヘレン　泥棒なんていやしませんよ。これはあたくしのお友達のハワードさんです。昨年海岸《はま》でおめにかかりましたの――水の中で。

夫　人　あのお前がブクブクしかけたのを助けて下すったあの方かい？

ヘレン　そうです。

夫　人　まああなた、あたくしからなんとお礼申したら宜しうございましょう？（ハワードの手を握る）

ハワード（ひどく気まり悪そうに）どうか、もうその事は。又そういう事がありましたら、知らせて下されば、何度でも致します。

ストン　さあ、君、握手だ。ヘレンが又ぶくぶくをやりかけたら、いつでも君を頼むことにする。

ヘレン　まあ父様、馬鹿馬鹿しい！（母の方を向いて小声で）母様、父様とあなたと、どんな恰好に見えるか御ぞんじ？

夫　人　ほんとにそうだ！　忘れていましたよ。ハワードさん、こんな失礼な様子《なり》で、どうかお免《ゆる》し下さいまし。あの馬鹿な女が泥棒が這入ったって申したもんですから。

ストン　ハワードさんは私がどんなふうをしていたって構いなさりやしまい。ここへ出て来たからにはちょっと新聞をのぞいて行こう。

夫　人　（ストンの腕をひっぱって、小声で）さあ、すぐ行きましょう。今度こそヘレンに好い機会なんですから。分かりませんか？（大きい声で）ハワードさん、それではおやすみなさいまし。どうぞ、ちょくちょくお寄り下さいましね。（いやがるストンを無理に連れて出て行く）

ハワード　も一度おわびします。僕は去年お名前も伺わずにお別れしてから、どうかしても一度お眼にかかりたいと思っていましたが、こんな馬鹿な真似をして、あなたに愛想をつかされてしまいました。

ヘレン　まあおかけなさいましよ。ゆっくりお話致しましょう。

ハワード　こんな真似をしてあなたを驚かしたのを許

して下さいますか？

ヘレン　許して上げる証拠の握手しましょう？

（男はヘレンの手を取り暫時《しばらく》その手を見つめている。それから彼女の顔を見る、ヘレンは首をうなだれる。男は屈んで女の手に接吻する）

（幕）

遠くの王女

ズーデルマン

人　物

フォン・ゲルデルン王女
フォン・ブローク男爵夫人　王女のお附
フォン・ハルドルフ夫人
リディ／ミリィ　ハルドルフ夫人の娘たち
フリッツ・ストリウベル　学生
リンデマン夫人　宿の主婦
ロザ　宿の女中
王女の従者

時　現代

場所　中央独逸《ドイツ》のある温泉の山の上の宿屋

宿屋の外廊下《ベランダ》。舞台の右側と背景の半分は外廊下を囲むガラス戸を見せている。舞台の左側と背景の半分は家の石の壁を見せている。前面左に戸あり。後方にも左側に戸あり。左側、奥の方に戸棚と食卓あり。下廊下には旅客のための小奇麗な小さなテーブルや小さい鉄製の腰掛がいくつも置かれてある。中央、右方に三脚の大きな望遠鏡が開いた窓に向けられている。ロザ、田舎風の服装にて小さなテーブルの花を直している。リンデマン夫人、三十代、美しい顔の小肥りの女、左の方から大急ぎで入り来る。

リンデマン　さあ、もうこれでいつ入《い》らしっても大丈夫。窓掛だってお床《とこ》だってすっかり取り替えて、まるで新規になっちまった。ほんとにまあ、なんてありがたいことなんだろう。男爵とか伯爵とかいうのなら、始終お湯にも見えるけれど。それに、ロシヤの公爵さんが見えることもあるけれど。あたしゃあんな人達には驚きやしない――あの人達はまあ、あれだけのものだからね。だけれど王女、ほんとの王女といえば！

ロ　ザ　ひょっとしたら、やっぱりほんとの王女じゃないかも知れないわ。

リンデマン　（怒って）なにっ？　まあお前は何をいってるんだい？

ロ　ザ　だって、ほんとの王女ならこんな宿屋なんぞへ来るでしょうか？　ほんとの王女は絹やびろうどの上でなければ寝やしませんよ。まあ、もう少し待って御覧なさい。誰かのいたずらかも知れないわ。

リンデマン　じゃあお前、あの手紙がほんとでないというのかい？　嘘だというのかい？

ロ　ザ　ひょっとかしたら、おなじみのお客さんの悪戯《いたずら》かも知れませんよ。あの学生のストリウベルさんね、あの方は始終ふざけてばかしいますわ。（笑う）

リンデマン　ストリウベルさんが悪戯をする時には品のいい悪戯をするわね、あの人のはほんとの気の利いた悪戯さ。そりゃこっちも時々は怒った様子もして見せるけれど——嘘の手紙を書くなんて——どうして、お前——金の王冠《かんむり》のついた手紙を、どうしてお前——ちょっと御覧！（懐《ふところ》中から手紙を出して読む）本日午後フォン・ゲルデルン王女殿下には見晴亭《みはらしてい》に御《おん》立ち寄り遊ばされ一時間ほど御休息ありて後《のち》温泉に御《お》下《くだ》りあらせらるべく、殿下が御迷惑あそばされざるよう、静かにして居心よきお部屋を用意致されたく候《そろ》。なおこの事はごく内密に取計らわれたく、もしさもなき時は再び御光臨の儀はむずかしきことと覚悟致されたく候。殿下御用掛《がかり》フォン・ブローク夫人。さあどうだい、これでも嘘かい？

ロ　ザ　ストリウベルさんが先にあたしに本を貸してくれましたよ。その中にも女官の事が書いてありましたわ。きっと悪戯に違いないわ。

リンデマン　（後ろの方を眺めて）まあ困るね、坂を上がって来るのはストリウベルさんじゃないかえ？　日もあろうに、今日に限ってさ！　何がそんなにここにばかし用があるんだろ？

ロ　ザ　だってあの人はこの宿じゃもてるんですもの——きっと今日も一日ここにいますよ。

リンデマン　いてくれちゃ困るね。どうかして帰しっちまおう。うまい工夫はないかしら——うん、そうだ、つんつんしていてやろう。それより他に仕方もない！

（ストリウベル入り来る。すこぶるバンカラなれど容貌立派な青年、快活で気どらず、自信ある様子、極めて好い気立ての人間）

ストリウベル　やあ、諸君、今日は。

リンデマン　（馬鹿にしたように）結構なお天気でございます。

ストリウベル　（主婦の無愛想に驚いて）おやっ！　どうしたんです？　すこぶる御機嫌がわるいな！　なんにしても、ビールが欲しい。一杯下さいな！　一杯でわるけりゃ二杯でも三杯でも。（腰掛ける）今日は馬鹿にあついね。

リンデマン　（暫時黙っていて）エヘン！　エヘン！

ストリウベル　リンダさん、今日はひどくお静かだね！

リンデマン　ストリウベルさん、第一にお願いしたいのはね、あたしの名はリンデマン夫人というのですよ。忘れないで下さい。

ストリウベル　そう、そう。

リンデマン　それから第二には、そんなに騒々しく不作法にならないで下さい。

ストリウベル　（ロザがビールのコップを持って来ると歌い出す）ビールよビール、ああっ、なんて暑いんだろう。（飲む）

リンデマン　そんなにお暑けりゃ、なぜ温泉《おゆ》に落付いていらっしゃらないんです？

ストリウベル　ああ、我が霊《たましい》は高きにあくがれる、毎日午後になると、僕の霊が高いところに行きたがるんだ。僕はね、あの青い顔をした僕の生徒が寝台に横になって赤血球を殖やす時刻になると、よろこびて我がアルピンの杖を握り我が愛する者の許に上《の》ぼる——のさ。

リンデマン　（馬鹿にしたように）馬鹿馬鹿しい。

ストリウベル　おや、君が僕の愛する人のつもりなのか？　そうじゃないよ。僕の愛する人は下にいるんだ。だがその人に近づく為にここに上がって来るわけなんだ。ここの家の望遠鏡の処まで、望遠鏡のお蔭で僕はあの窓の中まで真直ぐに見えるんだ——そうら？

ロ　ザ　（わらいながら）あら、それではあなたは、あの——

リンデマン　そんな話を面白がって聞いてると思いな

さるの？　あたしはね、そんな暇はないんです――それから、今、ここを綺麗に片づけちまわなければ。ストリウベルさん、さようなら。

（出て行く）

ストリウベル　（笑いながら）やっと分かったよ、今度こそは！　おい、ロザ、おかみさんはどうしたってんだい？

ロ　ザ　（意味ありそうに）エヘン、冠をつけた方とつけない方と――それから、エヘン――冠がついてる手紙とついてない手紙と。

ストリウベル　手紙？　君が、その――

ロ　ザ　それから、お附きのお女中と――他のお女中と！（くすくす笑う）

ストリウベル　ちょっと失敬。（ロザの額を指で軽く叩く）大変！　大変！

ロ　ザ　あら、どうしたの？

ストリウベル　君のあたまが火事なんだ。早く消しっちまえ！　それから僕のやけどの膏薬も探してくれたまえ、僕はその間にちょっと――（望遠鏡の方に行く）

（フォン・ハルドルフ夫人及びリディとミリィ入り来る。フォン・ハルドルフ夫人は少し横柄な気取った様子の貴族的な婦人）

リディ　母様、ここに望遠鏡がございますわ。母様が御覧になった方がようございますよ。

ハルドルフ夫人　あいにく、ふさがっていますね。

ストリウベル　さあ、どうぞ御婦人方――僕はひま人ですから、あとでよろしいです。

ハルドルフ　（わざとらしく丁寧に）まあ、おそれいります。（望遠鏡の方に行く。ストリウベルは前の席に帰る）ねえさん、牛乳を三つ持って来て下さい。

リディ　（ミリィがぐったり椅子に腰かけると同時に）母様、右の方が路でございますよ。

ハルドルフ　ああ、路は見つかりましたよ。だがお馬車が見えないね――宮様のお馬車も何の馬車も見えないよ。

リディ　あたくしに見せて頂戴な。

ハルドルフ　さあ御覧なさい。

リディ　あら、もう隠れてしまいましたわ。

ハルドルフ　ほんとに今のは確かに殿下のお馬車だったかしら？

リディ　それは、母様、こんなことは気持で分りますわ。生れた時分から分かることですわ。

ハルドルフ　（ミリィがあくびをして大きな溜息をすると）お前、眠いのかえ？

ミリィ　いいえ、ただ草臥《くたび》れましたのよ。あたくし始終草臥《くたび》れてますわ。

ハルドルフ　それですから温泉《おゆ》に来ているんですよ。王女殿下が遊ばす通り、あなた方もちゃあんと本気でお湯をお頂きなさい。

ミリィ　殿下が今日のような暑い日にこんな険しい山へおのぼりになるのはおよろしくありませんわね。

ハルドルフ　（少し優しく）でもお前、あたし達がこんなに心配してる訳は分かってるでしょう？　もし運よく殿下にお目にかかれれば——

リディ　（望遠鏡を見ていたが）あら、又あすこに見えます！

ハルドルフ　（一生懸命に）どこに？　どこに？（リディの場所に入れ代る）

リディ　今ちょうど坂の上の曲り角のところへ出るところよ。

ハルドルフ　ああ、わたしにも見える！　おや、どなたも中にお見えにならないようだ。

リディ　そんなら、きっとお歩行《ひろい》よ。

ハルドルフ　（ミリィに向って）そら御らんなさい、殿下だっておひろいでお出でになるじゃないか。ちょうどあなたみたいに貧血でいらっしゃるのですよ。

ミリィ　あら、あたくしだってもし大公のところへお嫁に行けて、自分の側に自分の馬車を引かせて行ける身分なら、そりゃあたくしだって歩くのをぐずりはしませんわ。

ハルドルフ　もう何も見えなくなった。

リディ　母様、ねじをお廻しあそばせよ。

ハルドルフ　先刻《さっき》からやってるんだがね、目鏡《めがね》がちっとも動かないのだよ。

リディ　あたくしがやって見ましょう。

ストリウベル　（この対話の間しきりと紙を丸めてはロザに投げつけている）あの人たちは何を騒いでるんだい？

リディ　母様、あんまりねじを廻し過ぎておしまいなすったのよ。

ハルドルフ　困るね、どうしたもんだろう？
ストリウベル　（立ち上がりながら）ちょっと失礼ですが僕がやって見ましょう。その古いねじに大分経験がありますから。
ハルドルフ　まあ御親切にありがとうございます。
（ストリウベル一生懸命にねじをいじくって見る）
リディ　あの、母様、もしお馬車が坂の上まで来たとしますと、殿下もお近くまでいらしったのでしょう。あたくしたちは路まで出て行ってお待ち申した方がよくはないでしょうか？
ハルドルフ　それはお前、その方がよいと思うなら、そうしましょうよ。
ストリウベル　このねじは古いばかしじゃない。全く毀《こわ》れちゃってるんです。
ハルドルフ　おや、毀れておりますか？（娘たちに向って小声で）もし今不意にお眼にかかってお言葉を頂くことが出来て――わたしたちは殿下のおいいなずけのお方の御家来で、殿下の未来のお家に住まっている者でございますと申し上げれば――それはお前、御殿にお出入りの他の婦人達よりもずっと割がよくなるわけなんですよ。
ストリウベル　さあ御婦人方、人間に遠視の功徳をしてくれる大事な機械を助けてやりました。
ハルドルフ　まあどうもありがとうございます。――あの、あなたお聞きになりましたか、今日は王女殿下がこちらにお出でになりますそうで。
ストリウベル　王女殿下？　あの温泉にお出での王女ですか？　あの淋しい別荘においでの王女ですか？　鉱泉に毎日いらっしゃるという評判ばかりで、まだ誰も見た者のない、あのお方ですか？　これは非常に面白いですな、僕にその事がどのくらい面白いかあなたにはお分りになりますまいが！
リディ　（今まで外を見ていたが、振り返って）あら、あすこに、あすこに、あすこに見えてよ！
ハルドルフ　お馬車かい？
リディ　もう坂の下まで来てよ。今、森の入口のとこで止まりましたよ。
ハルドルフ　そうすると、きっとあすこでお乗りになるよ。さあ二人とも早くお出で、偶然のように見えなければいけないから――さあお代を上げますよ。（ロザに代を投げ与える、持って来た模様のある紙に包んである小さい包みを開く）さあここにもお前の花束がありますよ――さあお前のも。これを殿下にさし上げるんですよ。

ミリィ　偶然のように見えるようにね――（三人ながら出て行く）

ストリウベル　驚いちゃったな！　何しろ驚いた――信じられない！　きっとあすこに座ってるに相違《ちがい》ないが――どれ、一つ見て確かめて置こう――（望遠鏡の方に行こうとして立ち止まる）うん、そうだ、あの人達と一緒に行って見よう。（三人のあとに従って立ち去る）

リンデマン　（入り来る）みんな行ってしまったかい――みんな？

ロザ　ええ、みんな。

リンデマン　（右の方を見ながら）そらそら、あすこに婦人の方が二人とお供が人道の方を上がって来るだろう。ああどうしよう！　動悸がしてたまらない！　去年、長椅子を張り替えて置けば好かったんだけれど――なんて申し上げたらいいんだろう？――ロザ、お前なにか一つ詩の文句を覚えていないかい、殿下に申し上げられるような？（ロザ肩をゆする）もう庭に這入っていらしった！――なんだねお前、前掛の下に手を突込んでいちゃいけないじゃないか、馬鹿だね！――ああどうしよう、どうしよう――（戸があく、飾りなしの黒の制服の従者入り来り、戸口に立つ。その後に王女及びフォン・ブローク夫人入り来る。王女は顔色の青い病人らしい気取《きど》けのない少女で、質素な運動服を着て薔薇の花飾りをつけた中くらいの大きさの麦わら帽を被っている。フォン・ブローク夫人は美人、気高い強い顔の婦人、三十代、立派な服をつけているが北方の独逸貴族のさっぱりした趣味にかなっている）

ブローク夫人　ここの主婦《あるじ》は？

リンデマン　殿下、手前でございます。

ブローク夫人　（叱るように）私はお附の者です――あの、お頼みしたお部屋は出来ていますか？

リンデマン　（左側の戸をあける）はい、あの階段の上でございます。

ブローク夫人　しばらくお一方《ひとかた》でおいであそばしますか？
王　女　そうしてもらいましょう。
ブローク夫人　エドワード、殿下の御入用の物をいいつけて下さい。それから殿下のお室のお次に私の部屋を用意させて下さい。それでよろしうございましょうか？
王　女　ああ、それでよろしいでしょう。（従者は肩掛や枕を持ってロザと左手に入る）
王　女　（仏語にて）わたしは眠くないというのに、子供のように無理にねかすのは馬鹿げていますよ。
ブローク夫人　（仏語にて）まあどうぞ、姫様《ひいさま》、わたくしの申し上げることをお用いあそばせ。お医者様が――
王　女　（仏語にて）お医者様！　いつでもおきまりに！　もしわたしが――
ブローク夫人　おかみさん、あなたも行ってお支度を自分で見た方がよいでしょう。
リンデマン　かしこまりましてございます。（左手に行こうとする）
ブローク夫人　ああ、それからもう一つ。この廊下ですが。内部《うち》から庭の方へ行く――ここを締切にすることは出来ますまいか？
リンデマン　はい、よろしうございます。お客様がたもほんの時たま樹の下にお休みなさるだけでございますから。
ブローク夫人　それではどうぞ、そうして下さい。（リンデマン夫人戸を閉める）これでもう誰もここに這入れますまいね？
リンデマン　もし御意《ぎょい》にございますなら、私共家内《うち》の者も誰もこちらにまいらないことに致します。
ブローク夫人　どうぞ、そうして下さい。
リンデマン　かしこまりましてございます。（出て行く）
ブローク夫人　ほんにあなた様、お気をおつけあそばせ。只今のあの女にフレンチが解りましたらば、あなた様、――御用心あそばせよ！
王　女　何がそんなに恐ろしいの？
ブローク夫人　まあ、あなた様、この御気分はみんな御病気からでございます――ああ、それはそうと、まだペプトン入りの牛乳を差上げませんでございました——あなた様がこういう御気分でおいであそばすことは誰にも隠して置きませんければ、殊においいなずけの殿様にはお隠し申し上げませんければ——もし殿様が御存じになりましたらば——

王　女　（肩をそびやかす）それがどうしたというの？

ブローク夫人　花嫁様と申すものは幸福な花嫁様におなりあそばすのがお務めでございます。さもない時は——

王　女　さもない時は？

ブローク夫人　その人は淋しい愛されない妻となるばかりでございます。

王　女　（あきらめたように微笑する）そう！

ブローク夫人　何をお考えあそばしておいでになります？　この秋には公式の御披露や何やかやむずかしいお務めがございます。それまでにお丈夫におなりあそばしませんければ。それはきつい義務《おつとめ》の御生涯にお堪えあそばさなければなりません。

王　女　生涯？　誰の生涯？

ブローク夫人　何をおっしゃっていらっしゃいます？

王　女　ああ、いくら何をいっても何になるの？

ブローク夫人　ほんに左様でございます。私の心にも又人様に申しにくい不愉快な、神の御心に適わないような考えがないでもございません。わたくし自身の経験から見ますと、やはり義務の狭い路に小さくなって歩いてまいりますのが一番よいようにぞんじます。

王　女　そうして寝るのがよいわね。

ブローク夫人　いえ、そればかりでもございません。

王　女　あすこを御覧なさい！　あの森を御覧なさい！　ああ、あの苔の上に寝ころんで落葉に包まって、高い雲の往来《ゆきき》を眺めていたら——

ブローク夫人　（優しく）時々はそれもお出来あそばすではございませんか。

王　女　（声高く笑う）時々は！

（従者戸口に現われる）

ブローク夫人　すっかりお仕度は出来ましたか？

（従者首を下げる）

王　女　（ブローク夫人に小声でいう）それでもわたしは今眠れないから。

ブローク夫人　わたくしの為と思召《おぼしめ》しておやすみ下さいまし。（声を高くして）殿下の御命令《おいいつけ》でございますなら――

王　女　（笑いながら溜息をつく）ああ、どうぞ、頼みます。（二人左手に出て行く）

（舞台数分の間空になる。やがてストリウベルが後方の戸の鍵をあけようとするのが聞える）

ストリウベル　やああ！　どうしちまったんだ！　どうして急に締めちゃったんだ？　ロザ！　あけてくれ！　望遠鏡が見たいんだ！　ロザ！　あけてくれないのかい？……よしっ、自分であけるぞ。

（廊下の硝子戸の外を歩いているのが見える、やがて右の方の開いてる窓から首を突込む）誰もいないんだな？――（窓から這入り込む）ああ、やっと這入れた。一体ここの連中はどうしちゃったんだ？（後方の戸の鍵をあけて外を見る）すっかり置きっ放しで。まあ、何だって僕には同じこった。何しろ、あの馬車がどういう訳なんだか、一つ早速研究しなくちゃ。（望遠鏡を見ようとする。王女左手の戸より帽子を手に持って静かに這入って来る。望遠鏡の前に動かずに立っているストリウベルに気づかず、急いで後方の戸口に行き鍵を開ける）

ストリウベル　（鍵の音に驚いて振り返る）やあ、今日は。（王女動かずに立って自分の今這入って来た戸口の方を見る）いかがです望遠鏡を御覧になりませんか？　さあどうぞ。（王女返事をしようかしまいかと極まらずに左手の戸の方に数歩あとじさりする）おや、行ってしまいなさるんですか？　僕は何もしやしませんよ。

王　女　（安心して）いえ、どこにもまいりはいたしません。

ストリウベル　そんなら、ようござんすがね、しかし一体あなたはどこから這入って来ました？　戸は鍵がかかっていますが、まさか僕みたいに窓から飛び込みやしますまい？

王　女　（驚いて）えっ？　あなた――窓から――いらしったの？――

ストリウベル　ええ、来ましたとも。

王　女　（再び恐ろしくなって）あの私《わたくし》はやっぱり――（再び立去ろうとする）

ストリウベル　ああお嬢さん、まあここにいらしって下さい。僕があなたを追い払うくらいなら、僕はむしろ崖から倒《さか》さに飛び下ります！

王　女　（安心して笑う）わたくしはちょっと半時間ばかり森に行って来ようかと思いましたの。

ストリウベル　ああ、そんならあなたはこの宿の逗留客なんですね？

王　女　（早口に）ええ――ええ、そうです。

ストリウベル　じゃあ、下に下りて水を上がるんでしょう？

王　女　（隔てもない様子で）ええ、水も飲んでおります、お湯にもはいります。

ストリウベル　その度ごとに二百メートルも上がったり下りたりするんですね！　随分苦しいでしょう？　それにあなたは非常に顔色が青いですね？　そりゃあなた、止した方がようござんすよ。温泉にお留まりの方がよろしいでしょう――その、ええっ――あ、失敬、僕は考えのないことをいっていました。そりゃ無論あなたにもあなたの理由がおありなさるんでしょう――無論こちらの方がお安いです――僕にもその辺のことはよく分かります。僕はまだ今まで一生に一度も金を持ったことがないのです。

王　女　（実際的に見せかけようとして）温泉なぞに来ますと、どうしてもお金がなければいけません。

ストリウベル　（胸を叩いて）僕は鉄を飲んでるように見えますか？　ありがたいことには僕はそんな贅沢は出来ないんです。僕は至って貧乏な人間で、こうやって休暇中は、家庭教師をしてみじめな手当を貰ってるんです。ただし、みじめといったって、それはその、ちょっと言葉のあやでしてね、朝は九時まで寝ます、午飯《ひるはん》は五皿、晩食には七皿から食べるんです。それでなんにも用はないんです！　僕の預かってる生徒は、そりゃ病身でして！　あの子に比べると、あなたなんぞは曲馬師にだってなれますよ。

王　女　（わだかまりなく笑って）まあ、それでも、私は曲馬師でなくって幸福です。

ストリウベル　なあに、あなた、あれもやっぱり他の事と同じに一つの商売でさあ。

王　女　他の事と同じ？　まあ、あたくしはそうは思いませんでした。

ストリウベル　それじゃあ、何だと思っていらしったんです？

王　女　あの、私はあの人たちは——まるで違った種類の人間だと思っておりました。

ストリウベル　人間という者はすべてがまるで違った種類の人間なんです。もちろん私達二人はそうじゃありませんが。二人は大変好いあんばいに折り合って行きますな——そう思いませんか？二人とも、お寺の鼠みたいに貧乏で！

王　女　（考えながら微笑する）さあ、そうでしょうか？　ほんにそうかも知れません。

ストリウベル　（親切に）あなた知ってますか？　下に留まろうと思うなら——そりゃ安くでも出来るんです。僕の友達があるんですが、やっぱし僕みたいな学生で。その男もあなたみたいに養生に来ているんです。僕が留まっている宿で僕が食べさせとくんです。（王女の不思議な顔つきに驚いて）ああ、それはあなた、決して——いやいや、僕はこんなことをいうんじゃなかったんです。無遠慮な事でした。ですがね、実際僕は自分の不時の収入であの気の毒な男を助けることが出来るのは非常に嬉しいんです。それで始終それを屋根の上からでも怒鳴っていたいくらいなのです。そりゃあなたにも分かりましょう、ねえ、分かるでしょう？

王　女　それではあなたは人を助けることがお好き？

ストリウベル　好きですとも——あなただって好きでしょう？

王　女　（考えながら）いいえ。そんな事をすれば、すぐに色々な話の種になりますもの、そしてすぐにすっかり新聞に出てしまいます。

ストリウベル　えっ？　何ですって？　あなたが誰か助けると、それが——

王　女　（あわてていい直す）いいえ、もし慈善事業にでも関係しますと——

ストリウベル　ああ、そりゃそうです。ああいうことにはどうしても身分のある人を発起人に頼むんです。それでその人は無論新聞紙が騒ぐようにちゃあんと取り計らうのです。

王　女　（まじまじとして）まさか、誰でもそういう——

ストリウベル　まああああいう上流婦人の事で僕の知らないことを知ってるなら聞かせて下さい！　それはそうと、あなたの家はどこです？　大きな市《まち》ですか、それとも——？

王女　いいえ。ごく小さい町です——まあ田舎といってもよいくらいな。

ストリウベル　では、僕は今、あなたが一生に恐らく一度も見たことのない、好いものを見せて上げます。

王女　どうぞ。何でしょう？

ストリウベル　王女です！　嘘でない、ほんとうの、正しい生れの王女なんです！

王女　まあ、ほんとに？

ストリウベル　そうです。温泉におられる我々の王女です。

王女　何という方でしょう？

ストリウベル　マリィ・ルイゼ王女です。

王女　ゲルデルンの？

ストリウベル　そうです。

王女　あなた御存じ？

ストリウベル　知ってますとも。

王女　まあ、そう？　私《あたくし》はあの人は始終引っ込んでくらしてると思っていました。

ストリウベル　ところが、それが何にもなりませんやね、何になるもんですか。あなたがこんな面白い好い人だから、僕は一つ秘密を聞かして上げましょう。僕はあの王女を恋してるんです。

王女　まあ！

ストリウベル　それが僕にどんな楽しみだかあなたには想像がつきますまい。実際、どんな若い詩人でも、恋する王女が一人入用なんです。

王女　あなたは詩人でいらっしゃるの？

ストリウベル　僕を見てそれが分かりませんか？

王女　私はまだ詩人を見たことがありませんもの。

ストリウベル　詩人を見たことがない！　王女も見たことがない！　じゃあ、あなたは今日は色々な事を学びますな。

王女　（うなずきながら）そうですね、そしてあなたその人の為に詩をお作りになりましたか？

ストリウベル　そりゃあ無論です！　沢山作りましたとも。

王　女　あの、それでは何か一つ短いものをお聞かせ下さいまし――下さるでしょう、ね、あなた?

ストリウベル　いや、まだいけません。万事適宜の折にやって行きます。

王　女　ああ、そうでした。始めに王女を見たいものです。

ストリウベル　いいや、まず最初に始めからの話をします。

王　女　そうです、さあ、どうぞ。(腰掛ける)

ストリウベル　ええと、その――僕は王女がこの地に来られたと聞くが早く、すぐに恋してしまったのです。まあその早さといったら、まるで鉄砲玉みたようなものです。まるで、まあ、王女を恋する為に一生待っていたようなものでした。それに王女の美しいことも不幸も聞いていましたからな。御存じでしょう、ごく若い時に恋愛事件があった方なんです。

王　女　(驚かされて)まあ、そんな事までいっておりますか?

ストリウベル　ええ、それは若い士官だったそうです。王女の為にアフリカへ行って――そこで死んでしまったのです。

王　女　まあ、それまで知っておりますか?

ストリウベル　ええ、何でもみんな知ってまさあ――しかしそれはほんの枝葉の事で――僕に関係した事ではありません。今から六ヶ月たてば大公の花嫁になられるという事だって――僕はちっとも構わんのです。今は僕の王女なんです。――だが、あなたは聞いていませんな!

王　女　いいえ、聞いておりますよ。

ストリウベル　その意味があなたに分かりますか――僕の王女という意味が? 僕はどうしたって自分の王女を思い切ることは出来ませんな――世界中のどんな物の為にだって!

王　女　それでも――あなたその人を御存じなければ――?

ストリウベル　僕が知らない? そんなことはありません、僕は自分を知っているくらいよく知っています!

王　女　それではお会いになりましたの?

ストリウベル　誰だって王女に会った人はありません

よ。どんな様子の人だか誰も聞かせてくれる人はありやしません。なんでも、人の話では、始め王女が来られた時分には方々の店の窓に写真が出たそうですが、それもじきに見えなくなっちゃったんです。朝になると大勢の人達は泉の周囲《まわり》にうろついていて一目でも見ようとするんです。僕だって朝の六時に起きたことがたびたびあるんです——その目的の為にですよ——あなたが僕をよく御存じならば、その朝の六時に起きるということが僕に取ってどのくらいの大事だか分かるんです。しかし見えませんな！自分の家まで湯を運ばせるのか、それとも隠身の術でもあるのか知れませんが、（王女微笑を隠すために横を向く）それからってものは僕は王女の家の庭の周囲をうろつきましたね、毎日何時間もです。ある日のこと、温泉の取締が御門の前に立たせて置くあの巡査が僕んとこへやって来まして、何をそこでやってるんだと聞くのです。それで僕が王女に近づこうとする手段もつきてしまいました。すると突然好い考えが浮いて来ました。そのお蔭で僕は毎日王女を見ることが出来るんです、そうして何度でも側に行くことが出来るんです。

王　女　まあ面白うございますね。どういう風に？

ストリウベル　そこが肝心なところです。ふん、話しましょうか？　僕の秘密を聞かせるかな？

王　女　その王女を見せて下さると先刻《さっき》お約束なさいましたのね。

ストリウベル　ちょっと待って下さい。（望遠鏡をのぞく）あそこにいます。自分で御覧なさい。

王　女　それでも、私が——（王女も望遠鏡をのぞく）まあ、あの庭はまるで自分がそこにいるようにはっきり見えますのね。

ストリウベル　あの左の方の隅の窓に——刺繡《ししゅう》の台を持っている——あれが王女です。

王　女　あれが確かに王女だとお思いなさいますか？

ストリウベル　王女でなくて誰でしょう？

王　女　ああいう王女の周囲《まわり》には——それは種々《いろいろ》の人が附いています。まあたとえば、侍女《こしもと》がいます、それから裁縫職《おはり》とその裁縫職の手伝いの女たちと、それから——

ストリウベル　まあしかし、お嬢さん、もしあなたにこんな事が少しでも解るなら、そりゃもう、あれが王女で――ほかの人でないということが一目で解る筈です。あの物ごしの気高さを御覧なさい――あの刺繡台にうつむいている王女らしい品を御覧なさい――

王　女　どうしてあなた、刺繡台だとお思いなさるの？

ストリウベル　そりゃあなた、王女が刺繡台でなくって何の上にうつむいているとお思いなさる？　まさか靴足袋《くつたび》のつくろいもやってやしないでしょう？

王　女　つくろいをしたって差支えございますまい！

ストリウベル　さあ、それがその卑しい平民根性で、我々が抑えなければならんのです。我々自身がこの憐れむべき境遇にこびりついているのに満足しないで、ああいう方までその中に引込もうとする――すべての人生の苦痛に超絶しているああいう方まで――

王　女　まあ、かわいそうに！

ストリウベル　何をそんなに大変な溜息をついているんです？

王　女　あの、あなた、時々は王女ともう少し近いおなじみになりたいとお思いなさいませんか？

ストリウベル　もっと近い？　どうしてそんなことを望みましょう？　あの僕の遠方《とおく》の王女は僕には充分近くいてくれるじゃありませんか？――僕は一人であの人のことを思っている時そういう名を付けたのです。もっと近くなるというのは？

王　女　つまり、まあ、お話をしたり、王女がほんとはどんな人かということも分かるように。

ストリウベル　（驚いて）話をする！　まっぴらです！　どうしてどうして、まっぴらです！　まあ考えて御覧なさい――僕はどうして王女に向えましょう？　僕は普通の人間なんです。貧乏人の子で。世馴れた様子もなし――気の利いた服だってないでしょう、ああいう貴婦人は――そりゃ一目で僕の頭から爪先まで見ちまいます。――僕が家庭教師の目見得に行って上流の家庭で経験させられましたからな。襟飾《ネクタイ》から靴までずうっと見て——すぐお断りなんです！
王　女　それであなたは私も——（いい直す）——この娘もやっぱりそういう風に表面《うわべ》ばかり見るとお思いになりますの？
ストリウベル　この娘！　何という言葉でしょう！　まあ、何にしても、どうして僕が王女に自分の本当の自分を見せることが出来ましょう？　もし出来たとしても、それを王女が何と思ってくれます？——そりゃ、その、もし王女があなたみたいに——綺麗な単純な人で——そしてあなたみたいに心が親切で、いたずらがしたそうな眼つきの人だったら！
王　女　悪戯がしたそうな！　あたくしが？　まあどうして？
ストリウベル　あなたは先刻から僕を笑ってるじゃありませんか。もっとも僕も笑われるだけのことをやっていますが。
王　女　それでもあなたの王女はあなたのお考えよりはも少し好く思ってやってもいいかも知れません。
ストリウベル　どうしてあなたにそれが分かります？
王　女　どうかしてあなた最少《も》しお近付きになるようになさいませんか？
ストリウベル　いいえ、いいえ、いいえ——いいえです！　あの人が僕の遠方《とおく》の王女である間は王女はすべて僕の思う通りに——大人しい情け深い親切な人なのです。夢のように僕を見て笑ってくれます。そして時々は僕が自分の詩を読むとそれを聞いていてくれます——詩を聞いてくれるというのが誰にでも出来ることじゃありませんからね！　それから僕が止めると、王女は溜息をして自分の胸から薔薇の花を取って、それを詩人に投げてくれます——僕は昨日もそのばらの句を二三節作りました、僕の望みの絶頂を象《かたど》っているあの花について。
王　女　（熱心に）まあ、どうぞ、どうぞお聞かせ下さいまし！
ストリウベル　こういうんです、ええっと、「二十の薔薇かたまりて——
王　女　えっ？　二十ございますの？
ストリウベル　（きびしい調子で）僕の王女は邪魔を入れませんよ。

王　女　どうぞ——御免下さい。

ストリウベル　も一度始めからやります。

「二十の薔薇かたまりて
君が胸に咲く、
二十年のばら色の恋
君があえかなる頬に休らう。

「二十年をよろこびて与えん
みじかき我が生の中より、
ひと花を君に請いて
あだならず請い得ば。

「二十の薔薇は君に用なし、
真珠もルビィも君は持てれば——
十九あれば君は足れり、
ひと花はわが物となれ。

「二十年の薔薇の輪なす歓喜《よろこび》
我がために生れいでむ、
二十年も亦《また》足らじ
よろこびと君とにいっかんに。

王　女　まあ、うつくしうございますこと！　私はまだ自分のために詩を作ってもらったことがございません、だれも——

ストリウベル　そりゃあなた、我々普通の人間は自分で自分の詩を作るんですな！

王　女　たった一つの薔薇の為に！　かわいそうに、じきに枯れてしまいましょう！　そしたらば何が残るでしょう？

ストリウベル　いいや、この薔薇の花は決して枯れないんです——その花の主に対する僕の愛と同じく。

王　女　それでもまだその花もお貰いなさらないのに！

ストリウベル　そんなことはどうでもいいんです。僕はそんな外面《うわべ》のことはまるっきり構わんのです。いつか僕が初学の者にオピッドを講義している時かあるいはもっと上級の生徒にホレースを読んでいる時か——いや、まあ、今の身の上ではそんな眼の廻りそうな高い出世は考えない方がよいかも知れない――が、しかし僕は始終満足に微笑して心の中で考えていたいと思うのです、お前もやっぱしあの馬鹿な芸術家の一人だ――お前も一度は自分を忘れて王女を恋したことがある！　とこういっていたいと思います。

王　女　それがあなたを幸福にするでしょうか？

ストリウベル　それはしますとも！　ですが、全体何が我々を幸福にしますか？　ぽっちりの幸福？　いやいや！　幸福というものは古い手袋と同じに古くなるものです。

王　女　それでは何が？

ストリウベル　ああ、僕にも分かりません！　まあ、夢の一種か――ふいとした思いつきか――遂げられない望みとか――我々が大事にかばっている悲しみとか――そんなような何でもないものが、ふいと大切になることがあります。僕は始終生徒達にいおうと思います――皆さん、あなた方が生きている間常に楽しくありたいと思うならば、あなた方自身のかたちに自分の神様を造るんです。その神様が諸君の幸福を守ってくれるだろう、と。

王　女　あなたのお造りになる神様はどんな神様でしょう？

ストリウベル　でしょう？「でしょう」ではありません、「です」ですよ！　まあ俗人ですな、紳士で教育のある、常に微笑して、生を楽しんでいる――濃い眉毛の下から人類を眺めて、ニーチェもスタンダルもよく知っている、それで（自分の靴を指さす）あんまり困っていない――つまり、僕の王女に恥ずかしくない神様です。自分でもよく知っています、僕は一生の間働き者の蟻みたいに始終地べたを這って行かなければならないんです。しかし同時に自分の空想の神は適当な時機が来れば僕の襟がみを持って雲の中まで引き入れてくれるんです。雲の中にいる間は僕も安全です。――それであなたの神様、じゃない、女神様は――まあ、どんな風の人ですか？

王　女　（考えながら）それをいうのはむずかしうございます。私の女神様は――静かなおだやかな女で、その人は内証の小さい喜びも手の中の珠のように大事にしまって置き、自分の知りたいと思うことより外なんにも世間のことは知らずに、そして自分の気に向いた時には自分の好むところを選ぶだけの勇気のある――そんな女でございます。

ストリウベル　しかし、それは格調高い望みでもないように思われますが。

王　女　どういたして、天ほど高うございます。

ストリウベル　僕の王女は違った考えを持っているでしょう。

王　女　そうお思いになりますの？

ストリウベル　今おっしゃったのはどんな若い田舎娘でも持っている理想です。

王　女　いいえ、田舎娘の理想ではありません――なんでもないと思っているあの人たちの毎日の生活《くらし》がそれですもの――私にはそういう生活は出来ませんから、私には理想です。

ストリウベル　いや！　あなたもまさかそれほどに面白くないわけじゃありますまい。あなたのような若い人で――非常に美しくって、それで――僕はあんまり厚かましく思われたくありませんがね、ああ、ちょっとでもあなたを助けて上げることが出来るといいんだが！

王　女　あなたは始終人を助けていらっしゃるの？　前には安いおひる飯《はん》でしたが、今度は――

ストリウベル　ええ、そうです、自分でも知っています、僕は実に馬鹿げた奴なんです。しかし――

王　女　（微笑しながら）いいえ、もうそんな事は仰《おっ》しゃいますな！　私はあなたがそういう風でいらっしゃる方が好いと思いますの。

ストリウベル　（王女の自分より勝れたるに押されるような気分になって）実際あなたは妙に変った人ですな！　何だかあなたには何かこう、何か――

王　女　どういう風でございますの？

ストリウベル　僕にはそれがはっきりいえないんです――先刻あなた森へ行きたいとおっしゃったでしょう？　ここは大変――大変に暑くるしいようですね。

王　女　暑くるしい？　まあ私にはそうは思われません――暑くるしいどころではありません。

ストリウベル　いいや、僕は落付かないんです。どうしたのだか分かりませんが――とにかく、僕はそこいらまでお供出来ますまいか——？　もっと自由に話も出来ますし、思う通りの事がいえますから——もし自分が——（深い溜息をする）

王　女　（微笑する）それであなた、そんな軽い心であの遠方《とおく》の王女を捨てていらっしゃるの？

ストリウベル　（気軽く）ええ、あの人ですか、あの人はどこへも逃げて行きやしません。明日も今日の通りにあすこに座っていましょう——明後《あさって》も同じように！

王　女　それでは、これがあなたの深い忘れがたい愛なのですか？

ストリウベル　さよう、しかしあなたのような人が自分の路を横切った時には——

ハルドルフ夫人　（急いで入り来り、驚いた様子をして引下がる）まあ！

リディとミリィ　（同時に）まあ！

ストリウベル　どうです皆さん、僕がいった通り見つかりやしなかったでしょう？　王女なんてものは草みたようにむやみに路端《みちばた》に生えてるもんじゃありませんからな！

ハルドルフ　（彼に取り合わず——礼儀正しく）今日のこのありがたい仕合せのため、嬉しさのあまり失礼を顧みませず殿下の御前に差出でます不作法をお恕《ゆる》しあそばしませ。殿下の貴い御いいなずけの殿様の幸福なる臣下のわたくし共は——

ストリウベル　やれ、やれ！　何の事です、これは？

ハルドルフ　長くお待ち申し上げております君様に私共の行末長いまごころのいささかのおしるしを差上げたいと存じます——リディや！　ミリィや！（リディとミリィ進み出でうやうやしき宮中の礼の後、花束を捧げる）私の娘共は謹んでこのいささかばかりの花を御名《おんな》高くいらせられます王女殿下に捧げたく——

ストリウベル　ちょっと御免なさい。一体ここじゃ誰がこの冗談をやっているんです、あなたですかそれとも——？

（フォン・ブローク夫人入り来る。王女は不意を打たれて大いに弱って左の戸口の方にそろそろ退いて、逃げようか止まろうかと迷っている処へブローク夫人の来るを安心の溜息をもって迎える）

ブローク夫人　皆様御免下さいまし。皆様は殿下に拝謁の正しい順序をお踏みにならなかったと見えまする。こういう向きの事はまず最初に私までおっしゃって頂きとうございます。私は毎日午前十一時から十二時までなればお眼に掛れます。その時どういう御用向でも伺ってよろしいのでございます。

ハルドルフ　（見識高い様子で）私も娘たちも普通の作法に適わない事を致しておりますのはよく承知致しておりますのでございます。しかし誠心《まごころ》と申すものは規則によって動くものではございません。あなた様の御親切はありがとうございますが――。

（三人とも王女にうやうやしき礼をして出て行く）

ブローク夫人　何と申す不作法なことでございましょう！　あなた様もまあどうしてお一方でこの部屋にお出であそばしました？　あすこにおりますあの若者は何を致しておるのでございます？　今の人たちの連れでございますか？

（王女は首を振る。ストリウベル一言もなく椅子の上にある自分の帽子を取りに行きぶっきらぼうにお辞儀して去ろうとする）

王　女　まあ！　それではいけません。そんな風に――

ブローク夫人　（驚いて）何でございます？　どうあそばしました――殿下――？

王　女　ユーゲニー、まあ黙ってお出でなさい。この若い人と私とはもう親しいお友達になってしまって、こんなよそよそしい仇敵《あだがたき》の様な風にして分れる間柄ではありません。

ブローク夫人　殿下、ほんにまあ私は――

王　女　（ストリウベルに）あなたもわたくしも今日の事はきっと深いよろこびをもって長く覚えていましょう。私は心《しん》から御礼申します。もし私が薔薇の花を持っていれば、あなたの大事なお望みをかなえて上げることが出来ますのに！――ユーゲニー、薔薇の花はないでしょうか？

ブローク夫人　殿下、私は実に――

王　女　（身の廻りを眺《はながめ》めて花瓶の花の中も探す）さあ、どうしたものでしょう？

ストリウベル　私《わたくし》は謹んで――殿下に――御親切な

る思召《おぼしめし》を——感謝致します。

王　女　いいえ、ま、お待ちなさい！（王女の眼は自分の手に持っていた帽子に落ちる、不意に思い付いて）あ、好い事があります！　しかし私が冗談をしていると思って下さいますな——鋏がありませんから！（帽子の花を指でちぎり取る）ちょうど二十あるかどうか分かりませんけれど——（一つの花を彼に差出す）いかが？——この花はちょうど今までお話していたような感じから見ればほんとの花です——そしてやっぱりいつまでもしぼみません。

ストリウベル　これが——私の罰——なのでしょうか？（王女笑って首を振る）それとも又、空想の物だけがいつまでも枯れずにいるというのが殿下のお考えでございましょうか？

王　女　ほんにその通りの意味です——現実でない物ばかりがいつまでも空想の中に生きて行きます。

ストリウベル　実際そうです！　遠方《とおく》の王女ばかりが我々に近くいてくれるのです。

ブローク夫人　殿下、おゆるしあそばせ、もうあなた様、時間も——

王　女　御覧の通り、近くにいる者は急いで行ってしまわなければなりません。（再び花を差出す）いかが？

ストリウベル　（取ろうとして又ふいと手を引込める）あすこにいるあの遠方の王女ならば——（下を指差す）——その花がちょうどよく調和したかも知れません、しかし、あなたでは——（首を振る、やがて優しい、深い感じをもっていう）ありがとうございますが——私は頂きますまい。

（一礼して出で行く）

王　女　（物悲しそうに微笑して造花を投げ捨てる）あの私の約束《いいなずけ》のお方に薔薇の花を贈って上げてよいかどうか伺って見ようかしら。

ブローク夫人　殿下、私は驚きましてございます！

王　女　それだから、私はねぶくないといったのに。

（幕）

※訳者は独逸語がよく解りませんので、英訳からこの一篇を重訳いたしました。したがって原作から意味の遠ざかっているところも沢山あるかも知れません。読者のおゆるしを願います。

Ⅳ　詩篇

クール湖の野生の白鳥

イエーツ

野うさぎの骨

わたしは船に帆をあげて
むかし多くの王が行き
多くの王の娘が行つた水の上を渡り、
うつくしい樹と草地に行きついて、
笛を吹き踊つてるところに行きついて、
踊るあひだに恋人をとりかへ
一つの接吻には一つの接吻で済ますのが
最もよいことだと悟つて見たい。
わたしがその水の水際で
水にたゝかれてすりへらされた
野兎の骨を見つけ出したら、

錐でその骨に孔をあけてのぞいて見たい
人間が教会で婚礼する古いにがい世間を、
そして教会で婚礼するすべての人たちを
静かな水の此方から笑つてやらう、
野うさぎの白い磨りへらされた骨のあひだから。

ソロモンがシバに

ソロモンがシバに云つた、
そして彼女のあさぐろい顔に接吻した、
「ひる時からながい終日《いちにち》
わたくしたちは一つことを語りつゞけた、
影のないひる時から長い終日《いちにち》
わたくしたちは幾めぐりめぐつては帰つた
恋といふ狭い問題のなかを、
池の中の駑馬《どば》のやうに。」

シバがソロモンに云つた、

彼のひざの上に腰かけて、
「もしあなたが学者を悦ばせるやうな問題《こと》を
おはなし出しなされたとて、
あなたは太陽が私たちの影を
地に投げる前にお見つけ出しなさりましたろ、
その問題《こと》ではなく、わたくしの思想《こゝろ》が
狭い池であることを。」

ソロモンがシバに云つた、
そして彼女のアラビヤ風の眼に接吻した、
「あめが下に生れた
いかなる男も女も
学問で私たち二人に敵ふものはない、
そして長い終日《いちにち》に私たちは見つけ出した
何物よりもたゞ恋が
この世界を狭い池にしてしまふことを。」

猫と月

猫はあちこち歩き廻り
月は独楽《こま》のやうに廻転した、
月の最も近い同族《みより》の
はらばへる猫が見上げた。
黒いミナロシエは月を見つめた、
彼がいくら迷ひ歩いてもいくら啼いても
空の清い冷たい光が
彼の動物《けもの》の血をなやました。
ミナロシエはきやしやな足をあげて
草の中にかけこむ。
ミナロシエよお前は踊るか、お前は踊るか、
二つの最も近い同族《みより》のものが出会ふのだもの
踊るがよい、
月もその踊を学《なら》ふだらう
あのお行儀のよい恰好《かたち》にあきあきして。

新しい踊が始まる。

ミナロシエは月の光つてる場所を撰《よ》つて
草のなかを這ひ廻る、
あたまの上の聖い月が
新しい局面《すがた》を見せる。
ミナロシエは知つてるだらうか、彼の瞳子《ひとみ》が
変化に変化をかさねて
満月がみか月になり
みか月が満月と変つて行くのを？
ミナロシエは草の中を這ひ歩く、
気取つて、かしこさうに、たつた一人で、
そしてうつり変る月に
彼のうつり変る眼をあげる。

愛蘭民謡

グレゴリー夫人 訳

詩人の愚痴

わたしは自分が白い小さい鴨でないのがかなしい、
もし鴨だつたら、私は仏蘭西までも西班牙《スペイン》までも海を泳いで渡らうものを、
わたしはたつた一週間でもこの愛蘭《アイルランド》には止まるまい、
食はず、飲まず、酒のはいつた一本の徳利《とつくり》もなしで。

酒のはいつた徳利もなし、食はず、飲まず、
宴会もなし、酒もなし、肉もなし、
はでな踊りもなし、立派な名もなし、音楽もなし
わたしはひもじがつてゐる、そしてもう長いあひだうろつき歩いてゐる。

わたしは自分がとし老《と》つた鴉《からす》でないのがかなしい、

鴉だつたら、わたしは老木の枝に落ちついて止まつてゐようものを。
わたしはひもじさを満たすことも出来よう、もし私が人間のわたしでなかつたら、
麦が一つぶあつても、白い馬鈴薯《いも》が一つあつても。

わたしは自分が赤いろの狐でないのがかなしい。
狐だつたら、山の上を強くはしつこく飛んで歩かうものを、
遠慮なしに雄鶏やめん鶏を食つて、
征服者のやうに鴨や蒼鷺《がてう》を取つてやらうものを。

わたしは自分が光り輝く鮭でないのがかなしい。
鮭だつたら、わたしは力づよい深い水の中をくゞつて、
なぐさみに蠅を取つて見たり、
気のむいた時に泳いで、水勢《ながれ》と共に泳がうものを。

わたしは自分が詩人の族の一人であるのがかなしい、
わたしは高い岩であつたら、よかつたらうに、
それとも、石か木か草か花か、
何でもよいから、わたし自身でさへなかつたら、よかつたらうに！

女ごころのかなしみ

おゝドナルオグよ、もしあなたが海を越えて行くのなら、わたしをいつしよに連れて行つて下さい、それをわすれては下さるな、さうすればあなたは祭り日にも市の日にも恋人といつしよにゐられて、夜もギリシヤの王の娘をあなたの側に置くことが出来ます。ゆんべもよる遅く犬のほえる声があなたの噂をしてゐました、深い沢の中で鷸《しぎ》もあなたの事を言つてゐました。あなたは森の中のさびしい鳥、わたしを見つけるまでは、あなたはひとりぼつちの鳥。

あなたはわたしに約束して、わたしに嘘をおつしやつた、羊がむらがつてゐるところにわたしに逢ひに来るとおつしやつた、わたしは口笛を吹いたり、三百遍もあなたを呼んで見ましたけれど、あそこで私が見たのは鳴いてゐる小羊ばかり。

あなたはむづかしい事をわたしに約束なさいました、銀の帆ばしらの金の船、ひとつひとつに市場《いち》のある十二の市《まち》、海のそばの美しい真白い宮殿。

あなたはできない事をわたしに約束なさいました、魚の皮の手袋を下さるとか、鳥の皮の靴を下さるとか、愛蘭でいちばん高価の絹の着物をひとかさね下さるとか。

おゝドナルオグよ、尊い生れの気高い贅沢な貴婦人よりは、わたしの方があなたの為にはよい妻でせう、わたしは牝牛の乳もしぼりませう、わたしはあなたの手助けとなり、もしあなたが難義の場合には、あなたの味方となりませう。

お丶、どうしよう、わたしがやせほそつて、生命をちゞめてしまつたのは、ひもじさのためではない、たべたいためでも飲みたいためでもない、眠りたいためでもない、たゞひとりの若い男の恋しさがわたしを枯らしてしまつたのです。

朝まだ早く、わたしはその人が馬に乗つて路を来るのを見ました、その人はわたしのために来たのではなかつた、わたしを何とも思はなかつた、その帰りみちわたしはめちやに泣きました。

わたしは孤独《さびしみ》の井戸にひとりで行つて、そこに座つて自分のかなしみを繰り返して見ます、それは、わたしが広い世界のどこを見てもわたしのあの子が見えない時、あの髪の毛に琥珀いろの光沢《つや》のあるあの子が見えない時。

わたしがあなたに愛を誓つたのはあの日曜日、イスタアのすぐ前の日曜日、其日《そのひ》わたしは跪いて「御苦難《パッション》」を誦してゐました、そしてわたしの二つの眼はあなたに永久の愛を与へてゐました。

あ丶、あ丶、阿母さん、わたしをあの人に与《や》つて下さい、そしてあなたが此世《このよ》で持つてゐるすつかりをあの人にやつて下さい、施捨《ほどこし》はあなた自身で求めに行つて下さい、そして私を探すために行つたり来たりして下さいますな。

阿母さんは私にけふも明日もまた日曜日にもあなたと口をきくなといひました、阿母さんがそれをわたしに言つたのはまちがつてゐます、それは家が掠奪されてから戸を鎖《とざ》すのもおなじこと。

わたしの心はコスモヽの実の黒いやうに黒い、鍛冶屋の店のまつくろい石炭のやうに黒い、真白な廊下にのこされた靴の跡のやうに黒い、あなたはわたしの生命をくらやみでお覆ひなさつた。

あなたはわたしから東を奪《と》り、西を奪り、わたしの前にあるものを奪り、わたしの後にあるものもお奪りなさつた、あなたはわたしから月も奪り太陽《ひ》もお奪りなさつた、そしてわたしは恐れてゐます、たぶん、あなたはわたしから神さままでも奪つておしまひなさつたのでせう！

詩二章

キャンベル

とりいれ

夜は収穫《とりいれ》で元気にみちてゐる、
よるのお月さんみたいに赤く
林檎が垣にぶらさがつてゐる、
南瓜はまろく白く
境界《さかひ》をこえて這ひ出してゐる、
小鳥は穀粒《こくつぶ》を拾つてる、
　——辛抱おし、おもたい女、
お前の子もぢきに生れるだらう。

黄ろい小路

おれは病気だ、病気だ、
どこもここも病気のところばかり、
おれの中にある心は
傷で死にかけてゐる、
肩と肩をならべて
手に手をとつて
あの女が立つてゐた時を
こひしがつて。

おれは西にむいて歩いた
黄ろい小路を
おれの「秘密」のありかを
見たいばかりで。
あの女の両胸はしろかつた
髪が赤かつた
牝牛をつれて
乳ばなれした仔牛を世話しながら来た時。

この小川の水が酒となつて西に流れる時まで
青い野が
枯山の峯にひろがる時まで
向うのかや原が
きれいな畑になる時まで
おれの心は
恋人から親切《やさしさ》を見つけ得ないだらう。

河の水が増して
明日《あす》までは引くまい。
恐れがおれに充ちてゐる
もしやおれの恋人が留守ではないか。
この心のいたみを持ちながら
もう一ト月生きてゐられるだらうか
あの女が来て
もう一度おれに逢つてくれないでも?

おれは一杯のむ、

そして、君にも一杯、
おれが払ふ、おれが払ふ
おれが二人分払はう
強麦酒《えーる》には銅貨
ビールに銀貨を——
いつしよに出かけるか
それとも、こゝにゐのこるか？

ほそい月

スチィヴンス

天はしづかで、はだかで
見あげる空に一つの星もひかつてゐず
空気にすこしもうごきがなく
人間はみんな床にはひつてゐた

夜のなかに、わたしは、たつた一人で
月とゐた、わたしたちは暫《しば》らく話しあつた
月の顔はひかりの奇観《あやしさ》だつた
その微笑はうつくしい微笑だつた

月は下にこごんで来た、わたしはもうすこしで気ちがひになりさうだつた
――わたしも彼女とおんなじくらゐ怖かつたのだ――
でもわたしは彼女の接吻をもらつた

彼女が海にあたへようとしてゐた接吻を

すると海はおどろきに巻き上がつた
月が浮気で不良だといつて
月は空をとほつて逃げてしまつた
わたしは渓《たに》を通つて逃げてしまつた

それからのち、わたしたちは二人きりでゐたことがない
よるもひるもわたしたちを見張るものがある、そいつらは
あはれな小さい月を彼女の玉座にしばりつけてしまつた
だからわたしは別の花嫁と結婚した

ちひさいもの

スチィヴンス

ちひさいものよ、走つたり、おぢけたり
静かさと失望のなかに死ぬ小さいものよ
ちひさいものよ、戦つたり、負けたり
墜ちたりする、
海と地と空気のなかの小さいものよ
罠にとらへられ、
ふるへる、すべての小さいもの
ねずみよ、うさぎよ、
われわれの祈りをきけ

われわれになさるる
すべてのことをわれわれが恕《ゆる》すごとく

こひつじよ、べにすずめよ、野うさぎよ
われわれのすべての罪をゆるせ
ありとあらゆる小さいものよ

馬鹿もの

ピアス

賢い人たちが何も言はないから、馬鹿者の私が口をきく、
この馬鹿ものが自分の愚かさを愛したことは
賢い人たちが彼等の書物を愛し、彼等の店を愛し、
彼等の平和な家を愛し、
彼等の名が世人の口にのぼるのを愛したよりも、もつと深かつた。
一生に一度もかしこい事をしたことのない馬鹿もの、
一度も物の価を数へたこともなく、ほかの人が
自分の大骨折つて蒔いた種のみのりを刈入れようとも平気で、種をまき散らすことだけで満足して
　ゐた、
すこしも悔いない馬鹿もの、もうぢき最後の時に
その寂しい心の中で笑ふだらう、
実つた穂が刈入れの鎌に刈られて
ともしかつた貧しい人たちの飢ゑが充される時に、

かれ自身はひもじくとも。

私は神が青春の日の自分にあたへた華々しい年月をむだにしてしまつた
出来ない仕事をしようと試みて、ただそれだけが努力のかひある仕事と思つて。
それは愚であつたかよい事であつたか？　人間には裁いてもらふまい、ただ神にさばいて貰はう。

私はその華々しい年月をむだにした、
神よ、もしその年月がもう一度あたへられたら、私は又それをむだに使つてしまはう、
さうだ、その年月を投げすてよう！
私はかういふことを自分の心に聴いたのだ、人間はまき散らすべきものだ、たくはへるべきものでない、
今日の仕事をして、明日の不幸を思ふな、神と損得のかけひきはするなと、それとも、それはキリストの常談であつたらうか、
そして、これが世に対する私の罪か、キリストのその言葉を本気でうけ入れたことが？

法律家は会議に坐つてゐた、鋭い長い顔をした人たちだ、
彼等は言つた「この男は馬鹿だ」ほかの人たちが言つた「此男は神を瀆《けが》してゐる」
そして賢い人たちは此ばかものを憐んだ、此ばかものは夢に生命を与へようと努力してゐたのだ
時間と空間とのこの世界の中で、現実の集積の中で、

心の中にゆめみられた夢に、ただ心だけにをさめられてある夢に。
ああ賢い人たち、教へてくれ、もし、その夢が真実《まこと》になつたら、どうする？
もし夢が真実《まこと》になつたらどうする？　もしこれから生れ出る幾億の人が
私の心に建てた其家に住むやうになつたら、私の思想のその美しい家に住むやうになつたら、どう
　する？
主よ、私は自分の魂をかけました、私は肉身の者どもの生命もかけました
あなたの恐ろしい言葉の真理《まこと》の上に。私の失敗《つまづき》の罪は忘れて
ただ私の信をおぼえてゐて下さい。

そこで私は言ふ、
さうだ、私の熱い若さがすぎ去らない前に、私は自分の国民に向つて言ふ、
お前たちは私と同じやうに馬鹿になれ、お前たちは撒きちらせ、たくはへるな、
お前たちは自分たちの持つてゐる凡《すべ》てを賭けよ、さもなければその凡てよりもより大きいものを失
　はなければなるまい。
お前たちは奇蹟を求めよ、キリストの言葉を本気にうけて。
そしてその責は私が負はう、わが国民よ、今も将来も、
ああ私の愛する国民よ、私たちはいつしよにその責を負はうではないか？

春の日

ロウェル

浴み

日は新しく洗はれて美しい、空気の中にチウリップと水仙の香がする。

日光は浴室の窓と孔から浴槽の水の中に緑がゝつた白い円盤《まるわ》と平面の形をして注ぎ入る。日光は水を宝石のやうな破片に切り開き、輝く光に鏬《ひび》わらせる。

日光の小さい斑点が水の面に落ちて躍る、躍る、その反映《かげ》は天井に快くゆらめく、私の指が一つ動けば、反映《かげ》はくるめきよろめく。私が片足を動かせば、水の中の光の面は震動する。私は仰向いて笑ひ、その緑がゝつた白い水、日光の瑕《きず》ある緑玉の水を私の上に溢れ流れさせる。日は堪へがたいほど明るすぎる、緑の水は明る過ぎる日から私を覆うてくれる。私はしばらく此処《ここ》に横になり水と日光の斑点と遊ばう。

空は青く高い。一羽の鴉《からす》が窓をはゞたき過ぎる、空気の中にチウリップと水仙の息気がする。

朝の食卓

新しく洗はれた日の光に、朝の食卓は飾立てられて白い。食卓は味と香と色と金属と穀類とを捧げて全き降服の姿をしてゐる、白い布が側に垂れて、たるんで広い。輪転花火のやうに熱く廻つてゐる銀のコヒイ器の白い車が光る、くる〳〵廻る、――眼が痛くなる、小さく白く輝く車が投げ槍のやうに眼を刺す。おだやかに平和に、パンのまろい切れは日光に身を拡げて日なたぼつこしてゐる。ピラミッドのやうな牛酪《バタ》の堆塚《つか》、白色の中からオレンジが叫ぶ、叫び、騒ぎ、呼ぶ、「黄色《きいろ》！黄色《きいろ》！黄色《きいろ》！」と。コヒイの蒸気《ゆげ》は泉の如く湧き立ち、銀の茶器を霧に曇らせる、蒸気《ゆげ》は日光の中に巻き上がり、外に巻き、内に巻き、より高くより高く息吐いて、高い青い空にうすい螺線形となつて笛吹きのぼる。一羽の鴉が飛び過ぎてコヒイの蒸気《ゆげ》にカカと鳴く。空気によい香りがして、日は新しく美しい。

散歩

市街《まち》の上で白い雲が出会つたが、触れ合はないで避《よ》けてしまつた。

歩道で、子供たちはマアブルの遊戯《あそび》をしてゐる。琥珀色と青色の心《しん》を持つた硝子玉が転がり合つては愉快なカチヤンといふ響きを以《もつ》て別れる。子供たちは黒と赤筋の瑪瑙《めなう》色の玉を以て打つ。硝子玉は打たれると真紅の色を吐く、そして溝の中の急流の泥水の下に滑り込んでしまふ。私は空気の中にチウリップと水仙の香を嗅ぐ、何処《どこ》を見ても花はない、只、市街《まち》にまき立つ白い塵埃《ほこり》と、はなやかな春帽と裾《スカアト》を風にひるがへす一人の少女と。塵埃《ほこり》と風が少女の踝《くるぶし》と華奢な踵《かかと》の高いパテントの柔皮靴《かわぐつ》に戯れる。タツ、タツと小さい踵が敷石を叩く、風は彼女の帽子の花の中にそよぐ。

撒水車が往来《みち》の向う側をのろ〳〵と行く。車は新しく塗られた緑色ではでやかだ、白い塵埃《ほこり》の上に清い水を注ぎながら、満足したやうな音をさせて行く。清らかなうねくねした水、それにチウリツプと水仙の香がする。

繁りそめた樹の枝は青い空に淡紅色《ときいろ》の画をなしてゐる。

ひゆうつ！　雲が互《たがひ》に衝突しやうとして、やつとこさで避《そ》れた。ひゆうつ！　男の帽子が往来《みち》の白い塵埃《ほこり》の前方《まへ》に疾走《かけ》て行く、樹の枝の中に飛び込む、忽《たちま》ち転じて風の先駆《さき》に廻転する、日光を薔薇色と緑色の段に乱して。

自動車が明るい空気の中に線を切る、鋭い嘴《くち》して抵抗しがたい物のやうに、風に向つて路をあけろと叫ぶ。塵埃《ほこり》と日光のひらめきが自動車の後《あと》に揺れもつれて、やがて静まる。空は静かに高い。朝は新しく洗はれた空気で美しい。

午と午後

雑沓した街《まち》の渦巻。交通の衝動と廻避。古い教会の動かない煉瓦の正面、それに人間の浪がよろめきかけては退いて行く。歩道にさす日光の揺光《ひかり》。薬品店の窓の光の渦、青と黄金と紫の瓶が群衆の中まで多くの色を投げ出してゐる。高い窓から洩れる大きい音響と震動と囁き声、機械のうなり、馬と自動車の混雑、電車のブレエキの不意の廻転と震へ、空の金性のみどりに打ち出す教会の鐘の軋轢《きしり》。私は市《まち》の一分子、群衆に交ぜて投げ出された風に吹かれる塵埃《ほこり》の一片である。人の足に目もくるめきさうな敷石、我が下《した》の敷石に触れることもうれしい。足は小きざみの早歩き、跳び歩き、のろ〳〵歩き、ひきずり歩き、気ののらないコツ〳〵歩き、さうかと思ふと、躍り上がつてしつかりした弾力ある蹠《あし》で進んで行く。子供が新聞を売つてゐる、印刷所から出来たての清潔な新しい香りがする。新聞は空気のやうに新鮮に、チウリツプや水仙と同じやうに刺戟性だ。

青い空がレモン色にうすらんで来る、黄金の大きい焔が店の窓を見えなくして、内部《なか》の品物を火焔の流れの中に置く。

夜と睡眠

日は上靴《スリツパ》めいた黄色に休息する。電気の広告はあとからあとから店の窓に光り出す。その光が強くなり強くなり、空が無色に消えると同時に、火の花の模様に咲き出す。商業は静かな夜に向つて光の斑点の中に叫んでゐる。きら〳〵、どん、ばたん、それは路の向うの新しい芝居。ぽつん、ぽん、ぶる〳〵、それは別の通りまで続いてゐる時計屋の広告の斜《はす》の針。ビイルの厖大な杯が高い建物の上の大気に泡立つてゐる、併《しか》し空は高く、空自身の星を持つてゐる、空は我々の事を気にもかけまい？

私はいそいで市を去る。車は廻転して私の樹木と静かさの中に私を連れ帰る。私と共に吹く風は高い空からまだ来たばかしで、新しく洗はれて清潔である。咲いてる花はまだ一つもない、併し私の庭の土にはチウリツプと水仙の香がする。

私の部屋は静かになつかしい。窓から遠い市を見ることが出来る。きらめく宝石の輪、茎のない細かい花の花頭《はながしら》。ビイルのコツプも見えない、私が通り過ぎた料理店と商店の文字も見えない、今、凡《すべ》ての広告はくもりぼやけ、その凡てが寄り集つて市となり、晴天の夜に輝いてゐる、春のために時めき花咲く庭園のやうに。

夜は新しく洗はれて美しい、空気に花の息がする。

ラヴエンダアの布《シイツ》よ、私をすつかり包んでくれ。お前の青とむらさきの夢を私の耳に注ぎ込んでくれ。微風は窓の扉に囁き、むかしの日と、無様《ぶざま》な街と、大理石の階段を馬で駆け下りた少年たちの不思議な物語を小声に語つてくれる。うす青いラヴエンダア、お前は空が新しく洗はれて美しい時の色だ……私は星の香を嗅ぐ……その香はチウリツプと水仙にも似てゐる……空気の中に私はその香を嗅ぐ。

貴婦人

ロウェル

貴婦人

あなたは美しくて、色が褪めてゝ
ハアプコードでかなでられる
ふるいオペラの調子のやうだ、
さもなければ、十八世紀風の居間の
日にさらされた絹のやうだ。
あなたの眼には
通り越した多くの瞬間の落ち散つた薔薇の香がくすぶつてゐる、
あなたのたましひの香は
とりとめもなく溢れこぼれてゐる
ふたのしまつた薬味入の刺戟《はげしさ》を以て。
あなたの間色が私をよろこばせる、

あなたの複雑《いれまぜ》の色を
見てゐると私は気がちがひさうだ。

私の元気《ちから》は新しく鋳られた貨幣、
それをあなたの足もとに投げすてる。
塵埃《ごみ》の中からそれを拾つてください、
その輝きがあなたを悦ばせるかも知れない。

梭魚

褐色の水の中で、
日光には濃く銀に輝き
芦《よし》の陰では流動体のやうに涼しさうに
梭魚《かます》がゐねむりしてゐた。
枝の影の中にまぎれ込んで
彼は人めにつかず横たはる。
不意に彼が尾をはじいた、
すると緑《みどり》色と銅《あか》色の光明《ひかり》が

水の下に走つた。

芦の下から
おりーぶみどりの光が来た、
そして太陽の濃く照る水を透して
おれんじ色がきらめき出た。
さうやつて魚は池を通り越した、
みどりに銅色《あか》に、
暗黒《やみ》と閃光《ひかり》が、
そして向う岸の柳のきれきれの反映《かげ》が
それを受けた。

痴人の財布

長方形の窓のそとで
石の土台に頭をのせて
犬が寝てゐる、
彼の愛する人を見つめながら。

犬の眼は濡れて切実に、
軀は緊張して顫《ふる》えてゐる、
露台《テラス》は寒い。
蒼じろい風が敷石を舐めてゐる、
しかし犬は硝子戸の中を見つめて
満足してゐる。

愛する人は手紙を書いてゐる。
をり〳〵彼女は犬に話しかける、
併し彼女は自分の書いてる物について考へてゐる。
彼女もまた、適《ふさ》はぬところに、
彼女の熱情を与へてゐるのではないか？

贈　物

愛する人よ、ごらんなさい！　私は私自身をあなたに上げます。
わたくしの言葉は数々の小さい瓶
あなたが取りあげて棚にお置きなさるやうな。

瓶の形は珍らしく美しい、
そして気に入られさうな
こゝろよい色合と光沢を持つてゐます。
それにその瓶から出る香りが部屋を充たします
花と圧《お》し潰された草の優しいにほひで、
私が最後の瓶をあなたにあげてしまつたら、
あなたはわたくしの全部を持つておしまひなさるのです、
しかし私は死んでゐませう。

蘭のうた

ヒックス

バルボフィラム・バービゲラム

一つ一つの花が
生きている宝玉
しっくりと
うけ唇《くち》の茎にすがりついている
そよ風が吹いて来る
愛の花に。

見よ！　花が身うごきする
その風の息つかいに
そよ風はきく
軽くうごく唇から

フェヤリイの心の
ひそやかな愛を。

新月 The Crescent Moon

タゴール

みなもと

赤んぼの眼の上に動く眠り——あれは何処《どこ》から来るのか知つてる人があるかしら？
斯《か》ういふ噂がある、それは螢の光でぼんやり照らされた森の影の中の精《フエヤリイ》の村に、まやかしの小さいつぼみが二つある。其処《そこ》から眠りが出てあかんぼの眼に接吻しに来るのだ。

あかんぼが眠つてる時に唇の上にちらつく微笑——あれは何処で生れたのか知つてる人があるかしら？
斯ういふ噂もある。それは新月の若々しいうす青い光線《ひかり》が消えて行く秋の雲に触つた時、露に洗はれた朝の夢に微笑が先《ま》づ生れた——あかんぼが眠つてる時唇にちらつくあの微笑が。

あかんぼの手足に匂ふ優しい、和らかい新しさ——あれは何処にそんな長い間隠れてゐたのか知つてる人があるかしら？

それは母が若いむすめであつた時分に母の心を愛のやさしい無言の神秘に満してゐたのだ——あかんぼの手足に匂ふあの優しい和らかいあたらしさが。

睡眠どろぼう

赤ちやんのお目んめからだれが睡眠《ねむり》を盗つて行つた？　どれ探してやらう。

母《かあ》ちやんはお腰に瓶をさげて近所の村へ水くみに行つた。

丁度おひる時、子供たちの遊び時は済んで、お池の鴨がなき止んだ。

羊かひの子はパンヤンの木の蔭にひるねしてゐた。

鵠《くぐい》の鳥はマンゴーの森の側の沼に真面目な顔してぢいと立つてゐた。

其時《その》ねむりどろぼうが来て、赤ちやんのおめんめから眠りをさらつて飛んでつた。

母ちやんが帰つて来た時、あかちやんは四つん這ひになつてお部屋中うろついてゐた。


あかちやんのおめんめからだれが睡眠《ねむり》を盗つて行つた？　どれ探して見よう。探し出して其奴《そいつ》を縛つちまはう。

大きな丸い石やでこぼこの石の間から小さな泉がチョロチョロ出る暗い洞《あな》の中ものぞいて見よう。

鳩が隅の方に鳴いて、静かな星の夜に精《フエヤリイ》どもの足飾りの音がするバクラの森の眠たい蔭も探して見よう。

晩になつたら螢が光る静かな竹藪のかさかさする中ものぞき込んで、誰にでも遇つたら聞いて見よう。

「眠りどろぼうのお家《うち》は何処か知つてるかい?」


赤ちやんのおめんめから誰がねむりを盗つて行つた? どれ探して見よう。

若《も》し捕《つかま》へたらひどい目に遇はしてやらう。其巣の中に押込んで、盗んだ眠りを何処に隠して置くのだか見てやらう。

そして其奴《そいつ》の両方の羽をしつかり縛つて、川の岸に座らせて、葦《あし》や睡蓮の中で芦《よし》を竿にして魚を釣つてる真似をさせて置かう。

晩の市場が済んで、村の子供達が母さんのおひざにおすはりする時分、夜の鳥たちは其奴の耳がつぶれるほどやかましく笑ふだらう。

「やあい、最《も》うだれのねむりも盗ることは出来まい、やあい。」

シャンパの花

もしあたしが戯談にシャンパの花になつてあの木の高い枝の上に咲いてゐて、笑ひながら風にふるへたりあたらしい若葉の上に踊つたりしてゐたら、母《かあ》さんあたしが分りますか?

母さんは、坊やお前はどこにゐるの? つていふでせう。さうするとあたしはくすくす笑つてそうつとしてゐませう。

あたしはそうつと花びらをひらいて母さんがお仕事するのを見てゐませう。

母さんがお湯《ふろ》のあとでぬれた髪を肩に垂らしてシャンパの樹の蔭を歩いてあの小さなお宮に行つてお祈りする時、何処からか花のにほひがして来るでせう、それでもそれがあたしから来る匂ひだとは知らないでせう。

おひる御飯の後《あと》、窓のところで母さんがラマヤナを読んでゐると、木の影が母さんのお髪《つむ》にもお膝にもあたるでせう、其時あたしも自分の可愛いちひちやい影を母さんの御本のページの上に丁度母さんの読んでるところにうつしませう。

でも、それは母さんの小《ちひ》ちやい子の小《ちひ》ちやな影だと気がつきますまい。

夕方になつて母さんがお手に灯《あかり》を持つて牛小屋に行く時、あたしはぴよいと地べたに落ちこちて又ふだんの坊やになつてお話をねだりませう。

「おいたちやん、お前は何処に行つてました？」

「母さんに教へて上げないの。」

母さんがさういふと、あたしがさういふでせう。

雲と波と

母さん、雲の中に住んでる人達が私を呼んでいひます――

「私達《あたしたち》は眼が覚めるから寝るまで遊んでゐる。

私達は金の色のあけがたと遊び、銀の色の月とも遊んでゐる。」

あたしが聞きます、「でもどうしたらあなた方の処へ行かれるの?」

あの人達が答へます、「地の果に出てお前の手を天に向けてお上げ、さうすればお前は雲の中に来られる。」

あたしがいひます、「お母さんはお家《うち》で私《あたし》を待つてゐます。あたしには母さんを置いて行かれません。」

さういふと、あの人達は笑つて何処へかいつてしまひます。

だけれども母さんあたしはもつと面白い遊びを知つてゐます。

あたしが雲になつて母さんが月におなんなさい。

あたしは両方の手で母さんを隠しませう。そして我家《うち》の屋根の上を青空と思つていませう。


波の中に住んでる人達があたしを呼んでいひます——

「私共《あたしども》は朝から晩まで歌つてゐる、そして何処までも何処までも旅をして知らない処を通つて行く。」

私《あたし》がきゝます、「ですけれど、どうしたらあなた方と一処になれるの?」

あの人達がいひます、「海岸の端《はじ》の方へ出て眼をかたあくつぶつて立つておいで、さうすれば波の上に連れてかれる。」

あたしがいひます、「母さんはいつでも夕方あたしがお家《うち》にゐないと淋しがります、どうしてあたしは母さんを置いて行かれませう?」

さうするとあの人達は笑つて、踊りながら行つてしまひます。

だけれど、それより最《も》つと面白い遊びがあります。

あたしが波になります。母さんは知らないお国の海岸におなんなさい。

あたしは何処までもころがつてころがつてころがつて、笑つて母さんのお膝にぶつかりませう。さうすれば世界中のだれだつて母さんとあたしが何処にゐるのだか分かりませんね。

見えない国

あたしの王様の御殿は人に見つけられるとすうと消えつちまうでせう。

御殿の壁はまつしろな銀で、お屋根はきらきら光る金で出来てます。

女王様は七つのお庭のある御殿に住まつて、そして七つの王国《おくに》のすつかりのお宝と取り換へる程な立派な宝玉の飾りを持つてゐます。

私《あたし》の王様の御殿は何処《どこ》だか母さんそつと教へて上げませう。

それは我家《うち》の露台《てらす》の隅のあのタルシイの木の植木鉢の置いてある処がさうなのです。

お姫様は誰も越えることの出来ない七つの海の遠い遠い向うの岸に眠つてゐます。

世界中に私よりほかに誰も其《その》お姫様を見つけることは出来ません。

お姫様は手にうで輪をはめて、耳には真珠がぶらさがつて、髪の毛は地べたを引きずるほど長いのです。

あたしが不思議な杖でひよいと触るとお姫様は眼が覚めます。そしてお姫様が笑ふと其唇から宝玉が落つこちます。母様ないしよでそつと教へて上げませう。我家《うち》の露台《てらす》の隅のあのタルシイの植木鉢のある処にお姫様がゐるのです。

母さんが川に水あびに行く時に、あの屋根の上の露台《てらす》に出て御らんなさい。

二つの壁の影が一処になるあの隅の処に私は座つてゐるのです。

猫《プツス》だけはあたしを一処に連れてつてやります、猫《プツス》はお話にある理髪師《とこや》が何処にゐるか知つてます。

ですけれど母さん、母さんにはお話の中の理髪師《とこや》が何処に住んでゐるかそつと教へて上げませう。

それはね、露台《てらす》の隅のあのタルシイの植木鉢が置いてある処がさうなのです。

紙の船

毎日毎日あたしは紙の船を一つ一つ川の流れに流します。

あたしは其船に大きな黒い字で私《あたし》の名と私の住まつてる村の名を書きます。

あたしは何処か知らない国の誰かがそれを見てあたしのことを知るやうにと願ひます。私は我家《うち》の庭のシユウリの花をあたしの小さい船にいつぱいに載せます。そして此朝の花が夜になつて無事によその国へ着くやうにと願ひます。

私は紙の船を流しながら空を見ると白いふくらんだ帆を立てた沢山の小さな雲が見えます。

空にゐるどんなお友達が私の船と競争させる為にあの雲のお船を空気の中に流すのでせう。

夜になるとあたしは自分の腕に顔を埋めて、私の紙の船が夜なかの星の下を流れて流れて行く夢を見ます。

眠りの精達《かみ》が其船に乗つてゐます。そして夢を一杯つめた沢山の籠が積んであります。

商人《あきんど》

母さん、母さんがお家《うち》にゐて、あたしが知らないお国へ旅に出たと考へて御らんなさい。

あたしのお船が荷を沢山積んで港に帰つて来たと考へてごらんなさい。

あたしが帰つて来る時に母さんのおみやは何がいいでせう、母さん考へてごらんなさい。


母さんはお金をどつさりどつさり欲しうござんすか？

私《あたし》の行く国では金《きん》が流れてる川のふちに沢山の金《きん》の穀物《み》がなつてゐる畑があります。それから森の中の路の蔭に金のシヤンパの花が地面の上に落ちてゐます。

私はそれをすつかり拾つて沢山の籠につめて母さんに持つて来て上げませう。


母さんは秋の雨のやうな大粒な真珠がほしうござんすか？

あたしは真珠の島へ渡つて行きませう。

その島では朝早い朝日の光に真珠が牧場の花の上にふるへてゐます。草の上にも真珠が落ちてゐます。

そして海のあらい波のしぶきで沙《すな》の上にも真珠が散らばります。

弟には雲の中に飛んで行かれる羽のついたお馬を二疋《ひき》持つて来てやりませう。

父《とう》さんには父さんが知らない内にひとりでに字が書ける不思議なペンを持て来て上げませう。

そして母さん、母さんには七人の王様の七つの王国《おくに》と取り換へるほどな金の箱と真珠を持つて来て上げませう。

職業

朝十時の鐘が鳴つて学校に行く路で毎朝私《あたし》は商人《あきんど》に逢ふ、「腕環つ、水晶の腕環つ！」とどなつてる。

あの人はなんにも急ぎの用はない、是非どの路を通つて、何処に行つて、何時に家《うち》に帰つて来なければならないといふ掟《きめ》はないのだ。

あたしは商人になりたい、そして朝から晩まで路にうろついてゐて、「腕環つ、水晶の腕環つ！」と怒鳴つて見たい。


午後四時私は学校から帰つて来ると、あの家の門の中で植木屋が庭を掘つてるのが見える。

あの植木屋は自分の思ふ通りに鋤《すき》を使ふ。着物はどろだらけにする、そして日に照りつけられようと雨にぬれようと誰《たあれ》も叱らない。

あたしは植木屋になり度《た》い、そして誰にも止められずに何時《いつ》までも土が掘つてゐたい。

夕方すこし暗くなると最《も》う母さんがあたしを寝床に入れてしまふ。

あいてる窓から夜番が行つたり来たりするのが見える。

路は暗くつて淋しい。街灯《あかり》は頭に赤い一つの眼のついてゐる大入道のやうに立つてゐる。

夜番は提灯《ちようちん》をふりながら自分の影んぼしを側につれて歩いてる、そして一生に一度も寝床にはいつたことがない。

あたしは夜番になりたい。そして提灯で影を追ひながら夜中街《よじう》を歩いてゐたい。

終り

母さんさやうなら、あたしは行つてしまひます。さびしいあけがたのうつすら明るくなつてゆく闇の中で、あなたが床の中のぼうやを抱かうとする時、ぼうやは其処《そこ》にはゐませんよ、と、私《あたし》は教へて上げませう。母さんあたしは行つてしまひます。

あたしは空気のかよわい息となつてあなたにすがりませう。あたしはあなたが水を浴びる河のさざなみとなつて何度も何度もあなたに接吻しませう。

風のあらい晩雨が木の葉をたたく時あなたはお床の中であたしの小さい声を聞くでせう。そして私の笑ひ声はぴかりとする稲びかりと一処に開いた窓からあなたのお部屋に入るでせう。

あなたが夜遅くまで眠らずにぼうやのことを考へてゐる時、あたしは星の中からあなたに、母さんねんねん、ねんねんよう、と歌つて上げませう。

あたしは路に迷つてる月の光に乗つてあなたの床の上に忍んで行き、あなたの眠つてる間あなたの胸の上に寝てゐませう。

あたしは夢となつてあなたのまぶたの小さな隙間からあなたの眠りの底まで滑り込みませう。もしあなたが眼を覚してびつくりして見まはしたら、あたしはめばたきする螢のやうに暗《やみ》の中に消えて行きませう。

プジヤの賑やかなお祭に近所の子供達が来て我家《うち》のまはりで遊ぶ時、あたしは笛の音の中に溶け込んで終日《いちにち》あなたの心臓の中に動悸を打ちませう。

大好きな叔母さんがプジヤのおみやを持つて来て姉《ねえ》さんぼうやは何処にゐます、と聞いたらば、母さんあなたは叔母さんにそうつと聞かせてお上げなさい、あの子は私の眼の中にゐます、あたしの身体《からだ》の中にも心の中にもゐます、と。

榕樹

ああ池の水際に立つてゐるもしやもしや頭の榕樹よ、お前の枝に巣をつくりやがてお前を捨てて行つたあの鳥達と同じやうに、お前はあの小さい子のことも忘れてしまつたかい？

お前はあの子が窓に座つて地にもぐり込んでるお前の根のこんがらかりを不思議がつて見てゐたのを覚えてゐないかい？

女達は水瓶に水を入れようとして池に来た。そしてお前の大きな黒い影が丁度眠りが覚めようともがいてゐるやうに水の上にのたくつてゐた。日の光は休みなしの小さな梭《ひ》が金の帷帳《とばり》を織つてるやうにさざなみの上にをどつてゐた。

二羽の鴨は草深い水際で自分たちの影の上を泳いでゐた。子供はぢいつと座つて考へてゐた。子供は風になつてお前のがさがさする枝の間を吹き度《た》いと思つた、お前の影となつて太陽《ひ》につれて水の上に長くのび度いと思つた、鳥となつてお前の一番上の小枝に止まり度いと思つた、そしてあの鴨のやうに草と影との中に浮いてゐたいと思つた。

ほめうた　Gitanjali

タゴール

○

なんぢ我をして終りなきものたらしめたまふ、これなんぢの望みたまふところなり。なんぢ此《これ》がよわき器を幾度か虚しくして、常に新しき生命《いのち》を以て満たしたまふ。

なんぢ此小さき芦の笛を持ちて山を行き谷を行き、永遠《とこしへ》にあらたなる音を吹きたまふ。

なんぢ不朽の御手を触れたまへば、我が小さなる心はよろこびの為に限局《かぎり》をうしなひ、言語《ことば》を以ていひつくしがたき言語《ことば》を述ぶ。

なんぢの我に賜ふ限りなきたまものは唯此いともちひさなる我が手の上にのみ与へらる。世は移る、しかもなんぢはなほ注《そゝ》ぎ与へたまふ、しかもなほ満たし尽くさず。

○

経を誦し讃歌《うた》を唱ふを止めよ、数珠をもむことを止めよ。凡《すべ》ての戸鎖されたる宮の此寂しき暗き隅に於て汝何をか礼拝する。汝の眼をひらけ見よ、汝の神は汝の前にいまさず。

耕す人かたき土を耕すところ、工夫の路の石を砕くところ、かしこに神はいます。日に雨に神は彼等と共にいませば、其衣は土にまみれたり。汝の聖なる上着を脱ぎ、彼にならひて汝も塵多き地に下り立てよ。

救《すく》ひ？　救ひはいづこにか見出さるべき。我等の主はよろこびて創造の羈絆《きづな》をみづからの身に負ひたまひぬ。彼は永久《とこしへ》に我等と共につながれたまひぬ。

汝の瞑想を破り、花と香とを捨てよ。汝の衣裂け汚れたりとも何かあらむ。彼を尋ねて額に汗して彼と共に働け。

○

我《わ》がうたはむとして来りし歌、いまだうたはれずして此日に及べり。

我は我が楽器を締め且つゆるめ、我が日を過ぐしぬ。

時誠に来らず、言葉正しく調はず、唯我《わ》が心に願うて苦しむ。

花いまだ開かず、唯風の嘆きつゝ過ぐるのみ。

我いまだ彼の面《おもて》を見ず、我いまだ彼の声を聞かず。唯彼の静かなる足音の我が家の前の途に響くを聞きしのみ。

床上に彼の席を展《の》べて永き日は過ぐ。されど灯火《ひ》いまだ点されず、我《われ》彼を我が家に招ずること能はず。

我彼と逢はむの望に生く。されど逢ふ時いまだ到らず。

○

我も亦《また》世界の宴《うたげ》に招かれぬ、我は幸なる者なり。我が眼は見、我が耳は聞きぬ。

宴の席に楽器をしらぶるは我《わ》がつとめなりき。我は力の限りをつくしたり。

我問はむ、今我は奥に進み入りて、なんぢの面《おもて》を仰ぎ見、我《わ》が無言の礼拝《らいはい》をなんぢに捧ぐべき時終《つひ》に来れるや。

○

彼来りて我《わ》が傍に座せしが、我覚めざりき。のろはしき眠りなりしかな、あゝうとましき我！

夜静かなる時彼来りぬ。彼其《その》手に琴を持てり。我が夢は其音調《しらべ》にとも鳴《なり》しぬ。

あゝ、いかなれば我が夜は斯《か》くも空しく過ぐるや。

彼の息わが眠りに触るゝ時、いかなれば我常に彼を見ずして眠るや。

○

あしたに聞きぬ、君と我、二人小舟にのりて船出すべしと、あてなく果てなき我等の旅路を世に誰も知る者あらじ。

限りなき大洋の中に、君静かに聞きてほゝゑむ時、我が歌は波の如く自由に、言語《ことば》の束縛を放れて、調高く済みのぼらむ。

時いまだ到らずや。なほ為すべき務《つとめ》ありや。見よ、夕べは陸《くが》を被いて、消え行く光《あかり》に海の鳥は巣に飛び来る。

知らずいづれの時かともづな切り放たれて、ちひさき船は夕ばえの最後《いやはて》の微光《ひかり》の如く夜のやみに消え行くべき。

○

昔、我なんぢを待ち設けざりし時、我が王よ、なんぢは最も卑しき民の一人の如く、我に知られず、前ぶれもなく我が心に入りたまひつ、我が生のはせ行く時の上に幾度かなんぢの永遠の印《しるし》を押したまひぬ。

我今日《けふ》ゆくりなくもかへり見てなんぢの印を見つけぬ。其印はわすれられたる我が若き日のよろこびとかなしびの思い出に交りて、土に散らばりてあり。

なんぢ土の上に遊びし我が幼き遊びをも卑しみたまはざりき。我が遊び部屋にて聞きつる足音は星に響き渡る其足音に同じ。

○

汝、彼の音なき足音を聞かずや、彼来《きた》る彼来る彼今来る。

いづれの時、いづれの世、いづれの日、いづれの夜も、彼来る、彼来る、彼いま来る。

我はさまざまに異なれる心にさまざまに異なれる歌を唱ひぬ。されど其凡《すべ》ての調子《ふし》に常に響く彼来る、彼来る、彼いま来る、と。

のどかなる四月のかぐはしき日に、森の径《こみち》を過ぎて彼来る、彼来る、彼いま来る。

六月の暗き雨の夜、いかづちの雲の車にのりて彼来る、彼来る、彼いま来る。
かなしみにかなしみ来る時、彼の足わが心を踏む、彼の黄金の足触るゝ時、我がよろこびは光り輝く。

○

我なんぢに何をも求めざりき。我は我が名もなんぢに告げざりき。なんぢ立去りし時、我黙して立ちぬ。我は唯一人木の影の斜にうつる井の傍にありき。女たちは黒みたる土の瓶に水を満たして家に帰りぬ。彼等我を呼びて叫びぬ、我等と共に来れ、午《ひる》は近づきぬ、と。されど我は空しき物おもひに耽りて一人たゆたひ居のこりぬ。

なんぢの来りし足音も我聞かざりき。我を見しなんぢの目は悲しげなりき。低い物いひしなんぢの声は疲れゐたり、——我は渇したる旅人なりと。我は空想より驚き覚めて、我《わ》が瓶の水をなんぢの合せたる掌底《たなそこ》にそゝぎたり。頭の上の木の葉はそよぎ、山鳩は見えざる茂みに歌ひ、バブラの花の香は路の曲りかどより来りぬ。

なんぢ我が名を尋ねし時、我恥ぢて物いはず立ちぬ。まことに我何をなしたればか、我をなんぢの記憶に留むべき。なんぢの渇きをいやすべくなんぢに水を与へ得し思出は我が胸に留まりて、なつかしく我が胸を包まむ。朝の時は過ぎて、鳥は疲れたる音に歌ひ、ニイムの葉は頭の上にそよぐ。我座して思ひ且つ思ふ。

○

人なき川べりの高き草の中に我は彼女《かれ》に問ひぬ。少女《おとめ》よ、御身の上着を灯《あかり》にかざして何処にか行く。我が家は暗く、さびし、――御身の灯を我に貸したまへ。彼女《かれ》その黒き眼をあげて暫《しば》らく夕やみの中に我が面《おもて》を見つめゐぬ。彼女《かれ》いふ、我は夕日の光西に消えん時、流れの上に灯を流さんとて川に来れるなり、と。我は唯ひとり高き草の中に立ちて、其灯のよわよわしき焔の無益に潮の上にたゞよひ行くを眺めゐたり。

静かに迫り来る夜《よる》のやみの中に我は彼女《かれ》に問ひぬ。少女《おとめ》よ、御身の灯はともされたり――其灯を持ちて何処にか行く。我が家は暗く、さびし――御身の灯を我に貸したまへ。彼女《かれ》その黒き眼を我が顔にあげて、暫《しば》したゆたひて立ちぬ。彼女《かれ》終にいふ、我はわが灯を御空《みそら》にさゝげんとて来《きた》る、と。我は立ちて、其光の無益に空《くう》の中に燃ゆるを眺めゐたり。

真夜中の月なき闇に我は彼女《かれ》に問ひぬ。少女よ、御身の胸に灯を抱きて何をか尋ねんとする。我が家は暗く、さびし――御身のあかりを我に貸したまへ。彼女《かれ》暫し立止まりて物思ふが如くやみの中に我が顔を眺めゐたり。彼女《かれ》いふ、我は灯火《ひ》の祭に連る為に我《わ》があかりを持ちて来れりと。我立ちて其小さき灯の無益に光の中に見えずなるを眺めゐたり。

○

日くれんとして、影地にあり。我が瓶を満たすべく河に行く時来《きた》る。

夕ぐれの空気は水のかなしき楽の音を伝ふ。あゝ其音は我を夕やみに呼ぶ。さびしき小路を人行かず、風立ちて河のさゞなみを騒ぎ立たしむ。

知らず、我は再び家に帰り来《きた》るべきや。知らず、途に誰にか逢はむ。渡しのほとり、小舟の中に知らぬ人ありて笛を吹く。

○

我が此世に別るゝ日来らん時、生は最後の幕を我が眼に垂れて沈黙《しゞま》に去るべし。

しかもなほ星は夜を守り、朝は常の如く来り、時はよろこびと苦痛《いたみ》とを浮かべて海の波の如く波うつべし。

我、わが世の其終りを思ふ時、時の障壁《へだて》は砕け去りて、わが知らずして過ぎし多くの宝に充ちたる世我は死の光に依つて見るを得。其最もひくき席も求めて得がたく、其最も卑しき生命《いのち》も求めて得難し。

我が得んと切に望みし物、又すでに求め得し物——そはあらずもあれ。我が常に卑しみ軽しめて我が眼に入れざりしものを真に求め得しめよ。

○

我が友よ、此わが別れの時に、我に幸あれと祈れ。空はあけぼのの光に輝きて我が行く途はうつくしく横たはる。

我が何ものを携へ行くかを問ふなかれ。我は空しき手と希望《のぞみ》の心とを持ちて旅立たんとす。

我は婚礼の日の花かざりを着けむ。我が衣は旅人の濃き茶色の衣ならず。途に危難ありとも我が心には何の恐れもなし。

我が旅終らん時夕べの星現はれて、黄昏《たそがれ》の楽の哀しきしらべ王の門に起らむ。

○

我去らむ時、これをわが別れの言葉たらしめ。わが見しものは凡《すべ》てに超絶すと。

我は光明《ひかり》の大洋の上に聞きみてる此蓮《はす》の花の心《しん》にかくれたる蜜を味はひぬ。あゝ幸なるかな――これを我が別れの言葉たらしめむ。

限りなくさまざまの形せる此遊技場に我はさまざまの遊びをしぬ。が此処《ここ》に我は無形なる彼の姿を認めぬ。

我全身も四肢も手を以て触れがたき彼の接触に震ふ。若《も》し今此処に我が終り来らんとならば、来らしめよ――これを我が別れの言葉たらしめん。

○

我が神よ、我があらゆる知覚をのべ拡げ御足《みあし》の下《もと》の此世界に触れしめて、我なんぢを礼拝《らいはい》せむ。

六月の雨雲のいまだ降らざる大雨の重荷もて低く垂るゝが如く、我が凡ての思ひをなんぢの御門《みかど》の許に低く垂れしめて、我なんぢを礼拝せむ。

我が凡ての歌の凡ての異なれる調《ふし》を集めて一つの流れとなし無音の海に流れ入らしめて、我なんぢを礼拝せむ。

家を恋ひて夜に日を継ぎ山の巣に飛び行く鶴の群の如く、我が生命《いのち》の限り永遠の家に向い航路《たびぢ》を続けしめて、我なんぢを礼拝せむ。

園守 The Gardener

タゴール

僕
君が僕に憐みをたれ給へ、我が女王。
女王
朝会《つどひ》は終りて我が僕等は皆去りぬ。
汝何とて斯《か》くは遅く来れる。
僕
君他の人に命じ終《しま》へし時、我が時は来るなり。
君の最後に残れる僕のなすべくあまりたる務《つとめ》を問はんとて我は来れり。
女王
汝斯く遅く来りて何をか望む。
僕
我が君が花園の園守となしたまへ。

女　王

こは何たる愚なる望よ。

僕

我はわが他の務を凡《すべ》て捨てんと欲す。

我は我が剣も槍も塵の中に投捨てん。我を遠き宮廷に遣はしたまふことなかれ。我に新しき戦功を立てよと命じたまふことなかれ。只我を君が花園の園守となしたまへ。

女　王

然して何を汝の務めとなさんと欲するや。

僕

君のいとまある日に我仕へんと欲す。

我は朝《あした》に君が歩む草の径《みち》を清めん。其《その》径に君の足は其一歩《ひとあし》毎に踏まれて死なんことを願ふ花の歓喜《よろこび》を以て迎へられむ。

我は君をサプタパルナの枝にかけたる鞦韆《ブランコ》に揺り動かさむ。其木の葉を透して早き夕月は君の裾に接吻せんと争はむ。

我は君が床の側《わき》に燃ゆる灯に匂ひある油を満し君が足台を白檀とサフランの煉物を以て珍しき模様に飾らん。

女　王

其むくいには何をか求むる。

僕

柔かき蓮のつぼみの如き君の小さなる手くびを捧げて君の腕に花の鎖をはむることを許したまへ。君の足の裏をアショカの赤き汁を以て色つけ、其処に一点の塵も残りてあらば、我が口を以て吸ひとることを許したまへ。

女王

汝の祈願《ねがひ》は許されたり、我が僕、汝我が花園の園守たるべし。

○

ああ詩人よ、夕べは近づき来る。汝の髪は白くならんとす。
汝寂しく物思ふ時、将来《このいち》の音信《おとづれ》を聞くや。

詩人いふ。夕べは来る。時は遅くとも、村よりたづぬる者ありやと我は聞きつゝあり。若き迷へる心逢ふ時ありて、二人の切なる眼、彼等の沈黙《しゞま》を破りて彼等の為に物いはむ楽の音を乞はんこともありやと我は見はりしつつあり。
誰が彼等の熱情の歌を編む者ぞ、若《も》し我、生命《いのち》の岸に座して、死と其のちとに思ひ耽らば。

早き夕ぐれの星は消え行く。
葬りの火のかがやきおもむろに静かなる川に沿ひて消え行く。
疲れ果てたる月の光の中に人なき家の中庭より豺《さい》はもろ声に叫ぶ。

家を捨ててさまよへる者。来りて夜を眺め首をうなだれて闇のさゝやきを聞く時、誰か彼の耳に生の秘密をささやかん。もし我、わが戸を閉して生の絆より身を逃れんとなさば。

我が髪の白く変り行くは小事のみ。

我は此村の最も若き者と同じく常に若く、又最も老いたる者と同じく常に老いたり。或人に優しく純なる微笑《ゑみ》あり、或人の眼にかしこき光あり。

或人は日の光に湧出づる涙あり。又或人はやみに隠れたる涙あり。

彼等は皆凡て我を要す。我は未来《このゝち》の生を思ひ耽るいとまなし。

我は凡ての者と同じきよはひなり、我が髪は白くなるとも何かあらん。

○

あしたに我わが網を海に投げ入れぬ。

我暗き淵より不思議なる形の怪しく美しき物を引上げたり。或物は笑とかゞやき、或物は涙と光り、或物は花嫁の頬の如くにほひぬ。

其日の重荷もて我《われ》家に帰りし時、我が愛する者は庭に座してつれづれに花の花びらを裂きゐたり。

我しばしためらひて、やがて我が海より引上げし凡てを彼女《かれ》の足許に置きつ、黙して立ちぬ。

女彼等を眺めていひぬ、こは異様なる物なるかな、何の用をかなす。

我恥ぢて我が首をたれて思ひぬ、こは戦ひて得たるにあらず、市場に求めし物にあらず。これらの者は彼女《このひと》にふさはずと。

やがて我よもすがらそを一つ一つ街《ちまた》に投げ捨てぬ。

あしたに旅人来りて、そを拾ひ上げ、遠き国々に運び去りぬ。

○

ああわびし、彼等何故に市《いち》の街《ちまた》に行く路に我が家を建てたる。

人々は其荷船を我が家の木の辺《ほとり》に繋ぐ。

人々は其心の儘に行き来り又さまよふ。

我は座して彼等を眺む。我が時は過ぐ。

我は彼等を追ひやるに忍びず。斯くて我が日は過ぎ行く。


夜も日も彼等の足音は我戸《わが》の前に響く。

空しく我は叫ぶ、我汝等を知らず、と。

我が指も彼等の或者を知る。我が鼻も彼等の或者を知る。我が脈を流るる血も亦《また》彼等を知る。我が夢も亦彼等の或者を知る。

我彼等を追いやるに忍びず。我彼等を呼びていふ。我が家に来らんと欲する者は来れ。いざ、来れ、と。

あしたに寺の鐘は鳴る。

人々は手に手に籠を持ちて来る。

彼等の足は薔薇の如く赤く。あけぼのの早き光は其顔にあり。

我彼等を追ひやるに忍びず。我彼等を呼びていふ、我が庭に来りて花をつめ。此方《こなた》に来れ、と。


まひる時、王宮の門に銅鑼は鳴る。

彼等其業《わざ》を捨てて我が垣に近くさまよふは何故なるか我知らず。

彼等の髪にさしたる花は色あせてしをれたり。

彼の笛の音はものうげなり。

我彼等を追ひやるに忍びず、我彼等を呼びていふ、我が家の樹の陰は涼し友よ来れ、と。


夜に入れば蟋蟀《こおろぎ》は森に鳴く。

徐《しづ》かに我が戸に来り低く戸をたたく人は誰ぞ。

我おぼろげに其面《おもて》を見る。黙して語らず。空の静かさはあたりを被ふ。

我わが沈黙《しゞま》の客を追ひやるに忍びず。我闇の中に其面を見る。斯くて夢の時は過ぎ行く。

○

我《われ》落ちゐず。我渇くが如く遠く隔たれる物を求む。

我が魂はあこがれつつほのかなる遠方《をちこち》の裾に触れんとして出で行く。

ああ偉《おほい》なる遠き者、ああ汝の笛の鋭き呼び声。

我は忘る、常に忘る。我に飛ぶべき翼なきことを、我《わ》が此地に永久《とこしへ》につながれたることを。


我は切に望みて目さめたり。我は知らぬ地にある旅人なり。

汝の息は我に来りて遂げがたき望をささやく。汝の言葉は我が胸の言葉の如く我に知らる。ああ求むるに遠き者、汝の笛の鋭き呼び声。我は忘る、常に忘る、我は行くべき道を知らざることを、我に翼ある馬のなきことを。


我ゆめ見る如し。我はわが心の中を迷へるさすらひ人なり。

つれづれの日の明かるき靄《もや》の中に、汝の無限なるまぼろしは大空のみどりに面影を止《とど》む。

ああ限りなく遠き果の者、ああ汝の笛の鋭き呼び声。

我は忘る、常に忘る、我が一人住まへる家は凡ての門皆鎖《とざ》されたることを。

○

飼はれたる鳥は籠にありき。野の鳥は森にありき。

時来りて彼等相見たり。そは運命《さだめ》なりき。野の鳥は叫ぶ、ああ森が愛する者よ、いざ共に森に飛び行かん。

籠の鳥はささやく、此処《ここ》に来れ、二人共にかごの中に住まん。

野の鳥いふ、網の中には翼を拡ぐる隙間ありや。

籠の鳥いふ、否、我は大空の何処にか羽つぼめて止まるべき。


野の鳥叫ぶ、わが愛する者よ、森の歌を歌へ。

籠の鳥いふ、我が傍に座せよ。我汝に学者《かしこきひと》の言葉を教へん。

森の鳥いふ。いな、いな、歌は教へらるべき物にあらず。

籠の鳥いふ、かなしきかな、我は森の歌を知らず。


彼等の愛は相したひつついよいよ切なり。されど彼等は羽を並べて飛ぶことかなはず。彼等籠のあみの隙より眺め合ひて互に知らんとする望もあだなりき。

彼等相したひはばたきつつ歌ふ、なほ近く来れ、わが愛する者よ。

野の鳥は叫ぶ、そは難し。我は籠の閉されたる戸を恐る。

籠の鳥はささやく、ああ我が翼は死して力なし。

○

ああ母上よ、若き王子は我が家の前を過ぎたまはんとす。我いかで落付きて今朝の務をなし得べき。

我が髪をいかにあむべきか教へ給へ。

いかなる衣を着くべきか告げ給へ。

いかなれば然《さ》は驚きて我を見たまふ。母上よ。我は知る、王子は一度も我が窓を見上げたまふまじきを。我は知る、王子はまばたきの間に我が眼の前を過ぎ行き給ふべきを。只消え行く笛の音のみ遠くよりむせぶが如く聞え来らん。

されど若き王子は我が家の前を過ぎたまはんとす。我《われ》其時の為に最も美しく装ひてあらん。


ああ母上よ、若き王子は我が家の前を過ぎたまへり。

朝の日は御車より照り輝きぬ。

我は我が顔より被衣《かつぎ》を取り去りぬ。我は我が頸《くび》よりルビイの頸かざりを取りて、進みたまふ路に投げぬ。

何故にさは驚きて我を見給ふ、母上よ。

我は知る、王子は我が頸飾りを拾ひ給はざりしを。我は知る、其珠は御車の下に敷き砕かれて塵の上に紅の点を残したるを。我が捧げ物を人知らず、誰に捧げしかをも人知らず。

されど若き王子は我が家の前を過ぎ給ひぬ。我《われ》宝玉を我が胸より取りて其路に投げぬ。

○

汝いそしみて瓶を満さんと思はば来れ、ああ来れ我が湖《うみ》に。

水は汝の足にすがりて其秘密をささやかむ。来らんとする雨の影は沙《すな》の上にあり。汝の眉の上の濃き毛の如く、木の青き線の上に雲は低くたれたり。

我よく汝の足音の音調《ふし》を知る、彼等は我が胸に響く。

来れ、汝の瓶を満さんとならば、ああ来れ我が湖《うみ》に。

汝つれづれに為すことなく座して、汝の瓶を水の上に浮かせんと思はば、来れ。ああ来れ我が湖に。

草の水際は緑に、野の花は数限りなく咲きたり。巣を出づる鳥の如く、汝の思ひは汝の黒き眼を迷ひ出でん。

汝の被衣《かつぎ》は足もとに落ちてあらん。

来れ、為すことなくてあらんと思はば、ああ来れ我が湖に。

汝のたはぶれを止めて水にくぐらんと思はば、来れ、ああ来れ我が湖に。

汝の青き上着を岸に脱げ。青き水は汝を被ひ隠さん。

波は汝の首に接吻せんとしてつまだち立ちて汝の耳にささやかん。

来れ、水にくぐらんと思はば、ああ来れ我が湖に。


汝心狂ひて、身を投げんと思はば、来れ、ああ来れ我が湖に。

湖は冷やかにして底知れず深し。

湖は夢なき眠りの如く暗し。

其底は昼も夜に同じ。其歌は沈黙《しゞま》の歌なり。来れ、汝身を投げんと思はば、来れ我が湖に。

○

彼女《かれ》いそぎ足に我が側を過ぎし時、其裳裾《もすそ》の端我に触れぬ。

心の中の我が知らぬ島より春の暖かき息ふと来りぬ。

軽く触れしゆらぎ我をかすめて瞬時に消えぬ。

微風《そよかぜ》に吹かれて散りし花びらの如く。其人の溜息の如く、其人の心のささやきの如く、我が心の上に落ちぬ。

○

我が愛する者よ、或時君が詩人《うたびと》は其心に大《おほい》なる叙事詩を船おろししぬ。

ああ、我なほざりなりしかば、其詩美しく鳴る、君が足飾りに触れて砕けぬ。

其詩こなごなの小さき歌にくだけて君が足許に散りひろがりぬ。

古き戦ひの物語をのせたる我が凡ての積荷笑ひの波に揺られ涙に浸みて沈みぬ。

我が愛する者よ、我が失ひし物を償ひたまへ。もし死後《なきのち》までも生くる名を得ん望砕かれたりとも、せめて我が生きてある間は我を生かしめよ。我わが失ひし物をも歎くまじ、君をもとがむまじ。

○

いざ最後の歌を歌ひ終りて別れむ。

此夜過ぎ去る時此夜を忘れむ。

我わが腕に誰をか抱かんとする。

ゆめは捕へ得べきにあらず。

我が切に求むる手は空を捕へて我が胸に抱く。

我が胸は傷《きずつ》き痛む。

○

君行きたまひしはまひる時なりき。

日は空に強く照りぬ。

我わが務をなし終へて只一人バルコニィに座してありし時、君行きたまひき。

折々の風幾多の遠き野の香を吹分けて来ぬ。鳩は休まず樹陰に鳴きぬ。蜂は幾多の遠き野の音づれを
口ずさみつつ或が部屋に迷ひ入りぬ。


村はまひるの暑さに眠りぬ。

路には人の往来とだえたり。

忽《たちま》ちにして木の葉のさやぎ起り又消えぬ。我は大空を眺めて其みどりの中に我が知りし名の文字を編みて見ぬ。村はまひるの暑さに眠りぬ。

我は我が髪を編むことも忘れゐぬ。
ぬるき微風は我が頬の上に我が髪をもてあそびぬ。
川は穏やかに陰深き岸に沿ひて走りぬ。
たゆげなる白き雲は動かず。
我は我が髪をあむこともわすれゐたり。

君行きたまひしは真昼時なりき。
路のほこりは暑く、野はあへぎゐたり。
鳩は茂れる葉の中に鳴きゐたり。
我一人バルコニイにありし時、君行きたまひき。

○

夢の中のほのぐらき路に我前世のわが恋人をたづねんとて行きぬ。
其人の家はさびれたる街のはづれにありき。夕ぐれの微風《そよかぜ》に彼女《かれ》の愛する孔雀はとまり木に止りてゐねぶりし、鳩は其ねぐらに静まりてゐぬ。

彼女《かれ》灯を入口に置きて我が前に立てり。

彼女《かれ》其大なる眼を我が顔に上げて言葉なくして問ひぬ、我が友よ恙《つゝが》なきや。

我答へんとしたけれども、我等の言葉は忘れられて思ひ出だされざりき。


我思ひに思ひたり。二人の名は思ひ出だされざりき。

涙は彼女《かれ》の眼に輝きぬ。彼女《かれ》其右の手を我にさしのべたり。我其手を取りて物いはず立てり。


我等の灯は夕ぐれの微風に揺らぎて消えぬ。

○

我が詩を読む人よ、此後百年にして我が詩を読む君は如何なる人ぞ。

我春の此ゆたかなる中より一つの花を取りて君に送ること能はず。彼方《かなた》の雲より一すぢの金の線をも君に送ること能はず。

君が戸をあけて外を眺めよ。

君が花咲く園より百年前に消え失せたる花のかぐはしき思ひでをあつめよ。

或春の朝歌ひて、百年の此方《こなた》よりよろこびの声を送れる、其生けるよろこびを、君が心のよろこびの中に味《あぢは》へよ。

V 資料

自然の美

ミラー

（一）

パラダイスの詩歌は如何なりけん。まだ文字に書き出されざりし昔の詩歌は如何なりけん。そは美といふものなりけり。目に見えぬ霊の美、想の美、情の美、めに見ゆる形の美、物の風情けはひの美、美即ち詩歌なりき。空飛ぶ鳥はいふも更なり。パラダイスの木々の梢を吹き渡る風の音も、とこしへの奇跡と見えて咲き出づる花の蕾といふ蕾も、神秘を示すが如き木葉といふ木葉も、皆世の始《はじめ》アダムとイブとが読みつゝさとりし短歌の類にこそありけめ。交通の道開けゆくまゝに、北斗の星をしるべにて、大洋のたゞ中なる白き波路の道を、あやまたず真帆の翅《つばさ》を広くひろげて走り行く船の、愛と信と真と望との小さき世界を打のせたる、こはこれおのづからなる叙事詩にこそあれ。進軍の喇叭《らつぱ》の響き、ときの声、馬の嘶《いなゝき》、ひらめき動く旗さし物、こはまた惨然たる詩景なり。小さき山々にくまなせる家畜の群、うねりゆく谷間の川、御影石の磯辺によする八重の白浪、美麗なるもの、雄大なるもの善良なるもの、さては生物死物の起居動作、すべて皆歌なり。詩なり。詩歌の材料なり。此世《この》も亦《ま》た一大詩編といひつべし。そはその至大至善至美なればなり。

ひとゝせメキシコの貧しき村にさまよひし事ありき。深き川の面《おもて》に浮べる船どもの、音もなく大海へと下りゆく様も静《しづか》にて、夕日に映ずる遠方の雪の高嶺は、大《おほい》なるほのほの城とも見えき。夕かげ覆ひかゝる賤が家々には、音もせず出で入る女たちのかげ見えて、男は皆戸口に心安げに烟草《たばこ》くゆらし居り。幼き者等は水のほとりに打群れて遊べる程、空気もさながら神の御息の心地して、天も地もつかれし人の安息など得たらん様に、安らけくはた貴く見えたりき。黒人の媼《おうな》あり。いぶせきつゞれの衣を身にまとひ、いといたう老いかゞまりて、頭の霜白う目もはや見えずやあらんと見えたるが、かけたる鉢を縄もてゆいつけたる中に、何にかあらん花を植ゑたるを、うめき〳〵持ちて来ぬ。おのが門辺におふし立てんとにやあらん。やがて取りおろしていたく心を入れてつくろふ様なれば、暫《しば》したゝずみつゝ見てありしが、かく老いかゞまりたるあはれの者を、故もなく打詠めてのみあらんもと、おばよ、うるはしき夜にはあらずやと詞をかけぬ。媼は静かに身を引きのばして、我を見返り、やがて遠きあなたの山に消え行く夕日の影を詠めやりて、げにうるはしき世にも侍る哉と、静かに答へぬ。此媼は歌よみなりき。其《その》心には、おのが身のまはりの美、即ち歌を見るの明ありき。げにうるはしき世にも侍るかなといふより外に、いひいづべき言は知らずやありけん。されど何か他を求めんや。こは自然に入るのパッスウワードなりき。神も其昔万物を造りをへ給ひて、いとよしとこそ見そなはせしか。イタリーにては、いちぢくの木の下に横《よこた》わりて、宮殿の中にあるが如くに眠れる人あり。さむればやがて楽しげに歌をうたふ。身に半銭のたくはへあるにあらず。只《ただ》此世のうるはしきを見、万物皆うるはしからぬ物なきを見れば、心おのづからみちたらひて、安けく楽しく信と愛と望とにみてるもうべなり。さればイタリーには、詩人画伯彫刻師などの絶えぬにあらずや。イタリーの乞食は、我見し富貴の君たちよりも楽しげなり。彼は神のたまひしうるはしき世界をおのが物とめづるが故に、心楽しきなり。あたれりや否やは知らねども、こは人の造られし始めの目的にもいと近く、誠の道にもさまで遠からぬにあらずや。

我友とせんには、かしこき国会の議員よりも、片田舎の詩人こそよけれ。歌をよむとも、よまずとも、何かあらん。心に感ずればたれか。美をめづる人は、その心も美、その身は即ちすべてのうるはしき物のゆかりとなれるなり。いつの世の頃にか、北メキシコのヂユランゴの山を、只一人馬にて超えし事ありき。道にして山賊とも見ゆる一群におち逢ひぬ。此大なる山のけはしき背に、うねりたる唯一筋の此道より外には道もなかりければ、逃れん方なくて、今は如何はせんと其むれに入りて、かしらなる人と物語を始めしが、心の中には只今殺さるべきにかと安き心もなくてたどりゆきぬ。のぼり〳〵て山の頂迄来りし時、下には沃野遠く連りて、中をうねりゆく水の流れもはる〳〵と詠め渡さるゝに、此色黒く恐ろしげなるメキシコ人は、思はず駒を止め、あなめでたやと、恭しく帽をとりて遠き谷間を見おろしぬ。其時より我恐《おそれ》も全くやみて、其夜は二人ともにいねつ。文字をも知らぬ此人は、我が文の助ともならんめでたき事どもを、さま〴〵物がたりぬ。此人は詩人なりき。言葉なき詩人。我等よりは千倍もすぐれたる詩人なりき。かゝる人よりこそ、我等が言の葉の種は得べきなれ。

四季移りかはりこそ、自然に於ける最も大にけだかき歌にはあらずや。ほのほにもゆる雲の色、いなづまのかげなど、すべて恐ろしくも美しくも覚えて、空気のさま〴〵の作用も、只奇跡とぞ見ゆる。あら金の土にしては、又黄ばみ渡れる畑のけしき、たけ高くのびて房のやうに見えたる麦の穂のすがた、紅葉したる野山のけしき、紅のぶなの木、さてはもゆるが如き紫、……此中にしてモーゼが神と相見し苦も忍ばれて……こは皆歌にこそあれ。

君は幸福の秘訣を願ふや。如何なる船のりも海より持ち帰へりし事なく、いかなる商業界の大王も買ふに由なし秘訣を知らんと願ふや。さらば我教へん。幸福の秘訣は、自然の美をめづるにあり。文字なき神の御歌をめづるにあり。失望せしや如何に。君は富を得名を得るの道を教へられんとや思ひし。思ひあやまるなかれ。幸福の秘訣は美をめづるにあり。幸福の秘訣は文字なき歌をめづるにあり。我は幸ありて多くの名士と相見る事を得、多くのすぐれ人の足下に座せし事もあまた度ありき。されど彼等の大方は、幸福の秘訣を知るに由なく、買ふに力なき人々なりき。彼等の一人だに、かのメキシコの海辺にて遇ひし、かけたる鉢植の花を持ちたる老媼の如くに、幸ありと見えたるはなかりき。神は殊に慈悲深くもおはしますかな。美は空ふく風の如く、自由に如何なる人も接する事を得るなり。然りとて人は手に黄金を数ふる間は、いかで自然の書を読む事を得べき、自然はねたむ神にこそおはすなれ。人は強し。つよしといへども、いかで四つの風を一時に手中に納むる事を得ん。人はたけ高し。高かしといへども、いかで塵ひぢの中に立ちて、御空の星を握る事を得ん。

身をおほふ事だに知らぬ野蛮人を書籍室につれ来りて、山なす書を見せなば如何ならん。其物に如何なる益かあらん。其中に如何なるうるはしき事、いさましき事、徳高き事、はた如何なるすぐれたる事績の記されたりとも、そは誠に閉ぢたる書のみ。いろはをだに知らぬ者には、五年十年二十年を経て、やうやくに人の手になりし不可思議をもとくに至らん。さは自然の書にも亦《また》いろはあり。我等は此《これ》あはれなる野蛮人よりも猶《なほ》物しらぬあはれの者なり。彼は人間の書の写し出されしもとなる自然の書をよみとくにあらずや。我等は心のみ高くして、目はしひたり。徒《いたづ》らに人間の書の知識にほこりて、すべての物の源につきては、何物をも知れる事なし。我にして大なる説教師か、はた何にても物よくいふ人ならば、美をめづるといふ此一事を、我国に教ふる事を務《つとめ》とせん。さらば我国は歌よむ国となり、我国人は黄金をのみ得まくする賤しくわるがしこき商人の心は失せて、幸福にして宗教心深く、物に不平の心なき文明の民となり、破産法などいふめでたき法律も跡をたつに至らんか。彼のタイル、シーブス、バビロンは今いずこにかある。彼等は皆商売の中心にして、歌よむ人は一人も世に出さゞりき。今は只其名のみ残れるもうべならずや。其名といへども、エルサレムの詩人の言葉によらずば、如何にして此代に伝はる事を得べき。エルサレムは誠に山の上に立てられし城の如くに、其大なる詩人（又の名は預言者）其美をめづる人々によりて、宇宙の中心となれるならずや。小さきグリースはた、人の心の地図には、欧羅巴亜細亜亜非利加を一つに合せたるよりも猶広うひろごれるは、如何なる故ぞ。グリースは美をめづる国にして、美をめづる念を言にあらはしたるあまたの詩人を生み出したればなりき。

（二）

我等学校にゆきては、仏語を学び、文学美術を学び、其他さま〳〵の道を学ぶ。されど自然の書よりは、一物をも学ぶ事なし。世の父兄は、其子弟がまづ第一にかのタイルの都をたてざらん事を恐るゝにや。御空にうるはしき星を詠めよと教へられなば、泥土の中に黄金を求むる事は忘れやするとあやぶむにやあらん。此世をよく識《し》らんとつとめよ。世は知る事多ければ多き程、うるはしくもめでたくもなりまさるものなり。去年の事なりき。森に逍遥しつゝ書を読む大学生を見し事ありき。こは自然を侮辱せしならずや。かの苔むしたる老木の梢どもの、声なく言なくしてしかも何事をか語るが如く、長く強げなる手をさしのべたるも、其めには見えずやありけん。彼にして一点美をめづる心あらば、いかでかゝるあたりに立ちて書をよむ事を得ん。あはれ〳〵かくしつゝ、其かしらは充たさるゝ事を得べし。されど其心は何時迄も空しくてあらん。冷やかにむなしき事は死人の手の如くにてあらん。

熱帯に近きあたりの深森の夜半こそ、此世の最も大なる歌にはなめれ。千声万声、数へがたき夜の物の声よ。此世にしか大きくしかミルトン風のもの又やある。いにし年南部シエラの山中に住みし頃、さる名高き説教師の来るに遇ひき。さま〲に物語せし後、山深きあたりの夜の物の声々のめでたき事など語りしに、夜の間は世界も眠るところこそ思ひしに、といたく驚きたり。眠るは只人のみ。かくて人のすみ得るあたりより猶山深く入りて、一夜を明かし給はゞ、万物皆よく覚めたるを見給はんといひしに、いかで行きて見んといふ。さらばと毛布二つ、短銃二つ、水一瓶と、くひもの少しとを持ちて、木暗くけはしき山を分け上りぬ。人の住家あるあたりよりは、一里あまりも高く上りて、大きなる木の下蔭に、かの毛布をしきて、一夜の宿をしめつ。夕日やう〱低くなりて、遙なるをちに剣の如くむらだちたる雪の高ねに全く沈みはてぬ。死するが如く沈みはてし今日の日は、怪しき変化《へんくわ》となりて、いつしか下り来りぬ。その変化の翼もて、我等は全く被はれぬ。まづ始めにきこえしは、黒く大きなるかぶと虫の飛びめぐりつゝうたふ声なりき。しばしありて如何にしけん、此梢にはたとあたりて、博士が敷物の上に落ちぬ。かぶと虫には何の危きことかあらん。博士はいたく喜びて、つまみなげ、此小さき虫の身には、中々におはれまじき大きなる名をラテン語にて長々と名のりあげ、何の何種類などいひつゝ、やがてピンにて背よりまし通しつ。こは標本ともし、紀念物ともせんといふ。折しも遠きあなたの山腹に、数百の狼のうなり声一時に起りぬ。数千の狼我尾上よりも声打そふるに山に鳴り、谷に響きて、木々打ちふるふ心地す。されど博士は少しも恐れず、只すこし我にすりよりて、雨やふりいでんと小さき声にてさゝやきぬ。ふくろふにやあらん、羽大きなる黒き鳥あり。此宿れる木の上に来て、梢の間にさや〱といみじきさわぎをしつゝ、只今此木を折らんとするにやと思ふ。博士、我は常にリウマチスになやめば、ぬれなば如何せんと、痛く思ひわびたるに、何ともいへぬ大きなる響して、大きなる黒熊一つはしり出でぬ。望む所は麓の豚小屋にやあらん。藪ともいはず森ともいはず、只くゞりにくゞり越えに越えて、里ある方にとはせ去りぬ。博士の君これをも標本の中に加へんとや、思はず飛び立ちて、かぶと虫をも捨てたるまゝに、人家の方へと飛ぶが如くにはせ去りぬ。暫しありて月はシエラの山をさし出でつ。白雲黒き松の梢に棚びき渡り、遠く〳〵鳥や獣の友よぶ声して、天地自然が夜のまの歌のしらべ、数かぞへ難し。あはれ今暫し待ち給まひしかは。

自然の事は人の目の前に常に開かれたるにあらずや。日毎〳〵にこれをよまんとせよ。さらば人の子が書きたる書は、たやすく読み得るに至るべし。そはすべて大は小を兼ぬるとこそきけ。美を愛し美を識らんとせよ。さらば世を愛し世を知るに至らん。

まことや歌、即ち美を愛し、美を拝するは人の性の最もよき所なり。されば日毎〳〵道をゆく時も、やすらふ時も、馬や車の上にある時も、常に心をつくして美を見んとせよ。空ゆく鳥のいとめでたきさまに、うねりつ下りつ飛びゆくさま、只一片の秋の木葉の形や色や、空にやさしき三日月のかげ、遠く〳〵静なる星、さては心たかく清らなる女のけはひ、少し打見上げたる顔などよ。神と語らんとて少し見あげたるうるはしき顔などよ。なほざりにこそ見るまじかりけれ。

暫し心を静めて思ひ見なば、万物は皆うるはしくはた美しくならんとしつゝあるを悟らん。此全世界とすべて物にあるもの、海にあるもの、己がじゝ其美を外にあらはさんとすることはやむ時もなし。美の力は引力と同じく何処にも何事にも見るを得べし。何心なく道のほとりに投捨てし土塊も、又の年来て見なば、其中に含める美はあらはれて、小さき花ともなり、長く珍らしげなる草ともなり、数かぞへがたき小さき芽をいだせり緑の苔の筵《むしろ》ともなりなん。

されど世に生れいでしより此かた、全く忘れゐたる身の、只一日にして、此自然を悟り、美をめづるに至らんや。汚れたる手と、麻痺せし如き心を以て其神霊なる宮の中に走り入り、心に楽しびをうくる事を得んや。もしさる礼なき業をせば、忽ちに追出さるゝ事あらん。嘗てコンスタンチノープルの御堂に詣でしに、我足なる履《くつ》をも脱ぎ捨て丶、うや〳〵しくぬかづきをろがめと教へられき。此世の神の宮だにしかり。自然の宮のすぐれて清くすぐれて尊きこともなぞらへて知るべきなり。よし自然は其心ひろくして近づき易しとはいへ、猶人間にあたふるばかりの尊敬の念を与へでやあるべき。此宮に入るに順序あり。履をぬぎすて丶門を入るより其奥に至るまでには、人の世の半をも費すべし。

若き少女が友と共に野山に遊ぶ時、はかなき事にも笑ひ興じて、さもうまげに物くひながら自然の美を語りあひたるは、いときゝにくき事なり。心に感ずるが故に直にいひ出づる、其志やよみすべし。されどもしか軽々しく口に出すは自然を汚すにあらずや。今迄深き草の窓の中に閉されて世を送りしもの丶、さることといふは全く世の流行におそれざらんが為のみ。其目には世に有りふれたる木葉をもそれと見極め得んや。か丶る人、恋人と手を携へて野外にそゞろあるきする時、足にふむ小草のかたち色合の美をた丶へながら、心もつかで蕁麻《イラグサ》（ネトルとか云ふ刺す草なり）の茂みに腰をおろす事なからじやは。

人は生る丶直に歩み得るものにあらず。身をはたらかずして水に泳ぎ得るものに非ず。永く忍びて学ばざれば、人の世の書をもよみ得るものに非ず。さらば今が今迄久しく忘れゐし自然の書も、又しかたやすくよみ得るものとな思ひそ。山を上るには一あし〳〵に進むべし。さる時富は何の助にかならん。肩に荷《にな》ふ黄金の量かろけれぱ、のぼる時の苦しみも亦かろかるべし。すぐれたる善人の一生は歌なり。書かれたるも、書かれぬも歌なり。生は歌なり。生は美なり。此世も亦歌なり。文字なく大なる歌なり。夜深く外にいでたる時、はげしき嵐の音に耳をかたぶけ、空にたかき星の林を仰ぎ見て、心に楽しめ。彼等は歌なり。あけぼの丶星、声を併せてうたふ時、と古人もいへりき。只一つの小さき星にも、此全世界の泥土の中よりはまさりて多くの金こそあれ。嵐はめでたきものなり。風の声に耳をかたぶけ、心にめでよ。彼等は神の御手より只今ときはなされしばかりにて、いともくあたらしきものなり。静なる夏、黄金の秋、さては空にかゝる銀月、足下にさやぐ落葉をもめでよ。冬深き頃清くましろなる雪のふるを見よ。其一ひら一片も、小さき雲の宿れる宮にこそあれ。しのつく如き雨をもめでよ。雨はひろき白羽の天の御使とこそ見ゆれ。すべてありとあるものに、善を見、美を見、大なることを見んとせよ。これこそすべての人に自由にあたへられたる真の歌にはあるなれ。此うるはしき世界をめづる人は、皆はらからなり。此はらからぞ即ち宇宙の真の詩人なるべき。

イエーツの序文

片山廣子

大正十二年夏、拙訳「シング戯曲集」を新潮社から出版した時、イエーツの序文をいただくことが出来た。ヨネ・ノグチ氏が手紙で頼んで下さったのである。イエーツの序文はごく単純な言葉で書かれてあっても、翻訳することは中々むずかしいので、止むをえず私は原文のままでその本に載せた。その後ながい月日が流れて、つい先日この序文の原稿を見つけ出したので久しぶりに読み返してみたが、むかし読んだ時とはまた違った感じを受けた。それゆえこれを訳して「短歌風光」にのせて頂こうと思い立った。昔と同じように今日もこの訳をすることは私にはむずかしい。正直な逐字訳ができないことも残念であるけれど、晩年に深く日本を愛した今は亡き詩人の心もちを読みとっていただければ幸である。

それでは、あなたのお国の人たちにジョン・シングの戯曲を紹介するため、短い序文を書きましょう。シングは私の国の最も古いものの多くを心に保っている人でした。あなたのお国の古い詩は、フェーレイ氏やその他の人たちの訳が出版されて以来、私には非常に大事なものとなりました。ジョン・シングの戯曲や文を読んでいると、その瞬間私は中世紀とそれよりもっと古い時代にもどって行きますが、戻ってゆくその旅のおわりにはたくさんの美しいものを見いだすことが出来るにしても、そのあいだ中、私は荒涼たる大洋に沿うた石だらけの畑や、風に吹きさらされた裸か山の傾斜地の、草ぶきの小屋に住むまずしい不仕合せな人たちの中に自分を置いているのです。お国の能や昨日私が読んでいた十一世紀ごろの或る女官の日記では、その信じるところや心構えはあまり異ってはいないのですが、それは教養ある仕合せな人たちの世界の中のことです。日本の詩や戯曲を読んでいて、時どき私はシングが生きていたらと思うことがあります。日本の物語やその感じ方がシングがアラン島で書いた日記や「聖者の泉」「海に行く騎手」などの戯曲中にあるもの、またグレゴリー夫人と私がガルウェーやスライゴで発見したものにも大いに似通ったところがあります。たとえば、お国の「ニシキギ」のような話は私の国にもありますが、それは単なる小話であって、それを立派な詩に書き現した詩人はなかったのでした。最後の病気になるすこし前に、シングはもう農民の劇は書かないつもりだと私に言いました。かれが最後に書いた未完成の戯曲「悲しみのデヤドラ」は農民の言葉で書かれてあっても、古代アイルランドの王や女王の事でありました。彼がもっと長く生きていたならば、私がお国の文学から助けを得たように、彼も助けられたことでありましょう。イギリスに於ける彼の劇の成功を彼は少しもうれしく思わないと私に云ったことがあります。じっさい彼の死ぬ前に「プレーボーイ」が大陸で一二度上演されたことにも、彼はあまり関心を持っていなかったようでした。しかし日本の言葉に彼の戯曲が翻訳されることは、たしかに、非常に大きな歓びを彼に与えるでしょう。

W・B・イエーツ

一九二〇年十一月

ダンセイニの脚本及び短篇

片山廣子

（一）

ダンセイニの「アラビヤ人の天幕《てんと》」が先日明治座で新劇座の人々に依って上演され、今月になって友田恭助水谷八重子諸氏の手で同じ脚本及び「光の門」「旅宿の一夜」の三種が鉄道協会で試演されるということである。今まで学校の英語会余興にばかし使われていたダンセイニ劇の為には悦ばしい事に違いない。

私が今まで多少のダンセイニのものを訳して来た関係上、何かダンセイニについて云いたいことがあるならと人からいわれたが、訳者としては私はほとんど何も知らないから何も云えないと答えた、あまり乱暴な言葉のようであるが、訳する時はまるで機械の気分で眼と筆の使い分けをしているから原作について考える余裕は少しもない、訳し終ると「神おろし」の女が醒めた時のようにけろりとして何もかも忘れてしまう、女の頭は浅いものであるから、無理もない事であろうと思う。

それで訳者としては何もいえないが、しかし読者としては私はダンセイニについての好き嫌いだけをいいたい。

ダンセイニが今までに出した脚本九篇と十冊の短編集の中《うち》で、どちらかと云えばTalesの方を私は愛読した。そのTalesも、一九〇六年に出たTime and the Godsの中の預言者が云ってる――大王よ聞きたまえ、地に一つの河あり大海《おおうみ》にそそぐ、その水は無限の中をさかまき流れ、その激浪《げきろう》はすべての星の岸を浸す、これ人間の涙の河また涙の海なり――といったようなイザヤ書めいた文句から、昨年ごろ出したUnhappy Far-off Thingsの中に仏蘭西《ふらんす》のある村について――…The stale smell of war arose from the desolation…と枯れ切った筆で書くまでには随分いろいろ変ったものがあるようである、中で最も多く読まれているのはThe Book of Wonder, Fifty-one Tales, Tales of Wonderの三つであろう。その中でも私はTales of Wonderの中にある「海陸物語り」が好きだ。海賊シャードが五大国の艦隊に追われて地中海に逃げ込みアフリカに船を乗りあげて、分捕りの牛の二十四頭に船をひかせて大沙漠を横切り土人と戦いながら再びニージェル河に船を乗り入れ、水！　と叫びながら大西洋に出て行く物語りで、割合に長い物である、この話にはダンセイニにユーモアも夢もあって、その上に珍しくたくさんの人間味が溢れている。

（二）

同じ本の中の「食卓の十三人」も面白い、青年時代から多くの女を愛した狂紳士が山荘に孤独な生活をしてその女達を思い出し、ある夜十三人の宴会を催す、風が吹いて戸がきしむたびに新しい客が来るけはいがする、主人は立っていちいち別の婦人の名を呼び挨拶するという筋である。Book of Wonderの中の馬人シェパラークが祖先の伝説の山の故郷を出て人間界を横切り未知の世ズレタズーラ市に美人を求めに行く話〔「人馬のにい妻」本書二八頁〕、それからスリッス、シッピー、スローグの三人が金の箱を泥棒しに行く話も類なき名文である。

Fifty-one Tales はことごとく短い物ながら、すべてが草の露のように澄明な涼しい智とユーモアに光っている。誰にでも愛されるのはこの本であろうと思う。戦争に行ってから出版した Tales of Three Hemispheres は前の諸篇に比べて劣っている。作者の愛する霊界と人間界の中間である、「世界の端」の落つき場を戦争という大きな現実の光りで騒がされた為かとも思われる。Unhappy Far-off Things も戦争中の作で、しんみりした静かな筆で「ウェレランの剣《つるぎ》」と同じような優しい書き振りである。あまり面白い物ではない。私共はもう一度彼が霊の故郷に落ちついて神々と人間のにがく面白い交渉を書くのをしばらく待っていなければなるまい。

脚本の中では、もっと美しい「アラビヤ人の天幕」「女王の敵」の如きものでなく、彼の甘にがいユーモアが十分に出ている「旅宿の一夜」「山の神々」「光の門」の三つが舞台には割合に成功しそうに思われる。最長篇「神々の笑い」の中に皇后と侍女たち及び三人の貴婦人が出て来る、「女王の敵」に女王及び侍女が出る、「アルギメネス王」に四人の妃《ひ》が出て来る、「アラビヤ人の天幕」にジプシーの女が出る、その他には一人の女も出てこない。以上並べた中でも「女王の敵」の女王だけが主要人物で、ほかのはただ色ざしに出されている。ダンセイニの書く夢の国の空気には人間のにおいのする女は生存し得られない為であろうけれど、日本の舞台に上演する段になると、これが面倒の一つだろうと思われる。

花柳氏一派及び友田氏一派が共に「アラビヤ人の天幕」を選んだのはエズナルザが程よい役である為もあろうが、日本語に移して、あの脚本の夢と詩が傷つけられることを私は恐れている、沙漠の砂の一つ一つに充ちている寂しみを舞台の上に漲《みなぎ》らせることはかなりの難事ではあるまいか。どうしても、「アラビヤ人の天幕」は詩人の夢である。演出者は安価な感激や和製の技巧を捨てて、せめてその刹那だけでも心からの詩人になろうとしなければならぬ。

（三）

かの駱駝追いベルナーブの如きは沙漠の砂と風とに教育された立派な詩人で、そのゆめは王冠と力とであった。この人を安っぽくすると、王とジプシーの女も安っぽくなる、そして脚本全体が小さな物になってしまう。王と駱駝追いとが交換する二人の夢はその重みがかなり等しいほどの物でなくてはなるまいと私は思う。私はあの脚本を始めて読んだ時、ひょっとかして先代の王の血を受けたかも知れない若い野心家の駱駝追いに深い妙味をひかれて読んだ。まだ誰の芝居も見ないから、これはただ私の老婆心でいうのである。

作の巧拙は措いて、アルギメネス王が地から掘り出した青銅の剣に祈るところは力づよく私の心を引いた、作者は――「光の門」は舞台では成功したが、私はあまりあの作を好まない、その後アルギメネスを書いた時、始めて自分の故郷の言葉で書くことが出来た、故郷とは私の生れた国の愛蘭《あいるらんど》の意味ではない……と云っている、米国あたりの評論家は大変にアルギメネスを悪くいうが、悪くてもまずくても、ダンセイニ自身のにおいが最も強く出ているのは「山の神々」に次いでこの作であるように思われる。

ダンセイニは米国にこそ大いに歓迎されているが、彼の英本国においてはあまり流行児ではないようである、我々日本人が彼をうけ入れても受け入れなくとも、それはどうでもよい。ただ薄っぺらな小さな物として誤り伝えられないようにと、愛するダンセイニの為にそれだけを私は祈っている。

解説・解題

解説　「片山廣子」と「松村みね子」

井村君江

本書の翻訳家、「松村みね子」の幼少期の本名は「吉田廣子」であった。明治十一年（一八七八）、外交官の父、吉田二郎の長女として、麻布に生まれ、妹一人、弟二人であった。六歳で英国人教師から、正式に英語を学ぶ。明治十八年に、東洋英和女学校予科に入学、本科、高等科と進み、明治二十八年に卒業。洋式の寮生活を送り、聖書に基づく宗教教育を受ける。英語の授業は校長のマンロー先生から受け影響があるが、キリスト教徒には生涯ならなかった。

明治二十九年十八歳で、佐佐木信綱に入門し、歌人として出発する。三年後の明治三十二年に、片山貞次郎（大蔵省・日本銀行理事）と結婚、「片山廣子」となる。翌年、長男達吉（後、筆名吉村鉄太郎）が誕生。八年後には、長女総子《ふさこ》（後、筆名宗瑛《そうえい》）が誕生している。夫の貞次郎は大正九年に死去し、未亡人となる。

「松村みね子」という筆名を、なぜ「片山廣子」が用いたのか、その事情を説明しよう。歌人片山廣子は、佐佐木信綱主催「竹柏会《ちくはくかい》」（明治三十二年結成）の会誌、「心の花」に歌や随筆を発表していたが、外国作品の翻訳を掲載し始め、歌人の名とは別に翻訳家の筆名があった方がいいと思っていた。ある雨の日、電車の中で向かいに座っていた可愛い女の子の雨傘に「松村みね子」の名前を美しいと見た廣子は、これを自分の筆名に借りようと思った。見ず知らずの女の子の名前が（翻訳家の筆名として「心の花」で初めて使ったのは三十五歳になる大正二年）、それから約四十数年のあいだ、「翻訳家　松村みね子」として有名になったのである。幼時「吉田廣子」、そして「片山廣子」「松村みね子」の二つの名前が、文章の種類によって、生涯使い分けられるようになる。

歌人片山廣子は、初期に発表した集大成（約二十年間）を『翡翠《かはせみ》』という本にまとめ、この本の序文は野口米次郎で、書評を書いたのは芥川龍之介であった。芥川龍之介はそのとき帝大生（二十四歳）であり、「啞苦陀」の筆名で「新思潮」（大正五年六月号）に批評を掲載するが、実際に片山廣子に会うのは、芥川が三十二歳、廣子は十四歳年上の四十六歳の（すでに未亡人になっていた）ときで、軽井沢「つるや」旅館であった。

二人の作家の付き合いは、翻訳者松村みね子に重要な出来事なので、芥川との友人としての付き合いを簡潔に述べよう。大正十三年（一九二四）八月の約一カ月、芥川龍之介は仕事を持って、「つるや」に滞在した。廣子はこの避暑地を好んでおり（よく訪れ、後に土地を購入）、この時も娘の總子と滞在、芥川龍之介と初めて出会う。作家の室生犀星とも合流し（二人はみね子を「くちなし夫人」と呼ぶ）、追分に散歩に行ったり碓氷峠《うすい》を散策したりしたと、室生犀星は文章に書いている。室生犀星は堀辰雄（卒論は「芥川龍之介論——芸術家としての彼を論ず」）を芥川龍之介に引き合わせ、堀辰雄はそのとき知り会ったみね子母娘を、小説『聖家族』『物語の女』『菜穂子』などに描いている。芥川龍之介の親友といわれる菊池寛は、単独で大正六年に、「時事新報」の記者としてアイルランド文学翻訳家のみね子をインタビューしており、アイルランド文学に詳しかった菊池寛を知ったみね子は、しばしば文学の翻訳について相談しており、大正十年刊行のみね子の翻訳書『ダンセニイ戯曲全集』に、菊池寛は序文を書いている。

芥川龍之介と松村みね子が大正十三年から二年のあいだに交わした手紙のうち、松村みね子の書簡十四通が現存しているが（高志《こし》の国文学館所蔵、芥川の書簡は焼失）、それを見ると翻訳者松村みね子が、英文学の深い知識を持っていたのが分かる。

まず芥川はみね子を「シバの女王」と呼んでいるが、この言葉はみね子が初めに手紙に書いて芥川に送ったものであり、芥川はソロモン王であろうが、これはバイブル（旧約聖書）、「列王記上」第十章、「歴代誌下」第九章にある。「グリンアイド・モンスタア」（緑の目の怪物）という言葉も書簡で交わされているが、これはシェイクスピアの戯曲「オセロー」のイアゴーの台詞で、「嫉妬」の意味である。「聖書」「シェイクスピア」は二つともに、イギリス文学の基礎的な知識で、これらをみね子は押さえていたことに気づくのであり、そしてみね子はこの時期に、芥川龍之介を詩人にしたのである（「越し人」「或る阿呆の一生」参照）。

松村みね子が翻訳した作家を、国別にあげてみよう。

◆アイルランド

オーガスタ・グレゴリー（一八五二―一九三二）　満月／愛蘭民謡

G・バーナード・ショウ（一八五六―一九五〇）　黒い髪の女／アンドロクルスと獅子

W・B・イエーツ（一八六五―一九三九）　うすあかりの中の老人／カルヴァリー／クール湖の野生の白鳥／イエーツの序文

J・M・シング〔シンヂ〕（一八七一―一九〇九）　谷のかげ／いたづらもの
T・C・マーレイ（一八七三―一九五九）　モーリス・ハート
ダンセイニ卿〔ダンセニイ〕（一八七八―一九五七）　火の後に　外四篇／ブーブ・アヒーラの祈り／ロドリゲスの記録
ジョーゼフ・キャンベル（一八七九―一九四四）　詩二章
パトリック・ピアス（一八七九―一九一六）　馬鹿もの
ジェームス・スチィヴンス（一八八〇―一九五〇）　ほそい月／ちひさいもの
パードリック・コラム（一八八一―一九七二）　「長靴の猫」の悲しき後日譚／麦の奇蹟
S・J・アーヴィン（一八八三―一九七一）　寛大な恋人
リアム・オフラハティ（一八九六―一九八四）　野にいる牝豚

◆イギリス

トマス・ハーディ（一八四〇―一九二八）　大うそつきトニー・カイトの恋／懺悔
フィオナ・マクラウド（一八五五―一九〇五）　かなしき女王／一年の夢
F・W・ベイン（一八六三―一九四〇）　暗の精／闇の精　のろわれたる姫
アーサー・シモンズ（一八六五―一九四五）　ユダヤにおけるクレオパトラ
ジョン・メイスフィールド（一八七八―一九六七）　忠臣蔵
D・H・ロレンス（一八八五―一九三〇）　アドルフ
J・H・A・ヒックス（生没年不詳）　蘭のうた

◆アメリカ

ホアキン・ミラー（一八三七―一九一三）　自然の美

アーロ・ベイツ（一八五〇―一九一八）　銀の皿

エイミィ・ロウェル（一八七四―一九二五）　春の日／貴婦人

ジョン・コーノス（一八八一―一九六六）　茶をつぐ女

ジョンストン・マッカレー（一八八三―一九五八）　鍵をかけて！

R・A・リヴィングストン（一八八五―？）　ホテルの客

◆ドイツ

ヘルマン・ズーデルマン（一八五七―一九二八）　遠くの王女（G・フランク英訳）

◆インド

ラビンドラナート・タゴール（一八六一―一九四一）新月 The Crescent Moon／ほめうた Gitanjali／園守 The Gardener

以上の一覧にあるように、アイルランド（十二人）、イギリス（七人）、アメリカ（六人）、ドイツ（一人）、インド（一人）であるが、言語はすべて英語で、ドイツのズーデルマンは英訳を用いている。アイルランド文学もほとんど英語で、スコットランド人のフィオナ・マクラウドのように、ゲール語（アイルランド語）が時々書いてある場合には、学者や文壇でアイルランド語を知る人に、直接に尋ねに行く熱心さだったということである（燕石猷《えんせきゆう》の言）。鈴木大拙の夫人、ビアトリス（スコットランド系アメリカ人）からもアイルランドの知識を得ていたようである。

フィオナ・マクラウドは筆名で、本名はウィリアム・シャープ、著作集（全七巻）はハイネマンから出ているが、その二巻目が松村みね子蔵書（日本女子大学図書館蔵）から欠落しており、その本は松村みね子が芥川龍之介に贈ったようで、現在その本を所有している方からお借りしているが、芥川龍之介は自分の名前を英語でサインしており、みね子の書き込みはなく、目次にかすかに鉛筆の跡が残っているだけである。

大正・昭和初期の日本の文壇では（大正五頃から昭和十年）、アイルランド（愛蘭土）文学が流行しており、「六合雑誌《りくごう》」にダンセイニ、「詩人」や「聖盃」にイエーツと、多くの人たちが雑誌にアイルランド文学の翻訳やアイルランド文芸復興運動に関する評論などを載せており、みね子にもその影響があろうが、自分が訳す必然もあったのであろう。特にグレゴリー夫人についてなど、女性を男性と同等に扱いたいと思っていたみね子にとっては日本の人々に紹介したい作家だったのである。アイルランド文学翻訳家としての名声は当時高くなり、その翻訳は本来の歌人としての言葉の感覚があり、「実によく訳されている」と森鷗外は言い、上田敏・坪内逍遥も褒めるほどだったそうである（佐佐木信綱「心の花」昭和三十二年五月）。

松村みね子の翻訳を年代順に表にしてみる。

松村みね子　年代順翻訳業績

表記の仮名遣いは原文のままとし、著者名が英語のみの場合は片仮名に直した。

発行年月	表題	国	著者名	内容	掲載誌・発行所
明・34・2	自然の美	米	ミラー	随筆	心の花（4・2）
3	自然の美	米	ミラー	随筆	心の花（4・3）
大・3・1	満月	愛	レディ・グレゴリー	戯曲	心の花（18・1）
5	暗の精――のろはれたる姫	英	ベイン	物語	心の花（18・5）
6	闇の精――のろはれたる姫	英	ベイン	物語	心の花（18・6）
7	闇の精――月の全蝕	英	ベイン	物語	心の花（18・7）
8	闇の精――月の全蝕	英	ベイン	物語	心の花（18・8）
10	タゴールの詩――詩集・園守	印	タゴール	詩	心の花（18・10）
11	タゴールの詩――詩集・新月	印	タゴール	詩	心の花（18・11）
4・1	黒い髪の女	愛	ショウ	戯曲	心の花（19・1）
4	タゴオルの詩――「ほめうた」より	印	タゴオル	詩	心の花（19・4）
7	船長ブラスバオンドの改宗	愛	バーナード・ショウ	戯曲	竹柏会（T4・7）
8	谷のかげ	愛	シンヂ	戯曲	心の花（19・8）
5・1	新聞きりぬき	愛	ショオ	戯曲	心の花（20・1）
1	銀の皿	米	アーロ・ベイツ	戯曲	婦人画報（118）
6	忠臣蔵	英	メイスフキルド	戯曲	三田文学（7・6）
8	アルギメネス王	愛	ダンセニイ	戯曲	三田文学（7・8）
9	うすあかりの中の老人	愛	イエイツ	物語	三田文学（7・9）
9	大うそつきトニイ・カイトの恋	英	ハアディ	小説	心の花（20・9）
11	人馬のにひ妻	愛	ダンセニイ	物語	三田文学（7・11）
6・1	アンドロクルスと獅子	愛	ショオ	戯曲	心の花（21・1）
1	遠くの王女	独	ズウデルマン	戯曲	婦人画報（136）

2	火の後に　他四篇	愛	ダンセニイ	短篇（火の後に／兎と亀の実録／渡し守／鶫の歌／鶏）	三田文学（8・2）
5	懺悔	英	ハアディ	小説	東亞之光（12・5）
5	春の日　詩集 Men, Women and Ghosts の中より	米	エイミィ・ロウェル	詩（浴み／朝の食卓／散歩／午と午後／夜と睡眠）	三田文学（8・2）
6	いたづらもの	愛	シンヂ	戯曲	東京堂書店
10	ユダヤに於けるクレオパトラ	英	シモンズ	戯曲	心の花（21・10）
12	伝説より	英	ウィリアム・シャアプ／フィオナ・マクラオド	物語（かなしき女王／女王スカァアの笑ひ）	三田文学（8・12）
7・1	山の神々	愛	ダンセニイ	戯曲	心の花（22・1）
4	アラビヤ人の天幕	愛	ダンセニイ	戯曲（Plays of Gods and Men 中より）	三田文学（9・4）
8・9	女王の敵	愛	ダンセニイ	戯曲	三田文学（20・9）
9・11	貴婦人	米	エミィ・ロウェル	詩（貴婦人／梭魚／痴人の財布／贈物）	心の花（24・11）
12	詩　Yeats――The Wild Swans at Coole より	愛	イエイツ	詩（野うさぎの骨／ソロモンがシバに／猫と月）	三田文学（11・24）
10・1	一年の夢	英	ウィリアム・シャアプ／フィオナ・マクラオド	物語	心の花（25・1）
6	愛蘭民謡	愛	レディ・グレゴリー訳	詩（詩人の愚痴／女ごころのかなしみ）	三田文学（12・6）
11	詩二章	愛	ジョーゼフ・キャンベル	詩	詩聖（2）
11	ダンセニイ戯曲全集	愛	ダンセニイ	戯曲（菊地寛序／山の神々／アルギメネス王／光の門／アラビヤ人の天幕／神々の笑ひ／おき忘れた帽子／金文字の宣告／旅宿の一夜／女王の敵）	警醒社書店

11・4	馬鹿もの	愛	パトリック・ピアス	詩	詩聖（7）
5	「長靴の猫」の悲しき後日譚	愛	パドリック・コラム	物語	三田文学（13・5）
5	ブウブ・アヒイラの祈	愛	ダンセニイ	物語	明星（1・7）
6	カルバリイ	愛	イエイツ	戯曲	劇と評論（1・1）
6	愛蘭戯曲集　第一巻	愛	シング／アーヴィン／ピアス／マアレイ／マクラオド／グレゴリイ／イエーツ	戯曲（谷のかげ／寛大な恋人／詩人／モーリス・ハアト／ウスナの家／満月／欲求の国）	玄文社出版部
12・1	アドルフ	英	D・H・ロレンス	小説	心の花（27・1）
4	ロドリゲスの記録	愛	ダンセニイ	小説	心の花（27・4）
7	シング戯曲全集	愛	シング	戯曲（谷の影／海に行く騎者／鋳掛屋の婚礼／聖者の泉／西の人気男／悲しみのデヤドラ）	新潮社
13・1	麦の奇蹟	愛	パドリック・コラム	戯曲	心の花（28・1）
3	近代劇大系　第九巻　英及愛蘭篇	愛	シング／ダンセニイ	戯曲（西の人気男／山の神々／光の門）	近代劇大系刊行会
4	茶をつぐ女	米	ジョン・コーノス	小説	女性改造（3・4）
12	海豹	英	フィオナ・マクロウド	物語	心の花（28・12）
14・1	琴	英	フィオナ・マクロウド	物語	心の花（29・1）
2	琴	英	フィオナ・マクロウド	物語	心の花（29・2）
3	かなしき女王	英	フィオナ・マクロウド	短篇（海豹／女王スカアアの笑ひ／最後の晩餐／髪あかきダフウト／魚と蝿の祝日／漁師／精／約束／琴／浅瀬に洗ふ女／剣のうた／かなしき女王）	第一書房

昭・2・7	近代劇全集　25　愛蘭土	愛	イエーツ／シング／ダンセニイ	戯曲（カスリイン・ニ・フウリハン／心のゆくところ／鷹の井戸／海に行く騎者／谷の影／聖者の泉／西の人気男／山の神々／光の門／女王の敵／もしもあの時）	第一書房
3・4	世界文学全集　33　英国戯曲集	愛	シング	戯曲（プレイボーイ／海に行く騎者）	新潮社
7	野にゐる牝豚	愛	リアム・オッフラハアティ	物語	女人藝術
9	世界戯曲全集　第九巻　愛蘭劇集	愛	シング／ダンセニイ	戯曲（海に行く騎者／谷の影／西の人気男／山の神々／光の門）	世界戯曲全集刊行会
10	ほそい月	愛	スチィヴンス	詩	女人藝術
4・1	ホテルの客	米	リヴィンストン	小説	婦人之友（23・1〜6）
2	ちひさいもの	愛	スチィヴンス	詩	女人藝術
7	鍵をかけて！	米	マッカレー	小説	婦人之友（23・7〜12）
11	世界文学全集　35　近代戯曲集	愛	ダンセニイ	戯曲（山の神々）	新潮社
5・12	近代劇全集　39　英吉利	愛	ショウ	戯曲（アンドロクルスと獅子／運命の人）	第一書房
27・10	カッパのクー	英愛	オケリー他（キップリング）篇	物語（カッパのクー／大男の階段／アキールのカラス／聖キイランと弟子たち／レップラカン物語）	岩波少年文庫（44）
28・12	鷹の井戸（再録）	愛	イエイツ	戯曲（カスリイン・ニ・フウリハン／心のゆくところ／鷹の井戸）	角川文庫
31・9	海に行く騎者　他一篇	愛	シング	戯曲（海に行く騎者／西の人気者）	角川文庫
34	蘭のうた（『洋ラン　作り方の手引き』）	英	ヒックス	詩	誠文堂新光社

一番先に訳したのはアメリカ文学のホアキン・ミラー「自然の美」で、歌誌「心の花（こころの華）」誌上に二度にわたり掲載されている。ミラーは野口米次郎がアメリカではじめて知った、丘に一人住んで詩を書いている仙人のような詩人である。片山廣子が「心の花」に発表していた歌をまとめた本『翡翠』に、序文を書いたのは野口米次郎だった。

こう考えてくると、松村みね子が歌人から翻訳家になろうと決心するのは、ミラー訳（明治三十四年）より後のことであろうと思われてくる。「自然の美」から十年以上の空白を経て、アイルランドのグレゴリー夫人の「満月」やベインの「暗の精」（「闇の精」）の翻訳あたりから、みね子は翻訳家としての自覚を、明確に持ち始めたのではあるまいか。「満月」を「心の花」に二十六頁も掲載した後の頁に、「海賊の船」と題する和歌を六十八首も載せるなど、当時としては恐るべきエネルギーを発揮していたのである。

この時期、アイルランドやインドはイギリスより独立する機運に燃えており、インドのタゴールが来日するなどして、そのムーヴメントの盛り上がる空気をみね子は感じていたろうし、こうした他民族の文化を日本の人たちに紹介したいと、翻訳の筆を執ったのかもしれないのである。みね子は当時の女性には珍しく、男女の平等を目指しており、自分も積極的な態度が取れる実行力もある女性なのであった。

松村みね子はこれらの翻訳だけでなく、童話も「赤い鳥」に載せ小説も「文藝の三越」に発表し、最晩年の随筆集『燈火節』は昭和三十年の「エッセイスト・クラブ賞」を授与されるというように、創作の方面でも才能を発揮したのである。そのとき使用した名前は、片山廣子であった。二年後の昭和三十二年に、七十九歳でこの世を去るのだが、このときの名前も片山廣子であった。

便宜上、松村みね子の翻訳年譜一覧表を掲載した。これは一九九九年に沖積舎から出版された『かなしき女王』の巻末に掲載したものを、今回、加筆修正したのである。遺漏があれば、ご批判を賜りたい。猶、短期間で完成させた原稿を清書された矢田部健史さんに、心から感謝を申し上げたい。

編者解題　展覧会を通りすぎて

未谷おと、善度爾宗衛、杉山淳

本書は、単行本未収録の訳文を中心に全体を五部に分けて構成した。松村みね子こと片山廣子のバラエティに富んだ訳業を一望できるつくりとなっている。

第一部は、松村みね子がはじめて本格的な紹介をおこなったロード・ダンセイニ（Lord Dunsany ダンセイニ卿）や、アイルランド作家の短篇を中心にまとめた。

イエーツ（William Butler Yeats）については有名な作家であるから言を省く。「うすあかりの中の老人 The Old Men of the Twilight」の既訳としては「黄昏の老人達」（井村君江・大久保直幹訳、『神秘の薔薇』国書刊行会、一九八〇）がある。

「野にいる牝豚 The Wild Sow」のリアム・オフラハティ（Liam O'Flaherty）はアイルランドのアラン諸島出身の作家。極貧の中で母親に語られた民話などで想像力や語りの力を養った。長篇もあるが、一五〇を超える短篇で評価されている。『オフラハティ珠玉集』（多湖正紀訳、あぽろん社、一九八四）という短篇集が発行されているが編者は未見。『アイルランド短篇選』（橋本槇矩編訳、岩波文庫、二〇〇〇）、『現代アイルランド短編小説集』（風呂本武敏・惇子訳、公論社、一九七八）、『現代アイルランド短編集』（井勢健三訳、あぽろん社、一九九〇）に収録の諸作品には興味深いものもある。先行するイェーツと読み比べると、イギリス文化に軸足を置くアングロ・アイリッシュと生粋のアイルランド人との性格の違いが見えてくるように思われる。

ダンセイニ卿はアイルランドの貴族、作家。「人馬のにい妻」はダンセイニの第五短篇集『驚異の書 The Book of Wonder』収録の The Bride of the Man-Horse を訳出したものである。既訳には、「ケンタウロスの花嫁」（山田修訳、『妖精族のむすめ』ちくま文庫、一九八七）、「ケンタウロスの花嫁」（安野玲訳、『世界の涯の物語』河出文庫、二〇〇四）がある。「ブーブ・アヒーラの祈り The Prayer of Boob Aheera」はダンセイニの初期短篇の最後を飾る『三半球物語 Tales of Three Hemispheres』中の一篇で、既訳には「ブウブ・アヒィラの祈り」（吉村満美子訳、『時と神々の物語』河出文庫、二〇〇五）がある。「火の後に外四篇」はダンセイニの初期短篇集の中でも特に短い話ばかりを集めた『五十一話集 Fifty-One Tales』からで、原題は次の通り。「火の後に After the Fire」「兎と亀の実録 The True History of the Hare and the Tortoise」「渡し守 Charon」「鶫の歌 The Song of the Blackbird」「鶏 The Hen」。《この世界で一番大きかったものは人間の夢であった》と結ばれる「火の後に」はもっとも想像力に満ちていた時期のダンセイニの本音であっただろう。片山はおそらくこれを自らの願望として訳したのではないか。自分の夢見た空想の行きつく先を誰かが見つけてくれる＝救済として、というのは言い過ぎだろうか。「ロドリゲスの記録」はダンセイニの第一長篇『影の谷物語 Don Rodriguez : Chronicles of Shadow Valley』（原葵訳、ちくま文庫、一九九一）の冒頭部である。一九二二年の原著刊行の翌年に翻訳されており、片山はほとんどリアルタイムで読んだものと思われる。ダンセイニの長篇の中ではストーリーテリングに乏しい作品であるが、特徴的なユーモアが好まれているもので、片山の興味もそのあたりにあったものと思われる。

D・H・ロレンス（David Herbert Lawrence）の「アドルフ Adolf」は、アメリカの文芸誌 The Dial の一九二〇年九月号に掲載された作品。

第二部は、ミステリを中心に娯楽寄りの作品を集めた。

トマス・ハーディ（Thomas Hardy）については押しも押されもせぬ英文学作家として知られているが、訳の文体や片山によるはしがきなどから娯楽作品として本書では扱うこととした。「大うそつきトニー・カイトの恋 Tony Kytes, The Arch-Deceiver」は「古びた人々の物語 A Few Crusted Characters」中の小話を抜き出して訳出したものである。短篇「古びた人々の物語」の全訳は、『人生の小さな皮肉』（小林清一訳、創元社、一九八四）、『トマス・ハーディ短編全集第三巻　人生の小さな皮肉』（深澤俊・内田義嗣監訳、大阪教育図書、二〇〇二）などに収録されている。「懺悔 A Confession」は長篇『緑樹の陰で Under the Greenwood Tree』（『トマス・ハーディ全集2』所収）の第三章の抄訳。翻訳の原文に著者名は明記されていない。既存の書誌にはない作品で、編者の未谷が偶然に書誌情報を見つけて京都の図書館で掲載誌「東亞之光」から発掘してきたものである。

第二部で特筆すべきは、ミステリ作品――「ホテルの客」「鍵をかけて！」――が収録されていることだろう。片山廣子は、『燈火節』で、こんな嗜好を明らかにしている。

およそ探偵小説と名のつく沢山の探偵小説を私は長いあひだ愛して来たが、師父ブラオンの叡智はど常に新しく尊いものはほかにないと思つてゐる。しかしイギリスでなくても、日本にも銭形平次やあご十郎のやうなすばらしい探偵が生み出されてゐる。（「掏摸と泥棒たち」）

片山廣子のミステリ好き、探偵小説好きは、堀多恵子も記録している。西荻窪にある古書店、盛林堂書房主人、小野純一氏の調査によれば、日本女子大学に寄贈された片山廣子旧蔵の洋書一六〇冊の四分の一がミステリ作家またはミステリ作品関係であり、「師父ブラオン（ブラウン神父）」シリーズのG・K・チェスタトンをはじめ、F・W・クロフツ、エラリー・クイーン、S・S・ヴァン・ダインらの作品があったという。（『月紅――松村みね子訳詩集』「あとがきにかえて」〔二〇一四年九月、盛林堂ミステリアス文庫〕）

「ホテルの客」の作者リヴィングストン（Robert Armstrong Livingston Jr）は、アメリカの作家。パルプ（大衆）雑誌Saucy Romantic AdventuresやDetective Story Magazineに執筆していた。探偵名を冠した「ジミー・トレイナー・ミステリー・シリーズ」としてNight of Crime、The Doublecross、Trackless Deathの三冊が書籍化されている。「鍵をかけて！」の作者ジョンストン・マッカレー（Johnston McCulley）もアメリカの作家。代表作に、「地下鉄サム」シリーズや「怪傑ゾロ」シリーズがある。「茶をつぐ女」のジョン・コーノス（John Cournos）はロシア生まれ、イギリスを経てアメリカに渡ったユダヤ人作家・翻訳家。以上三作は原文調査にまではいたらず、原作未詳である。

注目したいのは、パルプ作家リヴィングストンの書いたミステリを片山廣子が翻訳していたということだ。これは片山が、定常的にアメリカのパルプマガジンを愛読していた可能性を示唆している。大正時代の丸善の洋書コーナーには新刊として多くのパルプマガジンが置かれていたともきく。片山は、自身の嗜好にあったパルプマガジンを買い求め、一読者として愉しんでいたのではないだろうか。ミステリ二作品の訳業は、おそらく、依頼によるものだと推察されるが、松村みね子こと片山廣子のミステリとのかかわりを具体的に示すものとしておさえておきたい。片山廣子のミステリ好きは、堀辰雄「恢復期」に登場する未亡人の造形にも、投影されているようだ。

第三部は松村みね子の訳業の中心をなす戯曲をまとめた。

「ユダヤにおけるクレオパトラ Cleopatra in Judaea」のアーサー・シモンズ（Arthur Symons）は英国の詩人・批評家。パードリック・コラム（Padric Colum）の「麦の奇蹟 The Miracle of the Corn」は一九二二年発行の Dramatic Legends and Other Poems に収録されている。著者はアイルランドの詩人・劇作家・児童文学作家。首都ダブリンのアベイ座に戯曲を書いて若手注目の劇作家として知られることになったが、その後はアメリカに渡って児童向けに神話や伝説などを書いた。ダンセイニの熱心すぎる愛読者には、アメリカで再版された短篇集に序文を寄せたことで知られる。ジョン・メイスフィールド（John Masefield）の「忠臣蔵 The Faithful」の原著刊行は一九一五年、その翌年に片山は全三幕のうちの第二幕を訳している。著者は英国の桂冠詩人。小山内薫による全訳『忠義』は一九二一年に初演及び出版された。「銀の皿 An Interrupted Proposal : A Little Parlor Play」は翻訳発表時は著者が明記されておらず、その後の調べでアーロ・ベイツ（Arlo Bates）であることがわかった。アメリカの作家で、詩集、長篇小説、短篇集、批評を何冊か発行している。「遠くの王女」のヘルマン・ズーデルマン（Hermann Sudermann）はドイツの劇作家・作家。ドイツ語の原題を Die ferne Prinzessin といい、翻訳の底本はアメリカの言語学者グレース・フランク（Grace Frank）による英訳 The Far-Away Princess であると思われる。
片山廣子が精力的にアイルランド文学を中心に翻訳していた大正時代、戯曲は文芸作品として多くの読者を得ていた。現代とは隔世の感がある。片山廣子が「心の花」に書いた記事に、育児や病床の亭主の世話におわれ、執筆がままならず、苛立っていた心境にふれたものがあったが、片山廣子にとって翻訳は、自己開放の主たる手段であった。初期の翻訳作品、ジョージ・バーナード・ショウ「船長ブラスバオンドの改宗」、ベイン「闇の精」、フィオナ・マクラウド「かなしき女王」といった自身の思いいれも強いと推測される翻訳作品は、女性が活躍する物語である。抑制を強いられる日常生活のはけぐちのひとつに、翻訳があったことは否定できない事実である。いずれにせよ、今日、一般には読まれることが少ない戯曲作品が、大正時代は読みものとして積極的に受容されていたことを指摘しておく。

第四部は、訳詩を中心にまとめた。詩は、幅広く翻訳対象が選択されていて、訳語も平易な語彙が用いられている。リズミカルな調子は、あきらかに音読を前提としている。読者には、口と耳でも松村みね子の訳詩を味わってほしい。

「蘭のうた Songs of the Orchids」のJ・H・A・ヒックスについて詳しいことはほとんどわからない。原詩は蘭の専門雑誌 The Orchid Review に不定期連載された一連の詩中の一篇で、一九二三年八月号掲載の Bulbophyllum Barbigerum。各回の副題は蘭の品種名である（片山は他に Masdevallia Muscosa も訳しているが初出誌不詳）。この訳詩が収録されている『洋ラン　作り方の手引き』の執筆者・加藤光治（園芸研究家）は竹柏会で片山廣子の後輩にあたり、翻訳中の片山から植物についての質問を受けるなどの交流があった。翻訳も加藤が頼んだもので、《原詩よりは遥かにうるおいのあるうたになっている》

（『洋ラン』）とのこと。

資料の部は、小品を中心に集めた。

「イエーツの序文」はこれまでの書誌にはなかった作品で、栗原潔子発行の短歌誌「短歌風光」二号（一九五〇）に片山廣子名義で掲載のもの。栗原も竹柏会における片山の後輩である。「第二号を出すにあたつて、片山ひろ子夫人が、私達の遠慮のない希ひを容れてイエーツの序文を、特にお訳し下さつたことを深く謝したい。私達はこれらの言葉から何か深い啓示をうけることが出来るやうに思ふ」と栗原は後記に書いた。先輩歌人へのあこがれや畏れを感じる一文で、晩年の片山が短歌界隈でどのように受け取られていたのかがうかがえる。本文中にあるように、「イエーツの序文」の原文は一九二三年（大正十二）に新潮社から発行された『シング戯曲全集』に掲載された。冒頭、注釈なしにいきなり英文が二ページほどあり、イエーツの名は本人の筆記署名を写している。沖積舎が二〇〇〇年に出した復刻版では割愛されており、おそらくはイエーツの序文があったことすら忘れられていたのではないだろうか。

「自然の美」は、一九〇一年（明治三十四）の「こころの華」に二回にわたって片山廣子名義で掲載された。巻頭に限りなく近い場所に掲載されていることから、相当に期待された作品であったようである。この時、片山は二十三歳であるが、次の翻訳は三十六歳を目前に控えた一九一四年（大正三）、グレゴリー夫人の戯曲「満月」（「心の花」一月号）までほぼ十三年もかかることになる。雅文体で訳されており、片山の訳業の中で位置づけとしては習作となるが、それにしては流麗な訳文である。

「ダンセイニの脚本及び短篇」は「時事新報」一九二一年（大正十）六月の連載で、これまでの書誌になかったものを金光寛峯氏が発掘した。片山の訳した『ダンセニイ戯曲全集』は同年の十一月に発行されており、あとがきを読むと、野口米次郎を通してダンセイニに同書出版の許可をもらう手紙を書いてもらい、六月に返事が来たという。文中にダンセイニの言葉を引用しているが、その返事だろうか。本文における明治座での上演は新劇座による五月二十九～三十一日、鉄道協会の試演とはわかもの座が帝國鉄道協会講堂で上演した六月十一～十二日のことである。試演での水谷八重子のエズナルザは好評だったらしく、片山の心配はその時は取り越し苦労におわったわけだ。文中に挙げられている Unhappy Far-off Things 以外のダンセイニ短篇はすべて翻訳がある。河出文庫の『世界の涯の物語』をはじめ中野善夫編訳による四冊の短篇集を当たられたい。《The stale smell of war arose from the desolation》は、戦争の腐臭が痛ましきものから立ちのぼった……とでも訳せばよいか。片山のダンセイニ評は現代のダンセイニ研究にも引用できるほど的確なものである。《Fifty-one Tales はことごとく短い物ながら、すべてが草の露のように澄明な涼しい智とユーモアに光っている。》《ダンセイニの書く夢の国の空気には人間のにおいのする女は生存し得られない。》という辺りはスタンダードなダンセイニ解釈であるし、《かの駱駝追いベルナーブの如きは沙漠の砂と風とに教育された立派な詩人で、そのゆめは王冠と力とであった。この人を安っぽくすると、王とジプシーの女も安っぽくなる、そして脚本全体が小さな物になってしまう。王と駱駝追いとが交換する二人の夢はその重みがかなり等しいほどの物でなくてはなるまいと私は思う。》など卓越した戯曲読みの実力あってこその評である。

＊

歌人・翻訳家の片山廣子は、一八七八年（明治十一）二月十日、外交官・吉田二郎の長女として東京麻布で生まれ、幼児より記憶力に優れていた。東洋英和女学校に通い、英文学の素養を身につける。また、佐佐木信綱門下となり、短歌の実作もおこなうことになる。『赤毛のアン』で有名な村岡花子は東洋英和女学校の後輩にあたり、柳原白蓮の紹介により信綱門下となった村岡に翻訳を勧め、自らの蔵書をきまえよく貸し出したという。片山廣子を中心に広がる文学的な輪は、村岡花子だけではない。有名な軽井沢での芥川龍之介や堀辰雄との交遊は、堀辰雄の出世作『聖家族』に描きだされているが、あれはあくまで小説であり、実質的に芥川と片山、堀辰雄と片山の娘・宗瑛に恋愛感情はなかっただろう。だが、堀辰雄に日本の古典作品、とりわけ日記文学の面白さを伝えたのは片山廣子であり、芥川が「越し人」連作（旋頭歌《せどうか》二十五首）を片山に捧げたのは有名である。軽井沢での交わりは、きわめて知的なものだった。

片山廣子名義の短歌、エッセイほかは、『燈火節　随筆＋小説集』『野に住みて　短歌集＋資料編』（ともに月曜社／二〇〇四、二〇〇六）および『片山廣子全歌集』（秋谷美保子編、現代短歌社、二〇一二）に網羅されている。月曜社刊行の二冊は実質的な全集で、金光寛峯氏作成の書誌および参考文献一覧は、雑誌「幻想文学」二号（一九八二）収録の井村君江氏による「片山廣子著作一覧」を増補したものになっており、現時点の決定版である。

やはり、片山廣子の本領は、松村みね子名義の翻訳にある。名訳として名高いマクラウド『かなしき女王』（初版は一九二五年。残念なことに、復刻版の沖積舎〔一九八九〕、ちくま文庫〔二〇〇五〕の双方ともページが欠落した状態となっている）の他、代表的な翻訳作に、『シング戯曲全集』（一九二三）、『ダンセニイ戯曲全集』（一九二一）、『カッパのクー』（一九五二）、イエーツ『鷹の井戸』（一九五三）などがある。このうち、『シング戯曲全集』『ダンセニイ戯曲全集』は、沖積舎からそれぞれ復刻されている。二十世紀最大のファンタジー作家ダンセイニ卿が、松村みね子によって、はじめて本格的な紹介がなされたのは、特筆すべきことだろう。

ここで、『燈火節』を中心にして、片山廣子の人となりに迫ってみたい。『燈火節』は、詠嘆の色の濃いエッセイ集である。戦後の物資が乏しいなか、生活の苦労を訴える文が多い。過去の回想のなか、実生活に立ち向かう決意のようなものが反復される。片山廣子はまず自らの過去を直視することから始めている。

いま私が考へるのは、ジョイスがその沢山の作品をまだ一つも書かず、古詩の訳など試みてゐた時分、シングがまだ一つの戯曲も書かず、アラン群島の一つの島に波をながめて暮してゐた時分、グレゴリイが自分の領内の農民の家々をたづねて古い民謡や英雄の伝説を拾ひあつめてゐた時分、先輩イエーツがやうやく「ウシインのさすらひ」の詩を出版した時分、つまりかれら天才作家たちの夢がほのぼのと熱して来たころの希望時代のことを考へる。世界大戦はまだをはらぬ二十世紀の朝わが国は大正の代の春豊かな時代であつた。世は裕かで、貴族でもない労働者でもない中流階級の私たちは、帝劇に梅蘭芳の芝居を見たり、街でコーヒーを飲んだりして、太平の世に桜をかざして生きてゐたのである。

（「過去となつたアイルランド文学」）

長らく言葉から離れ、言葉を取り戻す作業を過去を凝視することで片山は行おうとしている。晩年の片山廣子がふり返るのは自らの華々しさと重なる明るさに満ちた大正時代であった。

この国のもつとも豊かでもつとも愉しかつた大正年間にわれわれは上も下もなく知らずしらずの間に西洋のエチケットを習ひおぼえたのであつたらう。

（「入浴」）

片山が、「もっとも豊かでもっとも愉しかった」時期としているように、言葉によって積極的に社会、世界と関わった時代である。つまり、内世界と外世界の充実が奇跡的に一致していたのだ。もしかしたら女性として文芸の場で中心にいる自覚すらあったかもしれない。こうしたとき片山の内面において、大正時代は人生のある極として意識される。無論、大正末期の軽井沢での楽しい日々も念頭にあるはずだ。過去を直視し、今、置かれた立場を検証した結果が『燈火節』ともいえる。

『燈火節』の作品世界は、いくつかの異なる構成要素から成り立っている。一見すると、「食べものの事を言ひたがる私の随筆」（「王の玄関」イエーツ戯曲」）であり、また片山廣子が愛した王朝の女流文学者たちの流れを組む「日記」文学とも読むことができる。「随筆」としては圧倒的に、食べ物の話題が多い。自身も述べている通りである。これは戦時、敗戦直後の娯楽および物資がない状態で、日々の生活の変化を実感できるものがまず、食べ物だったということが挙げられる。食べ物からもたらされる生の把握は、理性よりも感覚を優先する片山のありかたにつながっていく。

その時である、私は何かしら長いこと嗅ぎなれたやうな体臭を嗅いだ、体臭といつてもその人の生活様式から生まれる精神的のにほひで、肉体の体臭ではない。彼のにほひは、その後姿だけが文字ある人のにほひをさせてゐた。

（「たんざくの客」）

こうしたありかたから紡がれる日々の雑感は、素朴な、ごくごく狭い範囲の世界を淡々と描き出し、あたかも、私小説を読んでいるかのような印象を与える。ここで、気になるのは随筆集の題名である。そもそも燈火節とはなにか。

先日読んだ話のなかに燈火節《キャンドルマス》といふ字が出てゐた、二月の何日であつたか日が分らないまま読んでゐたのを、今日辞書で探してみると、燈火節二月二日、旧教にては、この日に蠟燭行列をなし、一年中に用ひる蠟燭を祓ひ清むる風習あるを以てこの名あり、とあつた。先日読んでゐたのは聖女《セント》ブリジットの物語で、彼女は二月に生れた人で、古いゲエルの習慣では、聖ブリジットの日に春が来ると言つて、ちやうどこの燈火節の日に春を迎へる祝ひをしたものらしいが、特に蠟燭だけではなくブリジットはすべての火を守る守護神でもある。（「燈火節」）

春の訪れを自覚する日として燈火節は意識されている。冬が去り、暖かい春の予感を嚙み締める片山の脳裡には、なにがよぎったのか。おそらく、聖ブリジットには、松村みね子としての自分が重なっている。いわば、狂熱を仮託された自由奔放な個性の復活／再生である。思想でもなく、宗教でもなく、今ある現実から逃避するわけでもなく、目の前にある現実と誠実にむきあいつつ、自らの考えのもとで歩みを決めていく。どこか飄然とした味わいが、文章から垣間見える。では自らについてはどう捉えているのか。

むかし私はたいそう暇の多い人間だつた。どうしてそんなに暇があつたのかと考へてみると、しなければならないもろもろの仕事をしなかつたせゐだらうと思はれる。

（「ばらの花五つ」）

しかし考へてみると、根性は悪くはないのだが、私はずゐぶん気むづかしい人間だから彼女の言葉が本当なのかもしれない。

（「あけび」）

そんな風にして先生のお宅に通ふといふことはよほど歌が好きだつたためで、つまり文学少女なのだつた。

（「徒歩」）

かつて「暇の多い人間」であり、もともとは「文学少女」だった片山は「根性は悪くはない」が「ずゐぶん気むづかしい人間だ」という。実際、随筆も一筋縄ではいかないものばかりで、相当な屈折、激しさを文章の背後に感じる。その意味ではあけすけである。では、何故、そうした開放的なものを目指したのだろうか。ある傾向が片山の文章にはある。

今は国もまづしく民もまづしく政治もまづしく、宗教も教育もすべて無力である。私たちのためにはどこからも救ひが来ないやうな気がするけれど、救ひは来ると信じよう。

（「子供の言葉」）

こうした前向きな姿勢には、誰かに伝達するニュアンスがうかがえる。では誰に伝えようとしているのか。

そのをさない文を書いてゐる私の心は、文よりはもつとをさないもので、時々せがれに呼びかけて相談したりすることもあつた。（略）たつた一冊の本の読者を心に思つてゐたので、この世界に生きてゐない彼が私の本を読むはづはないとよく解つてゐても、別の心は彼は読んでくれるとかたく信じてゐるのらしい。「あとがき」には夢でなく、ほんとうの事を言ふつもりでゐながら、やつぱり私はゆめみたいな事を書いてしまつた。（「同」）

片山は「あとがき」をこう結んだ。病死した息子に向けて書かれている文章は、通信（手紙）としての相を帯びている。このとき、片山廣子には、あの世とこの世の区別がなくなっている。むしろ、彼岸からこちらを眺めている心境ですらあったはずだ。片山自身が記したように、息子の勧めで書きだした『燈火節』は、あの世にむけた死者のための書でもある。

『燈火節』は生と死の両方にまたがる本である。あとがきにある「夢」という言葉を片山の歌風「狂熱」と読み替えるならば、『燈火節』ではじめて、片山廣子と松村みね子は一人の存在となる。二人が一人になる。こう考えると、その抑えた筆致のなかにかいまみえる、かすかな熱気のような印象は、複合体としての片山廣子という書き手の息づかいからもたらされている。『燈火節』は、翻訳から遠ざかっていた松村みね子の復活であり、また終わりを告げる鎮魂の書である。そして「手紙」は、「遺書」に変化する。淡い「明日」への希望は、今、ここから未来に向けて歩もうとする世代に向けて放たれている。

そんなに沢山なくても、もつともつと小さいものでも天から降つて来るやうな奇蹟を待たう。奇蹟といふものは昔もあつて、今もあると私は信じる。
（「まどはしの四月」）

不自由な暮らしのなかにも僅かな生きがいを見つけ、肯定的な生をおくろうとする片山の姿がある。戦争という極限的な状況をくぐりぬけ、身ひとつになったときに残ったものは、感覚優位のありかたであった。もちろん、淡い明日への期待の裏には、さしせまる《死》の予感、自らの晩年という自覚がある。

死ぬといふことは悪い事ではない、人間が多すぎるのだから。生きてゐることも悪い事ではない、生きてゐることをたのしんでゐれば。
（「赤とピンクの世界」）

『燈火節』執筆時に、片山はある女性を自らになぞらえていたかもしれない。片山が王朝女性の文学でもっとも思い入れをもったものが、『源氏物語』を別にすると、『更級日記』である。『更級日記』は、ある文学好きな女性の一生を描いたものであり、ラストは往生を願い、来世への期待で締めくくられる。そして『燈火節』のラストに配置された「北極星」はこう結ばれた。

それにしても、昔からきまつたあの位置に、とほく静かにまばたきもしないで、むしろ悲しさうな顔を見せてゐる星はすばらしいと思ふ。すべての正しいもののみなもとである神も、あの星のやうに悲しい冷たい静かなものであらうか？　私はさう信じたい。
（「北極星」）

ここに見出されるのは、遠藤周作が堀辰雄「菜穂子」の祖型として挙げる「日本文学に伝統的に息づいている世捨て人物語の系列」(「私の愛した小説」)である。「日本の古い女性」の「諦念の姿勢」が『燈火節』の世界を覆っている。片山廣子が「西洋風の教養を持つ日本の新しい女性」(「L氏殺人事件」)になりきれなかったのは、東洋的な資質がまさっていたからだろう。中尊寺金色堂を訪れた片山は手を合わせ、祈る。

夢と不思議のこもるお堂の前に立つて私はしばらく念じてゐた。「勇士たちよ、いま日本は戦争してくるしんでゐます。勇士たちよ、私たちは苦しんでゐます」と私は祈るともなく祈つてゐた。
(「東北の家」)

ここには、片山廣子という女性の芯の強さが現れている。『燈火節』の世界は、さまざま要素から成り立っているが、その核となるのは、東洋的な片山廣子と西洋的な松村みね子の世界の統合にある。自己の過去を直視し、世界を言葉によって捕捉していくことで、片山は自分自身の「夢」を取り戻すことになった。『燈火節』とは、片山廣子の言語的な恢復のために書かれた本でもある。

やはり、翻訳家・松村みね子としての活動は、大正時代とともにあったということだろう。『燈火節』の回想にある通り、すべてが華やかさに包まれたモダンな時代のアトモスフィアが、松村みね子こと片山廣子の訳業を後押ししていた。作家は時代の子というが、本書に収録された翻訳作品を読み進めていくと、大正時代の文芸作品の質の高さ、豊かさに驚嘆する。こうした大正期の日本の文学の香りを追体験するためのよすがとして、片山廣子の翻訳作品は機能している。

なお、本稿のタイトルは片山の随筆「過去となつたアイルランド文学」（『燈火節』）の《アイルランド文学に対してはすまないことながらつひに私は展覧会を出てゆく人のやうに出たきりになつたのである》という文章からとった。

初出一覧

I

うすあかりの中の老人	イエーツ	「三田文學」一九一六年（大正五）九月
野にいる牝豚	リアム・オフラハティ	「女人藝術」一九二八年（昭和三）七月
「長靴の猫」の悲しき後日譚	パードリック・コラム	「三田文學」一九二二年（大正十一）五月
人馬のにい妻	ダンセイニ卿	「三田文學」一九一六年（大正五）十一月
ブーブ・アヒーラの祈り	ダンセイニ卿	「明星」一九二二年（大正十一）五月
火の後に　外四篇	ダンセイニ卿	「三田文學」一九一七年（大正六）二月
ロドリゲスの記録	ダンセイニ卿	「心の花」一九二三年（大正十二）四月
アドルフ	D・H・ロレンス	「心の花」一九二三年（大正十二）一月

II

大うそつきトニー・カイトの恋	トマス・ハーディ	「心の花」一九一六年（大正五）九月
懺悔	トマス・ハーディ	「東亞之光」一九一七年（大正六）五号
ホテルの客	A・リヴィングストン	「婦人之友」一九二九年（昭和四）一—六月
鍵をかけて！	J・マッカレー	「婦人之友」一九二九年（昭和四）七—十二月
茶をつぐ女	J・コーノス	「女性改造」一九二四年（大正十三）四月

III

カルヴァリー	イエーツ	「劇と評論」一九二二年（大正十一）六月
ユダヤにおけるクレオパトラ	アーサー・シモンズ	「心の花」一九一七年（大正六）十月

麦の奇蹟	パードリック・コラム	「心の花」一九二四年（大正十三）一月
忠臣蔵	J・メイスフィールド	「三田文學」一九一六年（大正五）六月
銀の皿	アーロ・ベイツ	「婦人画報」一九一六年（大正五）一月
遠くの王女	H・ズーデルマン	「婦人画報」一九一七年（大正六）一月
Ⅳ		
クール湖の野生の白鳥	イエーツ	「三田文學」一九二〇年（大正九）十二月
愛蘭民謡	グレゴリー夫人・訳	「三田文學」一九二一年（大正十）六月
詩二章	J・キャンベル	「詩聖」一九二一年（大正十）十一月
ほそい月	J・スチィヴンス	「女人藝術」一九二八年（昭和三）十月
ちひさいもの	J・スチィヴンス	「女人藝術」一九二九年（昭和四）二月
馬鹿もの	パトリック・ピアス	「詩聖」一九二二年（大正十一）四月
春の日	エイミィ・ロウェル	「三田文學」一九一七年（大正六）五月
貴婦人	エイミィ・ロウェル	「心の花」一九二〇年（大正九）十一月
蘭のうた	J・H・A・ヒックス	『洋ラン　作り方の手引き』誠文堂新光社、一九五九年（昭和三十四）
新月　The Crescent Moon	タゴール	「心の花」一九一四年（大正三）十一月
ほめうた　Gitanjalil	タゴール	「心の花」一九一五年（大正四）四月
園守　The Gardener	タゴール	「心の花」一九一四年（大正三）十月
Ⅴ		
自然の美	ホアキン・ミラー	「こころの華」一九〇一年（明治三十四）二―三月
イエーツの序文	イエーツ、片山廣子	「短歌風光」一九五〇年（昭和二十五）十月
ダンセイニの脚本及び短篇	片山廣子	「時事新報」一九二一年（大正十）六月八日―十日

片山廣子（かたやま・ひろこ）

明治十一年（一八七八）外交官・吉田二郎（のちイギリス総領事）の長女として麻布に生まれ、東洋英和女学校予科・本科・高等科を通じて洋式の寮生活を送りながら英語教育を受ける。同校卒業後、佐佐木信綱の門下となり、以後会誌「心の花」に歌、随筆などを発表。二十一歳のとき片山貞次郎（のち日本銀行理事）と結婚。鈴木大拙夫人ビアトリスの勧めでアイルランド文学に親しみ、大正三年から翻訳には筆名「松村みね子」を用いる。その訳文は坪内逍遥、森鷗外、上田敏、菊池寛らの激賞を得た。十四歳年少の芥川に慕われたことでも知られ、堀辰雄の小説『聖家族』『楡の家』のモデルとされる。歌集に『翡翠』（大正五年）『野に住みて』（昭和二十九年）。随筆集『燈火節』（昭和二十八年）でエッセイスト・クラブ賞を受賞した。昭和三十二年（一九五七）没。

火の後に　片山廣子翻訳集成

二〇一七年十一月三日　第一刷発行

著　者　片山廣子

発行者　田尻　勉

発行所　幻戯書房

郵便番号一〇一－〇〇五二

東京都千代田区神田小川町三－十二

電　話　〇三－五二八三－三九三四

ＦＡＸ　〇三－五二八三－三九三五

ＵＲＬ　http://www.genki-shobou.co.jp/

印刷・製本　中央精版印刷

Printed in Japan

ISBN978-4-86488-134-0　C0098